강변에 일던 바람

강변에 일던 바람

이인우 장편소설

도화

돌아보면 아쉬움으로 가득한데 사랑처럼 운명적인 만남이 또 있을까?

아홉 살에 베아트리체를 보고 사랑에 빠졌다가 열여덟 살 때 피렌체 강가에서 우연히 만나 행복감에 젖는다. 이들의 사랑은 이루어지지 못하여 다른 사람과 결혼을 하지만 베아트리체가 스물네 살에 요절하자 여성의 미와 덕을 노래한 시문을 남겼다. 이 시문이 단테의 『신생』인데 실재實在 여성으로부터 영감을 받아 신비적이고 숭고한 사랑을 노래한 걸작이다.

소설이 살아온 시간의 흔적을 직·간접적으로 기록한 것이라면 학창시절 이야기를 쓰고 싶었다. 나이가 들면서 모든 것이 그리워져 묻어 두기 보다는 그려내고 싶었다.

중·고등학교 6년은 강변을 보며 강둑을 벗 삼아 다녔다. 학창시절은 미래에 대한 기대로 부풀어 있으면서 이성에 대한 그리움이 가득하다. 강둑길은 친구를 생각하고, 부모를 생각하고, 인생을 생각하는 길이다. 어느 소설가의 『머무르고 싶었던 순간들』을 읽으며 낭만과 애수에 젖었던 그때가 그립다.

강변을 스쳐가는 바람은 일시적일 수 있지만 강과 함께 있어야 할 영원한 것일 수도 있다. 내 학창시절도 내 인생 전부에서 보면 그렇다. 시간적으로는 일시적일지 모르나 미치는 영향은 영원한 것이다.

해가 지는 서쪽 하늘! 저녁노을이 물들면 반짝이는 윤슬에 넋을 잃었다. 흐르는 물에 헤엄치는 피라미들, 풀꽃의 속삭임, 물새들의 지저귐, 장마철의 황톳물, 땡볕에 타는 모래사장의 아지랑이, 어둠속에서 걸어오는 연인들의 모습, 기차역이 가까워지자 천천히 철교 위를 달리는 증기기관차, 강 건너 비포장도로에 뽀얗게 먼지를 일으키며 질주하는 자동차의 불빛, 이 모든 것들은 내 감성을 키워주었다.

처녀총각들이 밀어를 속삭이던 산골짜기는 가슴을 드러낸 채 식당이 들어서고, 헤엄을 치다가 끝을 찾아 바라보던 강물은 거대한 다리가 놓이고, 꿈을 쫓던 파란 강둑길은 4차선 도로가 절망으로 서있다. 아침저녁으로 해맑게 웃던 뽀로통한 첫사랑은 어떤 모습일까?

강변의 바람은 거세게 불거나 휘몰아칠 때도 있다. 불확실한 앞날의 꿈은 젊음도 숨죽이게 하여 돌파구를 찾느라 좌충우돌하던 시절이었다.

2022. 9.

추천서재에서 이 인 우

차례

강변에 일던 바람

강둑이 있는 마을

내일이 입학식이다. 평소와 같이 아버지는 일찍 일어나서 소죽솥에 불을 지피고 마당을 쓸었다. 소죽이 다 끓었는지 솥에는 김이 모락모락 났다. 마구간에 소는 소죽솥을 바라보며 침을 흘렸다. 소여물통에 소죽을 부어 주던 아버지는 남이 들을 정도로 소에게 말을 걸었다.

"많이 먹어라! 오늘은 아들을 데리고 장에 가기 때문에 점심은 내가 못 준다."

아버지는 세수를 하고 세숫물을 조금 전에 쓴 마당에 뿌리고는 방에 들어오기 위해 문고리를 잡으며 덧붙였다.

"어이 춥다. 설 지난 지가 언젠데 아직도 이래 춥노!"

보통 때 보다 일찍 일어난 나는 입학식에 가려고 양말, 옷, 공책, 연필 등을 가방에 넣고, 새로 산 교복에 모자까지 쓰고 이 방 저 방 일없이 오고 갔다.

아침상이 들어왔다. 형과 형수, 질녀와 조카들은 큰방에서 밥을 먹고 나는 사랑방에서 어머니와 겸상을 하고 아버지는 독상을 받는다. 아침밥을 먹지 않는 습관은 오늘도 예외가 아니어서 숟가락으로 숭늉만 떠먹고 있는데, 아버지는 찐 달걀을 숟가락으로 조금 떠서 맛을 보더니 그릇째 주었다.

"많이 먹어라! 남의 집에 가면 주는 대로 남기지 말고 먹어라!"

아버지는 시장에 갈 때나 볼일이 있어 출입을 할 때는 한복에 두루마기를 입고, 갓을 쓰고, 고무신을 신고, 책이 든 가방을 들고 집을 나선다. 그런데 오늘은 달랐다. 한복은 입었지만 두루마기는 입지 않았으며 갓 대신에 중절모자를 쓰고 가방도 들지 않았다. 고무신 대신에 산이나 풀밭에 갈 때 신는 지가다비(목이 긴 운동화)를 신었다. 뒤주 앞에 세워둔 자전거에 쌀 한 말을 묶어서 싣고 그 위에 깨 자루를 얹어 밧줄로 묶고 큰길을 나섰다. 아버지는 자전거를 타고 나는 짐실이를 붙잡고 돌이 튀어나온 흙길을 뛰었다. 새로 산 운동화가 발보다 커서 미끈거렸으나 자전거를 놓칠세라 있는 힘을 다해 뛰었다. 오르막길은 밀고 내리막길은 당기면서 매달리듯 뛰었다. 3km가 넘는 험한 돌길에 얼음이 녹지 않는 시냇물을 건너다보니 어느덧 큰 강물이 보였다. 장마가 지는 여름에는 배를 띄워 건너지만 오늘은 외나무다리로 건넜다. 얼어붙은 강물을 건너 자갈길을 가니 큰길이 나왔다. 멀리서 트럭이 지나가고 간혹 알록달록 색칠을 한 버스도 지나갔다.

다른 학생들보다 나는 결석을 자주 했다. 몸살을 하거나 배가 자주 아팠는데, 한 달에 일주일 정도는 학교에 가지 못했다. 그럴 때마다 아버지는 자전거 짐실이에 이불을 깔고 나를 태워서 3km나 떨어진 면사무소 옆에 있는 보건소로 데리고 갔다. 간혹 형이 태워주기도 하지만 아버지의 자전거가 더

편했다.

3학년까지는 집 옆에 있는 분교에 다녔는데, 4학년부터는 산을 넘고 강을 건너서 5km가 넘는 본교에 다녔다. 잔병이 많아 결석을 해도 5학년 때는 우등상을 타서 마을에 자랑거리가 되기도 했지만 6학년 때는 잔병치레를 하느라 보충수업도 받지 못했다. 그래도 담임선생님은 성적이 좋은 학생들만 가는 대구의 영복중학교에 원서를 써 주었으나 나는 보기 좋게 낙방을 했다. 면적을 구하는 산수문제가 나왔는데 배운 적이 없어서 풀지 못했기 때문이다. 국어도 처음 보는 문제가 있었다. 아마 결석을 하는 사이에 배우지 못하고 지나갔는데, 예습과 복습을 게을리 한 탓이다. 영가시에 있는 중학교는 성적이 좋으면 영가중학교, 성적이 못하면 경동중학교에 원서를 써준다. 그래도 30명을 뽑는데 100명 이상이 지원을 한 경동중학교 추가 모집에 합격하여 중학생 교복과 모자를 쓰고 입학식을 하려고 가는 것이다.

크고 높은 집들이 도로가에 줄을 서고 자동차들이 경적을 울리며 지나갔다. 이 많은 사람들이 어디서 왔는지 가는 곳마다 북적거렸다. 물건을 사고 파는 사람들이 몰려있는 골목에서 아버지는 쌀자루 위에 싣고 온 깨를 기름방에 팔았다. 평소에도 잘 아는 사람 같았다.

"요즘 깨 값 어에 하니껴?"

"많이 헐해 졌니더. 몇 되이껴?"

"닷되 조금 넘니더."

"이거 받으시소."

기름방 주인이 얼마의 돈을 아버지 손에 쥐여주었다.

"너무 헐하이더 더 주소!"

"싫으면 다른 집에 가 보소!"

아버지는 받은 돈을 지갑에 넣었다.

"다음 장에 또 보시더!"

"다음에는 더 좋은 물건 가지고 오소."

기름방을 나와 골목을 돌아가니 음식점이 줄을 서 있었다. 비슷비슷한 크기의 식당에 김이 모락모락 나는 국과 밥이 솥에, 그릇에, 상위에 놓여 있었다. 아버지는 조금은 허름해 보이는 식당에 삐걱 소리가 나는 미닫이문을 열고 들어갔다. 중절모자까지 벗고 허리를 굽혀 인사하는 것으로 봐서 조금은 알고 지내는 집주인인 듯했다. 큰 양동이에 물이 끓고 있는 연탄난로 옆에 나무 식탁과 의자가 있었다.

"여기 밥 두 그릇만 주소!"

식당 주인은 들었는지 못 들었는지 부엌일만 했다.

처음 맡아보는 연탄 타는 냄새는 역겨워서 코를 어디에 두어야 할지 모를 정도로 싫었다. 조금 있으니 밥과 국, 두부, 김치, 멸치, 간장이 식탁에 놓였다. 아버지는 숟가락을 들며 당부하듯이 말했다.

"돈 준 음식이다. 남기지 말고 먹그라!"

아침도 숭늉만 먹고 10km를 뛰어 와서 그런지! 식당의 밥이라서 그런지! 밥 한 그릇을 다 비우고 숟가락을 놓았다. 아버지는 남은 반찬까지 숟가락으로 떠서 깨끗하게 비웠다.

남쪽에 있는 식당의 북쪽 문을 열고 밖으로 나오니 오른쪽으로는 자동차와 사람이 다니는 큰 다리가 놓여 있고 왼쪽은 철길이다. 마침 어디서 오는 기차인지 소리를 내며 다가오니 길목을 지키던 사람이 깃대를 들고 길을 막았다. 기차는 건널목을 지나면서 또 한 번 기적을 울렸다. 자세히 보니 사람이 타고 있는 것이 아니라 검은 짐칸에 검은 물건을 실었는데 여러 개의 짐칸 뒤에는 빈칸도 따라갔다.

학교는 아직도 멀리 있었다. 입학시험을 치기 위해 왔던 길이라 눈에 익은 큰 건물들도 보였다. 학교 옆에 하숙집이 있다고 했으니 무조건 아버지의 자전거 짐실이를 잡고 뛰었다. 신시장을 지나가고, 농업고등학교도 지나가고, 큰 절도 지나갔다. 라디오방송중계소, 두 줄로 이어진 긴 강둑, 옹기종기 집들이 많이 모인 새동네, 동네 옆 논, 미나리꽝, 이발관, 구멍가게를 지나니 경동중학교 정문이 보였다. 정문에서 운동장을 돌아 한참을 더 뛰어가니, 운동장이 끝나는 곳에 동네가 나왔다. 작은 언덕을 넘어 바위가 있는 산모퉁이를 돌아가니 또 다른 동네가 시작되었다. 몇 집을 지나서 작은 초가집 앞에 아버지의 자전거는 멈추었다. 나무로 얽어놓은 대문을 밀고 마당에 들어서자 방문이 열렸다. 방에서 할아버지가 고개를 내밀더니 반색을 했다.

"어이고! 벌써 오는가?"

아버지는 싣고 온 쌀을 자전거에서 내리더니 방문 앞 동마루 위에 올려놓으니 할머니가 쌀자루를 받았다.

"귀부! 동상은 잘 있니껴?"

아버지는 고개를 숙여 인사를 하더니 방에 들어가면서 나에게 따라 들어오라고 했다.

"인사 드려라! 너 모(母) 사촌 형부와 언니가 된다. 앞으로 아저씨, 아주머니라고 불러라!"

아버지가 시키는 대로 큰절을 올렸다. 할머니 옆에서 손장난을 하며 놀던 여자아이가 나를 쳐다보며 웃었다. 인정이 많아 보이는 할머니(아주머니)는 나를 보며 손으로는 아이를 가리켰다.

"우리 셋째 아들의 딸인데, 앞으로 잘 데리고 놀아라!"

애영이는 다섯 살로 잠시 할머니 집에 맡겨진 것 같았다.

하숙집 대문 밖은 차가 다닐 수 있는 흙길이다. 그 길은 서쪽으로 가면 마을로 들어가는 골목길과 연결이 되어 있고, 남쪽으로 가면 강둑으로 가고, 동쪽으로 가면 학교와 시장으로 갈 수 있다. 사람들은 시장에 갈 때는 조금 가까운 길로 가기 위해 강둑길로 간다. 하숙집 대문 앞 도로와 강둑길 사이에는 두어 마지기 정도의 논이 있고 강물이 많으면 막아 주는 수문이 있다. 수문은 먼 곳에서 봐도 쇠막대기가 강둑 위로 솟아 있어 쉽게 알 수 있다.

내 방은 문만 열면 대문 앞 도로로 가는 사람, 강둑길로 가는 사람들이 보인다.

날씨가 풀리고 봄이 오니 누런색이던 강둑이 파란색으로 하루가 다르게 변했다. 학교에 갔다가 오니 아주머니는 강둑에 쑥을 뜯으러 간다며 바구니를 들고 대문을 나섰다. 가방을 책상 위에 올려놓고 아주머니를 따라나섰다.

"쑥 뜯어서 쑥국 끓여 먹자!"

아주머니 손녀도 졸랑졸랑 따라나섰다. 애영이의 손을 잡고 아주머니 뒤를 따라갔다. 강둑은 음지쪽에 쑥이 많았다. 참개구리가 팔딱팔딱 뛰었다. 쑥 뜯는 것에는 관심이 없고 칼로 개구리를 위협하여 손으로 잡아서 들고 애영이에게 주기도 하며 가지고 놀았다. 아주머니는 무엇이 재미있는지 연신 웃었다.

"개구리도 살라꼬 나왔는데 직이지 마라!"

수문 가까이 가보았다. 수문으로 오는 물길은 시장이 있는 동쪽에서 길게 나와 논둑 옆에서 강둑을 뚫고 지나갔다. 물길은 강둑 밑을 통과하는 긴 터널을 지나 둑과 둑 사이에 난 큰 도랑을 거쳐서 저 멀리 강으로 들어갔다. 평소 강둑을 통과하는 수문 밑 터널 바닥은 물이 없다. 터널의 중간 지점에서 위를 쳐다보니 사람이 올라 갈 수 있도록 쇠로 만든 사다리가 놓여 있다. 사다리 위로 하늘이 보였는데 무척 높았다. 수문 위에서 내려다보면 강둑의 높이만큼 깊었으나 아이들은 사다리를 밟고 터널 아래로 내려간다. 수문의 긴 쇠막대 아래는 큰 문이 달려 있어 강물이 역류하면 직각으로 굽은 쇠막대를 끼워 돌린다. 긴 강둑과 강 사이에 강둑이 또 있는데, 강둑과 강둑 사이에는 큰 도랑이 있다. 강 쪽 강둑을 넘어야 강변의 모래사장에 갈 수 있다. 강변의 모래사장에 가려면 긴 강둑을 넘어 큰 도랑을 건너고 강 쪽 강둑을 넘어 미루나무밭을 지나야 한다. 길게 뻗어 있는 모래사장은 저 멀리 보이는 강물의 넓이보다 넓다. 홍수가 지면 강 쪽 강둑의 허리까지 흙탕물이 차오른다.

아주머니는 음식 솜씨가 좋아서 한 가지 재료로 몇 가지 음식을 만든다. 쑥을 밀가루와 버무려 떡을 찌고, 수제비도 만들어 저녁상에 내놓았다. 집에서 먹어 보지 못하던 음식인데 맛이 있다. 거기다가 여러 사람이 함께 먹으니 더 맛이 있었다.

국민학교 다닐 때 아프던 배가 중학교에 입학하고도 가끔 아팠다. 배가 아파서 학교에 가지 못하면 아주머니는 시장까지 가서 약을 사 오고 학교에 가서 담임선생님을 만나 '아파서 결석을 하니 용서해 달라'고 빌기도 한다. 하루를 결석하고 다음날은 괜찮은 것이 보통인데 이번에는 경우가 달랐다. 며칠 결석을 하자 시골집으로 어떻게 연락을 했는지 어머니와 작은누나가 허겁지겁 달려왔다. 어머니와 누나는 어두운 낯선 길을 찾아오느라 도랑에 빠져서 버선과 치마가 흙탕물에 젖었다. 아픈 아들만 생각하고 저녁때가 다 되어 집을 나서서 하숙집까지 길을 물어물어 오느라 밤늦게 도착을 했다. 배가 고플 텐데 저녁 숟가락도 들지 않고 내 배부터 살폈다.

"배가 어에 아프노? 내가 주물러 줄께!"

어머니는 어릴 때처럼 배 위에 손을 얹어 살살 주물렀다.

"내 손은 약손이다. 배야 아프지 마라!"

어머니의 손이 닿자 언제 잠이 들었는지 아침이 밝았다. 이상한 일이다. 별다른 약도 먹지 않는데 거짓말처럼 배가 나았다.

하숙집은 태화동 어개골인데 시내로 보면 서쪽 끝이다. 학교는 하숙집에서 시장이 있는 동쪽으로 둑에 있는 창기네 집을 지나 작은 동네 끝에 후문(문이 없는 통로)이 있다. 철조망 두어 줄로 담장을 대신한 운동장이 나온다. 운동장을 한참 돌아서 가면 큰 동네가 있는데, 학교 정문에서 큰 동네 골목길을 돌고 돌아서 한참을 가면 물이 고인 논들이 나온다. 논 주변의 조금 높은 곳에 또 동네가 나오고 긴 강둑을 건너야 한다. 긴 강둑은 동쪽에서 서쪽을 향해 두 줄로 길게 늘어서 강을 향하여 있는데 동쪽 끝에 큰 도랑의 개울물을 안고 있다. 개울물을 건너는 다리는 자동차가 다니는 큰 다리가 있고 사람들이 건너는 돌다리도 있다. 다리를 건너서 자동차 길을 가면 오래된 농업고등학교 후문이 나오고 반대편에는 큰 절이 있다. 절 주변은 농업고등학교의 논과 밭이 넓게 펼쳐있고 논둑 너머 여러 집들의 지붕이 보인다. 농업고등학교 학생들이 농사를 지을 때는 마치 학의 무리가 먹이를 찾는 것처럼 때로 몰려 나와 모내기를 하고 논을 매고 밭에 풀을 뽑는다.

시장은 아직도 멀다. 신라고찰인 한절 뒤로 논둑길을 따라 한참 가면 집이 나오고 골목이 또 나온다. 골목을 돌다 보면 자동차가 다니는 큰 길가에 도자기를 만드는 공장의 큰 대문이 보인다. 대문으로 처녀들이 무리 지어 아침저녁으로 드나드는 것을 본 적이 있다.

지나가는 차들이 일으키는 먼지를 뒤집어쓰며 들어간 시장 입구에는 학용품 가게인 지구당이 있다. 가게 안은 길고 넓어서 고개를 젖혀야 높이를 가늠할 정도로 학용품이 쌓여 있다. 공책, 연필, 지우개, 잉크, 철필, 잉크병, 자, 칼, 가위, 풀, 주산까지 수를 셀 수 없을 정도로 많다. 학용품 가게를 구경하느라 정신이 없는데 잠시 눈을 돌리니 길 건너 모퉁이에 이상한 손수레가 보였다. 손수레는 카바이트 불을 켜 놓고 칼로 무엇인가 손질을 하고 있었다. 붉은색의 둥근 것을 칼로 자르니 물이 뿜어져 나오고 양동이 물에 씻어서 그릇에 담았다. 자루에는 붉은색의 둥근 물체가 가득 담겨 있었다. 한참 구경을 하고 있는데 지나가던 청년이 손수레 앞에 서서 돈을 주며 침을 삼켰다. 손수레 주인이 물에 씻은 물건을 내밀자 청년은 입에 넣더니 우물우물 씹었다. 아무리 보아도 처음 보는 음식이다. 손님이 떠나자 손수레 주인은 칼질을 멈추고 지나가는 사람들을 보며 낮고 길게 소리를 질렀다.

"싱싱한 멍게가 왔어요. 멍게 사세요."

저 멀리 국민학교 담장 옆 흰 천에 쓴 검은 글씨, '못잊어 빵', 빵은 알겠는데 못잊어 빵이라는 것이 궁금했다. 보이는 곳이라 가깝게 생각했는데, 옷을 걸어 놓은 옷가게와 양복점을 지나 한참을 걸어가니 국민학교 담장이 나왔다. 시멘트 담장에 기대어 놓은 손수레의 무쇠난로에는 연탄이 벌겋게 타고 있었다. 연탄불 위에는 무쇠로 만든 간장 종지 같은 것들이 여러 개 붙어 있었는데 종지에 반죽한 밀가루를 붓고 팥고물을 조금 넣었다. 송곳같이 굽은 꼬챙이로 획 무쇠종지를 뒤집으니 감쪽같이 돌아서 제자리로 왔다. 잠시 후 무쇠 덮개를 여니 노릇노릇 구워진 빵이 나왔다. 빵 굽는 사람의 손이 얼마나 빠른지 잠깐 사이에 여러 개의 빵을 구워 종이에 싸서 손님에게 주었다. 10원에 10개를 주기도 하고 11개를 주기도 했다. 입에 침을 흘리며 떨어지지 않는 발길을 돌렸다.

지난해부터 짓기 시작하던 시골의 집이 1년 넘는 공사 끝에 완성되어 입택을 하는 날이다. 본래 집은 동숙이네 마당 끝에 있었는데, 골목이 좁아서 달구지가 다닐 수 없어 큰길 옆에 새로 지은 것이다. 오래된 큰 소나무를 베어 톱으로 잘라서 켜는데 한 나무에 기둥이 4개가 나오는 것도 있었다고 한다. 고조부 산소가 있는 선산 골짜기에 큰 소나무를 베어 재목材木으로 다듬는 일을 여러 달 했다. 큰 길가에 있는 밭에 흙을 고르고 다져서 기둥을 세우기 시작하더니 대들보가 올라가고, 기와가 올라가고, 흙으로 회로 벽을 바르고, 구들(온돌)을 놓았다. 4칸 겹집에 기역자 부엌과 고방이 별도로 있는 큰 집이다. 또 아래채는 마구간과 디딜방아, 방, 작은 부엌이 있다. 큰 대문이 달린 대문 칸은 부엌과 이어 지었는데 대문, 방, 화장실, 헛간 등이 있었다.

저녁때가 되자 동숙이가 왔다. 국민학교 6학년인데 키가 무척 자랐다.

"오빠야는 좋겠다. 큰 집을 지어서."

"너 집과 멀리 떨어졌는데 뭐가 좋으노!"

앞뒤 집에 살던 동숙이는 무척 친했는데, 중학생이 되고 보니 어린 아이처럼 보였다. 동숙이도 빨리 중학생이 되면 좋겠다는 생각을 하는데 작은누나가 불렀다.

"이제는 다 컸는데 어릴 때처럼 동숙이 하고 놀지 마라! 동네 사람들이 보면 다 큰 남자와 여자가 논다고 흉본다. 알았나?"

작은누나 말이 어릴 때처럼 이상하게 들리지 않았다. 이제는 다 자랐으니 남자와 여자가 같이 놀면 안 된다는 것이 당연하게 느껴졌다. 그래도 동숙이가 중학생이 되고 고등학생이 되어도 같이 놀 것이라고 마음속으로 다짐했다.

밤이 되었다. 이사하느라 분주하던 사람들도 흩어지고 어느 정도 정리가 되었다. 가까운 친척 몇 사람과 저녁을 먹는데 친구들이 대문 밖에서 불렀다.

"진구야! 진구야!"

밥을 먹던 숟가락을 팽개치고 대문으로 뛰어 갔다. 대문 밖에는 원종이 찬영이 수태가 기다리고 있었다. 원종이가 제안했다.

"학교에 가자!"

전에 집은 마을 가운데 있었는데 새로 지은 집은 학교와 무척 가깝다. 분교는 여전히 교실 한 칸에 선생님이 사는 방과 부엌이 딸려 있다. 교실은 삐걱거리는 출입문과 위로 들어 열어서 나무로 고정하는 창문이 남쪽에 2개 북쪽에 2개가 있다. 교실 바닥은 흙이라 먼지가 날렸다. 나무로 만든 긴 책상과 의자는 다섯 명씩 앉도록 되어 있었다. 북쪽부터 남쪽으로 1학년, 2학년, 3학년, 4학년이 앉도록 자리가 정해져 있다. 한사람의 선생님이 4개 학년을 가르치는데 수업을 하는 일은 일주일에 하루 이틀이다. 평소에는 선생님도 없는 교실에 아이들끼리 장난을 치고 밖에 나와 놀다가 점심때가 되면 집으로 간다.

원종이는 나보다 한 살이 적어서 국민학교 6학년이다. 찬영이와 수태는 한 살이 많다. 찬영이는 중학교 2학년이고 수태는 집이 가난하여 중학교에 진학하지 못했다. 마을 가운데 살 때는 우리 집과 가까웠는데 이제는 우리 집이 마을과 떨어져 있어서 밤에는 무서워 마을로 갈 수가 없다.

벌써 일요일 오후다. 하숙집에 가야 한다. 점심을 먹는 둥 마는 둥 하고 방에 누워있는데 작은누나가 왔다.

"다른 아−들은 시내로 가던데 니는 어짤라꼬 누워 있노!"

하숙집에 가기 싫어서 누워있는 내 마음을 아는 것 같아 미웠으나 어쩔 수 없는 일이다.

"나도 갈라꼬 안 카나!"

시내로 가는 길은 다릿골, 평지, 옹기점을 지나 뱁실로 가서 강물을 건너 솔뫼에서 합승을 타는 길과 보나루로 가서 시외버스를 타는 길이 있다. 한 시간을 걸어서 솔뫼 종점에서 합승을 기다리는데 좀처럼 오지 않았다. 오랫동안 기다리다보니 저 멀리 영덕 쪽에서 시외버스가 왔다. 사람들이 서로 타려고 몰리는 바람에 교복 단추가 떨어지는 줄도 모르고 억지로 버스에 올랐다. 차비를 걷는 차장은 문에 매달려 안으로 들어오지 못하고 있다. 차가 이리저리 흔들리자 작은 공간이 생겨 차장이 차비를 걷었다. 구시장에 있는 버스역에서 하숙집까지 걸어가야 한다. 사장둑을 지나 신시장으로 들어가지 않고 먼지가 풀풀 날리는 넓은 사단도로를 걸었다. 빤히 보이는 거리인데 좀처럼 길이 줄지 않는다. 지나가는 자동차들이 먼지를 뒤집어씌웠다. 사거리에 오니 농업고등학교의 오래된 뾰족한 지붕이 보였다. 강둑을 넘어 새동네, 미나리꽝, 학교 정문, 우물, 운동장, 후문과 동네, 그리고 모퉁이를 돌자 동네가 보이고 하숙집 초가지붕이 보였다. 주저 않을 정도로 다리에 힘이 빠졌다.

참꽃이 피는가 싶더니 실록이 짙어져 온 산과 들이 파란색으로 물들었다. 내일이 단오라 어머니가 당부하던 말이 떠올라서 강변으로 나갔다. 하숙집에서 강둑길에 올라서서 서쪽으로 2백 미터 정도 가면 강둑이 산과 연결되는 지점이다. 산기슭과 강 사이에 밭이 있는데 손수레가 다닐 수 있는 굽은 오솔길이 저 멀리 강 끝까지 이어져 있다. 강변을 따라 길을 가는 것은 언젠가 보았던 밤나무를 찾기 위함이다. 내 얼굴은 어릴 때부터 마른버짐이 피어 흰색 반점 같은 것이 여기저기 있다. 밥을 잘 먹지 않아 영양부족으로 생긴 버짐이다. 어릴 때는 그냥 두고 지냈는데 중학생이 되니 보기에 흉했다. 그렇다고 병원에 갈 형편도, 약을 살 돈도 없으니 어머니는 안타까웠던 모양이다.

"단오 전날에 밤꽃을 따서 삶은 물을 얼굴에 바르면 마른버짐이 낫는단다. 잊어버리지 말고 명심해라!"

밤꽃은 이상한 냄새가 나서 많은 나무 중에 쉽게 찾을 수 있다. 나무에 올라가지 않아도 가지를 후려 꽃을 꺾을 수 있다. 잎은 버리고 꽃만 서너 줌 따서 하숙집에 왔다. 염소우리 곁에 있는 찌그러진 냄비를 대충 씻어서 왕거를 땔감으로 쓰는 부엌에 넣고 끓기를 기다렸다.

큰방은 아주머니와 아저씨가 애영이와 쓰고, 내 방은 트럭 조수를 하며 운전을 배우는 넷째 아들과 함께 쓴다. 넷째 아들은 저녁 늦게 와서 아침 일찍 출근을 하지만 운전수가 먼 곳에 짐을 싣고 가면 집에 들어오지 않을 때도 있다. 애영이와 놀다가 아주머니가 쑥, 냉이, 씀바귀 등 나물을 뜯으러 가면 따라 가는 때도 있다. 같은 반에 앞뒤로 앉는 진수가 우리 마을에서 자취를 하고 있어 자주 놀러간다. 진수는 붙임성이 있다. 저녁을 먹고 강둑에 나가 강을 바라보거나 수문에서 놀 때면 진수가 있어서 좋다. 어떨 때는 가까이 있는 학교 운동장에 가서 놀기도 하고 멀리 있는 시장구경도 한다.

하숙집 아주머니는 해가 지지 않아도 학교에 갔다 오면 밥을 준다. 밥은 두레상을 펴고 큰 양푼에 퍼서 가운데 놓고 아주머니, 애영이, 아저씨 그리고 넷째 아들과 함께 먹는다. 사람 수대로 국 한 그릇과 숟가락, 젓가락 그리고 반찬이 몇 가지 있다. 국그릇에 밥을 퍼 담아 비벼서 먹는 사람도 있고, 국 따로 밥 따로 먹는 사람도 있다. 국그릇에 밥을 퍼 담아 놓고 양푼에 밥이 없어지도록 숟가락질을 하다가 마지막에 국그릇의 밥을 혼자서 먹는 얌체 짓도 한 적이 있다.

저녁을 일찍 먹었으니 아직 어둠이 짙어지려면 한참 있어야 한다. 대문 밖에는 학생들이 오고가고 강둑길에도 사람들이 오고 갔다. 심심하여 진수가 자취하는 집에 갔다.

"진수야! 시장구경 안 갈래?"

진수는 내 말이 떨어지자마자 기다렸다는 듯 따라나섰다.

외출 준비는 할 것도 없다. 교복이 전부이므로 모자까지 쓰고 골목을 나셨다. 시장으로 가는 동쪽의 첫 집은 금숙이네 집이다. 금숙이는 고아로 가난한 고모네 집에서 살기 때문에 국민학교를 졸업하고 집에서 심부름을 하며 논다. 길을 따라 늘어서 있는 집 네 채를 지나면 길옆으로 튀어나온 큰 바위가 나오고 바위를 돌아가면 밭이 나온다. 밭이 끝나는 지점에 있는 집 두 채를 지나면 산에서 강으로 흐르는 물길인 둑에 올라가게 된다. 둑을 오르면 산 밑에 돼지를 키우는 같은 반 창기네 집이 나온다. 창기네 집은 집 주변에 돼지우리가 빽빽이 들어서 있어 돼지 우는 소리가 언제나 요란하다. 시골에 부모님과 동생이 산다는데, 이 집에는 다리가 불편한 형이 돼지를 키우고 창기는 심부름을 하며 학교에 다닌다.

창기네 집이 둑과 연결된 산에 붙어 있으므로 둑을 내려오면 길옆으로 집들이 일자로 늘어선 마을이 있다.

시장에 가기 위해 진수와 한참을 걷다가 혹시 창기가 있나 하고 집을 먼 발치로 보면서 둑을 내려갔다. 뒤따라오던 진수가 영어 단어를 물었다. 그는 평소에도 학교생활이나 교과목에 대하여 궁금한 것이 있으면 때를 가리지 않고 묻는다. 어떨 때는 수학 문제나 영어 단어도 서로 묻고 답하기를 하는데, 창기네 집을 살피며 다른 생각을 하고 있던 나에게 진수는 큰소리로

"티 에이 아이 엘(TAIL)이 뭐로?"

갑작스런 질문에 단어의 뜻을 떠올리고 있는데 어디서 소녀의 목소리가 또렷하게 들여왔다.

"테일, 꼬리 아이라!"

소리가 나는 쪽으로 고개를 들어 두리번거리며 살펴보니 저녁 어스름이 깔려서 사람의 형체만 보일 뿐 얼굴은 분간하기 어려웠다. 하숙집을 출발

할 때는 해가 지려고 해서 무척 밝았다. 어느새 해가 지고 산그늘이 마을을 덮어 하늘은 하얀색인데 집들은 형체만 보이는 어둠이 몰려온 것이다. 진수와 내가 목소리의 주인을 찾는 동안 창기네 집 바로 아랫집 대문이 열렸다. 대문은 나무로 만든 짙은 황색으로 다른 집 보다 크다. 하숙집 대문과는 비교가 되지 않을 정도로 좋았다. 집도 지붕의 형체로 봐서 큰 채와 아래채가 있는 기와집이다. 평소 학교에 다니며 여러 번 잠겨있는 대문을 본 적은 있다.

대문 안으로 사라진 목소리의 주인은 분명 우리 또래의 소녀였다. 진수의 질문에 답을 하려던 나는 머리를 한 대 맞은 기분이다. 질문을 한 진수도 답을 한 사람을 찾지 못해 멍을 때리며 서 있었다. 대문이 열렸다 닫힌 그 집은 더 이상 사람의 기척이 들리지 않았다. 황색대문을 바라보던 우리들은 시장구경이고 뭐고 되돌아가고 싶도록 기분을 잡쳤다. 평소 같았으면 시장에 안 가면 학교 운동장에라도 가서 놀았을 텐데, 어디서 날아온 돌인지도 모르고 한 대 맞고 나니 기분이 영 좋지 않았다. 그러나 시험기간이 아니라서 시장 구경을 강행하기로 했다.

시장에서 하숙집으로 돌아오는 길은 자동차가 가끔 지나갈 때만 길이 보이고 뿌연 어둠에 가려 어림잡아 걸었다. 그래도 개울에 놓인 돌다리도 건너고 강둑으로 난 길을 따라 무서움을 참느라 노래를 부르며 빠른 걸음으로 걸었다.

우리 학교는 남녀 공학이다. 남녀가 한 반에서 공부하는 것은 아니다. 남자 반이 다섯 반이고 여자 반이 한 반이다. 여자 반은 교무실 가까이 있는데 쉬는 시간이면 여자 반을 기웃거리는 남학생도 있다.

다음날 나는 창기에게 사라진 소녀의 집을 가리키며 물었다.

"저 집에는 누가 사노?"

"우리 학교에 다니는 도영이네 집이다."

"누구와 사는데?"

"부모님과 오빠 세 명이 있는데, 아버지는 시장에서 사진관을 한다 카드라."

창기는 내가 묻지도 않는 말을 줄줄 이야기 했다.

"도영이는 여자 반 부반장인데 공부도 잘하고 얼굴도 예쁘다. 가끔 시장에 있는 아버지 사진관에도 가는 것 같던데, 지금 나와 같이 저 집에 가 볼래?"

창기는 내 팔을 잡고 넉살 좋게 도영이 집으로 가보자며 끌었다. 나는 기겁을 하여 뒷걸음질 치며 손사래를 쳤다.

몇 주일이 지난 어느 날 창기네 집에서 놀다가 학교에 가는데 그녀의 집 앞에서 우연히 마주치게 되었다. 정면으로 마주쳐서 잠시 동안 아무 생각 없이 서 있었다. 흰 피부에 긴 목을 하고, 갸름한 얼굴에 반듯한 이마와 굵은 눈에 쌍꺼풀이 지고, 오뚝한 코와 얇은 입술에 보조개진 볼, 웃음을 머금은 표정이 정말 예뻤다. 그 후 학교에서 교무실에 가면서 여자 반 교실을 기웃거렸으나 도영이는 볼 수 없었다. 괜히 도영이의 집 앞을 지날 때는 조심하여 걷느라 곁눈으로 대문을 조금 보고는 지붕도 쳐다보지 못했다. 혹시 도영이가 나오지나 않는지? 담장 너머에서 내가 가는 것을 보고 있지나 않는지? 괜히 가슴이 두근거렸다.

평소에 창기네 집에 가끔 갔는데 이제는 도영이가 궁금하여 자주 갔으나 어쩐 일인지 먼발치에서도 볼 수가 없었다.

학교에서는 기간을 정하여 하복을 입으라고 했다. 쑥색바지에 흰색남방셔츠, 그리고 겨울모자에 흰색 천으로 덮어씌우라고 했다. 교복 살 돈은 전번 주말 시골집에 갔을 때 얻었다. 하복에 대하여 잘 모르니 아주머니와 같이 가기로 했다. 신지장은 옷가게가 여러 곳에 있다. 옷을 걸어 놓거나 좌판에 쌓아 두는데 고급스러운 것은 가게 안에 걸어두고 밖에는 조금 헐한 옷을 걸거나 쌓아 두었다. 아주머니는 가게 밖에 쌓아둔 쑥색바지를 고르더니 내 키에 견주어 보았다. 흰색남방셔츠는 품이 헐렁하여 남의 옷 같았으나 그것도 몇 벌이 없으므로 사기로 했다. 신문지에 둘둘 말아 주는 것을 내가 받아 들고 아주머니가 가는 대로 따라다녔다. 모자에 씌우는 흰 천은 교내 매점에서 사기로 했다.

하복을 입는 날이다. 바지는 길어서 몇 단을 접고 남방셔츠는 크고 길어서 엉덩이를 덮었다. 반소매라 아직은 추웠다. 준비를 하는 기간의 첫날은 검은 동복과 흰 하복을 입은 학생들이 섞여 서서 운동장 조회를 했다. 한 학년이 여섯 반으로 한 반에 60명이 넘는 많은 학생들이 동복과 하복을 입었으니 장관을 이루었다.

5월이 가고 6월이 왔지만 아침저녁은 추웠다. 하숙집 뒷산에 올라가 썩은 나뭇가지를 줍기도 하고 가랑잎을 긁어모아 아궁이에 넣어도 보았으나 왕겨를 때던 방이라 한기는 여전했다. 집에서 가지고 온 요를 깔고 이불을 반 접어서 누우면 처음에는 추워서 덜덜 떨다가도 새벽이 되면 체온이 이불의 두께로 나가지 못하여 따뜻했다.

떡갈나무 잎이 무성하던 어느 날 오랜만에 비가 내렸다. 타 들어가던 밭

작물들은 기지개를 켜고 정자 뒤 등칡도 움츠렸던 잎을 펴는 듯했다. 우물물을 깃는 여자들의 빠른 발걸음 속에 아주머니도 있었다. 아주머니는 우산도 쓰지 않고 양동이에 물을 길어서 왼손 오른 손 번갈아가며 들고 왔다. 온동네가 쓰는 공동우물은 동네에서 가장 큰 기와집 옆에 있어서 하숙집과는 백 미터도 더 떨어져 있다.

강물이 불었다. 하숙집 앞 논에 물이 넘치는 것을 보고 아저씨는 직각으로 두 번 굽힌 쇠막대를 들고 강둑의 수문으로 갔다. 벌건 강물이 불어서 모래사장이 보이지 않았다. 아저씨는 쇠막대를 수문의 톱니 아래 구멍에 끼워서 돌렸다. 큰 키로 서 있던 수문을 지탱하는 쇠막대가 점점 줄더니 문이 닫혔다. 수문은 강물이 역류되어 들어오는 것을 막아 주었다. 수문을 닫지 않으면 하숙집 마당에도 물이 들어온다.

다음날 비는 그쳤는데 강물은 계속 불었다. 어디서 물이 흘러오는지 평소에 보이던 강변의 밭들이 보이지 않았다. 학교에 갔다 와서 강물이 궁금하여 강둑에 나갔더니 사람들이 수문주변에 낚시를 하느라 빽빽하게 앉아 있었다. 평소에는 더러운 하수가 흘러 검은 벌흙이 가득하던 도랑이었는데 붉은 물로 가득하다. 강물이 역류하면서 수문에 들어오지 못하니 도랑에 물이 고여 고기가 모인 듯했다. 낚시하는 사람들은 지렁이를 끼워서 던졌는데 잠시 후에 피라미가 물려서 나왔다. 어떤 사람은 붕어도 낚고 메기도 낚았다. 사람들이 흙탕물 주변에 줄을 지어 낚시하는 것을 구경하느라 강 쪽까지 갔다가 돌아오는데 고등학생 정도의 남자 옆에 교복 입은 여학생도 끼여 있었다. 여학생 옆의 낚시 끝으로 시선을 두려는데 무슨 일인지 여학생이 고개를 확 돌렸다. 한눈에 도영이라는 것을 알 수 있었다. 그녀의 집 대문 앞에서 마주치고 두 번째다. 우리는 또 그대로 굳어버렸다. 도영이는 앉아서 고개를 젖힌 채로 나는 서서 내려다보는 자세로 굳어버린 것이다. 잠시 후 시선을 거둔 나는 얼굴이 홍당무가 되어 도망치듯 그 자리를 빠져나왔다. 빠른 걸음을 걷다가 돌아다보니 도영이는 오빠로 보이는 사람의 낚싯대도 보지 않고 먼 산을 바라보고 있었다.

기다리던 토요일이다. 친구들을 만나 시골집에 가기 때문이다. 오전 수업을 마치고 하숙집에서 점심을 먹었다. 집에 간다고 하니 마음이 들떠서 허둥대느라 밥맛이 없다. 하복을 입고 가방에 책을 몇 권 넣어 하숙집을 나섰다. 농업고등학교를 지나 큰 국민학교 앞까지 30여 분을 걸었다. 화교들이 다니는 학교 앞에 국민학교 동창 3명이 함께 자취를 하고 있다. 그들은 늦게 하교를 했는지 점심을 먹는 중이다. 3명이 한 그릇의 밥을 놓고 둘러앉아 먹는데 반찬은 간장뿐이다. 됫병에 든 간장을 종지에 덜어서 먹다가 없어지면 병뚜껑을 열고 또 덜어서 먹었다. 밥을 직접 한다는 것도 신기하지만 간장 한가지로 먹는 것은 더 신기했다. 그들이 밥을 다 먹을 즈음 다른 곳에 자취를 하는 국민학교 동창 민호가 왔다. 우리 다섯 명은 구시장에 있는 버스역으로 갔다. 버스시간표를 보니 청송 가는 버스는 조금 전에 출발을 하고 영덕 가는 버스가 있었다. 여러 대의 버스가 기름에 절어 질척거리는 검은 흙 위에 서 있었다. 영덕 가는 버스는 손님을 가득 태우고도 더 태우느라 출발을 하지 않고 있었다. 버스 안은 발 디딜 틈도 없다. 창문으로 짐을 먼저 넣고 타는 사람도 있었다. 버스가 시내를 벗어나자 법흥교를 건너려고 건널목에 잠시 멈추었다. 버스 손잡이를 잡고 억지로 섰다가 남쪽 창문 쪽으로 눈을 돌리니 중학교에 입학하려고 오던 날 아버지와 점심을 먹던 식당이 보였다. 긴 다리를 건너서 덜컹거리는 길을 가던 버스는 또 사람을 태우려고 멈추어 섰다. 몇 사람이 타는가 싶더니 출발을 했다. 버스가 비포장도로를 덜컹거려 사람들이 쏠려 공간이 생기자 차장은 차비를 거두려고 앞문에서 통로로 들어왔다. 선어대를 돌아 솔뫼에 도착하여 눈에 익는 가게 앞에 차를 세웠다. 우리들은 미리 준비하여 우르르 내렸다. 솔뫼와 인근 동네에 사는 사람들도 우리와 함께 내렸다. 버스는 먼지를 일으키며 영덕을 향해 꽁무니를 보이다가 사라졌다. 강을 건너야 한다. 물이 많으면 배를 타고 건너는데 물이 줄어서 바지를 걷고 미루나무밭이 있는 얕은 곳으로 건너게 되었다. 미루나무밭은 배를 타는 곳보다 위쪽으로 30미터 정도 올라가야 한다. 미루나무밭을 사이에 두고 강이 두 갈래로 갈라졌다. 처음 물을 건너고 미루나무밭을 걷는데 다른 학교 학생들과 어른들이 영양가는 버스를 타고 내렸는지 다가왔다. 미루나무밭을 지나 두 번째 물줄기를 건너는데 내 앞에 성큼성큼 가는 사람은 분명 공민을 가르치는 성선생님이다. 몸을 움츠려 성선생님과 떨어졌으나 강을 건너고 자갈밭에서 신을 싣다가 보니 바로 내 옆에서 성선생님은 구두를 신고 있었다. 강 옆으로 큰물에 밭둑이 떨어져 나간 밭까지는 또 미루나무밭이다. 백 미터는 더 되는 거리이다. 부끄러워서 선생님께 인사도 드리지 못했는데 성선생님은 교복을 보고 우리학교 친구들과 나를 불렀다. 선생님은 주머니에서 검은 수첩을 꺼내더니 몇 반이냐고 물었다. 친구들은 반을 알려 주었다. 명찰을 보더니 공민 점수를 불러주었다. 우리학교에 다니는 친구 3명에게 점수를 불러주는데 40점 55점 50점 하다가 나를 바라보더니 명찰을 자세히 보았다.

"임진구는 1학년인데 몇 반이로?"

부끄러워 말을 못 하고 있는데 인사를 잘하는 민호가 '야는 5반인데요.' 하고 얼른 대답을 했다. 성선생님은 수첩을 뒤지더니 말했다.

"임진구는 공부를 잘하는구나! 85점이다."

나도 예상하지 못한 점수이다. 친구들이 40점 50점 했으니 나도 그 정도인 줄 알았다. 성선생님은 나를 한 번 더 보더니 성큼성큼 앞으로 걸어갔다. 성선생님은 우리 동네에 가기 전에 옹기를 굽는 마을에 사는 것 같았다.

여름방학이 다가오는 무더운 여름이다. 더워서 무거운 모자를 벗어들고 하교를 하느라 긴장을 하며 도영이네 집 앞을 지나려는데 청소를 하느라 늦었는지 진수가 큰 소리로 나를 부르며 뛰어왔다. 혹시 도영이가 들으면 어쩌나 하고 곁눈으로 대문을 보았으나 도영이는 없었다. 진수는 점촌에서 국민학교를 졸업하고 우리학교에 왔다는데 부잣집 막내아들 같이 얼굴이 곱상하게 생겼다. 키는 나와 비슷하여 앞뒤에 앉는데 말이 조금 많다. 하숙집 방은 무척 더웠다. 내 책상은 하숙집 막내아들이 쓰던 것으로 두꺼운 검은 비닐보를 씌워서 더욱 덥게 느껴진다. 교복 남방셔츠를 벗고 책꽂이에 책을 꽂고 있는데 대문으로 누가 들어오는지 삐꺽거리는 소리가 들렸다.

"어무이요. 어무이요."

밖을 내다보니 건장한 청년이다. 눈에는 웃음기가 덕지덕지 묻어 있었다. 부엌에 있던 아주머니가 뛰어 나오며 반겼다.

"덕철이 오나! 웬일이로!"

덕철이라는 사람은 아주머니의 다섯 아들 중에 막내이다. 수박을 양손에 한 덩이씩 들고 왔는데 큰방에서 아저씨와 이야기를 나누더니 마당으로 나왔다. 방 앞 동마루에서 마당으로 내려서며 나를 보더니 씩 웃었다.

"너 이름이 뭐로!"

부끄러워서 기어들어가는 목소리로 대답을 했다.

"임진구인데요."

"너 나 하고 강에 가자."

얼떨결에 덕철이를 따라나섰다. 덕철이는 운동을 잘하는지 모래사장에서 달음박질을 하더니 모래에 손을 짚고 공중제비를 했다. 꼭 서커스 그림을 보는 듯했다. 가지고 온 수박을 주먹으로 깨더니 한 쪽을 나에게 내밀었다. 같이 온 이웃집 전주 오빠도 나누어 먹었다. 전주는 영가여자중학교 1학년으로 그녀의 오빠는 고등학교를 졸업하고 대학교에 가기 위해 공부를 하는 중이다. 전주는 두 살 터울의 예쁜 여자동생도 있다. 수박을 다 먹자 옷을 벗고 강물에 들어가 수영을 했다. 덕철이는 수영을 잘했으나 전주 오빠는 나와 같이 수영을 잘하지 못해 개헤엄을 치다가 모래사장으로 나왔다. 덕철이는 강 가운데까지 헤엄을 쳐서 갔다가 왔다.

덕철이가 오고부터 트럭 조수를 하며 운전을 배우는 넷째 아들과 세 명이 함께 자게 되었다. 덕철이는 내방의 아궁이 앞에 아주머니와 앉아서 왕겨로 불을 떼면서 조근 조근 이야기를 했다. 동마루에 앉아서 엿들어 보면 그는 탄광에서 일을 하다가 너무 힘들어 왔다고 했는데, 저녁이면 어디를 쏘다니는지 새벽이 되어야 들어왔다. 가끔 전주 오빠와 바둑도 두었는데 바둑에 지는 날이면 씩씩 거리다가 손바닥으로 바둑판을 박살내었다. 다음 날이면 바둑판을 어디서 가지고 왔는지 아무 일 없었다는 듯 또 두었다.

한번은 시골집에 갔다가 오니 덕철이가 방에 누워서 빈둥거리다가 나를 보자 불쑥 말했다.

"진구야! 돈 있으면 10원만 빌려다고."

마침 집에 갈 때 차비와 학급비 낼 돈이 있었는데 5원을 빌려주었다. 5원이면 집에 가는 버스비 반은 되었다. 덕철이는 생글생글 웃으며 남방을 입고 모자를 쓰더니 시내 쪽으로 갔다. 저녁식사를 할 때도 오지 않고 숙제 하다가 잘 때도 오지 않았는데 새벽에 일어나니 언제 왔는지 옆에서 코를 골며 자고 있었다. 아침에 세수하는 것을 보니 주먹으로 무엇을 쳤는지 한 손으로 얼굴에 물을 묻혔다.

교무실에 학급일지를 가지러 갔다가 여자반 담임 옆에서 이야기를 하고 있는 도영이를 보았다. 교무실 출입문 앞에서 경례를 하고 돌아서면서 복도에서 기다려 보려다가 용기가 없어서 그냥 교실로 왔다. 교실로 돌아오면서 도영이 반 교실을 보니 도영이가 교실에서 나를 보고 있는 것처럼 느껴졌다. 담임과 이야기하고 있는 도영이는 한결같이 예뻤다. 흰 칼라의 동복을 입었을 때도 예뻤지만 하얀 하복을 입으니 더욱 예뻤다.

여름 방학을 하는 날이다. 담임선생님은 성적표를 나누어 주면서 개학할 때 학부형 난에 도장을 찍어 오라고 했다. 성적표에는 과목별 성적과 평균 그리고 학급 석차가 적혀 있었다. 중간고사보다 1학기말 고사는 그래도 신경을 쓴다고 썼다. 가장 높은 점수를 받은 국어는 90점이고 낮은 점수를 받은 수학은 70이다. 평균이 83점으로 학급석차가 5등이나 되었다. 공부를 별도로 많이 하지 않는 것에 비하면 석차가 잘 나왔다. 특히 영어는 알파벳 배울 때는 신기하여 열심히 썼으나 교과서를 읽고 해석 할 때는 단어를 외우지 않아 75점이다. 조금만 공부 한다면 좋은 성적을 낼 수도 있다는 자신감이 생겼다.

방학을 하고 보니 마땅히 놀 장소가 없다. 국민학생도 아니어서 소꼴을 베지 않고 그냥 놀기도 이상하여 집 뒤 개울 건너 있는 분교에 갔다. 교실문이 열려 있어 들어가니 나무로 만든 긴 책상과 의자는 그대로다. 전에는 흙바닥에 가마니를 깔았었는데 시멘트로 말끔히 정리되어 먼지가 나지 않았다. 원종이가 언제 왔는지 교실로 들어왔다. 누가 먼저랄 것도 없이 책상은 책상대로 의자는 의자대로 모았다. 책상은 훌륭한 침대가 되었다. 남는 책상은 창가로 가지고 가서 앉아 보니 책을 펴고 공부를 해도 될 듯했다.

다음날 아침을 먹고 분교에 가니 원종이와 찬영이가 책을 들고 왔다. 큰 창문 4개 앞에 책상과 의자를 놓고 각자 앉아서 공부를 했다. 저녁에는 집에 갔는데 다음 날 오전이 되자 용성이도 왔다. 원종이와 용성이는 국민학교 6학년으로 나보다 한 살이 작다. 저녁이 되자 각자 홑이불과 남포를 들고 왔다. 불을 밝히고 공부를 하다가 책상으로 만든 침대에 올라가서 잠을 잤다. 문을 닫고 네 명이 나란히 누우니 별로 무서운 줄을 모르겠다. 교실과 붙어있는 동쪽 방과 부엌은 선생님 가족이 살았다.

소변이 보고 싶어 창밖을 보니 먼 산의 정상이 어스름히 보였다. 날이 밝아오는 것이다. 다시 자리에 누우려는데 원종이도 일어나 변소에 갔다. 먼 산이 보이고 운동장에 수양버들이 보이다가 큰길에 소를 몰고 가는 사람들의 소리가 들렸다. 날이 밝자 운동장 수양버들가지에 참매미가 울기 시작했다.

"매엠맴, 매엠맴, 맴一"

길게 맴을 빼다가 소리는 그쳤다. 한 마리가 울기 시작하자 다른 수양버들가지에 있던 매미들이 연달아 울었다.

이슬이 촉촉이 내린 잡초를 밟으며 2백 미터 정도 떨어진 개울가에 가서 세수를 했다. 분교 앞개울은 비가 오지 않으면 물이 고이지 않는 건천으로 장마철이 아니어서 물이 없다. 뒷개울 주변은 잡목과 잡초가 우거진 밭 서 마지 정도의 벌판이 있다. 소먹이를 베고 소에 풀을 뜯기며 씨름도 하는 곳이다. 개울에 가까이 가니 버들치들이 돌 틈에서 나왔다가 발자국 소리를 듣고 재빠르고 돌 속으로 들어갔다.

밥은 각자 집에 가서 먹고 나온다. 공부를 하다 지루하면 창문을 넘나드는 놀이도 하고 수양버들에 올라가기도 한다. 저녁에는 운동장에 앉아 무서운 이야기도 하지만 교실에 물을 뿌리고 청소도 한다. 내가 주로 하는 공부는 그동안 하지 못했던 영어 단어 외우기다. 1단원부터 단어를 모아 단어장을 만들고 외웠다. 노트에 알파벳을 쓰면서 입으로 중얼중얼 외웠다. 싫증이 나면 찬영이와 단어를 묻고 답을 하기도 하는데 찬영이는 2학년인데 아는 단어가 많지 않은 듯했다. 원종이는 국민학생이라 공부보다는 학, 배, 권총 등 종이 접기를 주로 했다. 집이 멀어서 가끔 오는 용성이는 눈이 아파서 안대를 하고 다니는데 공부도 하지 않고 종이 접기도 하지 않는다. 그냥 와서 여기 저기 집적거리다가 집에 간다. 국민학교에 다닐 때 자주 만나던 동숙이는 컸다고 보이지도 않는다. 아마도 남자와 여자라는 것 때문에 그런 것 같았다. 가끔 길로 지나가다 만나면 소가 닭 보듯이 한다.

여름 방학 한 달 동안 분교에서 놀다가 공부하다가 잠을 잤다. 개학을 며칠 앞두고 마지막 잠을 자는 저녁이다. 돈을 모아 구판장에 가서 잔소주(됫병의 소주를 덜어서 팔았다)와 과자를 샀다. 책상을 운동장에 내어 놓고 놀계획이다. 소주를 한잔씩 부어 주었다. 술잔이 한 개 뿐이어서 잔을 비워야 다른 사람에게 줄 수 있다. 찬영이를 주고 용성이를 주니 못 먹는다며 손을 내 저었다. 그래도 먹으라며 권하니 안 먹겠다며 내 손을 밀었다. 이 술을 안 먹으면 옷에 붓는다고 하자 그는 도망을 갔다. 술을 들고 따라가니 술이 쏟길까 더 이상 뛸 수가 없어 용성이의 뒤를 향하여 뿌렸다. 용성이는 눈을 손으로 가리더니 그 자리에 주저앉았다. 눈이 아파 안대를 하던 용성이가 일어섰다.

"진구야 이상하다 눈이 떠진다. 어! 이상하다. 잘 보여!"

원종이는 그것보라며, 눈을 고쳤다며, 나를 추켜세웠다. 한 사람이 한 잔 정도의 소주를 샀기 때문에 금방 바닥이 났다. 손뼉을 치며 '해는 져서 어두운데 찾아오는 사람 없어' 하고 노래를 부르는데 보름이 가까워 오는지 달이 무척 밝았다. 도영이의 예쁜 모습이 달빛에 어려 아른거리더니, 수양버들잎이 달빛에 싸여 꽃처럼 아름다웠다.

1학년 5반의 담임선생님은 역사를 가르치는 조선생님이다. 반질반질 빛이 나는 허리띠에 안경집을 달고 다닌다. 교실에 들어오면 출석부터 부른다. 결석자만 점검하는 보통 선생님과 다르게 이름을 일일이 부른다. 1번부터 60번까지 모두 빠짐없이 부르고 나면 노란 참고서를 뒤져 반마다 진도를 찾아 칠판에 쓰기 시작한다. 칠판의 왼쪽 위부터 시작하여 오른쪽으로 줄을 맞추어 쓰면 우리들은 철필을 잉크에 찍어 공책에 쓰기 시작한다. 담임선생님은 쓰면서 창밖을 보거나 학생들을 보는 일은 거의 없다. 칠판이 빽빽하게 다 쓸 정도가 되면 수업을 마치는 종소리가 들린다. 종이 치기 전에 필기를 멈추는 일도 거의 없다. 종이 치면 노란색 책을 접고 교탁 앞에 바로 선다. 실장은 빠짐없이 '차려! 경례!'를 외치고 조선생님은 유유히 출입문 밖으로 사라진다. 열심히 노트에 쓰는 학생은 나를 포함한 몇 명뿐이다. 필기를 하지 않는 학생들은 손장난을 하거나 영어 숙제를 하거나 옆 사람과 희희덕 거리며 시간을 보낸다. 열심히 쓰는 학생들도 쓸 때 뿐 쓴 내용을 읽어보지 않는다. 읽어 볼 필요가 없다. 그것은 시험 문제 때문이다. 중간고사나 기말고사 시험 문제는 노트에 쓴 내용과 상관없이 조선생님이 가지고 있는 노란책 문제이기 때문이다. 한 반에 한두 명 정도 돈이 많은 학생들은 어떻게 알았는지 서점에 가서 조선생님과 같은 책을 사서 공부를 하지만, 나 같은 사람은 돈이 없어 책을 살 엄두도 내지 못하다가 간혹 학생들 사이에 흘러나오는 문제 몇 개를 알아서 시험을 칠뿐이다. 그래도 필기를 열심히 한 덕택으로 70점 정도는 나오는데 만족을 한다. 한번은 조선생님이 역사 시간에 판서를 멈추고 자랑을 했다. '이번에 국어교사자격시험에 합격을 했다. 앞으로 영어교사자격시험도 볼 것이다.' 학생들은 아무런 반응이 없다. 옆에 있던 친구는 '국어를 가르치면 뭐해 또 책보고 필기만 할 텐데'하고 중얼거렸다.

　일요일이라 집에서 늦잠을 자는데 꿈에 도영이가 나타났다가 웃기만 하고 사라졌다. 날이 밝자 진수의 자취방에 가려고 집을 나섰다. 골목을 돌아 서쪽의 첫째 집은 구멍가게다. 바늘, 실, 딱지, 풍선, 사탕, 과자 등을 주로 파는데 좁은 마루에 2칸짜리 진열대가 있다. 구멍가게를 지나면 아직 말을 걸어보지 못한 전주네 집이다. 전주는 동생과 덕철이 친구인 그의 오빠가 부모님과 함께 산다. 조금 더 가면 진수의 자취방으로 가는 북쪽 골목길과 북서쪽 용바위재로 가는 길로 나누어진다. 용바위재를 넘으면 열 두골에 마을이 있는 하이마다. 용바위재가 시작되는 언덕 아래에 일원정—原亭이라는 오래된 정자가 있고 정자 아래로 집들이 있다. 일원정에 가기 전에 북쪽 골목으로 가면 오래된 기와집들이 있다. 정자에서 남쪽으로 강과 강둑이 보이는 조금 높은 위치에도 집들이 옹기종기 머리를 맞대고 있다.

진수의 자취방에 가니 어디 갔는지 문이 잠겨 있다. 아침 일찍 어디 간 것을 보니 중요한 일이 생긴 것이 분명하다. 진수의 자취방에서 시간을 보내며 도영이의 이야기도 하고 싶었는데 어쩔 수 없다.

골목을 다시 나왔다. 구멍가게 집 대문 앞에서 하숙집으로 가는 길과 강둑으로 가는 길이 거의 직각으로 나눠진다. 강둑으로 가는 길은 도랑이 있고 도랑 옆으로 자동차도 다닐 수 있다. 강둑에 오르는 비스듬한 길을 올라 수문 옆에 서서 강을 바라보았다. 동쪽 저 멀리 보이는 철길과 철교에 증기기관차가 연기를 뿜으며 지나가느라 철컥거리는 쇳소리가 온 산과 강을 덮었다. 강과 하늘이 닿아 있는 서쪽으로 길을 잡았다. 강둑이 끝나는 지점에서 마을을 보면 북쪽인데 용바위재 아래에 있는 일원정이 제일 먼저 보인다. 강둑이 끝나는 지점에서 남서쪽으로 강변을 따라 논밭이 있고 길옆이 바로 강물이다. 아낙네들은 빨래를 하고 아이들은 목욕을 하고 어항을 놓아 피라미도 잡는다. 간혹 낚시를 하는 사람들도 보인다. 평소에는 강폭이 넓어서 물이 깊지 않지만 장마철이 되면 이빨을 드러낸 흙탕물로 변한다. 물은 임동, 길안에서 내려오는 황토색 물과 강원도 황지에서 내려오는 검은색 물이 법흥교에서 만난다.

진수가 있었으면 강변길을 따라 강과 하늘이 닿는 곳까지 가보려고 했는데 혼자서는 도저히 갈 수가 없다. 강물은 하회마을을 돌아서 상주와 구미를 거쳐 부산까지 간다고 하는데 직접 볼 수가 없어 안타까울 뿐이다. 지리부도를 보고 짐작만 할 뿐이다.

저녁을 먹고 하숙집 아저씨는 지게에 괭이를 얹더니 같이 가자고 했다. 애영이 손을 잡고 구멍가게 앞을 지나 강둑에 올라갔다. 강둑과 강둑 사이의 큰 도랑은 물이 말라서 벌흙 위에 돌다리가 놓인 지 오래 되었다. 아저씨가 애영이를 안고 앞서서 돌다리를 건너고 내가 성큼성큼 뛰어서 건넜다. 돌이 박혀 있는 벌흙은 무척 더러워 발이 빠지면 헤어나지 못할 것 같다. 신발에 흙이 묻어도 쉽게 씻지 못할 것이다. 아저씨는 미루나무와 모래사장이 닿아 있는 강둑으로 올라갔다. 동쪽으로 50미터 정도 가더니 큰 도랑 쪽으로 내려갔다. 그곳에는 아저씨의 배추밭이 있었다. 배추밭은 강둑을 파내어 만들었는데 20미터 정도 되었다. 아저씨가 배추밭에 풀을 뽑고 배추를 솎아내면 애영이와 나는 강둑 위에 있는 아저씨의 지게까지 운반을 했다. 날이 어두워지자 아저씨의 배추 지게만 보고 하숙집을 향해 걸었다.

등굣길, 창기네 집 둑에 올라서서 도영이네 집을 내려다보니 어김없이 대문은 잠겨 있었다. 창기와 같이 학교에 가려고 들렀더니 돼지들이 먼저 인사를 했다. 창기네 집에는 또 한 친구가 들어왔다. 규택이라는 동급생인데 같은 반은 아니지만 첫인상이 좋아 친해지고 싶었다. 나보다 키도 크고 목소리도 큰 창기는 언제나 활기가 넘친다. 형을 도와 돼지죽을 주다가 나를 보았다.

"어! 아침도 안 먹었는데, 벌써 학교가나?"

"같이 갈라꼬 왔다. 빨리 밥 먹어라! 같이 가자!"

부엌에서 아침을 준비하던 규택이가 밥상을 들고 방으로 들어갔다. 부엌과 방이 두 개 뿐인 집은 사방이 돼지우리다. 냄새가 났으나 그리 싫지는 않왔다.

학교 후문은 큰 돌을 작은 도랑 위에 걸쳐 놓았는데 교문이 없다. 도랑을 건너면 운동장과 산이 붙어 있다. 운동장 서쪽에 큰 기와집이 학교인데 깃대에 태극기가 펄럭였다. 큰 기와집은 교실이 6칸인데 깃대 뒤가 교무실로 건물의 중앙이다. 그 뒤로 또 기와집이 있는데 이 건물은 교실이 다섯 개로 교장실과 서무실 그리고 여학생 반이 있다. 여학생 반이 끝나는 동쪽 지점에 교실 2칸 정도의 공간이 있고 큰 교문이 있다. 큰 교문은 학생들이 등교할 때나 차가 다닐 때만 열린다. 여학생 반 뒤로 조금 높은 곳에 현대식 2층 건물이 있다. 교실이 1층 6칸, 2층에 6칸이 있는데 서쪽 첫 교실이 우리 반이다. 우리 반과 여학생 반은 대각선으로 놓여 있어 교무실에 갈 때나 큰 교문을 지날 때가 아니면 볼 수가 없다. 우리 교실 서쪽 언덕의 강당이 동쪽을 향하여 있다. 음악수업이나 큰 행사가 있으면 강당으로 올라간다. 강당으로 가는 길은 계단이 없어서 비가 오면 흙물이 내려와 무척 미끄럽다. 우리 교실이 있는 건물 뒤로는 신라고찰인 서악사가 언덕 위에 있고 가정집도 몇 채가 보인다.

점심시간이다. 학생들은 도시락을 책상 위에 올려놓고 밥을 먹는데, 집이 가난하여 도시락을 못 싸오는 학생이 있는가 하면 밥 위에 삶은 계란을 얹어 오는 학생도 있다. 어떤 학생은 보리밥에 된장을 싸고 양배추 조각을 가지고 와서 친구들과 쌈을 사서 먹기도 한다.

교실에 들어가면 변소에 가는 일 외에는 책상 앞에 앉아서 예습과 복습을 하던 나는 도영이를 알고부터 볼일 없이 교무실에 가거나 큰 교문 앞에 서성거리기도 하고 서무실 앞에 가기도 한다. 어떨 때는 상급생들 교실 앞을 지나다가 인사를 하지 않아 혼이 난 적도 있다. 도영이네 교실 앞에 갔다가 오면 진수와 도영이 이야기를 하는데 진수는 별로 관심이 없어 보였다.

아침부터 오던 비가 개인 토요일 오후, 진수도 나와 같이 시골집에 가지 않았으므로 시장을 지나 한참 가야 하는 도서관에 가기로 했다. 진수는 자취방에서 밥도 같이 먹고, 잠도 같이 자는 친한 친구가 되었다. 도서관에 가본 적이 없는 나는 무척 궁금하여 가보고 싶었다. 진수는 도시에서 국민학교를 졸업해서 나 보다 공부 외에는 앞서가는 친구다. 어디서 무슨 소문을 들었는지 며칠 전부터 도서관에 가면 '재미있는 일이 있을 거라'며 같이 가자고 했다. 진수가 재미있을 거라는 것은 여학생 이야기가 분명하다. 잔뜩 흐린 날씨에 우산을 접어들고 진수와 도서관으로 향했다. 도영이의 집 앞을 지나자 습관처럼 그 집 대문을 쳐다봤다. 그런데 꿈처럼 도영이가 대문을 막 나오고 있었다. 나는 얼굴이 빨개졌으나 진수는 태연했다. 나는 고개를 숙이고 빠른 걸음으로 학교 운동장을 돌아 골목길로 들어갔다. 진수는 나를 따라 오느라 숨을 헐떡이며 큰길로 가자고 했으나 내 빨간 얼굴을 숨기기에는 골목이 좋았다. 한참을 걷다가 뒤돌아보니 도영이가 거짓말처럼 따라 오고 있었다. 진수에게 속삭였다. "저 애 계속 따라온다. 우리 빨리 가자" 식당이 있는 조금 큰 골목을 피해 좁은 골목길만 찾아가는데 도영이는 계속 따라왔다.

시립도서관은 교실보다 작은 방이 4개나 있었다. 2층은 어른들이 책을 보는 곳이고, 아래층은 중·고등학생이 사용하도록 분리가 되어 있었다. 문을 들어서면 돈을 받는 카운터와 사무실이 있고 사무실 뒤에는 서고가 있었다. 이용하는 사람들은 별로 없었다. 방마다 빈 책상이 여러 개 있었는데 너무 조용했다. 책을 빌리려 간다기보다 공부방으로 이용하기 위해 가는 것 같았다. 칸막이도 없는 테이블이 여러 개 놓여 있고 한 테이블에 여섯 명이 앉도록 되어 있었다. 세 명이 앉는 둥근 테이블도 몇 개 있었는데 진수는 둥근 테이블에 앉자고 했다. 도영이 때문에 주눅이 들었는데 처음 접하는 조용한 도서관의 분위기에 눌려 고개를 들지 못했다. 진수는 몇 번 와 봤다며 여유롭게 이야기도 걸어 왔다. 내가 책을 펴고 막 집중을 하려는데 진수가 내 팔을 툭 쳤다. 고개를 들어보니 도영이가 내 옆에 앉으려고 했다. 가슴이 쿵쾅거렸다. 도영이가 옆에 앉아 있다는 것이 믿어지지 않아 고개를 들어 보려고 해도 용기가 나지 않았다. 진수가 지우개를 빌려 달라고 해도 지우개만 내밀뿐 진수의 얼굴을 보는 것조차 쑥스러웠다. 얼마의 시간이 흘렀을까? 한참이 지났는데도 글이 머리에 들어오지 않았다. 정말 이상했다. 금방 읽었는데 또 읽고 그리고 몇 줄 지나면 무엇을 읽었는지 기억이 나지 않았다. 읽었던 곳을 되읽고 되읽었다. 그러다 보니 책장을 넘기지 못했다. 도영이가 나를 보고 있는 것 같아 고개는 점점 수그러들었다. 책장을 넘기지 못하는 것을 보면 얼마나 한심해 할까 하는 생각이 들자 이번에는 읽지도 않고 책장을 넘겼다. 얼마의 시간이 자났을까? 숨이 막히는 분위기를 탈출하려고 연필을 일부러 바닥에 떨어뜨렸다. 떨어뜨릴 때는 몰랐는데 허리를 구부려 연필을 주우려 하니 창피하기 그지없었다. 연필을 주우면서 도영이의 발이라도 보고 싶었지만 그럴 용기도 나지 않았다. 연필을 줍고 자세를 똑바로 하여 앉았으나 책에 집중이 되지 않는 것은 어쩔 수 없었다. 진수와 도영이는 열심히 책을 보고 있는 듯했으나 나는 글자가 보이지 않았다.

밖에는 추적추적 비가 내리고 있었다. 점심도 굶고 저녁때도 한참 지났는데 배가 고픈 줄도 모르겠다. 진수가 내 팔을 쳤다. 고개를 들어보니 책을 정리하며 턱으로 밖을 가리켰다. 집에 가자는 신호였다. 얼떨결에 일어서서 도서관 출입문을 나오자 도영이도 따라 나왔다. 그때까지 도영이와 우리는 아무 말도 하지 않았다. 도서관 현관에 서서 내가 가지고 온 우산을 펴는데 진수가 도영이를 보고 '같이 쓰고 가자'고 했다. 도영이도 진수도 우산이 없어서 내 우산을 쓸 수밖에 없다. 진수는 도영이와 아는 사이 같았다. 오늘도 내가 모르는 사이에 같이 도서관에 가자고 약속을 했던 것은 아닌지? 작은 우산을 세 명이 쓰게 되었는데, 도영이가 가운데 서고 진수와 나는 양 옆으로 섰다. 비포장도로에 비가 오니 어디에 발을 디뎌야 할지? 물이고 흙이고 분간 없이 걷다가 돌에 걸려도 아프지 않은 척 걸어야 했다. 긴 안테나가 있는 라디오방송 중계소를 지나 차가 다니는 길에서 새동네로 접어드는 길에 오자 진수는 도영이에게 무언가 말을 걸었다. 아니 진수는 우산을 같이 쓰고부터 도영이와 이야기를 했다. 나도 무슨 말인가 하고 싶었으나 용기가 나지 않아 두 사람이 하는 이야기만 들었다. 그러다 내가 벼르고 벼르다 용기를 내어 침묵을 깼다.

"도서관에 자주 가요?"

떨리는 목소리로 물었다. 도영이가 대답했다.

"지지바(계집아이)가 어떻게 자주가요."

나는 '지지바'라는 말에 도영이도 보통 여자 아이라는 것을 알고 깜짝 놀랐다. 정말이지 도영이는 그런 말을 써서도 안 되고 쓰지도 않는 천사인 줄 알았다. 지지바라는 말이 도영이에게는 어울리지 않았다. 도영이는 지지바가 될 수 없었다.

내 어깨에 빗물이 떨어져 옷이 다 젖었다. 진수도 옷이 젖었을 텐데 도영이와 발을 맞추어 걷기만 했다. 학교 교문을 지나 운동장을 돌아도 비는 그치지 않았다. 도영이네 집 앞까지 왔다. 진수가 도영이에게

"잘 가요."

자연스럽게 인사를 하는데 나는 인사를 하려고 해도 도무지 말이 나오지 않아 머뭇거리다가

"굳 바이(good bye)."

하고 기어들어가는 소리를 했는데 도영이가 들었는지 못 들었는지는 알수가 없다.

슬쩍슬쩍 곁눈질로 본 도영이는 무척 예뻤다. 갸름한 얼굴에 굵은 눈과 오똑한 코 보조개가 들어가는 볼이 너무 귀여웠다.

하숙집 뒷산에 참나무 잎이 붉게 물드는가 싶더니 용바위재로 가는 산에도 울긋불긋 단풍이 들었다. 하이마로 가는 강변에도 푸른 잎들이 붉게 물들었다. 강물은 피라미들이 헤엄을 치는 것이 훤히 보일 정도로 맑았다. 물이 무척 차갑게 느껴지는데 피라미들은 물살을 가르며 때를 지어 오르내렸다. 피라미를 잡으려고 유리 어항에 깻묵을 넣어 둔 것이 보였다. 피라미는 들어가지 않고 어항만 깼다고 투덜거리는 사람도 있고 버들가지에 피라미를 끼워서 들고 자랑하는 사람도 있다. 하이마로 넘어가는 강이 굽은 서쪽 끝은 해가 넘어가는 산과 맞닿아 있는데, 한 번도 가보지 못해 궁금하기만 하다. 내년에는 꼭 가볼 것이라고 다짐을 한다. 해는 붉은 구름을 남기고 흔적 없이 사라졌다. 동쪽 산꼭대기에 햇빛이 사라지면 강둑을 넘어 마을로 온다. 마을의 입구에 있는 하숙집은 아직 호롱불을 밝히지 않을 정도로 밝

왔다.

진수는 비 오는 날 도서관에 다녀오고부터 더 친해졌다. 만나기만 하면 도영이 이야기에 시간 가는 줄을 모른다. 도영이에 대해서 묻는 쪽은 나이고 대답하는 쪽은 진수이다.

"도영이 하고 도서관에 가던 날 사전에 약속을 했었지?"

"약속 한 적 없어! 그냥 지나가는 말로 도서관에 자주 가는지 물어본 적은 있어."

"그런데, 우리가 도서관에 가는 것을 어떻게 알고 시간을 맞추어 집에서 나왔지?"

"그것은 나도 몰라. 도영이 더러 불어봐라!"

진수는 남의 이야기 하듯 흥미 없이 말을 했다. 나는 안달이 나서 묻고 또 물었으나 진수의 대답은 무덤덤했다.

여름방학 때 분교에서 영어 단어를 단원별로 정리하여 공부를 하였기 때문에 영어시간이 즐거웠다. 영어시간이 되면 충분히 예습을 하고 와서 '읽고 해석 할 사람 손을 들어라!' 하면 제일 먼저 손을 들었다. 알파벳을 배울 때는 모든 학생들이 영어를 잘하는 것 같았는데, 발음기호를 알고 단어를 외우고 책을 읽고 해석을 하게 되자 어려워서 고개를 흔들었다.

수업을 마치자 담임인 역사선생님이 종회를 하기 위해 교실에 들어왔다. 당번이 조퇴를 하고 일찍 집에 가고 없어서 다음 주에 당번 순서인 나에게 대신 당번종회에 가라고 했다. 당번은 물주전자와 컵, 칠판 청소와 지우개 털기 등을 하고 학급일지를 써서 출석부와 함께 교무실에 가지고 가야 한다. 그리고 전교 당번이 모이는 종회에 참석하기 전에 교실과 특별구역 청소가 잘 되었는지 살펴봐야 한다. 학생들이 하교를 하고 학교가 조용해질 즈음 당번이 모이라는 종소리가 들렸다. 당번 완장을 차고 교무실 출입문 쪽 뒤뜰로 달려갔다. 경동상업고등학교와 병설인 우리 학교의 당번종회는 고등학생들도 함께 한다. 제일 동쪽에서부터 중학교 1학년 1반을 시작으로 고등학교 3학년 2반까지 서쪽으로 선다. 당번이 2명이므로 두 줄로 서면 고등학교 당번장이 선생님을 향하여 '차려! 경례!' 하고 구령을 붙인다. 경례를 하면서 서쪽을 보니 여자 반 당번 자리에 도영이가 고개를 숙여 인사하는 것이 보였다. 내가 5반이고 여자반이 6반이니 내 옆에 도영이가 서 있었던 것이다. 선생님의 훈화가 시작되었는데 나는 도영이 쪽으로 얼굴을 돌렸다. 마침 도영이도 나를 보고 있어서 자연스럽게 눈이 마주쳤는데 나도 모르게 '오랜만이다' 하고 기어들어가는 목소리로 인사를 했다. 도영이는 못 들었는지 대답도 없이 선생님만 바라보았다. 웃어주는 것도 아니고, 대답을 하는 것도 아니고, 머쓱하여 다시 한 번 쳐다보았지만 도영이는 선생님만 보고 있었다. 당번 종회가 끝나고 모두 흩어져도 나는 망부석처럼 서 있었다.

기말고사가 끝나자 수업시간마다 선생님들은 점수를 수첩에 적어 와서 학생들을 꾸중하였다. 점수를 불러주고 더 잘 치라고 젊잖게 타이르는 선생님이 있는가 하면 점수를 잘 받은 학생들은 이름을 부르며 칭찬을 하고, 못 받은 학생들은 창피를 주었다. 수학선생님은 매를 들고 와서 평균점수 이하인 학생들의 손바닥을 때렸다. 평균보다 10점이 적으면 1대, 20점이 적으면 2대로 하여 꼴찌를 한 학생은 많이 맞았다. 담임은 역사 점수를 불러주지도 않고 꾸중도 하지 않았다. 모두 담임이 최고라고 했지만 공부를 잘하는 학생들은 입을 삐쭉 내밀며 싫어했다. 나는 수학이 겨우 평균점수를 넘었으나 영어는 최고 점수가 나왔다. 학급 석차도 3등으로 1학기 보다는 2등이나 올랐다.

　체육복을 동복 안에 입고 있어도 무척 추웠다. 방이 얼음장 같아서 진수네 자취방에 갔다. 진수는 연탄불이 꺼졌다며 주인집 부엌에서 불을 붙이고 있었다. 진수가 자취하는 집은 동쪽에 대문이 있는데 주인집은 남향의 기와집으로 방이 3개에 마루가 있고 부엌이 있다. 부엌 옆에는 창고로 연탄을 쌓아 놓았다. 진수의 자취방은 아래채로 남쪽 마당 끝에 주인집을 향하여 북향으로 있다. 연탄불이 꺼져서 밥도 못하는 진수가 불쌍했으나 하숙집으로 데리고 갈 수는 없다. 하숙집은 가난하여 손님에게 줄 밥이 남아 있지 않을 것이기 때문이다.

　해는 아직 중천에 떠서 지지 않고 있는데 하숙집 아주머니는 저녁밥을 먹으라고 했다. 방학이 다가오니 단축수업을 하느라 일찍 하교를 한 탓이다. 이른 저녁밥을 먹고 책상 앞에 앉아서 단어를 외우려는데 진수가 대문 앞에서 불렀다. 동마루로 나가니 빨리 나오라고 손짓을 했다. 날씨가 추웠으므로 얼른 방에 들어가서 교복을 걸치고 나왔다. 진수는 무슨 일이 있으면 어디를 간다는 말도 없이 그냥 앞서서 걷는다. 학교 쪽으로 걷는 것으로 봐서 창기네 집이나 학교에 놀러 가는 것이 분명했다. 모자를 쓰지 않는 것으로 봐서 시장 구경을 가는 것은 분명 아니다. 내가 진수 뒤까지 뛰어갔다.

　"어디 갈라꼬! 창기네 집에 가나!"

　"아니 그냥 심심해서, 학교 운동장에 철봉하러 간다."

　기대는 하지 않았지만, 도영이를 생각하지 않는 것은 아니지만, 실망할 수밖에 없다. 그냥 학교 운동장까지 따라 갈 수밖에 없다.

학교 운동장은 회오리바람이 불었는지 빗자루로 쓴 것처럼 깨끗하여 황량했다. 농구대도 텅 비어있고, 평행봉도 철봉도 텅 비어 있다. 철봉 가까이 가니 손이 얼어서 쇠를 쥐고 싶은 마음이 없어졌다. 어디 교실이라도 들어가서 바람을 피하고 싶었다. 아마 진수도 같은 마음이었는지 철봉 가까이 갔다가 교무실 쪽으로 걸어갔다. 교무실에는 문이 잠겨 있었다. 고등학생 교실도 서무실도 교장실도 잠겼는데 여학생 반 교실문은 잠기지 않는 채 자물쇠가 달려 있었다. 진수가 앞서서 여학생 교실로 들어가자 나도 생각 없이 따라 들어갔다. 교실 크기와 책상, 걸상은 우리 교실과 같았으나 창문의 크기와 모양 개수가 달랐으며 조금 어두웠다. 교실은 청소가 끝난 뒤라 잘 정리 되어 있었으나 책상 속을 보니 무엇인가 들어 있었다. 남자들 책상은 하교를 하고 나면 아무 것도 없는데 여자반 책상 안에는 잉크병, 철필, 자, 연필, 체육복, 손수건, 심지어 팬티도 들어 있었다. 의자에는 방석이 깔린 것도 여러 개 있었다. 진수는 연필과 자를 나는 잉크병을 주머니에 넣고 칠판 앞에 가서 색분필을 집어 드는데 나가자고 턱짓을 했다. 출입문을 닫고 막 돌아서는데 애꾸눈 학교 아저씨와 마주쳤다.

"너희들 거기 서봐라!"

나는 벌벌 떨며 서 있는데 진수는 헤헤 웃으며 말했다.

"왜 그러는데요."

아저씨는 교복 입은 나의 위아래를 훑어보더니 서무실 쪽으로 말없이 갔다. 정말 10년 감수했다. 주머니에 잉크병도 있었는데, 진수 주머니에는 연필과 자도 있었는데 도둑놈이라고 멱살이라도 잡고 선생님께 이르면 퇴학을 당하고 말 것이었다. 아저씨가 몇 발짝 가자 진수는 운동장을 향해서 뛰었다. 나도 덩달아 뛰었다. 한참을 뛰어서 후문을 나오자 진수는 얼굴이 벌개져서

"야! 들키는 줄 알았다. 내가 왜 그러는데요, 하니까 아저씨가 너 교복을 보고 늦게 하교하는 줄 아는 눈치더라. 아마 여자반이라는 것을 모르는 것 같았어!"

해서, 나는 뛰는 가슴을 진정 시키며 덧붙였다.

"교복은 입었지! 손에 든 것도 없지! 그러니 보내 준 거다. 모두 내 덕인 줄 알아라!"

"아니다. 태연하게 말을 한 내 덕이다."

역시 진수는 도시 아이로 되바라져 침착하게 행동한 것은 인정을 해야 한다.

집으로 가면서 도영이 자리가 궁금해서 진수에게 물었다.

"도영이 자리는 가운데 앞에서 세 번째야! 그것도 몰랐어! 아마 팬티가 있었던 거 같던데!"

팬티 하니까? 생각이 났다. 그런데 진구는 어떻게 알았을까? 평소에 창문 너머로 눈여겨 본 것이 분명했다. 그리고 교실에 들어가서도 도영이 자리를 찾은 것이 분명했다.

겨울방학 종업식만 하고 하교를 했다. 가방도 없이 빈손으로 등교를 했기 때문에 주머니에 손을 넣고 추워서 오들오들 떨었다. 시골집에 가기 위해 나서는데 아주머니가 밥은 먹고 가라고 했으나 점심 먹기는 이른 시간이라 그냥 가겠다고 했다. 아마 시골집에 가면 저녁때가 다 되겠지만 들뜬 마

음은 점심밥도 잊게 했다.

여름방학 같으면 분교에서 공부하며 놀 텐데 겨울이니 추워서 아무데도 갈 수가 없다. 겨우 원종이네 집에 가서 새총을 만들거나 팽이를 깎거나 손수레를 만들고 썰매를 만들며 놀았다.

겨울방학이 막바지에 이르자 설날이 되었다. 국민학교에 다닐 때는 설빔으로 옷을 얻어 입었는데 교복과 체육복이 있으니 옷을 사 주지 않았다. 부모님께 세배를 드리고 조상 제사를 지냈다. 마을 어른들께 세배를 하러 다니는데 원종이도 중학교에 진학을 하니 새로 산 교복에 명찰도 없이 입고 나왔다. 누나들이 널 뛰는 것을 구경하다가 수태네 집에 갔다. 수태네는 식구가 열 명이 넘었으나 방은 두 개 밖에 없다. 친구들은 무슨 이유에서인지 수태네 집에서 윷도 놀고 밥도 해 먹었다. 저녁에는 마당 가득 찬 달빛 속에서 여자들처럼 꼬리 따기를 하며 놀았다.

설날이 지나고 3일 정도 된 저녁에 원종이가 씩 웃으며 좋은데 가자고 했다. 우리 마을에는 임씨와 권씨가 주로 사는데 임씨 종갓집에 들어갔다. 원종이는 종갓집에 무슨 약속이 있었는지 거침없이 작은 방문을 열고 자기 집처럼 들어갔다. 종갓집 셋째 딸은 원종이와 같이 6학년인데 항렬이 낮아 질녀이다. 금자는 호롱불을 켜놓고 동생 양말을 꿰매다가 우리가 들어가자 얼른 치웠다. 원종이는 금자에게 물었다.

"안방에 누가 있노?"

"어매하고 아부지가 있다. 할배는 사랑방에 계시는데 놀아도 괜찮다. 자영이하고 동숙이가 올라 켔다. 기다려 봐라! 가들이 오면 윷놀래? 화투 칠래?"

자영이와 동숙이는 권씨이다. 호롱불만 보고 있는데 작은누나 말이 떠올랐다. '이제는 다 컸는데 성이 다른 여자하고 놀면 안 된다.' 그러나 오늘은 놀아도 괜찮을 것 같았다. 한참 후 개 짖는 소리가 나더니 자영이가 먼저 들어오고 동숙이가 따라 들어왔다. 자영이는 금자에게 '오늘은 어쩐일인가 했지!' 라며 이럴 줄 알았다는 투로 말을 했다. 동숙이는 나를 보더니 눈을 바로 뜨고 '오빠가 웬일이로!' 하고는 새침하게 앉았다. 그걸 본 금자가 한마디 한다.

"너 둘은 그렇게 친했는데! 와 그러노?"

동숙이는 내가 중학생이 되고 얼마 후부터 길에서 만나도 모르는 척 했었다. 그런데 오늘은 태연하게 먼저 말을 걸어오니 놀라지 않을 수 없다. 이상한 일이다. 자영이와 동숙이가 오기 전에는 윷놀이나 화투놀이를 하려고 했는데 아무도 놀이를 하자는 말을 꺼내지 않았다. 금자는 호롱불 곁에서 꿰매던 양말을 꿰매고 자영이는 금자와 소곤소곤 무슨 이야기를 하다가 소리없이 웃었다. 동숙이는 호롱불과 떨어진 구석 자리에 앉아 호롱불만 보고 있었다. 남자들과 놀면 장난도 치고 말도 많은 원종이가 무슨 일인지 아무 말도 하지 않았다. 나는 어두운 곳에 앉아 있는 동숙이를 곁눈으로 보다가 도영이를 떠올렸다. 그리고 도영이와 동숙이를 비교했다. 동숙이도 잘 웃고 예쁘지만 도영이가 더 예쁘다. 거기다가 공부도 잘하고 도시에서 자라서 교복이 어울리고 세련되었다. 동숙이가 교복 입은 것을 상상해 봐도 도영이보다는 못했다. 할 일 없이 앉았는데 시간은 무척 빨리 지나갔다. 금자보다 세 살이 많은 언니가 친구 집에 놀러 갔다가 왔다.

"아이고! 야들 봐라! 겁도 없이, 남자하고 여자하고 같이 논데이, 정말로 얄궂다. 아직 머리에 피도 안 마른 것들이!"

금자 언니가 자리에 앉자 원종이와 나는 일어섰다.

"우리는 갈란다."

원종이는 그냥 밖으로 나왔으나 나는 중학생답게 인사를 하면서 동숙이를 보니 동숙이도 나를 쳐다보고 있었다. 집에 와서 일기를 쓰면서 동숙이와 도영이를 다시 비교를 해 보았는데 도영이가 무척 보고 싶었다.

1학년 봄방학 종업식을 하는 날이다. 고등학교 학생회장의 구령에 맞추어 전교생이 운동장에 줄을 섰다. 선생님들이 교무실에서 나오고 마지막으로 머리카락이 흰 교장선생님이 배를 앞세우고 나왔다. 담임인 역사 선생님은 상장함을 들고 나오더니 조회대 교탁 위에 올려놓았다. 학생주임선생님이 단 위에 올라서서 '차려! 열중쉬어!'를 몇 번 외치다가 내려왔다. 이어서 교무주임선생님이 '국기에 대하여 경례'를 하고 '애국가 제창'을 외쳤다. 교장선생님이 단 위에 올라가고 담임선생님이 따라 올라가더니 우등상과 개근상을 주었다. 우등상은 학년별로 몇 명이라는 말만 하고 1등을 한 학생이 대표로 받았으며, 개근상은 학년별로 몇 명이라고 숫자만 알려 주었다.

운동장 종업식을 마치고 교실로 들어갔다. 담임의 주의사항을 듣고 하교를 하면 봄방학이다. 교실에 들어가니 학생들이 웅성거렸다. 진수가 달려오더니 '진구야! 너 우등상 탄다며?' 하길래 무슨 영문인지 몰라 서 있는데 반장이 와서 우리 반에 우등상은 두 명이라고 했다. 나는 아무리 생각해도 1학기 때는 5등이고 2학기는 3등을 했는데 우등상을 받는다니 이상했다. 학생들의 웅성거림은 담임이 들어오자 조용해졌다. 담임은 상장을 교탁 위에 내려놓으며 출석부로 교탁을 내리쳤다. 잠시 후 실장 이름과 내 이름을 불렀다. 그리고 한 손으로 우등상장을 각각 주었다. 개근상은 20여 명이나 되었는데 나는 배가 아파서, 머리가 아파서 결석을 여러 번 하였으므로 받지 못했다. 우등상은 나중에 알고 보니 1학기와 2학기 교과별 점수를 합산하여 주었는데 다른 학생들은 학기별 성적이 고르지 못하여 차이가 났다고 했다.

수학여행

　2학년 담임은 수학선생님으로 무척 까다로웠다. 조회나 종회를 철저히 했으며 우리 반이 다른 반에게 지면 용서를 하지 않았다. 반 평균은 물론 환경 심사에서도 1등을 해야 직성이 풀리는 철저한 선생님이다.

　참꽃이 피었다 지고 철쭉이 피던 산은 어느새 굴참나무 잎이 파랗게 펄럭이다 바람에 못 이겨 흰색 뒷면을 보이며 뒤집혔다. 시간표는 어김없이 6교시를 꽉 채우는 월요일이다. 교문과 가장 가까이 있는 빈 교실 귀퉁이에 매점이 있다. 매점에는 철필, 잉크, 삼각자, 각도기, 컴퍼스, 지우개, 연필, 노트, 색종이 등 학용품은 물론 과자, 사탕, 오뎅, 빵 등도 팔았다. 나이 많은 아저씨가 가게를 볼 때도 있고 아주머니가 볼 때도 있다. 우리 반에서 키가 크고 힘이 센 대식이는 뒤에 앉는다. 그와 싸워서 이긴 학생은 없다. 그런데 변소에 다녀오는데 교실 귀퉁이에 섰다가 손가락을 오므렸다가 펴며 오라는 신호를 보냈다. 같은 반이고 평소에도 나쁜 감정은 없던 터라 가까이 갔다. 그는 심각한 얼굴로 부탁을 했다.

"어! 진구! 급해서 그러는데 5원만 빌려도, 내일 꼭 줄게!"

마침 주머니에 3원이 있어서 손에 쥐여주었다.

"내일 꼭 갚아! 시골집에 갈 차비다."

대식이는 돈을 받자마자 매점으로 달려갔다. 교실 벽을 등지고 서서 먼 발치로 보니 사탕을 사서 입에 넣고 빨지도 않고 씹었다. 참 나쁜 놈이다. 그렇게 급하다면서, 차비를 빌려서 겨우 사탕을 사 먹다니. 그는 다음날도 그 다음날도 돈을 주지 않았다. 그런데 수업을 마치고 종례를 기다리는데 키가 제일 큰 학생과 대식이가 교단 옆에서 싸움이 붙었다. 대식이는 욕도 하지 않고 키가 큰 학생을 어깨에 메더니 그대로 패대기를 쳤다. 교단에 머리를 부딪친 키 큰 학생은 금방 일어나서 욕을 하며 처음 보는 험한 인상을 쓰더니 발길질을 했다. 대식이는 그의 발길을 피하는가 싶더니 발을 잡고 그대로 눌러버렸다. 싸움은 담임이 온다고 누군가 외치자 끝이 났다. 그 후 나는 그에게 돈을 달라는 소리도 못 하고 가슴앓이만 했다.

영어 시간이다. 무서운 영어선생님은 백지를 나누어 주며 아는 단어를 모두 쓰라고 했다. 1학년 1단원부터 쓰기 시작했다. 손가락이 아프고 팔이 아파서 고개를 들어보니 다른 학생들은 졸거나 머리를 책상에 박고 엎드려 있었다. 지난주부터 단어 시험을 친다고 예고를 한 영어선생님은 학생들이 책상에 써놓은 단어를 지우라고 하더니 급기야 자리를 바꾸었다. 내 옆에 대식이가 앉아서 이름만 써놓고 엎드렸다가 내가 고개를 들자 애처로운 표정을 지으며 보여 달라고 팔을 툭툭 쳤다. 시험지를 팔 밑으로 밀어주었더니 보기만 하고 쓰지는 않았다. 몇 번 곁눈질을 해도 그는 한두 개의 단어를 겨우 쓰는데 스펠링이 틀렸다. 나도 모르게 시험지를 바꾸어 시간이 허락하는 대로 써 주었다. 담임의 성격으로 봐서 다른 반보다 성적이 나쁘면 단체 벌을 줄 것이 예상되었기 때문이다. 끝나는 시간이 가까워지자 시험지를 다시 바꾸었다. 그런데 처음 시험지를 바꿀 때는 영어선생님이 보지 못했는데 다시 바꿀 때는 나와 눈이 마주치면서 들키고 말았다. 영어선생님은 이름을 확인하더니 두 사람 시험지를 둘둘 말아서 분필통에 구겨 넣었다. 마침 종이 치자 다른 학생들의 시험지를 걷어서 들고는 우리 둘에게 따라오라고 했다. 교무실로 가면서 여학생 교실을 지나며 혹시 도영이가 보지 않을까? 고개를 들지 못했다. 교무실 문에 들어서자 영어선생님은 다짜고짜 내 뺨을 왼손으로 쥐더니 오른손으로 반대쪽을 때렸다. 눈에 불이 번쩍했다. 한 대 두 대, 세대 그리고 한마디 했다.

"이놈의 자식! 시험지를 바꾸어 써 준 나쁜 놈!"

담임선생님이 멀리서 보고 달려왔다.

"무슨 일이요."

"이놈이 시험지를 바꾸어 대신 써 주었소!"

영어선생님은 분필통에서 구겨진 시험지를 꺼내더니 펴서 담임선생님에게 보여 주었다. 대식이는 뺨을 여러 대 맞았는데, 고개도 돌리지 않고 꼿꼿하게 서서 맞았다. 그러면서 당당하게 말을 했다.

"지는 가만히 있는데 야가 바꾸자고 했어요."

담임선생님은 상황판단이 끝났는지? 영어선생님에게 부탁했다.

"야들은 내가 주의를 주겠습니다."

둘은 담임선생님 자리로 끌려갔다. 담임은 대식이를 보고

"너는 의리도 없나? 진구가 시험지를 바꾸자고 했다고! 그게 말이 되나?"

그러면서 대식이의 머리를 두어 번 쥐어박았다.

얼얼한 뺨을 쥐고 교무실을 나오려는데 여자반 담임 옆에 도영이가 서 있는 것이 보였다. 뺨을 쥐었던 손을 내리고 도망치듯 교무실 복도로 뛰어서 밖으로 나왔다. 한참을 달려서 뒤를 돌아보니 대식이도 도영이도 보이지 않고 교문 앞뜰에는 시작종을 쳤는지 아무도 없었다.

수업을 마치고 하교하면서 여자 반 교실을 슬쩍 보았다. 아직까지 종회를 하지 않았는지 교실 가득 여학생들이 앉아 있었다. 학교 뒷문을 나오면서 뺨을 만져 보았다. 화끈거림은 덜 했으나 부어오른 것이 분명했다. 구멍가게 앞을 지나면서 도영이를 만나 변명이라도 하고 싶었다. 어디서 그런 용기가 나왔는지 나도 모를 일이다. 구멍가게는 부엌 달린 방이 일자 형태로 동쪽에서 서쪽으로 여러 개 있는 공동주택인데 긴 건물의 동쪽 끝 학교 가까이에 있다. 도영이 집은 불과 백 미터도 떨어지지 않는 곳에 있다. 마당 빗자루를 만드는 댑싸리가 도로와 맞닿아 있는 마당 여기저기에 자라고 있었다. 손으로 잎을 훑어서 헤아리며 지나가는 사람들에게 신경을 썼다. 규택이가 지나갔다.

"뭐 하노!"

"그냥!"

"오늘 단어 시험 치다가 걸려서 교무실에 갔다던데 맞았나?"

그냥 씩 웃어 주었다. 그때였다. 구멍가게 앞으로 도영이가 왔다. 도영이는 나를 보자 무슨 일이냐는 표정을 지었다. 나는 이때를 놓칠세라 얼른 물었다.

"오늘 교무실에서 있었던 일, 너 다 봤지?"

도영이는 무슨 영문인지 모르겠다는 표정을 지었으나 나는 다 알면서 능청을 떤다고 생각했다.

"내가 컨닝을 한 것이 아니라 대식이가 내 시험지를 본 것이다."

도영이는 나를 보더니 목소리를 높였다.

"나 다 안다. 너 1학년 때 우등상 탔다며, 그거 자랑할라꼬 그러지!"

정말이지 엉뚱했다. 그리고 억울했다. 옆에 있던 규택이는 상황판단이 안 되는지 덧붙였다.

"진구, 오늘 컨닝 시켜주다가 맞았다."

참 쪽팔리는 일이다. 부어오른 뺨이 생각나서 고개를 숙이고 창기네 집까지 뛰었다.

도영이는 정말 내가 맞는 것을 못 보았다는 말인가? 보고도 못 본 척하는 것은 아닐까? 집에 오면서 아무리 생각해도 대식이가 맞을 때 도영이가 자기 반 담임선생님 옆에 서 있었는데, 하기야 대식이가 맞을 때 도영이가 교무실에 들어왔을 수도 있지 않는가? 그러나 다시 생각해 보면 내가 맞고 대식이가 맞은 것은 불과 몇 분 차이인데 그것이 가능하다는 말인가? 책상 앞에 앉아서 도영이에게 편지를 썼다.

도영이에게. 잘 있었나? 처음 편지를 쓰려고 하니 무척 쑥스럽다. 1학년 때 어둠 속에서 내가 맞혀야 할 단어를 너가 맞혀서 기분이 이상했었다. 누군가 궁금하여 창기네 집에 갔다가 너를 알았다. 진수와 도서관에 갔을 때는 꿈인 줄 알았다. 진수는 너와 도서관에 가기로 약속을 한 일이 없다고 하는데 나는 아직도 궁금하다. 사전에 약속을 하지 않았는데 시간을 그렇게 딱 맞출 수 있었는지? 도서관에서 우산을 세 명이 쓰고 질척거리는 길을 걸었지만 정말 행복했었다. 그 후 너를 만나기 위해 여학생 교실을 여러 번 기웃거렸다. 주번을 하면서 만났지만 이야기도 제대로 하지 못했었다. 오늘도 너를 만나기 위해 가게 앞에서 무작정 기다렸지만 무슨 말을 먼저 해야 할지 몰랐다. 규택이가 없었다면 아무 말도 하지 못했을 것이다. 오늘 교무실에서 영어선생님께 꾸중을 들었다. 너도 보았을 것인데 못 보았다 하니 변명을 하고 싶다. 우리 담임선생님은 다른 반보다 평균이 낮으면 단체 벌을 주기 때문에 대식이 시험지를 대신 써 주다가 걸린 것이다. 오해 없었으면 좋겠다. 그럼 이만 쓴다. 임진구가

흰 종이에 썼다가 글씨가 이상하여 다시 쓸 때는 파란색 종이에 썼다. 옆줄이 맞지 않아 분홍색 종이에 또 썼는데 내가 봐도 글씨를 무척 못 썼다. 저녁을 먹고 썼는데 밤 11시가 되어서야 겨우 다 썼다. 봉투가 없어서 그냥 딱지 접듯이 접었다. 내일 학교에 가면서 도영이네 대문 위로 던지기로 하고 교복 주머니에 넣었다.

도영이에게 편지를 주기 위해 창기네 집에 가지 않고 바로 도영이네 집 앞으로 갔다. 괜히 창기네 집에 갔다가 편지가 잘못되면 어쩌나 하는 걱정 때문이다. 도영이네 집 대문 앞에 서서 편지를 던지려는데 누군가 대문을 열고 나왔다. 대머리에 양복을 입고 구두를 신었는데 도영이 아버지 같았다. 편지를 얼른 주머니에 넣고 하늘을 쳐다보았다. 그 신사는 나를 아래위로 훑어보더니 발자국 소리를 내며 구멍가게 쪽으로 걸어갔다. 뛰는 가슴을 진정시키고 주머니에 편지를 만지는데 또 대문을 열고 누군가 나왔다. 이번에는 그녀의 오빠로 보이는 젊은 사람이 나오다가 나를 보자 물었다.

"너 누군데 남의 집을 기웃거리노? 교복 입은 것을 보니 도둑놈은 아닌

것 같고, 무슨 볼일이 있나?"

나는 기어들어가는 목소리로 겨우 대답했다.

"아닙니다. 지나가다가 그냥 대문을 봤습니다."

주머니에 넣었던 손을 빼고 학교 쪽으로 뛰었다. 뒤에서 그 사람은 무엇인가 중얼거리는 것 같았는데 알아듣지 못했다.

수업시간에는 책을 보느라 주머니에 든 편지가 생각이 나지 않았는데 쉬는 시간만 되면 어떻게 편지를 전할지 또 누가 보지나 않을지 걱정을 하느라 아무 일도 하지 못했다. 그러다 하교 시간이 되어 뒷문을 나서면서 구멍가게 앞에서 어제와 같이 기다리기로 했다. 도영이네 교실 쪽을 보지 않아서 하교를 했는지 하지 않았는지 알지 못하면서 무작정 기다리기로 했다. 10분이 지나고 30분이 지나도 도영이는 나타나지 않았다. 마침 진수가 당번을 하고 늦게 하교를 하느라 걸어 왔다.

"여기서 뭐하노?"

"그냥 있다."

"너 혹시 도영이 기다리지?"

진수는 눈치가 빨랐다. 내가 도영이를 기다리는 것을 어떻게 알았을까? 나는 시치미를 뗐다.

"아니다. 창기한테 뭐 물어볼라꼬 서 있다."

"에! 창기 벌써 집에 갔을 텐데."

진수가 빨리 갔으면 좋으련만 그는 가지 않고 내 옆에 붙어 서서 조잘거렸다. 평소에도 말이 많지만 오늘 따라 더 심했다. 오늘은 아침부터 되는 일이 없다. 도영이 집 대문 앞에서 두 사람이나 만나고 또 진수 때문에 편지를 전해 주기는 틀린 것이다. 포기하고 돌아서는데 도영이가 집에서 나와 시내로 가는지 우리 앞으로 다가왔다. 무슨 말을 먼저 할까 걱정이 되어 주머니에 편지를 꺼내어 도영이 앞으로 손을 내밀었다.

"이거 숙제 적은 것인데 봐라!"

엉겁결에 편지를 받아 든 도영이의 동그란 눈을 보며 하숙집 쪽으로 뛰었다. 진수가 무슨 말을 하며 따라왔지만 나는 대답을 하지 않고 바위가 있는 모퉁이까지 뛰었다.

다음 날 학교에 가며 도영이 집 대문을 보니 잠겨 있었다. 도영이는 편지를 읽고 답장을 줄 것인가? 아니면 무시해 버릴까? 수업시간에도 그 생각만했다. 쉬는 시간에는 혹시나 하고 여학생 교실 쪽으로 눈을 돌렸으나 도영이는 보이지 않았다. 할 일 없이 교무실에 갈 수도 없다. 전에는 자주 갔었는데 영어선생님에게 뺨을 맞고부터 교무실에 가기 싫었다. 뒤뜰 청소 당번으로 청소를 하고 늦게 하숙집으로 가면서 구멍가게 앞을 지날 때는 혹시 도영이가 기다리지 않을까? 가게를 들여다봐도 없었다. 그런데 집에 와서 가방의 도시락을 꺼내는데 딱지처럼 접힌 편지가 떨어졌다. 내가 도영이에게 보낸 것과 똑같은 종이다. 그런데 내 쪽지보다 색이 조금 연하다. 펴보니 간단하게 몇 자가 적혀 있었다.

"오늘 저녁 강변 수문에서 만나자."

쪽지를 발견하고 펼 때부터 가슴이 뛰었는데 좀처럼 진정되지 않았다. 몇 시라는 말도 없이 저녁이라니 사람들이 보는데 어떻게 만나! 혹시 쪽지를 왜 보냈냐며 화를 내지 않을까? 저녁을 먹어도 밥이 어디로 들어가는지 정신이 없다.

도영이가 나와서 기다리지나 않을까? 정말 나오기나 할 것인가? 조금 전에 해는 졌지만 강에 흘러가는 물, 강변 밭에서 일하는 사람들, 마을 우물가 여자들은 어제처럼 보였지만 오늘은 더 아름답게 보였다. 강둑을 걸으면서 누가 보지나 않을까? 진수라도 오면 어떻게 하지! 수문에서 만나자고 했는데, 수문 주변에는 아무도 없었다. 수문 밑에서 기다리나 하고 내려다보니 어두워서 아무것도 보이지 않았다. 그때였다. 도영이가 언제 나타났는지 내 뒤에서 웃고 있었다. 도영이의 웃는 모습을 보는 순간 모든 걱정이 사라졌다. 수문에서 시내 쪽으로 가고 있는 도영이를 따라갔다. 발을 맞추게 되자 도영이가 입을 열었다.

"진구야! 너 글 잘 쓰더라! 그리고 너가 영어선생님께 혼나는 거 정말 못 봤다. 대식이 그 자식 정말 밉다. 가끔 우리 반 옆으로 가면서 교실을 기분 나쁘게 들여다본다. 앞으로 그런 자식하고 놀지 마라!"

도영이 오른손과 내 왼손이 가끔 부딪혔는데 기분이 이상했다. 그러나 궁금한 것은 물어봐야 되겠기에 바로 물어봤다.

"너 내 가방에 쪽지 어떻게 넣었어!"

도영이는 예쁘게 웃으면서 대답했다.

"너에게 말로 하려다가 혹시나 하고 쪽지를 써가지고 교실에 갔었지! 너가 뒤뜰 청소하는 것을 보고 교실을 들여다보니 아무도 없었어! 몇 개의 가방이 의자에 놓여 있었는데, 평소에 보던 너의 녹색가방이 세 번째 자리에 있어서 이름을 봤지! 쪽지를 넣을 때까지 아무도 본 사람은 없었어! 왜 무슨 문제라도 생겼나?"

도영이의 대담한 행동이 부럽기까지 했다. 아무도 없는 교실에 혼자 들어가다니! 누가 보면 어쩌려고! 그러면서 진수와 도영이 교실에 들어갔던 것이 생각나서 혼자 웃었다. 학교 운동장과 건물이 작게 보일 정도로 멀리 걸어왔다. 어두워서 강둑만 보이고 강물은 보이지 않았다. 이상한 일이다. 평소 같으면 어두워서 무서웠을 텐데 무섭지 않았다. 비오는 날 우산을 같이 쓸 때는 어깨를 무척 가까이 붙이고 걸었는데 손만 겨우 닿을 정도로 떨어져서 걸었다.

"이제 그만 집에 가자! 너무 어둡다."

내가 돌아서자 도영이도 돌아섰다.

"나는 영어가 재미있는데, 수학은 무척 싫어 너는 수학도 잘한다면서?"

지난번 수학시험이 생각났다.

"전번 중간고사, 수학시험 망쳤어! 삼각형의 합동조건을 외웠는데, 시험지를 보자 생각이 나야 말이지! 다른 것은 다 풀었는데, 15점짜리를 못 썼으니!"

"아! 합동조건! 나는 그거는 외우는 것이니 썼는데, 계산문제가 틀려서 좋은 점수는 받지 못했어!"

도영이는 하숙집 대문 앞에 와서 잘 가라며 손을 흔들었다. 가로등도 없는 어두운 길을 그것도 산모퉁이를 돌아가면 무서운데 어떻게 혼자 간다는 것인지! 혼자 보낼 수가 없어 따라갔다. 도영이는 혼자 가겠다고 했으나 그냥 따라갔다. 덕철이 형이 뒤따라오며

"너희들 남자와 여자가 같이 가다가 나쁜 놈들 만나면 큰일 난다. 조심해라!"

한마디 하고는 시내에 볼일이 있다며 앞서서 갔다. 저녁 어두운 강둑에

서 아베크족을 괴롭히는 사람들이 있다는 말을 들은 적이 있다. 나쁜 사람 중에는 대식이 처럼 힘이 센 중학생도 있다.

운전하는 준화 형이 군대에 가자 덕철이 형과 두 사람이 자던 방에 1학년 후배가 들어왔다. 후배는 아주머니의 맏아들과 한동네에 산다. 맏아들은 시골에서 농사를 짓는데 가끔 맏며느리와 곡식을 가지고 올 때도 있다. 1학년 후배 규용이는 7공주 집 외동아들이다. 아버지는 직업군인으로 멀리 떨어져 살고, 시골에는 할아버지, 할머니, 어머니, 누나, 여동생들이 살고 있다. 규용이의 아버지는 첩과 산다고 어른들이 하는 이야기를 슬쩍 들었다.

좁은 방에 3명이 자는 것은 불편하지 않으나 호롱불 하나로 두 사람이 써야 하니 글씨가 잘 보이지 않았다. 내 책상은 의자가 있는 테이블이고 규용이는 낮은 책상이다. 내 책상 위에 호롱불을 놓아야 하니 나는 오른쪽에 호롱불이 있어 오른손이 가려서 글씨가 보이지 않고, 규용이는 왼쪽에 불이 있으나 높아서 잘 보이지 않았다. 시장과 먼 동네라 들어온다는 전기는 언제 들어오려는지 전봇대도 세우지 않았다. 그래도 규용이가 나를 잘 따르고 공부도 열심히 하므로 심심하지 않아서 좋다. 가끔 시장 구경을 가거나 강변에 나갈 때도 같이 가니 좋았다.

여름방학이 끝나고 개학을 하자 강둑에는 풀이 많이 자랐다. 농업고등학교 학생들은 거름을 하기 위해 풀을 베어서 손수레에 싣고 지게에 지고 학교로 가지고 갔다. 중학생들도 여름방학 숙제 중에 풀을 가져오라는 것이 있어서 지고 가기도 했다. 시골 같으면 소먹이 풀로 적당한 풀들이 강둑과 강변에 많이 자라고 있다. 우리 학교에서는 학생들이 풀을 가져오는 숙제를 하지 않아 특단의 조치를 취했다. 월요일은 낫과 끈을 가지고 오라고 했다.

낫의 날은 종이로 감고, 끈은 풀을 베어서 묶는데 사용한다. 오전 수업을 마치고 운동장에 전교생이 모여 학생주임의 주의 말을 듣고 학년별 학반별로 줄을 지어서 풀이 많은 산을 향해 나섰다. 목적지는 갈라산이다. 갈라산이 어디 있는지 모르니 앞 사람이 가는 대로 따라갈 뿐이다. 앞 사람은 그 앞사람을 따라가고 담임선생님은 줄 앞에서 걸었다. 비포장도로를 걸어가니 먼지가 하늘이 뿌옇게 피어올랐다. 시내를 벗어나자 가끔 달리는 자동차의 먼지를 온몸으로 받으며 산길로 접어들었다. 작은 개울을 건너는데 선생님들은 뛰어서 건넜으나 학생들은 다리가 짧아 건너뛰지 못하고 빠져서 옷을 적시거나 흙탕물을 뒤집어썼다. 별로 높지 않은 산에서 각자 풀을 베어서 끈으로 묶어 짊어지라고 했다. 누군가 갈라산은 아직 멀었는데 풀도 없는 작은 산에서 무슨 풀을 베느냐며 중얼거렸다. 아마 갈라산 근처에 사는 학생 같았다. 시간이 지나자 한 사람, 두 사람 풀짐을 지고 산을 내려와서 길가에 앉아 쉬었다. 풀짐이 큰 학생도 있고 나처럼 꼴망태 같이 작은 학생도 있었다. 이제 풀짐을 지고 학교로 가야 한다. 산 위에서 아직 안 내려온 학생들을 향해 빨리 내려오라고 소리를 질렀다. 산을 내려온 학생들은 풀을 짊어지고 줄을 지어 걸었다. 개울은 신발을 신은 채 그대로 건넜다. 처음에는 줄을 지어 걸었으나 얼마 가지 않아 땀을 뻘뻘 흘리며 자기 마음대로 걸었다. 잘 걷는 학생은 앞에 가고 못 걷는 학생은 뒤쳐졌다. 학교에서 출발할 때는 중천에 떠 있던 해가 풀짐을 지고 걸으면서 긴 그림자를 보니 서쪽 산에 걸려있는 것 같다.

교문에 들어서니 운동장에는 학반별로 풀무더기를 쌓아 놓고 어느 반이 많은지 등위를 매기느라 저울로 달아서 숫자를 합하고 있었다. 일찍 도착한 학생들은 모여 서서 자기 반 학생이 교문에 들어오면 박수를 쳤다. 내가 교문에 들어설 때는 거의 마지막이다. 운동장에는 반별로 학년별로 심사가 끝나갈 때이다. 교문에 들어서니 저 멀리서 담임선생님과 학생들이 박수를 치다가 풀짐이 너무 작아 웃었다. 여자 반은 풀을 베지 않았는지 비교에서 제외되었다. 도영이는 담임을 따라다니면서 종이에 무엇인가 적었다. 아마 2학년 통계 내는 것을 도와주는 듯했다. 교복 남방은 땀과 풀물이 밸까 입지 않고 들고 다녀서 이상이 없는데 쑥색바지는 후줄근하게 젖었다가 거의 말랐다. 도영이 집 앞을 지날 때는 흰색 교복 남방을 잘 펴서 입었다.

이산 저산이 붉게 물드는가 싶더니 아침저녁으로 선선했다. 학교에서는 동복을 입는 날을 정하여 준비를 하라고 했다. 지난 초여름 하복을 입고부터 벽에 걸려있던 것이 동복이라 그대로 입으면 되었다.

가을 햇볕이 따갑게 쬐던 어느 날 오후 규용이와 주산을 사려고 시장에 가는 길이다. 농업고등학교 뒷문까지 가서 큰길 건너 절(한절) 쪽을 바라보니 여자 반 담임선생님이 학생과 걸어가는 것이 보였다. 나는 단번에 도영이라는 것을 알 수 있었다. 도영이는 키가 큰 담임선생님 옆에 붙어 걸어가면서 연신 고개를 들어 무슨 이야기인가 열심히 하는 것 같았다. '도영이가 담임선생님이라 할지라도 같이 걸어가는 것은 싫다.' 불현듯 스쳐 가는 생각은 그의 담임이 무척 미웠다. 질투가 났다. 그리고 부러웠다. 도영이는 뒤따라가는 우리를 몰랐을 것이나 언젠가 만나면 무슨 일로 갔는지 따져 볼 작정이다. 문방구에서 주산을 고르면서 도영이 생각을 하느라 어느 것이 좋은지 분간을 할 수가 없다.

그날 저녁 일기장에는 도영이 담임처럼 여학교에서 학생들을 가르치는 선생님이 부럽다는 내용을 썼다.

토요일, 시골집에 가는 날이다. 시외버스 역까지 걸어가면서 같은 동네에 사는 친구들을 만나기 위해 경호네 자취방에 들렀다. 벌써 몇 사람이 와 있었다. 모이다 보니 같은 2학년이 4명, 1학년이 2명, 3학년이 1명이다. 버스역으로 가다가 누군가 버스비도 아낄 겸 산길로 걸어가자고 했다. 모두 그렇게 하자며 법흥교로 발길을 돌렸다. 자동차가 지나갈 때는 흙탕물이 튈까 길옆으로 우르르 피했다. 마뜰을 지나 선어대로 가지 않고 낙동강을 건너 남선의 면달 마을로 향했다. 길을 아는 사람이 앞장을 서서 모래사장을 걷다가 얕은 곳을 찾아 무릎까지 오는 물을 한참 건넜다. 좁은 길을 따라 모퉁이를 돌아가니 집이 몇 채 보이다가 논밭이 있는 긴 골짜기가 나왔다. 한참 걸어가니 교복 입은 여학생 한 명이 앞서서 가는 것이 보였다. 여학생은 남학생들이 몰려오니 길을 비켜주느라 논둑 옆으로 비켜섰다. 뱃지를 보니 중학교 2학년이다. 길을 아는 3학년이 여학생에게 확인했다.

"이 길로 가면 남선면사무소가 나오나?"

여학생은 부끄러운지 고개를 숙이고 대답을 하지 않았다. 심술이 난 1학년이 어디서 잡았는지 꽃뱀을 흔들었다. 여학생은 별로 놀라지 않으면서 얼굴을 찡그렸다.

"길 안 가르쳐 주면 이 뱀 던진다."

여학생의 목소리는 모깃소리 같아서 무슨 말인지 알아듣지 못했으나 손으로 산길을 가르쳐주었다. 아마 저 길로 가면 면사무소가 나온다는 것으로 짐작하고 걸었다. 뱀을 들고 겁을 주던 1학년은 마지막까지 남아서 여학생에게 무슨 말인가 하더니 뛰어서 따라왔다. 1학년은 여학생에게 '집 주소를 물었는데 가르쳐 주지 않더라!'며 심술을 부렸다. 3학년이 숨을 헐떡이는 그를 보고 무슨 말인가 하려다가 그냥 앞장서서 걸었다. 긴 골짜기를 지나서 작은 산을 넘고 또 큰 산을 넘으니 서쪽 끝에 집들이 옹기종기 보였다. 면사무소가 있는 동네라고 했다. 우리 마을인 추천동으로 가자면 동쪽으로 가야 하기에 큰길로 나왔다. 한참 걷다가 북쪽을 보니 솔뫼가 강 건너에 있었다. 버스를 탔으면 선어대를 돌아 솔뫼에서 강을 건너야 뱁실인데 바로 뱁실에 온 것이다. 길은 더 가까운지 모르겠으나 너무 많이 걸어서 지쳤다. 온 길을 되돌아보며 다시는 이 길을 걷지 않겠다고 다짐했다. 다음 주부터 시내버스가 생긴다니 차비가 비싼 합승을 타지 않아도 될 것 같았다.

지난주에 산길을 걸어서 집에 가느라 너무 힘들어서 이번 주에는 시험도 있고 하여 하숙집에서 늦잠을 잤다. 내가 늦잠을 자니 규용이도 일어나지 않아 아침을 늦게 먹었다. 애영이가 무엇 때문에 할머니(아주머니)에게 보채며 울었다. 아주머니는 화가 나서 소리를 질렀다.

"자꾸 울만 니 어미한테 보낸다."

아저씨는 혼자 중얼거렸다.

"가가 어미가 어디 있노! 애비는 새 여자하고 살고 어미는 어디 갔는지도 모르는데."

아주머니의 셋째 아들은 경찰이다. 큰 오토바이를 타고 도로를 순찰하며 교통정리도 하고 운전을 잘못하는 자동차도 잡아서 혼을 낸다. 가끔은 돈도 두둑이 가지고 온다며 아주머니는 자랑을 한다. 아주머니의 둘째 아들은 서울 수유리에서 집을 짓는 목수다. 둘째 아들과 셋째 아들 사이에 딸도 한 명 있는데 시골에서 농사를 짓는다. 그런데 셋째인 애영이 아버지는 첩이 있다. 애영이 어머니가 촌스럽다면 첩은 세련된 도시여자로 애영이 보다 한두 살이 적은 딸도 있다. 그러니 애영이는 어쩔 수 없이 할머니에게 맡겨진 참 불쌍한 아이다. 울다가도 '어미에게 보낸다.' 하면 울음을 그치니 무슨 사연이 있는 것이 분명하다. 큰방에 가서 애영이를 데리고 마당에서 돌을 주워 소꿉놀이를 하는데 대문 위로 얼굴만 내민 사람이 소리를 질렀다.

"학생 빨리 나와서 좀 밀어도고!"

그 사람은 얼굴이 벌게져서 또 소리를 질렀다.

"용바위재에 못 올라가서 그러는데 좀 밀어도고, 어이."

방안에 있던 규용이도 무슨 일인가 하고 문을 열고 나왔다. 구멍가게를 지나 전주네 집을 지나 우물이 있는 골목을 돌아 일원정을 왼쪽으로 두고 돌아서 언덕 밑에 가니 손수레가 가마니를 잔득 싣고 비스듬히 서 있었다. 아저씨는 앞에서 끌고 규용이와 내가 뒤에서 밀었다. 비스듬한 오르막을 오르니 용바위가 북쪽에 꼬리를 두고 남쪽으로 누웠다. 용바위 머리 쪽으로 굽어서 올라가는 가파른 오르막에서 쉬었다. 재는 아직 멀었다. 땀을 흘리며 재에 오르자 아저씨는 손수레를 세우더니 모자를 벗어서 얼굴을 향하여 부채질을 했다.

"학생들 작지만 이거 받게!"

아저씨가 내미는 것은 일 원짜리 두 장이다. 구멍가게에 가면 굵은 사탕 2개는 살 수 있는 돈이다.

"괜찮습니다."

"왜 작아서 그러나?"

규용이와 나는 뛰어서 재를 내려 왔다. 용바위를 돌아서 내려오다가 뒤를 돌아보니 아저씨도 손수레도 보이지 않았다. 일원정 뒤 언덕을 내려오던 규용이는 혼잣말로 중얼거렸다. '받을 걸 그랬다.' 나는 못 들은 척하고 앞서서 걸었다. 일원정으로 들어가는 골목길을 돌아보니 옥화내 집이 보였다. 그런데 뒤따라오던 규용이가. 뛰어 오며 작은 소리로 속삭였다.

"자들 따라온다."

돌아보니 도영이와 옥화가 저희들끼리 무슨 이야기를 하다가 고개를 젖히며 웃었다. 특히 도영이가 더 크게 웃었다.

"어디 가노?"

도영이가 옥화와 친한 줄 처음 알아서 나도 모르게 튀어나온 말이다. 옥화는 영가여자중학교에 다니고 도영이는 우리 학교에 다니니 학교가 다르다.

"국민학교 동창이다. 책 빌려준 거 받으려고 왔다. 옥화도 니를 잘 안다 카던데!"

옥화하고 말을 해 본 적은 없지만 금숙이와 친구여서 몇 번 본 적은 있다. 그런데 잘 안다고 하니 모르는 척 할 수가 없다. 그러나 겸연쩍어서 고개만 까딱했다.

"오랜만요. 도영이는 또 어떻게 알고! 히! 히!"

옥화의 뜻하지 않는 말에 얼굴이 다 빨개졌다.

"아! 예! 그저 알지요."

도영이는 옆으로 지나가면서 내 손을 살짝 쳤다. 이상한 느낌이 들었으나 무슨 말을 해야 할지 몰라 망설였다. 아마 옥화와 말을 하니 질투가 나서 나오는 행동 같았다. 할 일 없이 앞서가는 규용이를 부르는데 도영이와 옥화는 몇 발짝 앞서서 걸어갔다. 하숙집이 가까워지자 도영이를 따라가고 싶었으나 포기하고 강둑으로 시선을 돌렸다. 그런데 잘 가던 도영이가 멈추어서서 나를 기다렸는지 내 앞에 서 있었다.

"너 책 빌려 줄까?"

"무슨 책?"

도영이가 들고 있던 책을 나에게 내밀었다. 아마 옥화에게 빌려 주었다던 그 책 같았다. 표지를 언뜻 보니 '머무르고 싶었던 순간들'이라고 쓰여 있었다.

엷은 남색 글씨로 '머무르고 싶었던 순간들'이라고 쓴 긴 제목 위에 '동양 라디오 50만 원 현상 당선작품'이라는 작은 글씨도 있다. 제목 아래는 그림인데 왼쪽부터 사람, 대문, 집이 그려져 있었다. 나는 이때까지 두꺼운 삼국지가 책꽂이에 꽂혀 있어도 조금 읽다가 읽지 않았던 것이 교과서 외에 전부이다.

"한 번 읽어 볼게!"

도영이가 옥화를 향해 돌아서려는데 저번 일이 생각났다.

"전번에 너 담임선생님하고 어디 갔는데?"

"언제? 그런 일 없는데?"

"한절 뒤로 같이 가는 것을 봤다."

도영이는 고개를 흔들더니 갑자기 생각난 듯 뱉었다.

"아! 그거! 환경정리 때문에 색종이하고 물감 사 준다케서 따라간건데, 왜?"

"그냥!"

옥화가 기다리며 서 있어서 더 이상 묻지 않았다.

하숙집에 돌아와서 도영이가 빌려 준 책의 표지를 한참 보다가 첫 장을 넘기자 책에 빨려 들기 시작했다. 너무 재미가 있어서 앉아서 읽다가 서서 읽다가 밥을 먹으면서도 읽었다. 밖에 나갈 일이 있어도 나가지 않고 숙제도 잊은 채 책을 읽었다. 그러면서 주인공 같은 사랑이 내게도 오기를 바라며 재미있는 장면은 두 번 세 번 읽었다. 만화도 읽지 않던 내가 두꺼운 장편소설을 이틀 만에 다 읽었다. 읽고 나니 꿈인가 싶었다. 나도 재미있는 소설을 쓰고 싶다는 생각이 어렴풋이 들었다.

윤희는 시골에서 자라 서울에 있는 국민학교로 전학을 온다. 동네에서 제법 큰 기와집에 놀러가서 성호라는 아이와 친해진다. 오빠라고 부르며 사춘기를 보낼 무렵 6·25 전쟁이 일어난다. 법대생이었던 성호와 윤희는 전쟁 속에서도 사랑은 이어진다. 결혼해서 부산 해운대로 신혼여행을 떠난다.

아들 딸 남매를 키우며 행복이 무르익을 무렵 윤희가 자궁암에 걸려 시한부의 삶을 살아가게 된다. 죽음을 두 달 앞두고 바다가 보이는 별장에서 조용히 시간을 보내다가 남편의 사랑을 받으며 눈을 감는다. 32살의 윤희는 불치병으로 죽기까지 아름답고 행복하게 사랑을 하며 살아왔던가를 회상한다.

우연한 기회에 책을 빌려 재미있게 읽고 돌려주겠다며 책꽂이에 꽂아 두려다가 혹시 규용이가 보면 어쩌나 하고 서랍 깊숙이 넣어 두었다. 학교에 다녀와서 책꽂이에 책을 꽂으며 서랍을 열어 보니 감추어 둔 책이 없다. 서랍을 완전히 빼서 바닥을 봐도 책이 없다. 귀신이 곡할 노릇이다. 마침 규용이가 밖에 나갔다가 들어오며 일 없이 웃었다. 나는 다짜고짜 물었다.

"너 책 가져갔지!"

규용이는 잠시 당황하더니

"금숙이 누나 가져갔어! 학교에 갔다가 와서 너 책상을 보니 빌린 책이 생각나서 찾았는데 서랍 속에 있더라! 조금 읽어 보니 재미가 없어서 다시 서랍 속에 넣으려는데 금숙이가 마침 와서 빼앗듯이 뺏어갔어!"

"금숙이가 그 책을 어떻게 알고?"

"몰라! 그냥 가져갔어!"

당장 금숙이네 집에 가서 뺏고 싶지만 거의 매일 애영이 보려고 오는데, 오면 달라고 해야지 했는데 금숙이는 다음날도 그 다음 날도 오지 않았다. 그러다가 토요일이 되어 시골집에 가느라고 또 찾지 못했다.

시내버스가 지난주부터 다닌다더니 오늘이 개통하는 날이다. 친구들과 마뜰까지 걸어가면서 연신 뒤를 돌아보았다. 그러다가 처음 보는 버스가 저 멀리서 먼지를 일으키며 왔다. 짙은 녹색에 흰 글씨가 쓰인 큰 버스다. 사람들은 기다렸다가 손뼉을 치기도 했다. 분홍색 합승과는 비교도 되지 않는 큰 버스다. 버스 안은 의자가 세로로 길게 놓였으며 창문 위로 손잡이가 촘촘히 메여 있었다. 키가 큰 사람은 손잡이를 잡고 작은 사람은 손잡이 기둥을 잡거나 창문 바로 위의 작은 손잡이를 잡았다. 차장은 문 앞에 서서 3원을 받았다. 시내버스는 솔뫼 구멍가게 앞 공터에서 합승과 같이 멈추었다. 더 이상 가지 않고 시내로 돌아갔다.

시골집에 갈 때도 시내버스를 타고 시내 올 때도 솔뫼에서 탔다. 몇 명이 타는 작은 합승은 다니지 않고 큰 버스 반 정도 크기만 드문드문 다녔으나 타는 사람이 없다. 차비가 비싸기 때문이다. 앞으로 합승은 없어지고 시내버스만 다닐 예정이라고 했다.

하숙집에 오니 금숙이가 언제 책을 가져 왔는지 책상 위에 가지런히 놓여 있었다. 애영이 말로는 어제 책을 가져 왔다고 했다.

도영이에게 책을 돌려주기 위해 규용이를 데리고 갔다. 도영이 집에 대문이 열려있는 것은 본 적이 없으므로 규용이를 시킬 작정이다. 산모퉁이 바위를 돌아 몇 집이 있는 둑 아래에 오니 가슴이 두근거리기 시작했다. 둑에 올라서서 창기네 집을 보니 조용했다. 창기네 집에 들어가려다가 책을 보면 빌려달라고 할까 봐 그냥 도영이네 집 대문 앞으로 내려갔다. 대문은 밀어보니 예상했던 대로 잠겨 있었다. 규용이가 소리 내어 도영이를 부르려고 하는 것을 말렸다. 다시 창기내 집이 있는 둑으로 올라가서 도영이네 집을 내려다 봤다. 큰 지붕과 작은 지붕에 가려 마당이 조금 보였으나 사람들은 보이지 않았다. 한참을 서 있다가 작은 돌맹이를 주워서 던져 보았다. 혹시 도영이가 돌맹이 소리를 듣고 나올지 모르기 때문이다. 규용이는 작은 돌을 던지다가 조금 큰 돌을 던졌다. 돌은 지붕의 기와를 맞더니 마당에 있던 무슨 그릇에 맞는 소리가 났다. 분명 세숫대야 아니면 놋양푼이 맞는 소리다. 잠시 후 방문이 열리더니 남자 목소리가 들렸다.

"어떤 놈이 돌을 던지고 지랄이로! 이놈을 당장!"

무작정 뛰었다. 구멍가게까지 와서 학교 뒷문으로 들어갔다. 규용이도 숨을 헐떡이며 따라왔다. 농구장에 있는 골대 기둥에 기대었다. '이제 어떻게 하지?' 옆구리에 낀 책을 확인하고 한숨을 쉬었다. 그때였다. 규용이가 소리를 질렀다. '운동장과 길의 경계를 표시하는 두 줄 뿐인 철조망 사이로 도영이가 어떤 남자와 걸어가고 있었다. 아마 돌맹이 소리에 놀라 문이 열릴 때 나온 것이 분명했다. 운동장 끝으로 달려가니 도영이와 남자는 시내 쪽으로 멀어졌다. 철조망을 넘어 길을 향하여 빠른 걸음을 걸었다. 마침 도영이가 뒤가 당겼던지 돌아봐서 팔을 들어 흔들었다. 잠시 후 도영이는 서 있고 같이 가던 남자는 그대로 시내 쪽으로 갔다.

"이 책!"

숨을 헐떡거리며 책을 건네려는 데 규용이가 느닷없이

"진구가 너 집에 돌 던졌다."

하는 바람에 어떨결에 억울하여 변명을 하고 말았다.

"아니야, 규용이가 큰 돌을 던졌어!"

앞에 가던 남자가 도영이를 불렀다. 도영이는 '아빠!' 하며 책을 옆구리에 끼고 뛰어갔다. '책을 잘 봤다느니? 재미 있었다느니? 늦어 미안하다느니?' 뭐 이런 말을 하고 싶었는데 아무 말도 하지 못했다.

여러 과목 중에 영어를 가장 많이 공부한다. 영어책 표지는 연한 밤색에 흰색 큰 글씨로 UNION ENGLISH라고 쓰여 있다. 이름 위에는 검은색 작은 글씨로 STEP BY STEP이라고 써놓았으며, 전면은 붉은 머리 미국인 소년 소녀가 정답게 책을 읽는 큰 그림이다. 소년은 검은색 옷이고 소녀는 분홍색인데 목 부분은 흰색 옷이다. 영어책을 볼 때마다 나와 도영이가 책을 읽고 있다는 착각 때문에 오래도록 표지를 보다가 넘긴다. 도영이는 수학이 어렵다고 했다. 나는 영어가 어렵다. 다음에 도영이를 만나면 수학은 가르쳐 주고 영어는 배워야 겠다.

경주로 수학여행을 간다며 여행비를 거두었다. 학교 가까이 사는 학생들은 돈을 일찍 내지만 나처럼 시골에 부모님이 계시면 토요일이 되어야 얻을 수 있다. 수학여행비를 달라고 하면 줄지는 모르지만 안주면 어쩔 수 없다. 억지로 달라고 졸라본 기억이 없으므로 수학여행은 전체가 가는 행사이니 가야 된다고 하면 아버지는 줄 것이라 여겨진다.

아침 조회 때 마다 담임은 여행비를 낸 학생의 명단을 불러주었다. 60명 중에 한두 명 내었는데 토요일이 지나고 월요일이 되자 25명이 내었다. 60명 전원이 가야 되지만 50명 정도 가는 것이 보통이라고 한다. 토요일 종회를 하면서 시골집에 가서 여행비를 받아오는 여러 가지 방법을 이야기 해주었다. 그 중에는 반장을 보낼 수도 있지만 담임이 꼭 가야 된다면 가정방문을 하겠다는 것도 들어있었다. 수학여행은 한 달 후에 가는데, 학반별로 여행비를 낸 학생의 숫자로 학급대항을 하는 형태가 되었다. 교무실에 가면 담임들끼리 여행비를 몇 명 내었다며 자랑을 한다.

다음 주 화요일에 여행을 가는데 아직 30명도 못낸 반이 있는가 하면 53명이 낸 반도 있었다. 30명도 못낸 반은 여행에서 제외 된다는 말도 있어 그 반은 학생들끼리 조를 짜서 여행비를 내지 못한 학생 집에 간다는 소문도 있었다.

내일이 여행을 가는 날이다. 여섯 개 반 중에 정원이 50명도 안 되는 여학생 반은 43명이 돈을 내었으며 우리 반은 55명이 내었다. 여행비를 내지 못하여 여행을 못가는 학생들은 여행기간 중에 등교하여 별도의 수업을 받는다고 했다. 아마 공부보다는 청소나 실습지 가꾸는 일을 하는 듯했다.

수학여행을 가는 날이다. 잠이 오지 않아서 이리 저리 뒤척였다. 시간이 오래 되었다하고 시계를 보면 1시이고 2시이다. 어찌하다가 잠이 들었는지 눈을 뜨니 문이 훤하게 밝았다. 새벽밥을 지어 먹고 김밥을 신문지에 싸서 들고 진수와 함께 기차역을 향했다. 영가역 광장은 일찍 도착한 학생들로 웅성거렸다. 역사 안에서 밖에서 기다리다 보니 호각소리가 났다. 반별로 인원을 점검했다. 인원파악을 하는데 여행비를 내고 오지 않는 학생이 있고 여행비를 내지 못하다가 가지고 오는 학생도 있었다. 열차가 들어오고 줄을 지어 개찰을 하는데 담임과 개찰원이 숫자를 헤아렸다. 학생이 아닌 사람들은 차표를 내밀자 찍개로 구멍을 내었다. 학반별로 정해진 열차 칸에 오르자 기차는 기적을 몇 번 울리더니 출발했다. 좌석이 부족하여 의자에 기대기도 하고 짐을 싣는 선반에 올라가서 눕거나 앉는 학생들도 있었다. 사이다, 콜라, 빵을 파는 홍익회 수레가 지나가자 우르르 몰려가서 샀다. 주머니에 손을 넣어 보니 15원이 있었다. 15원은 빵을 몇 개 사면 없는 돈이다. 어머니 선물을 사고 싶지만 돈이 모자랄 것 같다. 꼭 필요 할 때 쓰기로 하고 안주머니에 숨겼다. 기차가 영천을 지나자 점심시간이다. 각자 준비한 도시락을 꺼내 먹는데 보통 도시락이 대부분이나 김밥을 싸온 학생들도 많았다. 신문지를 펴니 검은 김에 싸인 밥덩이가 2개다. 손으로 들고 뜯어 먹었다. 처음 먹어보는 김밥이 무척 맛이 있었다. 마파람에 게눈 감추 듯 먹었다.

경주역에 도착하여 역광장에서 줄을 지어 인원을 점검하고 황룡사로 갔다. 넓은 들판에 벼가 익어 고개를 숙이고 있었다. 황룡사는 들판 가운데 있었다. 절은 없고 탑만 덩그러니 있었는데 탑 둘레를 돌아보니 들어갈 수 없는 문이 있었다. 황룡사를 들려 첨성대로 가니 들 가운데 돌탑 같은 것이 우뚝 솟아 있었다. 학생들은 너나 할 것 없이 기어오르기 시작했다. 계단 같은 돌을 두서너 개 올라가니 너무 가팔라서 올라갈 수가 없다. 사진사가 사진을 찍어 주는데 삼삼오오 모여서 찍었다. 졸업 앨범에 나온다며 단체 사진도 찍었다. 해가 얼마 남지 않아 성일여관으로 갔다. 여관 뜰에서 방을 배정받고 들어가니 방 한 개에 열 명도 들어가고 스무 명도 들어갔다. 이방 저방 돌아다니다 보니 밥이 들어왔다. 두레상에 둘러앉아 서너 가지 반찬으로 밥을 먹는데 몇 숟가락 뜨니 없다. 어떤 학생은 숟가락을 감추기도 하고 밥그릇을 감추기도 했다. 저녁을 먹고 여학생 반이 있다는 안방 근처를 보니 담임선생님들이 진수성찬을 차려놓고 저녁을 먹고 있었다.

잠을 자는 학생도 있었는데 잠자는 학생 얼굴에 숯으로 그림을 그리기도 하고 바지를 벗기기도 했다. 어느 방부터 시작이 되었는지 모르겠지만 노래를 하고 춤을 추고 난장판이 되기 시작했다. 한참 후 방이고 마당이고 돌아다니면서 춤을 추고 노래를 불렀다. 감추어 둔 숟가락으로 밥그릇을 두들기며 장단을 맞추었다.

밤이 깊어가자 하나 둘 불이 꺼지고 잠을 자는가 싶었는데 한 두 시간이 흐르자 곧 소란해졌다. 세수를 하는 학생도 있고 돌아다니는 학생도 있어서 잠을 잘 수가 없다.

불국사로 향했다. 청운교와 백운교의 난간은 흔적만 있고 돌로 쌓은 담장도 허물어져 있었다. 백운교로 올라가서 구멍뚫린 흔적을 만지며 법당 앞에 도착했다. 다보탑과 석가탑에 올라가서 사진을 찍었다. 법당 옆에서 진수와 같이 사진을 찍고 있는데 옆에서 도영이가 친구들과 사진을 찍었다. 진수는 도영이를 보자 태연하게 말을 걸었다.

"사진 같이 찍자!"

도영이는 얼굴이 빨개지더니 들릴 듯 말 듯 한 목소리로 대답했다.

"남이 놀리면 어쩌려고 그러노! 남자하고 사진 찍으면 흉본다."

횡하니 돌아서는 도영이의 뒷모습을 보며 '학생들이 보는 앞에서 여자하고 사진을 찍다니!' 진수를 나무랐다. 진수는 아무 일도 없었다는 듯 모자를 벗었다가 썼다.

석굴암이 있는 토함산을 올라갔다. 산골짜기로 접어드니 토끼길 같이 좁은 길에 사람들이 다닌 흔적으로 반질반질 했다. 돌을 밟고 나뭇가지를 잡고 숨을 몰아쉬며 돌아보니 뒤에 오는 학생은 별로 없다. 모두 앞 다투어 올라가고 나는 쉬느라 처진 것이다. 들고 온 점심 도시락을 펼쳤다. 얇은 나무 도시락은 조금의 밥과 단무우 뿐이다. 몇 사람이 서서 나무젓가락으로 떠먹고 도시락을 나무 사이에 버렸다. 나무 사이 여기저기에는 버린 도시락이 흩어져 있었다.

석굴암에 도착하자 바가지로 물을 떠 마셨다. 누가 버렸는지 여기도 나무도시락이 군데군데 있었다. 문이 없는 석굴 안으로 들어가니 부처님이 이마에 구멍을 뚫어놓고 돌의자에 앉아 있었다. 누가 먼저랄 것도 없이 부처 다리를 잡고 올라갔다. 무척 큰 부처라 다 올라가지 못하고 손으로 뻗어 보다가 내려왔다. 벽 여기저기에 흉물스러운 석상들이 새겨져 있었는데 하나같이 못생겼다. 선생님들은 어디 갔는지 설명해 주는 사람이 없으니 이것이 무엇인지 알 수가 없다. 그저 굴속에 든 부처를 보고 나올 뿐이다. 어느 학생이 산 사진첩을 보니 길을 지나가던 우체부가 비를 피하다가 굴을 발견했다고도 하는데 무척 신기했다.

물이 고여 있고 찌그러진 배가 있는 곳에 왔다. 안압지라고 했다. 물이

고였다가 마른 곳은 진흙뻘이다. 아마 신라시대 저수지라고 했다. 물이 고였다가 빠진 흔적뿐이니 볼 것이 별로 없다. 여러 학생이 섞여서 이리 저리 돌아다닐 뿐 우리 반이 어디에 있는지 알 수가 없다.

오릉이라고 하는 곳은 큰 무덤이 여러 개 있었다. 학생들은 앞 다투어 무덤 위로 올라가 미끄럼을 탔다. 나는 너무 높아 올라갈 엄두도 못 내고 쳐다보고 있는데 사진첩을 파는 가게가 보였다. 사진첩은 조금 큰 것도 있고 작은 것도 있는데 작은 것은 조금 헐했다. 작은 것을 사서 책장을 뒤지는데 도영이는 큰 사진첩을 사서 들고 돈을 치르다가 나와 눈이 마주쳤다. 그냥 웃었다. 갑자기 책이 생각났다.

"너, 그 책 잘 읽었다."

"우리 반 아이들은 책상 밑에 숨겨서 읽다가 걸려서 혼났다."

"하도 많이 빌려달라고 해서 지금은 누구한테 있는지 모른다."

"너무 슬픈 이야기다."

"학교에 가면 다른 책도 빌려줄게!"

마침 학생들이 가게로 몰려 와서 이야기를 더 하려다가 그만 두었다.

사진첩은 정말 잘 샀다. 신기하게 구경했던 것들의 사진을 집에 가지고 가서 어머니께 보여주고 싶었다. 주머니에 넣으니 딱 맞았다.

해가 져서 여관으로 가니 대문 입구에 사진첩, 목걸이, 가짜반지, 엿, 과자, 사탕, 사과, 석류 등을 파는 사람들이 한 줄로 늘어서 있었다. 열린 대문으로 학생들이 들락거리며 물건을 사기도 하고 거리로 나가 구경을 하기도 했다. 어둠이 쌓이자 선생님들은 대문을 닫고 나가지 못하게 했다. 대식이 같은 학생은 담을 넘어 나가서 소주를 사 가지고 오다가 들켜서 빼앗기기도 했다.

내일은 계림과 포석정을 보고 기차를 탄다고 했다.

2박 3일 여행이 끝나고 기차를 탔다. 올 때와 마찬가지로 자리가 없어서 짐을 얹는 선반에 올라가는 학생들도 있었다. 영천역을 지나는데 와장창 하더니 선반이 내려앉았다. 선반 위에 너무 많은 학생들이 올라가서 무너진 것이다. 선생님들은 임시방편으로 학생들이 기념으로 사서 짚고 다니는 지팡이를 거두어서 끈으로 묶었다. 내려앉은 선반은 역무원이 와서 보고 가면서 학교에서 변상을 해야 된다고 했다. 학생들은 변상을 해야 된다는 말에 돈을 거두는 것이 걱정되어 숨을 죽이고 앉아서 또는 서서 침묵을 지키며 기차가 영가역에 도착하기만 기다렸다. 굴을 지날 때 소리를 지르는 학생도 과자나 사이다를 먹는 학생도 없었다.

영가역에 도착했다. 지하도로 내려가는 발자국소리가 밤공기를 해치며 크게 들렸다. 역 앞 광장에서 모이려고 하는데 줄을 서는 사람도 모이라고 외치는 사람도 호각소리도 없다. 그냥 집에 가면 되었다. 흐린 가로등 불빛 속으로 삼삼오오 흩어졌다. 황량하게 넓은 사단도로를 따라 걷다가 보니 저 건너 중앙국민학교 교문이 보였다. 곧이어 화교학교가 보이고 경호가 자취하는 집 앞에 왔다. 경호도 같이 여행을 갔는데 보이지 않는다. 진수도 어디 갔는지 보이지 않고 혼자라는 것을 깨닫자 갑자기 무서워졌다. 경호네 집 앞에서 머뭇거리고 있는데 저 뒤에서 누가 오는 소리가 들렸다. 점점 가까이 오는 것을 보니 도영이와 처음 보는 여학생이다. 도영이가 웃음으로 아는 체를 했다. 그 옆의 여학생은 나를 보더니 그저 덤덤했다. 혼자가려니 무서웠는데, 다른 학생들이 볼까 두렵다는 생각보다 반가움이 앞섰다. 도영이와 여학생이 앞서서 가는데 뒤에 따라갔다. 사장둑을 너머 신시장이 보이는 곳에서 도영이 친구는 무언가 인사를 나누는 듯하더니 골목으로 사라졌다. 도영이가 멈추어 서서 나를 기다렸다.

"진수는 어디가고?"

"모른다. 그냥 오다보니 혼자다."

"무서웠는데 잘 되었다. 같이 가자."

아직 하숙집까지는 무척 멀다. 간혹 길 반대편에 지나가는 학생들이 보였으나 누군지는 알 수가 없다. 잠시 어둠 속에서 두 사람이 빠른 걸음으로 오더니 지나갔다. 지나가는 사람에게서 훈기가 났다. 밤에 사람이 지나가면 훈기가 나고 짐승이 지나가면 냉기가 난다고 했는데 맞는 말이다. 사람이면 무조건 반가움이 앞섰다.

불국사에서 사진 찍던 것이 생각나서 물어봤다.

"사진 많이 찍었나?"

"사진 값이 비싸서 별로 못 찍었다. 너는?"

"불국사, 첨성대, 석굴암, 오릉 등 일곱 장인가 찍었다."

"우리 아빠가 왔으면 많이 찍었을 텐데?"

"너 아버지 사진관 한다고 했지? 일사진관?"

"사진관 이름은 어에 아노?"

"그냥!"

농업고등학교 사거리에 와서 길을 건너는데 한절 쪽에서 사람들이 떠드는 소리가 났다. 술에 취한 사람들이 다투는 소리다. 넓은 길 반대편에서 나는 소리이니 상관할 바는 아니지만 갑자기 길을 건너오면 어쩌나 하고 걱정이 되었다. 농업고등학교 후문을 지나면서 도영에게 슬쩍 물었다.

"1학년 때 진수하고 우산 쓰고 가던 날 기억하나?"

"그날 진구, 너 우산 썼잖아!"

"그날은 비가 오고 길이 질척거렸는데 오늘은 괜찮다."

처음 셋이서 우산을 쓰고 걸을 때는 발을 어디에 딛는지 모르고 덤벙거렸다. 도영이의 어깨가 내 어깨에 부딪칠 때는 알 수 없는 감정에 휩싸였다. 오늘 같은 날 진수가 있었다면 하다가 차라리 진수가 없는 것이 좋았다. 라디오 중계소 앞에서 돌다리가 놓인 개울을 건너면서 나도 모르게 발을 헛디뎌 한쪽 발이 물에 빠졌다. 도영이가 손을 내밀었다.

"야! 괜찮나?"

도영이의 손을 잡았다. 물에 빠진 발보다 도영이의 손이 더 차가웠다. 깊지 않는 물이지만 모래가 쌓인 바닥이라 신발에 모래가 들어갔다. 개울을 건너자 신발을 벗어서 털어야 하는데 부끄러워서 그냥 걸었다. 발가락 사이에 모래가 들어가 따가웠다. 새동네 앞을 지나면서 도영이가 부탁했다.

"너는 영어를 잘한다면서 좀 가르쳐 다고!"

"너는 수학을 잘한다면서 수학이나 좀 가르쳐 다고!"

"나중에 도서관에 같이 가자!"

"엄마 심부름 때문에 시간이 날지 모른다."

"무슨 심부름을 하는데?"

"부엌일도 거들고 오빠들 빨래도 하고."

"너 오빠가 세 명이라며, 무척 무섭게 생겼더라!"

"우리 오빠 무척 좋다. 심부름을 많이 시켜서 탈이지!"

이제는 할 말이 없어 그냥 걸었다. 도영이는 길 왼쪽으로 나는 오른쪽으로 앞만 보고 걸었다. 새동네를 지나고부터 가로등이 없어서 무척 어두웠다. 지나가는 사람도 없다. 미나리꽝을 지나 우리 학교가 있는 동네 초입에 왔다. 저 멀리 이발관 주변에 세워진 가로등의 불이 반짝거렸다. 가로등 아래 몇 명의 학생들이 지나가고 있었다. 멀리서 보아도 우리학교 학생들이다. 들고 있는 것으로 봐서 우리처럼 여행을 다녀오는 2학년이 분명했다. 그들과 가까이 하기 싫어서 천천히 걷는데 도영이는 빨리 걷자고 했다. 사람을 만나니 반가운 것인지 아니면 나와 같이 가서 부끄러웠는지 모를 일이다. 좀 더 가까이 가자 진수와 창기, 규택이 그리고 다른 반 학생이다. 도둑질을 하다가 들킨 마냥 쭈빗쭈빗 거리는데 진수가 또 촐랑거리며 놀렸다.

"니들 둘이 뭐하는 거로? 지금까지 같이 온 거라! 어이!"

"아니다. 조금 전에 만났다."

도영이는 당당하게 고개를 들었다.

"같이 왔다 왜! 어쩔래?"

창기와 규택이는 아무 말 없이 앞서서 가는데 진수가 촐랑거린다.

"너 둘이 진짜 사귀는 거라! 연애하는 거지!"

낯이 붉어진 나는 아무 말도 하지 못하고 창기를 따라갔다. 도영이네 집 대문 앞에 오자 진수가 먼저 앞서 가면서 '잘 가라!'라고 하자 나도 따라서 '잘 가'라고 작은 소리를 했다. 이번에도 도영이는 못 들었는지 그냥 대문을 열고 들어갔다.

우리 반에 조금 모자라는 학생이 있다. 사팔눈으로 눈동자가 한곳만 보는데 교복은 항상 때가 묻어서 꾀죄죄하다. 그는 주번을 맡아 놓고 한다. 학급일지도 혼자 쓰고 주전자에 물도 잘 떠오는데 매일 어디서 가지고 오는지 껌을 가지고 와서 힘이 센 학생이나 여학생들에게 나누어 준다. 수학여행을 다녀와서 며칠이 지난 어느 날 가방 가득 사진을 가지고 왔다. 사진을 보니 수학여행 때 찍은 사진이다. 학생들은 사진을 보자 서로 자기 사진을 골라 주머니에 넣었다. 그 학생은 우리 반 학생들 사진만 가지고 있었다. 사진을 주면서 돈도 받지 않고 그저 헤헤 웃기만 했다. 수학여행 때 따라와서 사진을 찍은 다보탑사진관은 우리 학교 3학년 졸업 앨범을 하는 집이다. 다른 반 학생들이 사진관에 사진을 찾으러 갔는데 사장은 사진이 없어진지도 모르고 있었다. 학생들이 사진이야기를 하자 놀라면서 사진을 구경하다가 훔쳐 간 것이라고 했다. 아마도 그 학생이 우리 반 사진만 골라서 훔쳐 온 것이 분명하다. 그것은 나를 비롯한 많은 학생들이 공짜로 사진을 찾게 되었으나 사진관 사장에게 미안함은 어쩔 수 없는 일이다.

겨울방학은 무척 길었다. 방학이 끝나갈 즈음 설날이 왔다. 원종이와 동숙이의 첫 겨울방학도 설날과 함께 끝이 나고 있었다. 학기네 집에서 모둠밥을 해 먹고 호롱불 아래 둘러앉았다. 막걸리 양푼이와 잔 그리고 김치를 가운데 놓고 원종이가 술을 부어 차례대로 한 잔씩 주었다. 학기는 술잔이 적다며 투덜대다가 연거푸 두 잔을 마셨다. 노래를 부르기 시작했다. 원종이가 노래를 하고 여자들 중에 금자에게 지명을 했다. 금자는 노래를 하고 용성이에게 지명을 했는데 용성이는 노래를 모른다며 부르지 않다가 억지로 부르라고 성화를 하니 '산토끼'를 불러서 분위기가 깨졌다. 용성이는 동숙이를 지명하고 동숙이는 노래가 끝나자 무슨 감정이라도 있는 사람처럼

'임진구'하고 내 이름을 크게 불렀다. 모두 부를 사람을 부른다며 숙덕거렸으나 기분이 나쁘지는 않았다. 손뼉을 치며 장단을 맞추다가 학기는 술을 담았던 양푼이를 두들겼다. 밤이 깊었다. 헤어져서 각자 집으로 가는데 동숙이와 원종이는 나와 같은 방향에 집이 있어서 나란히 걸었다. 동숙이 집이 가까웠으므로 먼저 집으로 들어가고 원종이가 골목을 돌아 집으로 갔다. 나는 동네와 떨어져 있었으므로 동숙이네 집 뒤를 돌아 담배건조실로 혼자 가게 되었다. 그런데 담배건조실 뒤로 가니 동숙이가 어둠 속에서 기다리고 있었다. 동숙이는 방에 들어가지 않고 뒷문으로 나와서 담배건조실로 온 것이 분명했다.

"동숙아! 왜!"

어둠 속이지만 동숙이의 입가에 웃음 짓는 보조개는 상상 할 수 있었다. 무슨 일인지 그냥 웃고 서 있다.

"춥다. 집에 들어가라!"

동숙이는 와락 내게 기대면서 중얼거렸다.

"오빠야! 좋은 여자 있다면서?"

아마 원종이가 도영이 이야기를 했음을 짐작했으나 시치미를 땔 수밖에 없다.

"무슨 소리로? 여자라니!"

"내 다 안다. 도영이라는 아가 있다는데."

"누가 카드노?"

"원종이도 봤다는데 도영이라는 아를."

잠시 할 말이 없어서 멍하게 서 있는데

"오빠야! 나는 오빠야 뿐이다. 도영이 가하고 놀지 마라! 알았지!"

하고, 동숙이는 쏜살같이 달아났다. 닭 쫓던 개 쳐다보듯이 동숙이가 사라진 골목을 바라보다가 돌아섰다. 구불구불한 밭둑길을 혼자 덤벙덤벙 걸으면서 도영이와 동숙이를 또 비교했다. 귀엽고 정이 많은 것은 동숙이나 좀 촌스럽고, 도영이는 세련되고 예쁘고 공부도 잘했다.

복수불반

3학년이 되자 이상한 소문이 들렸다. 학년이 바뀌고 얼마 되지 않는 국어 시간인데 선생님이 결근하여 자습을 하게 되었다. 자습을 하면 오락시간이 되어 노래와 장기자랑을 하기도 하고 힘이 센 학생이 나와서 재미있는 이야기를 하기도 한다. 별로 좋은 감정이 없는 대식이가 또 한 반이 되었는데 성큼성큼 교탁 앞으로 나오더니 씩 웃으며 우리들을 둘러봤다. 그리고는 이야기를 꺼내는데 정말 놀라운 내용이다.

며칠 전 저녁에 심심하여 창기네 집 둑에 갔는데, 물이 내려오는 산골짜기에 사람의 그림자가 보이는 기라. 그래 살금살금 허리를 굽히고 나무에 숨기도 하면서 갔지! 나무 숲 뒤로 가니 정탁이 하고 도영이가 앉아있는 기라! 이놈아들 봐라 이것들이 둘이서 연애를 하고 있네, 연애를 할라 그던 어디 먼 데 가서 하지 창기네 집 뒤에서 하다니! 거기다가 도영이네 집과 정탁이 자취방이 멀지 않는 곳인데, 속으로 괘심했으나 무슨 짓을 하는가? 싶어 나무 뒤에 숨어서 봤지! 도영이는 앉아서 땅을 보고 있고, 정탁이는 도영이 어깨에 손을 얹고, 먼 산을 보고 있는 기라. 어두분데 보이게네 정탁이 등따리에 풀이 묻어 있는기라. 이것들이 누웠다가 일어나서 이야기하는구나! 하고 더 가까이 갔지! 어에 발을 잘못 디뎌서 돌에 미끄러져 뒤로 넘어진기라. 그 바람에 도영이가 나를 발견하고 창기네 집 쪽으로 달아난기라. 정탁이는 그냥 나를 보고 서 있고, 참 맹랑하여 정탁이 멱살을 잡았지! '니가 왜 내가 좋아하는 도영이를 안고 지랄이로' 했더니 비실비실 도랑으로 내려가는 기라! 이놈아를 그냥 두면 또 만나지 싶어서 달려가서 배를 쥐어박았더니 꼬꾸라져서 못 일어나는 기라! 그냥 두고 왔지! 이것들이 머리에 피도 안 마른 것들이 뭐하는 짓이로! 거기다가 내가 좋아하는 아를 데리고.

대식이는 도영이 애인이라며 앞으로 누구라도 건드리면 죽인다며 주먹을 허공으로 날렸다. 자리로 들어가서 앉는 대식이를 때려 주고 싶도록 미웠으나 힘이 없으니 생각뿐이다. 도영이가 정말 정탁이하고 밤에 만났을까? 믿고 싶지 않았다. 아마 대식이가 지어낸 이야기 일거라 생각하고 정탁이를 만나보기로 했다. 정탁이는 같은 반은 아니지만 키도 크고 공부도 열심히 한다. 도영이네 집 가까이 혼자 자취를 하는 것까지 알고 있다. 몇 번 지나가면서 말을 걸어보기는 했지만 가까운 사이는 아니다.

수업을 마치고 후문 쪽에 있는 정탁이 자취방으로 갔다. 방으로 들어가는 돌 위에 신발도 없고, 방문이 자물쇠로 잠기어 있었다. 기다려 볼까 하다가 생각하니 도영이가 더 미웠다. 알 수 없는 것이 여자의 마음이라고 하더니 믿을 수가 없다. 오늘 따라 구멍가게 앞으로 지나가는 학생들이 많다. 한참을 기다려도 도영이도 정탁이도 나타나지 않았다.

대식이가 도영이를 생각하고 있다는 것은 진작 알았지만 도영이 집 주변에 자주 온다는 것은 무척 싫었다.

저녁을 먹고 동마루에서 강둑을 바라보고 서 있는데, 대문 앞에 지나가는 것은 분명 도영이었다. 이때다 싶어 대문 밖으로 튀어 나갔다. 도영이가 옥화내 집에 왔다가 가는지 혼자 금숙이네 집 앞을 지나가고 있었다. 앞 뒤 가리지 않고 큰 소리로 불렀다.

"도영아! 어디 가는데?"

뒤도 돌아보지 않고 그냥 가던 길을 가고 있었다. 내가 동마루에 서 있는 것을 도영이도 본 것이 분명했다. 그렇지 않고는 저렇게 태연하게 갈 수가 없다.

"도영아! 어데 갔다 오노?"

도영이는 가던 길을 멈추고 서더니 나를 잠시 노려보았다. 그리고는 낯선 사람을 대하듯이 아무 말도 하지 않고 가던 길을 갔다. 또 부르려고 하다가 힘이 빠져서 부르고 싶지 않았다. 도영이는 어느새 바위가 있는 모퉁이를 돌아가고 있었다. 정말 억울했다. 옆에 누구라도 있으면 쥐어박고 싶은 심정이다. 하숙집 마당으로 들어와 망치로 처마의 돌을 두들겼다. 돌이 깨어져 튀어도 좀처럼 분한 마음이 가라앉지 않았다. 겨울방학 전 수학여행을 다녀오던 날만 해도 그렇게 정답게 이야기를 했는데, 그 뒤로 만난 적은 없지만 길에서 한 두 번 본 적은 있다. 그러던 도영이가 정탁이와 놀다니, 그것도 밤에 아무도 모르게 대식이의 말이 진짜같이 느껴지자 더욱 분했다. 분함을 참지 못해 강둑으로 올라가 수문 앞에 앉아서 강변을 바라보니 모두가 도영이로 보였다.

이른 저녁식사를 하고 일기장을 사기 위해 규용이를 데리고 시장으로 갔다. 며칠 전 집 앞에서 못 본채하고 가던 도영이가 떠올랐다. 평소에는 조심을 하느라 쳐다보지도 않던 도영이네 집, 대문 앞에 서서 한참 동안 노려보았다. 제발 도영이가 나왔으면 좋겠다고, 나오기만 하면 채면이고 뭐고, 누가 보든지 말든지 따지고 싶었다. 정탁이와 왜 만났는지? 하숙집 앞에서 나를 보고 못 본채 했는지? 그러나 도영이는 나오지 않았다. 학교 운동장을 돌아 신시장 학용품 가게인 지구당을 지나 시장서점에 가서 일기장을 샀다. 표지가 두껍고 예쁜 일기장이다. 마음에 들었다. 국민학교 3학년 때 방학숙제로 3일만 쓴 일기장을 아버지는 잡기장으로 쓰고 있다. 그후 방학숙제로 공책에 일기를 쓴 일은 있으나, 책으로 만들어진 일기장은 처음이다. 원종이가 일기장을 사서 쓰는 것을 보고 나도 사고 싶었다. 시장서점 주인은 어머니 언니의 아들로 나와는 이종사촌간이다. 아버지와 한번 가고 오늘이 두 번째이나 이종사촌 형님이 나를 알아보아서 다행이다. 그러나 정가대로 돈을 다 받아서 인사도 하지 않고 나왔다. 규용이는 시장에 왔으니 옷가게라도 구경을 하고 싶어 했다. 시장서점을 나와 다시 지구당 쪽으로 가면서 북쪽을 보니 도영이 아버지가 하는 일사진관 간판이 크게 보였다. 간판만 보고 고개를 돌리는데 규용이가 옆구리를 찔렀다. 돌아보니 도영이가 저 만치 걸어오고 있었다. 무슨 일일까? 아마 사진관에 왔다가 우리 쪽으로 걸어오는 것이 분명했다. 규용이는 시장 쪽을 보고 있는데 나는 도영이가 걸어오는 쪽을 주시했다. 도영이는 웃고 있었다. 옆구리에 낀 일기장을 보며 반갑게 말을 걸었다.

"책 샀구나! 보자 무슨 책인데?"

정탁이 일과 며칠 전 일로 약이 올라있는데, 평소와 같이 대 하는 것이 더 미웠다.

"무슨 책이면? 왜!"

도영이는 내 반응에 당황했는지 잠시 멈칫하더니 또 다그쳤다.

"책 한번 보자!"

내가 일기장을 내밀자

"어머! 진구 너 일기도 쓰나?"

하는 도영이의 말이 귀에 들어오지 않았다. 나는 불쑥 큰 소리를 질렀다.

"너 정탁이하고 논다며?"

"정탁이가 누군데! 아! 학교 후문 옆에 자취하는 애! 그 집 주인이 우리 어머니 친구여서 한번 가서 본 일은 있는데 왜?"

"안 놀면 됐고! 그라고 전번에 나를 보고 왜 못 본채 했는데."

따지듯이 하는 두 번째 질문에 도영이는 얼굴이 붉어졌다.

"그날 옥화하고 싸웠어! 내 책을 빌려가서 다른 학생에게 또 빌려주었다기에 2주 후에 가니 이번에는 잃어버렸다며 딱 잡아떼잖아? 나도 다 못 본 책인데 화가 나서 싸우고 오는 길에 너를 만났어! 그때는 미안했어! 그래서 화가 났구나!"

도영이의 얼굴을 한참 보다가 내가 도리어 미안해서 다른 소리를 했다.

"지금 집에 가는 길이라?"

"아버지하고 옷 사로 가는 길이다."

그러고 보니 머리에 기름을 잔뜩 바른 그의 아버지가 우리 쪽으로 오고 있었다. 나는 도망치듯 규용이를 향해서 뛰었다.

하숙집에 오면서 생각하니 대식이가 괘심했다. 없는 사실을 꾸며 내어 도영이를 모함하는 것은 마음에 두고 있다는 증거가 아닌가? 생각하니 께름직했다. 도영이가 정탁이 자취집에 간 것은 질투가 날 일이지만 어쩌겠는가? 어머니 친구 집에 어머니와 같이 갔다는데. 도영이 생각을 하며 걷다가 보니 어느새 하숙집에 왔다. 새 일기장에 처음 쓰는 일기는 도영이를 오해해서 생긴 일을 썼다.

다음 주 수요일 5교시는 클럽활동으로 활동부서를 조직한다. 부서가 조직되면 희망부서에 가서 공부를 한다. 첫 주는 무슨 반을 할 것인지 조직을 하고 그 다음 주부터 활동을 한다. 도영이는 무슨 반을 하는지 궁금했으나 바느질이나 뜨개질 아니면 가사반이겠지 하고 교실 청소를 하고 나왔다. 여자반 교실 앞으로 가자 교실 청소를 하느라 먼지털이로 유리창을 털고, 빗자루 질을 하고, 쓰레기통을 비우고, 아마 대청소를 하는 듯했다. 교무실 쪽으로 가는데, 도영이가 쓰레기통을 들고 쓰레기장으로 가고 있었다. 잠시 서서 보니 빈 쓰레기통을 들고 바쁘게 걸어오다가 서 있는 나를 보자 반색을 했다.

"너 클럽활동 무슨 반에 가노?"

느닷없는 질문에 쓰레기통을 든 채 잠시 생각하다가 물었다.

"너는 무슨 반 가노?"

마침 도영이 담임이 교무실에서 나왔다. 나는 돌아서며 얼른 대답했다.

"주산반."

도영이는 들었는지 못 들었는지 교실로 급히 뛰어갔다.

클럽활동 부서를 조직하고 처음으로 부서별로 활동을 하는 날이다. 주산

반은 고등학교 교실인데 경주의 상업고등학교에서 전학을 온 학생 2명(고등학교에서 장학금을 주고 데리고 옴)이 지도를 했다. 그 학생들은 주산이 1단과 2단으로 공부를 무척 잘하는 모범생으로 보였다.

뒷자리에 앉아서 앞에 앉아 있는 학생들의 뒷모습을 보니 여학생도 2명이나 있었다. 고등학생 두 명은 서로 자기소개를 했다. 키가 큰 학생이 칠판의 지우개와 분필을 얻는 곳에 지도용 큰 주산을 올려놓고 가감산부터 지도를 했다. '1원이요 2원이요' 하며 주산알을 올려놓고 기초부터 가르쳤다. 나는 실과 시간에 기초는 배웠으므로 건성으로 들으면서 여학생 뒤통수만 바라보았다. 한 학생은 도영이가 분명한데, 한 학생은 누군지 모르겠다. 주산반은 1학년부터 3학년까지 왔는데 46명 중에 3학년은 10명 정도 되었다. 가감산을 지도하는 고등학생은 한자리 수에서 두 자리 수로 이어서 지도를 했다. 주산이 2단인 보통 키 학생이 주산 전반의 상식과 급수 시험에 대하여 설명을 하다가 45분 수업이 끝났다. 앞에 앉았던 여학생 두 명이 뒤를 돌아보았다. 순간적으로 도영이와 시선이 마주칠까봐 고개를 돌렸다. 그러다가 자리에서 일어났다. 다른 학생들이 교실 출입문을 빠져나가고 지도하던 고등학생이 큰 주산을 들고 나가려는데, 출입문 쪽으로 다가갔다. 도영이와 여학생이 동시에 나를 보았는데, 도영이는 웃고 있었다. 손으로 도영이 팔을 스치며 복도로 나오니 지나가는 학생들이 보는 듯했다. 뒤뜰에는 클럽활동을 마치고 자기 교실로 들어가는 학생들로 북적거렸다.

"고맙다. 주산반에 와서!"

지나가면서 가느다란 소리로 말을 했으나 도영이는 알아듣고 웃어 주었다.

청소시간에 원종이가 어깨를 잔뜩 움츠리고 우리 교실 앞에 서 있었다. 지나가는 3학년에게 2학년이니 위축이 된듯했다.

"진구야! 동숙이 한테 놀러가자."

"어디? 동숙이 집에?"

동숙이는 5촌 아저씨 집에 6촌들과 함께 방을 쓴다. 친척 집이니 한 달에 쌀을 조금 주고 일도 거들며 학교에 다닌다고 들었다. 그런데 무슨 일로 만나자는 것일까? 아무리 한동네 앞 뒤 집에 살았지만 성性이 다른 남자와 여자가 아닌가?

원종이와 동숙이 하숙집을 찾아갔다. 사장둑을 너머 영가교육대학이 보이는 곳에서 동쪽으로 큰길을 따라가니 삼태사(三太師, 권행, 김선평, 장길)가 모셔져 있는 태사묘太師廟를 지나니 좁은 골목이 나왔다. 곡물을 파는 작은 가게를 돌아 들어가니 파란대문이 나왔다. 파란대문 기와집은 안쪽이 가정집이고 길 쪽은 곡물가게이다. 원종이는 몇 번 와봤는지 익숙하게 대문을 열고 들어갔다. 동숙이가 기다렸다는 듯이 웃으면서 나왔다. 부엌에서 나온 동숙이 5촌 아주머니에게 인사를 했다. 명절 때 동숙이 집에 자주 와서 본 적이 있다. 언뜻 보니 큰 마루가 있고 부엌과 큰방, 작은 방이 3개나 되었다. 마루 옆에 방이 동숙이와 6촌 언니, 동생이 함께 쓰는 방이라고 했다. 현대식 장판과 벽이 말끔하게 도배가 되어 있었다. 앉은 책상이 3개가 있었는데 영가교육대학에 다니는 언니와 국민학교에 다니는 동생, 동숙이 책상이라고 했다. 따뜻한 방에 앉으니 얼굴이 화끈거려 문을 열고 싶었으나 남의 집이라 그냥 앉아 있었다. 잠시 후 동숙이는 미숫가루 컵을 쟁반에 받혀서 들고 들어왔다. 처음 보는 깨끗한 여자들이 쓰는 방이라 주눅이 들어 안

절부절못하고 있는데 미숫가루까지 주니 시선을 어디에 두어야 할지 모르겠다. 원종이는 미숫가루물을 벌컥벌컥 마셨으나 나는 조금씩 마시다가 컵을 쟁반에 내려놓았다. 동숙이는 눈을 똑바로 뜨고 나를 노려보더니 말했다.

"오빠야! 우리 동생이 오빠야 학교 1학년인데 공부 좀 갈체조라! 그라고 반 아들이 괴롭힌다는데 교실에 가서 혼도 내 주고"

아마도 6촌 동생이 우리 학교 1학년인데 공부보다 친구들에게 괴롭힘을 당하는 모양이다. 원종이에게 부탁을 했지만 2학년이라 아무래도 3학년인 나에게 부탁을 하는 것이다. 잠시 후 동숙이 아주머니가 방에 들어왔다.

"진구는 공부를 그리 잘한다면서, 우리 상태도 공부를 잘 했으면 얼마나 좋을로! 공부도 공부지만 반 학생들이 괴롭힌다니 더 걱정이지!"

동숙이 아주머니가 나가자 동숙이는 원종이가 옆에 있어도 아랑곳하지 않고 옆에 바짝 붙어서 내 어깨를 주물렀다. 동생을 부탁하는 애교로 보였으나 기분이 이상했다.

가을이다 싶었는데 아침저녁으로 춥다. 하복을 벗고 동복을 입은 지 보름이 지났다. 온산을 물들었던 단풍도 색이 바래졌다. 강변의 풀들도 하루가 다르게 힘이 없어지더니 파란색은 간 곳 없고 누렇게 변했다. 미루나무가 잎을 떨구고 앙상한 가지로 새들을 보듬고 있다. 출렁거리는 강물이 차갑게 느껴지고 뜨겁던 모래사장도 차가운 느낌이다.

해도 지기 전에 저녁식사를 하고 동마루에 서서 강둑길에 오는 사람 가는 사람들을 구경하다가 슬그머니 댓돌로 내려갔다. 진수에게 가보고 싶다. 어제 실과 시간에 1학년 때 배운 새로운 볍씨에 대하여 선생님이 진수에게 물었으나 답을 하지 못했다. 작은 소리로 아이알 667(IR667)하자 선생님이 듣고는 눈을 부라리다가 웃었다. 그 때문에 진수는 벌을 면했다.

진수가 자취를 하고 있는 방은 북향이라 다른 집 지붕에 햇볕이 있어도 어두침침하다. 내가 갑자기 문을 열자 진수는 무엇을 쓰다가 감추었다. 얼른 방에 들어가 진수가 허리 뒤로 감춘 것을 빼앗아 보니 구겨진 편지였다. 진수는 놀라면서 내 손에 있는 편지를 빼앗으며 화를 냈다.

"도영이에게 쓴 것 같은데?"

"응, 아니야! 그저 심심해서."

"너희들 사귀지?"

"아니여."

진수는 급하면 점촌 사투리가 나온다. 그러면서 도영이와 사귀고 싶다고 했다. 사실 도영이는 진수가 먼저 말을 걸고 알게 되었다. 그동안 내가 도영이에게 빠져 있어서 진수 생각을 하지 못했다. 하지만 나는 도영이를 믿으므로 자신있었다.

"사귀봐라!"

진수는 나와 도영이가 친구 이상이라는 것을 모른다. 수학여행을 갔다가 영가역에서 함께 오면서 무슨 말을 했는지 말을 한 적이 없다. 내가 도영이를 좋아한다는 것은 알고 있을 것이나 그 이상은 모를 것이다. 진수가 슬그머니 내미는 쓰다만 편지를 읽어보니 유치하기 짝이 없다.

사랑하는 도영이에게! 매일 학교에 가면서 너의 집을 바라보지만 너는 보이지 않았다. 오늘은 한참 동안 서서 바라보았다. 도영아 내일 저녁에 극장 구경가자! 서부영화가 왔다.

편지지로 봐서 아직 더 써야 하는데 나에게 들키고 만 것이다. 나는 속으로 이것들이 진짜 극장구경을 가지나 않을까? 하다가 학생과장에게 들켜라! 하다가 그냥 씩 웃었다.

"진수야! 진짜 영화구경 갈라고 그나?"

"도영이가 갈라고 할지 모른다."

"편지 어에 줄 건데."

"도영이네 집 대문에 던지면 되겠지 뭐!"

"그러다 도영이 오빠에게 걸리면 뒤진다."

진수는 씩 웃다가 웃음을 감추었다.

조카가 태어났다. 형은 마음을 잡지 못하고 농사일도 하지 않았는데 아들이 태어나자 열심히 아버지를 따라 다니며 일을 한다고 했다. 결혼하고 1년 만에 질녀를 낳고 3년도 덜 지나 또 질녀를 낳았다. 부모님의 걱정은 이만 저만이 아니었다. 손자를 보고 싶은 것이다. 기다리던 손자가 둘째 질녀를 낳은 지 2년 만에 태어났다. 조카를 보고 싶어 토요일을 손꼽아 기다렸다.

토요일이라 시골집에 가니 형수는 예쁜 조카에게 젖을 물리고 있었다. 형수 옆에서 나물을 다듬던 어머니 말에 나는 기겁을 했다.

"저 윗동네 용녀하고 중매 말을 하고 있다."

잘못 들었나 싶어서 물었다.

"누구 중매?"

"누군 누구야! 너지! 용녀는 집도 부자지만 무척 예쁘단다."

어머니는 손자를 보더니 나도 총각으로 보이는 모양이다. 놀라서 입을 다물지 못하는데 젖을 먹이던 형수가 덧붙였다.

"누구든지 우리 대련님(도령님)하고 결혼하면 보통 복이 아니지요."

"어매! 나도 용녀 아는데 나보다 2년이나 어리다. 어린애들이 무슨 결혼을 한다고 그러노?"

어머니는 웃지도 않고 심각한 얼굴을 했다.

"송천댁이 어제 왔다가 갔다. 이 집 총각이 크지요, 하더니 용녀가 좋다며 중매 말을 했다. 니 생각은 어떠노?"

"아이구! 어매야 그런 말 하지도 마라. 장가를 가다니 무슨 말이로! 그라고 나는 국민학교 밖에 못 나온 처녀하고는 결혼 안 한다. 적어도 중학교는 나와야지!"

얼굴을 붉히며 심각하게 말을 하자 어머니는 웃었다.

시골집에 다녀오느라 피로가 몰려왔다. 일요일 저녁때라 강둑길로 오는 자취 학생들은 쌀과 반찬을 들고 메고 오느라 힘이 들어 보였다. 간혹 지게를 지고 강변 밭에서 오는 사람도 보였다. 진수도 시골에 갔을 것이라 생각하니 규용이도 없고 하여 무작정 대문을 나섰다. 저 멀리 남쪽 산 밑에 있는 일원정을 보니 옥화내 집 지붕도 보였다. 강둑에서 전주네 집 앞까지 내려와서 하숙집에 들어가려다가 혹시 진수가 있을지 모른다는 생각이 들어 자취방으로 갔다. 대문이 활짝 열려있다. 주인집이 농사를 짓기도 하지만 세를 사는 학생들이 있어서 언제나 대문이 열려있다. 이상한 감이 들어서 발자국 소리를 내지 않고 진수방 앞에 가니 댓돌에 신발이 두 켤레다. 진수 신발과 여자 신발이 나란히 놓여 있어서 어머니가 왔나? 누나가 왔나? 하다가 방문을 벌컥 열었다. 뜻밖에도 도영이와 진수가 나란히 앉아서 만화책을 보고 있었다.

"야! 이것들이 뭐하노?"

도영이는 깜짝 놀라더니 입가에 미소를 띠었다.

"진구가 왠일로!"

"너야 말로 어쩐 일로 진수 방에 있노?"

"만화책 빌려 달라고 편지를 보내서 왔다."

전번에 진수가 쓰던 편지가 생각났다. 진수가 편지를 보내니 도영이는 전에 나에게처럼 답장이고 뭐고 그냥 달려 왔음이 분명했다. 진수는 그냥 씩 웃으며 미안한 표정을 지었다. 내가 도영이를 얼마나 좋아하는지 알기 때문이다. 진수는 두 사람이 보던 만화책을 슬그머니 책상 서랍에 넣더니 연탄을 갈아 넣는다며 밖으로 나갔다.

"도영이, 너! 우리 집에도 오라고 하면 오나?"

"가지 뭐 못 갈 거 있나!"

"그라면 언제 한번 온나?"

"마침 하숙집에 큰 손녀가 보름 전에 왔는데 옥화하고 친하다. 놀러 온나!"

"그라면 옥화한테 물어볼게!"

진수가 연탄을 갈고 들어오면서 제안했다.

"우리 강변에 가자! 강둑에 앉아서 이야기하며 놀자. 방은 답답하다."

도영이에게 언제 와서 뭐를 하면서 놀았는지 물어 볼 사이도 없이 강둑을 너머 강변으로 나왔다. 진수가 앞에 서고 도영이가 진수 뒤를 따라가고 나는 도영이 뒤를 따랐다. 도영이를 따라 가면서 생각하니 진수를 미워 할 수도 없다. 그렇다고 도영이를 미워 할 수도 없다. 진수는 나보다 먼저 도영이와 말을 했다. 처음 도서관에 가던 날도 진수가 가자고 한 것이었다. 그런데 왜 서글퍼질까? 도영이가 진수를 따라가서 무엇인가 속삭이고 그 뒤를 따라 가자니 밸이 꼴린 것이다. 이때 덕철이라도 있었으면 이것들에게 훼방을 놓으라고 하겠지만 그럴 수도 없다. 강둑을 너머 개울(물이 없으면 도랑)의 징검다리를 건너 강변에 왔다. 해가 지고 얼마 되지 않았는데 시골과 달라서 쉽게 어둠이 왔다. 시골은 산이 높아서 해가 지고 어스름이 얼마간 끼다가 어둠이 오는데 도시는 어스름 없이 바로 어둠이 온다. 미루나무 숲에서 이야기를 하려고 했는데, 어두컴컴하여 가기가 싫다. 그렇다고 강 쪽의 강둑을 걷기에도 어둠은 곁을 내주지 않았다. 다시 징검다리를 건너 마을 쪽 강둑에 왔다. 도영이는 집에 간다며 돌아섰다.

"진수야! 오늘 보던 만화책 내일 오후에 편지처럼 대문 안으로 던져라!"

"진구야! 언제 옥화하고 너 하숙집에 갈게!"

도영이가 어둠 속으로 사라지자 진수와 수문 가까운 강둑에 앉았다.

"편지를 대문에 던진다더니 도영이 오빠한테 안 들켰나?"

"……"

진수는 도영이와 만난 이야기를 끝내 하지 않았다. 나는 진수가 도영이와 사귀고 싶은 마음이 있다는 것을 알고 쇄기를 박았다.

"진수 너 도영이 하고 만나지 마라! 내가 도영이를 좋아한다는 거 알잖아!"

진수는 얼굴이 붉어지더니 목소리를 높였다.

"무슨 상관이야 도영이 마음에 달린 것이여! 도영이가 너를 좋아하는지! 나를 더 좋아하는지! 두고 보면 알 일이여!"

진수를 주먹으로 때려 주고 싶었으나 힘으로 하면 내가 질 것이 분명하여 싸우고 싶은 마음이 없다. 그래서 다그쳐 물었다.

"진수! 너! 도영이 좋아하지?"

"이제 좋아지려고 한다. 왜?"

강둑을 어떻게 내려 왔는지? 진수는 무슨 표정을 지었는지? 정신없이 하숙방에 와서 책상 앞에 앉으니 옹졸하게 행동한 내가 미웠다.

하숙집 맏아들의 맏딸인 춘옥이가 온 지도 한 달이 지났다. 산골에 살던 춘옥이는 할머니 집에 부엌일을 거들어주기 위해서 왔다. 할머니 혼자 하숙생과 가족들에게 밥을 해 주니 힘이 들었기 때문이다. 춘옥이는 성격이 유순하여 옥화와 금숙이는 물론 마을 여자 아이들과 무척 친했다. 전에도 자주 할머니 집에 와서 며칠씩 놀다가 간 적이 있다. 우물에 물을 길어 양손에 물동이를 들고 다닌다. 가끔 덕철이가 물을 길어 주기도 하고 나도 길어 주지만 양손에 물동이를 들고 다니지는 못한다. 춘옥이는 힘이 무척 세다. 눈가에 웃음이 떠나지 않아 언제나 웃는 얼굴로 남에게 호감을 준다.

도영이가 진수네 집에 왔다가 나에게 들키고부터 진수와 노는지 좀처럼 만나지 못했다. 그렇다고 진수처럼 편지를 써서 도영이네 집 대문 안에 던지기는 싫었다. 진수를 봐도 도영이 이야기는 피하게 되었다. 두 사람이 친하게 될까봐 절치부심切齒腐心하며 기회만 엿보았다. 가끔 진수네 집에 가면 댓돌에 여자 신발이 있는지부터 확인하는 습관도 생겼다. 하교를 하다가 창기네 집에 들어가니 돼지죽을 주고 있어서 도와주었다. 창기 형이 시내 식당을 돌아다니며 음식물찌꺼기를 모아오면 창기는 큰 솥에 끓여서 돼지에게 주었다. 돼지우리가 열 개 정도 되는데, 창기 형도 어디 가고 없어서 도와주게 된 것이다. 일이 끝나갈 때 규택이가 가방을 들고 힘없이 왔다. 국어시간에 옆 사람과 떠들다가 교장 딸인 처녀 선생님에게 걸려서 벌 청소를 하고 오는 길이라고 했다. 국어선생님인 교장 딸은 신경질이 많아서 어떨 때는 학생들이 떠들어도 같이 떠들고 웃는데, 어떨 때는 작은 소리만 들려도 분필을 던지고, 뺨을 때리고, 담임에게 이야기하여 벌 청소도 시킨다. 노처녀 히스테리라고 선생님들도 수군거린다. 재수 없게 규택이가 걸린 것이다.

규택이가 가방을 책상 위에 던져 놓고 부엌에서 연탄불을 보다가 쌀을 씻는 동안 창기와 어두침침한 방안에서 삼국지를 뒤적거렸다. 삼국지는 준화 형이 책꽂이에 꽂아 둔 것이 있지만 조금 보다가 너무 두꺼워 질려서 보지 않았다. 가끔 신경질이 나면 철필을 던져서 꽂기 연습을 하는 책이다. 그런데 창기 삼국지는 그림이 많아서 그림만 구경해도 재미있었다.

해가 지고 어스름이 찾아 올 무렵 창기네 집에서 나왔다. 생각 없이 도영이네 집 마당을 내려다 보니 도영이가 대문을 열고 나서고 있었다. 이때다 싶어 창기네 집에서 강둑으로 가는 도랑 옆길로 뛰어갔다. 도영이가 대문을 나서서 몇 걸음 가고 있는데 나도 모르게 소리를 질렀다.

"도영아!"

소리가 너무 커서 나도 놀라고 도영이도 놀랐는지 뒤로 획 돌아서 나를 노려보았다.

"어디 가는데?"

"왜!"

퉁명스럽다. 전 같으면 사근사근 친절한 목소리였는데, 내 목소리가 너무 커서 놀랐는지? 아니면 진수와 친하게 되어 나와 멀어진 것인지? 기분이 몹시 나빴다. 그러나 이미 불러 세웠으니 기분이 나빠도 할 말은 하고 싶었다. 진수 집에서 만화 보던 생각이 났다.

"너! 진수 자취방에 또 갔지?"

"안 갔는데! 왜!"

안 갔다니 안심이 되어 목소리가 부드러워졌다.

"기말고사도 끝났는데, 옥화하고 우리 집에 와서 윷놀자."

"옥화한테 물어보고."

도영이는 무엇이 생각났는지 갑자기 목소리를 높였다.

"진구! 너! 옥화하고 친하다며?"

엉뚱한 도영이 말에 정신이 없어 나도 모르게 변명부터 했다.

"옥화하고 친하다니 누가 그래!"

"옥화가 그러는데, 춘옥이하고 너 집에서 자주 논다던데."

"춘옥이는 어에 아노?"

"옥화하고 두어 번 만난 적이 있다."

도영이는 윷놀이에 대해서 대답도 하지 않는 채 옥화와 춘옥이 말만 하다가 아버지 사진관에 심부름 간다며 어둠 속으로 사라졌다.

클럽활동 주산반이 마지막 수업을 하는 날이다. 생각 없이 교실에 들어가니 고등학생 선생님 두 사람의 표정이 시무룩했다. 어쩐 일인지 도영이와 그의 친구는 항상 앞자리에 앉았는데 보이지 않았다. 분위기가 이상하여 주산으로 1부터 9까지 늘여 놓고 그 위에다 아홉 번을 다하면 1이 계속되다가 0과 1이 나오는 연습에 열중했다. 10분 정도 연습을 하고 나니 학생 선생님 중에 키가 작은 사람이 먼저 입을 열었다.

"연습 그만하고 조용히 해 봐라! 오늘 너희들과 마지막 수업이다. 3학년 이니 고등학교를 우리 학교로 온다면 만나겠지만, 아니다 우리가 경주로 다시 갈지 모르지! 어찌 되었던 마지막인 거는 확실하다. 계속 연습하여 7급도 따고 6급도 따기 바란다."

이번에는 키가 큰 학생이 교탁 앞에 서서 얼굴을 찡그리더니 울음 섞인 말을 했다.

"정이 들었는데, 너희들 중학생이어서, 동생 같아서 내가 정이 들었다. 그리고 진구와 도영이는 지금 7급을 친다 해도 충분히 합격을 할 수 있을 것이다."

키가 큰 학생 선생님은 나와 도영이를 주시했다.

"진구는 어느 고등학교에 진학하노?"

"대구 영복공고요."

"도영이는?"

"영가여고요."

"그래! 공부도 잘한다니 충분히 합격 할 것이다. 인문계 고등학교에 가더라도 주산 연습은 계속 하기 바란다."

키가 큰 학생 선생님은 전체를 둘러보더니 당부의 말을 덧붙였다.

"이 중에는 우리 학교로 진학하는 학생도 있을 것이다. 주산은 모든 공부의 기본이 되므로 열심히 연습해라."

참으로 섭섭한 일이다. 클럽활동 부서별 활동은 담임의 계획을 보면 1년에 34시간이지만 중간고사, 기말고사, 행사로 단축수업을 하느라 10시간 정도 밖에 하지 못했다. 그나마 학생 선생님들이 시간을 내어 정규수업이 끝나고 특별수업으로 여러 번 했기 때문에 정이 많이 들었다. 주산반 수업 때마다 도영이를 보는 재미로 가감산은 물론 승산과 제산, 전표산까지 배웠으니 좋은 경험을 한 것은 분명하다. 어느 날은 담임 심부름을 하다가 늦어서 앞자리에 앉게 되었는데 도영이 옆자리에서 불안하게 연습을 한 적도 있다. 도영이가 옆에서 주산 교본을 보며 열심히 연습을 하니 마음이 흔들려 연습이 되지 않았다. 그날, 나는 7급을 연습하는데 도영이는 어디서 구했는지 6급을 가지고 와서 보란 듯이 연습을 했었다.

수업이 끝나갈 무렵 내가 손을 들었다. 키가 작은 학생 선생님이 심각하게 손가락으로 나를 가리켰다.

"만약에 경동상업고등학교로 진학하여 선생님처럼 주산을 잘 놓아 1단을 따면 은행에 취직할 수 있습니까?"

그도 키가 큰 선생님도 의미심장하게 웃으며 큰소리로 대답을 했다.

"그럼! 은행에 들어갈 수 있지!"

도영이를 비롯한 다른 학생들이 크게 웃었다. 마치는 종이 울려서 복도로 나오니 도영이는 창 쪽을 바라보고 그의 친구는 도영이를 보며 서 있었다. 지나가는 사람들이 많아서 말을 걸 수 없어 도영이가 들고 있는 주산을 살짝 건드리며 지나갔다.

학교에서는 기말고사를 마치는 날 각 반별로 5내지 6명의 이름을 부르며 특별실로 오라고 했다. 특별실은 미술실을 겸하고 있었는데 5반 옆에 있다.

교실에 들어가니 좋은 고등학교에 보내려고 특수반을 편성하여 별도 수업을 한다고 했다. 둘러보니 반별로 공부를 잘하는 학생들이 모였다. 아마 대구나 서울 등에 있는 우수한 고등학교에 합격시켜 학교의 명예를 높이려는 계획 같았다. 여학생도 3명이나 있었는데 도영이도 왔다. 학생들은 여학생이 앞줄에 앉자 서로 피하여 먼 곳의 책상을 찾아 앉았다. 잠시 후 선생님이 들어왔는데, 영어와 수학을 별도로 지도 한다면서 문제지를 소개했다. 문제지를 사지 못하는 학생들을 위하여 프린트를 하여 배부하니 형편이 안 되면 사지 않아도 좋다고 했다. 문제지를 사는 학생은 반드시 정답지를 오려서 제출 하라는 부탁도 했다. 첫 시간은 영어이다. 수업시간 때처럼 천천히 가르치지 않고, 간혹 영수학원에 구경 가면 수업을 빨리 진행하는 것을 보았는데 그와 같았다. 1학년을 가르친다는 영어선생님은 안경 너머로 눈빛이 반짝거렸다.

특수반 수업을 진행 한 지도 1주일이 지났다. 수업을 하고 계단을 내려오는데 옥화네 집 옆에 사는 우리 학교에 다니는 이름도 모르는 여학생이 나를 보더니 싸인지(질문지, 설문지)를 손에 쥐어 주었다. 다른 몇 학생에게도 주는 것 같았으나 내 싸인지를 보느라 누구인지 기억은 못한다.

싸인지는 10월이 되자 돌기 시작했다. 처음에는 반에서 가까운 친구에게 주었다. 그러다가 다른 반 학생에게도 주고 후배에게도 주었다. 선생님에게 주어서 장난을 거는 주먹대장도 있었다. 여학생 반을 기웃거리는 학생도 있었으나 싸인지가 전달되었는지는 알 수 없는 일이다. 싸인지는 노랑, 파랑, 분홍 등의 색깔이 있는 얇은 종이에 이름, 나이, 성별, 장래 희망, 존경하는 위인, 좋아하는 배우, 가수, 노래, 이상형, 결혼 후 자녀의 수 등인데 마지막에 하고 싶은 말을 적으라는 종이이다. 그런데 여학생이 남학생에게 주다니 지나가는 학생들이 부러워했다. 싸인지를 들고 여학생 반을 돌아서 학교 뒷문으로 나왔다. 싸인지를 보며 연애편지를 받은 것 같은 착각에 빠지기도 했다. 졸업을 한다고 생각하니 낙엽이 떨어지는 바람 부는 날 오후 같은 쓸쓸한 기분이 들었다. 싸인지에는 장난으로 문항별로 답을 쓰기도 하고 진지하고 솔직하게 쓰기도 한다. 도영이에게 물어서 그 여학생의 이름이라도 알아 두어야 대답을 한 싸인지를 돌려 줄 수 있을 것이다.

　다음날 정성들여서 문항별로 답을 쓴 싸인지를 돌려주기 위해 가방에 넣었다. 도영이를 만나는 것은 아직도 어려운 일이다. 이럴 때는 진수와 상의를 하면 좋은 수가 나올 듯도 하지만, 전번에 도영이를 진수 자취방에서 만나고부터 어쩐지 거리가 생겼다. 몇 번 말을 한 적이 있는 옥화지만 요즘 춘옥이와 친해서 하숙집에 자주 온다. 옥화에게 싸인지를 주면 될 듯도 하였다. 도영이나 옥화 둘 중에 누구라도 만나면 주기로 하고 가방에 꼭꼭 숨겼다. 다른 학생들이 본다고 해도 흉이 될 일은 아니다. 싸인지는 그냥 주고받으니까? 그런데 의외의 장소에서 싸인지를 준 여학생과 맞닥뜨렸다. 어제와 같이 특수반 수업을 마치고 도영이에게 싸인지를 주려고 했으나 다른 학생들 때문에 주지 못하고 여학생반 쪽으로 가는데, 싸인지를 준 여학생이 기다리고 있었는지 만나게 되었다. 그 여학생은 싸인지를 주고 난 뒤 돌려받으려고 특수반 수업이 끝나기를 기다린 것 같았다. 잘 생긴 얼굴은 아니지만 밉지는 않았다. 잠시 가방의 싸인지를 꺼내어 주고 이름을 물어 보려는데 다른 학생의 싸인지를 받기 위해서 몇 발자국 앞서갔다. 이름이야 나중에 도영이나 옥화에게 물어 보면 쉽게 알 수 있을 것이다.

저녁을 먹고 규용이와 장난을 치는데, 대문을 열고 누가 들어오는 것이 보였다. 그것도 두 사람이 마당을 지나 부엌으로 갔다. 춘옥이를 만나러 온 것이 분명했다. 규용이가 동마루에 나가서 부엌을 기웃거리다가 들어왔다.

"여자 두 명이 부엌에서 춘옥이와 이야기하고 있어!"

"누군데?"

"도영이와 옥화!"

나는 가슴이 뛰었다. 도영이가 오다니 옥화와 친한 것은 아는데 춘옥이와 같이 놀 정도로 친하다니 의외였다. 아마 옥화를 통해서 춘옥이와 친하게 된 것이 분명했다. 나에게 말 한마디 없이 갑자기 오다니, 도영이는 나보다 용기가 있는 대담한 성격이 분명하다. 도영이는 보고 싶은데, 무엇을 어찌 해야 될지 책상 앞 의자에 앉았다가, 출입문 앞으로 갔다가, 서 있다가, 안절부절못했다. 규용이가 또 밖에 나갔다가 들어왔다.

"그 여자들 춘옥이하고 큰방에 들어갔어!"

마침 아주머니와 아저씨는 성당에 가고 없다. 사전에 춘옥이가 아무도 없으니 오라고 했는지 모르겠다.

큰방과 내 방 사이에 작은 문이 열리더니 춘옥이가 손짓을 했다. 올 것이 왔구나 하고 얼굴이 빨개져서 옷을 고쳐 입고 기침을 했다. 도영이는 서 있고 옥화는 앉아 있는데, 춘옥이는 윷판을 꺼내 놓고 윷말을 찾고 있었다. 서 있는 도영이를 보며 아는 체했다.

"왔어! 어쩐일로!"

도영이는 보조개가 들어가도록 미소를 지었다. 옥화에게 무슨 말을 하려는데, 춘옥이와 윷가락을 던지며 이야기를 하고 있어서 바라보기만 했다.

"할매 할배도 없는데 우리 윷이나 놀자."

편윷을 노는데 도영이와 한편이 되게 해 달라고 신에게 마음으로 빌었다. 처음에는 춘옥이와 내가 윷가락 두 개씩 들고 던졌다. 춘옥이는 두 개가 엎어졌는데 나는 한 개가 엎어졌다. 다음은 도영이와 옥화가 던졌는데, 옥화가 던진 윷이 두 개 다 엎어졌다. 도영이와 한편이 되겠구나! 하고 웃고 있는데, 도영이도 두 개가 엎어지는 것이 아닌가? 다시 던졌는데, 이번에는 옥화도 도영이도 둘 다 한 개가 엎어졌다. 3번째 도영이가 먼저 던지니 한 개가 엎어졌다. 이어서 옥화는 두 개가 엎어졌다. 신이 있어 보고 있는 듯하여 콧노래가 나왔다. 규용이도 놀고 싶어 안달이 났지만 편을 가를 사람이 없으니 심판을 시켰다. 윷놀이는 같은 편이 붙어 앉을 수 없으니 상대편 사이에 앉게 되었다. 그러니 나, 옥화, 도영, 춘옥이 순으로 둘러앉고 춘옥이 옆에 윷판을 놓아 나와 춘옥이가 윷말을 쓰도록 했다.

춘옥이가 윷가락를 던지는데 모가 나왔다. 그리고 도가 나왔다. 다음은 내가 윷가락을 던지니 도가 나왔다. 옥화는 웃으며 윷가락을 모아서 드니 도영이는 긴장하는 눈치다. 돌아가면서 윷가락 던지기를 여러 번 하는 끝에 춘옥이 편은 한 동이 남았다. 내 편은 가다가 죽고, 가다가 풍덩에 빠져서 죽고, 뒤로 죽고, 앞으로 죽어서 한 동도 나지 못했다. 거의 포기 상태인데 던지니 도만 나왔다. 도영이도 웃고 나도 웃었지만 옥화는 승부욕이 강하여 윷가락에 집중을 했다. 한 개 남은 춘옥이네 윷말을 도영이가 모를 하여 죽이니 우리 말은 출발점 도에 세 동, 마지막 윷 길에 한 동이 있었다. 춘옥이가 또 모를 하였는데 이번에는 뒤또를 하여 윷 길에 멈추었다. 그러는 사이에 내가 뒤또를 하여 도 자리에 있던 세 동이 마지막 나는 자리에 올려놓게 되었다. 이번에는 춘옥이네 윷말이 도를 하고 옥화가 걸을 하는 동안 우리 말은 한 동이 윷 길에 있었다. 옥화가 윷 이상을 하면 우리가 진다. 그런데 개를 했다. 마지막 남은 우리 말은 도영이가 걸을 하여 서로 개만 하면 끝나는 형세인데 춘옥이가 도를 했다. 기회는 온 것이다. 도를 하면 잡을 것이고, 개를 하면 날 것이나 뒤또를 하면 뒤로 물러나 다음에 걸을 해야 끝나게 되었다. 그런데 내가 던질 차례인데 장난을 치기로 했다. 도, 개, 걸 모두 좋으니 제발 개를 나게 해 달라고 소리 내어 빌었다. 그러다 도영이 손을 잡고 같이 빌자고 하니 도영이도 웃음 없는 얼굴로 빌었다. 윷가락을 높이 들어 던졌다. 윷판을 보지 않으려고 옥화를 바라보았다. 그런데 옥화의 얼굴이 굳어지자 도영이의 웃음소리가 나오고 춘옥이의 한숨 섞인 손뼉 소리가 나왔다. 개를 한 것이다.

한판을 진 춘옥이 편이 한 판 더 놀아야 한다기에 한 판 더 놀았는데 이번에는 어이 없이 우리가 졌다. 세 판을 놀아서 결판을 내어야 한다며 규용이가 팔을 내저었다. 세 판째 세 개의 말이 나서 불이 붙었는데 대문 소리가 나더니 덕철이가 놀다가 왔다. 어디서 녹음기를 가지고 와서 윷은 그만 놀고 노래를 부르자고 했다. 윷판을 접고 앉아 있는데, 덕철이는 녹음기의 마이크를 춘옥이에게 먼저 주었다.

"삼촌! 나는 노래 못해요. 다른 사람 시켜요."

"노래 없으면 산토끼라도 해라!"

춘옥이는 할 수 없이 산토끼를 하고 나에게 마이크를 넘겨주었다. 무슨 노래를 할까 고민을 하다가 음악시간에 배운 '로렐라이 언덕'이 떠올랐다. 산토끼를 했는데 또 학교에서 배운 노래를 할 수가 없어 작은누나가 좋아하는 '유정천리'를 불렀다. 노래를 하다가 보니 나도 모르게 음정이 올라가서 목이 막혔다. 듣고 있던 옆 사람들도 숨이 차는지 캑캑거렸다. 얼굴이 빨개지도록 1절을 겨우 하자 규용이만 건성으로 박수를 쳤다. 못 불러서 너무 미안했다. 규용이가 '고향의 봄'을 부르자 도영이는 내가 노래를 너무 못 불러서 그런지 아무리 권해도 부르지 않았다. 옥화는 순서가 되자 일어서서 여차하면 집에 가겠다는 자세를 취했다. 덕철이는 여자들이 조심을 하느라 노래를 부르지 않는다고 판단을 하였는지 자신도 노래를 부르지 않았다.

윷놀이도 덕철이가 와서 끝을 내지 못하고, 노래도 부르다가 그만 두어서 아쉬웠다. 집에 가겠다며 문을 나서는 옥화를 따라 마당으로 나왔다. 모두 덕철이를 보고 인사를 했다.

"잘 놀다가 가요."

대문을 나서며 옥화는 일원정 쪽으로 도영이는 반대 방향인 시내 쪽으로 헤어졌다. 옥화에게 '잘 가라!' 하고 도영이를 바래주려고 뒤를 따랐다.

"혼자 가도 괜찮다. 들어가라!"

"내 쪼매만 따라 갈게 걱정마라!"

"남들 보면 어쩔라꼬 그라노!"

"밤에 누가 본다꼬 그러노!"

금숙이 집을 보니 불빛은 있는데 조용하다. 서너 집을 지나서 모퉁이를 돌아가자 어두워서 흙길만 흐릿하게 보였다. 산은 어두워서 나무도 검게 보이고 강둑으로 가는 밭과 논은 추수가 끝나 흐릿한 형태만 보였다.

두 집이 사는 곳에 이르자 창기네 집으로 올라가는 도랑둑이 보였다. 혼자 간다면 무서운 길인데 도영이와 가니 무섭지 않았다.

"도영아! 무섭지?"

"무섭기는 뭐가 무섭노!"

대식이가 도영이와 정탁이가 놀았다고 거짓말을 하는 골짜기가 보였다. 대식이 이야기처럼 도영이와 골짜기로 올라가고 싶었다. 도영이 손을 잡고 작은 밭으로 들어가니 바로 산이다. 조금 올라가니 낙엽이 수북한 골짜기가 나왔다. 이렇게 호젓한 곳이 있었다니 무척 놀라웠다. 올라올 때 보이던 집들은 지붕만 보이고 창기네 집도 보이지 않았다. 길에서 20미터도 올라오지 않았다. 사람이 다닌 흔적이 없으니 길도 없다. 작은 나무와 풀을 헤치고 올라왔을 뿐이다. 대식이 이야기가 또 생각이 났다.

"너, 여기 올라와 본 적이 있나?"

"내가 여기 뭐할라꼬 올라오노!"

풀을 눕히고 자리를 만들어 도영이에게 앉으라고 했다.

"둘이 있으니 이상하다."

"뭐가 이상하노! 여름밤 강변에 가면 남자와 여자가 앉아 있는 거 본 일이 있다. 나도 그러고 싶었다."

도영이는 산 위에서 가랑잎이 바스락 거리자 내 옆으로 바싹 다가왔다가 놀라면서 다시 물러나 앉았다.

"너는 어느 고등학교 가노?"

"영가여고 갈란다. 니는?"

"대구 영복공고 갈라꼬?"

"너는 공부를 잘하니, 거기 가도 잘하겠지!"

"너도 영가여고 가면 반장은 충분히 한다."

"도영아! 너 고등학교에 가면 학교가 다른데 나와 만날 수 있겠나?"

"너는 대구 가면 하숙집도 옮기겠네!"

"영복공고에 가려해도 집에서 허락할지 모른다."

영가여고는 시내 중심지에 있지만 대구와 영가시이니 도영이와 멀어지지 않을까 걱정이 되었다.

"도영아! 고등학교 가서도 자주 만나자."

"대구 가면 다른 여학생 만날라꼬 그러지!"

"그런 소리 하지 마라! 갑자기 슬프다."

도영이는 다시 내 곁에 다가와 앉았다. 어깨에 손을 얹으려다 떨려서 올리지 못하고 강변만 바라봤다. 강 건너 자동차가 지나가는 지 긴 불빛이 꼬리를 물고 지나갔다. 10시 기차가 철교를 건너 영가역으로 들어가자 어둠은 다시 조용해졌다. 도영이는 집에 가자며 일어서다가 발을 잘못 디뎠는지 비틀거리다가 내 어깨에 가슴이 닿았다. 도영이 가슴이 팔에 스쳐지나가자 뭉클하고 부드러운 느낌에 숨이 턱 막혔다. 나도 모르게 어깨를 껴안아 넘어지는 것을 잡아주었다. 그러다가 어머니의 젖가슴이 생각났다. 도영이도 어머니와 같은 어른이 될 수 있다는 말인가? 그러면 나도 아버지와 같은 어른이 된다는 말인가 덜컥 겁이 나서 도망을 치고 싶었다. 도영이 어깨를 잡고 두어 발짝 작은 언덕을 내려섰다.

"고등학교는 달라도 변치 말고 만나자."

두어 발짝 앞서 가던 도영이는 길 가까이 와서 내 허리를 잡았다.

"너 고등학교 가서 다른 여자 만나면 가만 안 둔다."

"나는 너 뿐이다. 진짜!"

겨울방학 종업식이 다음 주 화요일이다. 미술시간에 연하카드를 만든다 며 준비물을 사오라고 했다. 아직까지 연하카드는 본적도 없다. 하얀 카드 에 선물을 어깨에 멘 산타크로스, 크리스마스트리, 루돌프사슴, 눈 오는 길, 눈 덮인 풍경 등을 그려서 색을 칠하였다. 연하카드를 만들다보니 마음이 부풀어 하늘로 붕 뜨는 기분이다. 그것은 몇 주 전부터 시내를 걷다가 소리 사마다 울리는 징글벨 소리가 떠올랐기 때문이다. 징글벨 소리는 거리를 지 나가는 모든 사람들이 흥겹게 보이게 했다. 갑자기 거리로 뛰쳐나가고 싶어 지고, 쓸쓸해지고, 낯모를 낭만에 젖어 친구들과 돌아다니고 싶어졌다. 연 하카드를 만들어 누구에게 준다는 생각은 하지 못했다. 더구나 우표를 붙여 보낸다는 것은 상상도 못했다. 그림이니 보관하는데 그쳤다.

졸업사진을 찍어 앨범을 만든다며 사진사가 학교에 여러 번 와서 수업장 면, 클럽활동, 학생회 활동, 행사 등을 찍었다. 방학 하루 전이라 오전 수업 을 하고 집에 가려는데 담임선생님이 교무실로 오라고 했다. 교무실에 가니 반별로 한 두 명이 모였는데 미술실로 가자고 했다. 미술실에 가니 지금까 지 찍은 사진들이 책상 위에 놓여 있었다. 앨범은 표지, 속표지, 학교전경, 교기와 교가, 교장선생님과 교훈, 선생님들, 반별 단체, 반별로 60명, 전체 360명이 넘는 개인 사진을 확인하고, 클럽활동, 수학여행, 행사 등으로 편 집을 했다. 졸업앨범 편집위원들의 사진도 찍었다. 여학생 대표로 온 도영 이는 앞에 앉고 나는 뒤에 서서 찍었다. 담임선생님이 편집위원 대표로 편 집후기를 쓰라고 하는데 갑자기 쓰려니 생각이 나지 않았다.

벗들이여! 학문과 더불어 생활한 지 3년이 지나 졸업을 하게 되었습니다. 그동안의 우정이 아쉬워 오늘도 앨범을 뒤져봅니다. 벗들이여! 지금은 어디서 무엇을 하고 있는지! 만나고 헤어졌으니 또 만나기를 빌면서, 모교 와 동창들에게 행운이 깃들기를……

생각나는 대로 몇 번 수정하고 썼으나 다른 학생들이 고치고, 선생님이 마지막으로 고쳐도 내 마음에는 들지 않았다. 특히 '다시 못 올 추억을 가슴 에 잠재우면서'라는 구절을 넣었는데 도영이와 헤어진다는 생각 때문에 빼 고 싶었다.

졸업앨범의 도영이 사진을 자세히 들여다보았다. 교복의 흰 칼라가 다른 여학생보다 크다. 갸름한 얼굴, 굵은 눈과 쌍꺼풀, 오똑한 코, 얇은 입술, 보 조개가 들어가는 볼이 너무 귀여웠다.

중학교의 마지막 겨울방학이다. 종업식을 하자 싸놓은 가방을 들고 시골 집으로 갔다. 부모님과 같은 방을 쓰려고 하니 공부가 되지 않아 불을 때지 않던 방에 불을 넣고 나니 형에게 미안했다. 아버지도 갈비와 장작을 하지 만 형은 추운 날씨에 절골까지 소달구지를 몰고 가서 나무를 했다. 가까운 뫼골에 가서 깨두거리(그루터기)와 썩은 나뭇가지를 지게에 지고 왔다. 한 짐을 지고 왔지만 한 번 불을 지피면 없다. 낮에는 질녀 조카들과 놀고, 나 무하고, 공부도 하지만 밤에는 마을에 들어가서 친구들과 어울려 윷도 놀고 화투놀이도 했다. 마을에서 떨어진 새로 지은 집이 3년이 되었지만 적응이 되지 않는다.

고등학교 입학 원서를 쓰기 위해 담임이 자택으로 오라는 날이다.

여기서 잠시 3학년 첫날, 담임선생님의 첫인상부터 써야 될 것 같다. 그 래야 고등학교를 선택하는데 어떤 일이 있었는지 알 수 있기 때문이다. 그리고 입학시험을 치던 날도 함께 써야 할 것 같다.

담임선생님은 40대 후반의 남자로 역사를 담당한다고 했다. 그는 말을 하기 전에 혀를 입 밖으로 내밀어 입술부터 닦았다. 이름을 칠판에 쓰고 또 혀를 내밀었다. 아마 습관인 듯했다. 그는 키가 크고 건방을 떠는 뒷좌석의 한 학생을 손가락으로 지명하였다.

"영택이! 니가 반장을 해라! 부반장과 서기는 니가 정하고."

담임이 영택이라는 학생의 이름을 아는 것으로 봐서 친분이 있는 듯했다. 아니면 반장을 시켜달라고 교제를 했는지! 아니면 그의 부모와 무슨 거래가 오고 갔는지! 자세한 것을 아는 학생은 아무도 없다. 모두 눈을 동그랗게 뜨다가 담임의 기세에 눌려 영택이라는 학생을 반장으로 인정했다.

담임은 조회도 종회도 들어오지 않았다. 모두 반장이 교무실을 드나들며 담임의 말이라며 전달을 했다. 반장은 부반장도 서기도 혼자 정했다. 그리고 그들에게 담임의 위력으로 심부름을 시켰다. 역사가 담당인 담임은 수업 시간에도 교실에 들어오지 않았다. 반장이 자습을 시키고 떠들면 서기에게 이름을 적도록 했다. 적혀진 이름은 반장이 종회 때 불러내어 벌 청소를 시키거나 심지어 때리기까지 했다. 출석부는 서기가 지각이나 결석을 마음대로 지웠다가 다시 그어서 구겨지고 망가져 너덜너덜 했다. 간혹 교과목 선생님들이 아이들을 혼내는데 출석부를 사용하는 지라 출석부인지 걸레인지 분간이 안 갈 정도이다. 출석부를 보면 분명 결석을 하고 지각을 한 학생의 기록이 지워지고 담임의 도장이 찍혀 있었다. 월말 출석 통계도 서기가 하다가 안 되면 반에서 계산을 잘하는 학생에게 시켰다.

여름방학이 끝나고 2학기가 시작되어도 담임은 교실에 들어오지 않았다. 간혹 교실 창밖에서 교실을 들여다보며 말하곤 했다.

"너희들 고등학교는 우리 경동상고에 가야 한다."

담임이 말하는 '우리 경동상고'는 중학교와 같은 재단으로 건물도 운동장도 같이 쓰는 경동상업고등학교이다. 설립한지 몇 년 되지 않아서 정원을 채우지 못하는 학교이다.

가을이 되자 교실에 들어오지 않던 담임선생님이 모처럼 들어왔다. 반장도 학생들도 '차려! 경례!'를 하지 않았다. 담임선생님도 교탁 앞에 서서 인사를 받을 생각보다 창가로 가서 혀를 내밀어 입술을 몇 번 닦고 했던 말을 반복했다.

"너희들 고등학교는 우리 학교로 가야 한다. 나중에 다른 소리 하지 마라!"

겨울방학 종업식을 하는 날이다. 우등상과 개근상을 주는데 모두가 놀라지 않을 수 없었다. 우등상은 5명인데 평소에 공부를 잘하여 우등상을 받을 것이라고 짐작했던 학생은 2명이고 짐작 밖의 학생이 3명이다. 개근상도 모두가 아는 지각생이나 조퇴를 잘하는 학생이 받고 하루도 빠지지 않고 열심히 다닌 학생이 빠졌다. 그러나 교무실에 가서 항의를 하는 학생도 없는 듯했다. 그저 그러려니 했다. 반장은 담임과 동급이 되어 동급생이라도 복도에서 마주치면 선생님 대하듯 인사를 했다. 종업식도 담임이 들어와서 한 말은 한 마디 뿐이었다.

"고등학교 원서는 우리 집에서 쓴다. 출석번호 순으로 요일을 정해 줄 터이니 그때 학부형 도장과 증명사진을 가지고 온나!"

학생들은 방학 중 지켜야 할 일이라는 프린트물 위에 담임이 말하는 날짜를 각자 적었다. 그리고 모두 흩어졌다.

　담임선생님이 정해 준 날짜를 손꼽아 기다리다 그려준 약도와 친구들의
정보를 종합하여 찾아갔다. 담임선생님의 집은 큰길에서 골목으로 들어가
는 입구에 있어서 쉽게 찾을 수 있었다. 같은 날 모인 학생이 생각보다 많
았다. 20명 정도라고 여겼는데 그 보다 더 많은 것은 두 번 세 번 오는 학생
들이 있기 때문이다. 아침을 먹고 담임선생님 집에 갔는데, 방에 들어 갈
수 없어 찬바람이 부는 겨울인데 밖에 쪼그려 앉아 순서를 기다렸다. 방에
서 담임이 창문을 열고 이름을 부르면 학생들은 고개를 숙이고 방에 들어간
다. 원서를 쓴 학생은 말없이 대문을 빠져나가서 어떻게 말을 했는지 알 수
가 없다. 아침 먹고 담임의 집 마당에 왔는데 점심시간이 지나도 부르지 않
았다. 어떤 학생은 숨을 몰아쉬며 대문을 열고 들어오자마자 담임의 방을
향해 소리를 질렀다.

　"선생님! 저는 갈랬고요. 우리 고등학교요."

　방안의 담임선생님은 어떻게 들었는지 창문을 열고 그래 알았다하고는
창문을 닫았다. 나와 같이 기다리는 학생들은 비교적 공부를 잘 했는데, 모
두 선생님이 말하는 우리 고등학교에 가지 않고 다른 학교를 희망했다. 담
임은 어떻게 알았는지 우리들은 해가 기울어도 부르지 않았다. 방안에는 학
생들이 있는지 없는지도 알 수가 없다. 찬바람을 맞으며 점심도 굶고 마당
에서 앉았다 섰다. 기다리는 우리들을 알고나 있는지 궁금할 뿐이다. 저녁
때가 되었다. 담임이 부르지 않으니 모두 집으로 가자고 했다. 그때 담임의
방 창문이 열렸다. 그리고 혀로 입술을 닦는 담임의 얼굴이 보였다.

　"우리 고등학교에 갈 사람은 집에 가도 좋다."

우리 고등학교에 갈 사람은 사진도 도장도 어떻게 하라는 말도 없이 그저 집에 가라고 했다. 우리는 기다리다 지쳐서 한두 명을 제외하고 모두 도장과 사진을 기다리는 사람에게 맡기고 집으로 돌아가기로 했다. 기다리는 세 명은 평소에도 반장의 말을 잘 듣지 않고 공부만 하는 학생들이다. 나는 어둡기 전에 삼십 리 길을 걸어가야 한다. 그렇다고 담임에게 대구 영복공고에 원서를 써 달라고 소리를 지를 용기도 없었다. 3학년이 되고 얼마 되지 않아 가정형편 장래희망 등 조사를 했다. 항목 중에 진학 희망 고등학교난이 있는데 대구 영복공고에 간다고 하자 교무실에 불려간 적이 있었다. 대구 영복공고는 2학년 때 새영어(기본영어) 참고서를 샀는데 어려운 연습문제는 어느 고등학교 몇 년도 입학시험에 출제된 것이라고 밝혀 놓았다. 주로 대구의 몇 개 고등학교가 나왔는데, 영복공고 문제가 어려웠다. 그때부터 영복공고는 나의 목표가 되었다. 담임선생님은 내가 희망하는 영복공고라고 쓰고 물음표(?)를 해 두었는데 지금도 기억을 할 것이다.

하루 종일 기다리다 돌아서는 나와 몇 명은 대문을 발로 차서 열어놓고 골목을 빠져나와 흩어졌다.

고등학교에 입학시험을 치는 날이 다가왔다. 내가 희망하는 학교가 아니니 시험도 치기 싫었다. 마침 어머님 생일이 시험치는 전날이라 손님들 대접하는 심부름을 했다. 다음 날 아침밥을 먹고 고등학교에 시험을 치로 간다고 하니 어느 학교에 가는지 묻지도 않았다. 지금까지도 그러 했듯이 모두 내가 알아서 했기에 부모님도 가족들도 관심이 없는지? 몰라서 그런지? 아니면 알고도 내게 맡기는지? 알 수가 없다.

늦은 아침밥을 먹고 십 리는 걷고 이십 리는 버스를 타고 또 걸어서 학교에 도착했다. 그런데 놀라운 일이 벌어졌다. 학교가 너무 조용했다. 고등학교 교실을 들여다보니 모두 시험을 치고 있었다. 수험표를 받는 예비소집일이라 생각하고 오후 시간에 맞추어 천천히 왔는데, 그래도 조금 서둘러 오느라 오전에 도착했는데, 수험표는 어제 받고 오늘은 아홉 시부터 시험을 쳤던 것이다.

오전에 네 시간 시험을 치고 오후에 체력장을 하는데, 내가 도착한 시각은 3교시 시험이 끝나기 직전이었다. 평소 가까이 지내던 민호가 창밖에 서 있는 나를 보고 달려왔다. 그는 다짜고짜 내 손목을 잡았다.

"교무실에 가자. 늦었다고 선생님께 말하자"

수험표를 받고 교실에 들어와서 4교시 시험을 치려고 시험지를 받아보니 상업과목이었다. 주산이 있어야 하는데 주산도 없다. 지우개도, 자도, 없고 달랑 연필 한 자루 뿐이다. 그래도 주산 문제까지 연필로 계산하여 다 풀고 고개를 들어보니 다른 학생들은 열심히 주산을 놓고 있었다. 교실을 살펴보니 다른 중학교 학생들은 거의 없을 뿐 아니라 공부를 잘하던 학생들도 없었다. 반에서 중하위권 학생들만 모여 있었다. 원서를 쓸 때 나와 같이 담임선생님의 대문을 발로 차던 학생들도 다른 학교로 갔는지 보이지 않았다. 다행히 집이 멀어서 골목을 뛰어나오던 친구의 얼굴이 보였다. 오후에 체력장도 대충하고 집에 왔으나 합격은 장담 할 수가 없다. 우리 고등학교는 지원자가 많아서 시내 다섯 개 고등학교 중 낙방하는 학생이 가장 많다고 했다.

합격자를 발표하는 날이다. 내가 믿는 것은 공부를 못하는 학생들의 4과목 합계보다 내 한 과목 성적이 높다는 것이다. 상업 한 과목만 쳤지만 만점에 가깝다는 것을 알고 있었다. 합격자 발표는 라디오로 했다. 정해진 시각에 방송이 나왔다. 모집인원과 비율, 커트라인을 이야기하던 아나운서는 합격자 수험번호를 발표하기 시작했다. 성적이 가장 좋은 사람부터 불렀는데 수험번호를 부르니 누가 누군지 알 수가 없다. 아마 1등은 나와 골목을 뛰어 나오던 친구라고 확신을 했다. 작은누나와 라디오를 듣고 있는데, 어머니가 언제 왔는지 문설주에 서서 듣고 있었다. 어머니는 내가 시험을 잘 치지 못했다는 것을 알고 걱정을 해서 입술이 부르텄다. 합격자가 180명인데 150명을 넘기고 있었다. 내 생각이 잘못 되었을 지도 모른다는 생각이 들었다. 아무리 공부를 못해도 입학시험인데, 4과목 합계가 한 과목 보다 못할 리가 없지! 그러는 순간에 내 수험번호가 불려졌다.

"185번."

누나가 먼저 내 얼굴을 보다가 어머니에게 달려갔다. 어머니는 내가 무슨 과거에 급제나 한 것처럼 '그래! 내 아들! 장하지!'라며 작게 읊조렸다.

담임이 내가 가고 싶은 고등학교로 원서를 써주었다면 관심이 있어서 시험날짜도 놓치지 않고 좋은 성적으로 합격을 해서 기뻤을 것인데, 따라지 상업고등학교에 꼴찌로 합격을 했는데도 어머니는 칭찬을 하다니 담임이 원망스러웠다. 학생의 장래는 안중에도 없고 같은 재단의 고등학교에 담하는 학생들을 많이 응시시켜 자신의 목적을 달성하려는 그는 선생님이라 할 수가 없다. 복수불반! 담임선생님의 잘못된 진학지도로 한 학생의 인생은 돌이킬 수 없는 방향으로 가게 되었다.

겨울방학 개학을 며칠 앞두고 설날이 다가왔다. 개학을 한다고 해도 고등학교 입학식은 봄방학까지 지나야 하므로 마음이 푸근하다. 다른 친구들은 개학이라고 숙제 때문에 걱정이 태산 같은데 그런 걱정도 없다. 그저 놀면 되는 것이다. 까치설이라고 하는 섣달 그믐날 저녁, 저녁을 먹고 있는데 원종이가 밖에서 불렀다. 숟가락을 급히 놓고 대문으로 나가니 뛰어 왔는지 숨을 헐떡거리며 웃었다.

"오늘 저녁에 동숙이네 집에서 놀자."

동숙이네 집은 아버지가 무서워 친구들이 잘 가지 않는데, 무슨 일이 있을 것이라고 짐작을 했다.

"무슨 일 있나?"

"동숙이 아버지가 아랫동네 큰집에 갔는데, 새벽에 온다고 하더라! 동숙이가 방학숙제를 하다가 모르는 것이 있어서 니한테 배우려고 그러는 지도 모른다."

"지금 가면 안 되나?"

"저녁을 먹을 낀데, 어둡거던 가자."

동숙이는 2학년이 되니 긴치마를 입고 있어 처녀 같았다. 설제사 준비를 하느라 부엌에 들락거리며 어머니 심부름을 하고 앞치마에 손을 닦으며 방에 들어왔다.

"오빠야! 오랜만이네!"

"그래! 무슨 일이로."

동숙이는 들고 있던 떡 그릇을 내려놓았다.

"오빠야! 떡 먹어라! 원종이도 먹어라!"

"제사도 안 지내고 떡을 먹나!"

"아버지가 안 계셔서 특별히 가지고 왔다. 어매도 모른다."

호롱불이 깜박거려서 얼굴을 겨우 볼 정도인데 원종이와 셋이 있으니 무척 어색했다. 자영이라도 오면 윷이라도 놀 것인데, 떡도 저녁을 먹은 다음이라 한 개를 먹고 나니 더 먹고 싶지 않았다. 동숙이가 뒷방으로 가더니 책을 들고 왔다.

"오빠야 방학책인데 수학 좀 풀어 다고! 나는 시간도 없고 모른다."

문제를 보니 2학년 때 배운 것이라 쉽게 풀 수 있을 것 같았다.

"내가 니 숙제 해주면 니는 다음에 어에 문제를 풀라꼬 그러노?"

동숙이는 그저 웃었다. 호롱불 가까이에 자리를 옮겨서 4쪽 가까운 문제를 풀고 나니 동숙이 어머니가 들어왔다.

"아이고 진구는 그렇게 공부를 잘한다며, 너 어매가 니 자랑이 늘어졌다. 상도 탔다며, 좋을따!"

동숙이는 방학책을 슬그머니 들고 뒷방으로 갔다가 나오더니 물었다.

"자영이 불러 오까? 윷 놀 그러."

원종이도 나도 시무룩해서 대답을 하지 않았더니 동숙이도 그의 어머니 옆에 앉았다. 나와 원종이가 시무룩한 것은 동숙이 어머니가 있어서 불편하기 때문이다. 동숙이는 그 눈치도 모르면서 계속 종알거렸다. 개학을 하면 3학년이 될 것이라는 등, 고등학교는 상업학교를 가서 은행이나 회사에 취직을 할 것이라는 등, 원종이를 보다가 나를 보다가 혼자서 웃기도 하고 짜증도 내었다.

설날 다음 날이다. 설날이 지나고 며칠이 되어야 어른들은 어른들끼리 아이들은 아이들끼리, 처녀 총각은 그들끼리 모여서 논다. 학생들은 개학이 며칠 남지 않았으므로 초이틀부터 모여서 놀았다. 세배가 끝나고 낮에는 널

뛰기나 윷놀이를 하고 밤에는 모여 앉아서 노래를 하며 논다. 신명이 나면 개울가에서 불을 피워놓고 놀기도 한다.

우리 또래들이 자주 가는 집은 학기네 집이다. 학기네 집은 술과 과자도 팔지만 방이 두 칸뿐인데 큰방을 내어 준다. 오후에 모여서 마당 윷을 놓았다. 마당에 멍석을 펴고 지게꼬리를 허리높이로 달아 경계를 만들고 장작윷을 던졌다. 지는 편은 20원, 이기는 편은 10원을 내는 편윷을 놓았다. 그 돈은 술과 과일을 살 계획이다. 편윷은 각 팀 두 명이 한 조가 되어 윷을 던지는데 3판 양승제다. 윷이나 모가 나오거나 상대 말을 잡으면 동네가 떠나가라 소리를 지르며 춤을 춘다. 임씨와 권씨가 사는 동네지만 강씨나 김씨, 천씨 등도 있다. 같은 성이 아니더라도 남녀가 함께 노는데 윷을 놀다보면 같은 편도 응원하고 같은 성도 응원을 한다. 내 편은 임원종, 권찬영, 권동숙, 임봉순이고 상대편은 임수태, 강용성, 천학기, 임금자, 권자영으로 남자가 여섯 명 여자가 네 명이다. 먼저 윷놀이가 끝나자 모듬밥을 하기 위해 열 명의 집에 가서 쌀, 무, 삶은 나물, 채소, 간장, 된장, 고추장, 양념 등을 얻어와서 밥을 한다. 줄을 서서 얻으러 가면 어느 집이나 웃으면서 주는데 잘 사는 집은 많이, 못 사는 집은 적게 얻는다. 밥은 여자들이 주로 하는데, 남자들은 마늘을 까거나, 무를 씻거나, 불을 지펴 주는 심부름을 한다. 동숙이와 자영이는 한 살이 적으므로 두어 살이 많은 봉순이나 금자의 심부름을 했다. 동숙이는 언제 왔는지 장작을 자르고 있는데, 나무를 잡고 앉아서 종알종알 지껄인다. 앉아 있는 모습이 하도 귀여워 톱질을 하다가 곁눈질을 하는데 학기가 와서 놀린다. 학기는 국민학교를 졸업하고 남의 집에 소꼴을 베어주며 사는데 노래를 잘 부른다.

호롱불을 켜 놓고 여자들은 여자들끼리, 남자들은 남자들끼리 방바닥에 음식을 놓고 먹어도 맛이 그만이다. 여자들이 설거지를 하는 동안 남자들은 방 청소를 하거나 윷놀이에서 나온 돈으로 막걸리, 소주, 과자, 사과, 사탕, 엿 등 물건 파는 집을 다니며 샀다.

넓은 방에 하나 뿐인 호롱불을 선반 위에 올려놓고, 술과 안주를 방 가운데 놓고 둘러앉았다. 두어 살이 많은 수태가 남자 여자 섞여서 앉자고 입에 침을 튀기며 말을 해도 여자들은 고개를 숙이고 웃으며 저희들끼리 앉았다. 원종이가 술잔을 들고 내가 막걸리 버지기(버치)를 들고 다니며 술을 권했다. 여자들은 내숭을 떠느라 못 먹는다며 고개를 돌리다가 한 사람이 조금 먹으면 따라서 먹었다. 남자들은 대체로 술을 잘 마시는데, 학기는 버지기를 들고 벌컥벌컥 소리가 나도록 마셨다.

노래의 시작은 언제나 내가 하는데, 노래를 부른 사람이 남자면 여자를 지명하고 여자면 남자를 지명하라고 했다. 내가 '황포돛대'를 1절만 부르고 지명을 하려고 하는데 누군가 '동숙이' 하고 외쳤다. 동숙이를 지명할 것이라고 예측을 하는데, 분위기를 위해 성性도 다르고 편도 다른 자영이를 지명했다. 예측 밖이라 잠시 술렁거렸으나 자영이는 동숙이를 보다가 '유정천리'를 부르기 시작했다. 어두워서 동숙이 얼굴은 보지 못했지만 성이 났으리라 짐작을 했다. 돌아가면서 노래를 하는데 두 번 세 번 지명을 받은 사람이 있는가 하면 한 번도 지명을 받지 못한 사람도 있었다. 남자는 용성이가 여자는 금자가 지명을 받지 못했다. 내가 세 번째 지명을 받고 금자를 지명했더니 금자는 용성이를 지명하여 모두 노래를 다 할 수 있게 되었다. 이제는 합창을 하자고 하니 좋다고 했다. 누군가 먼저 첫 소절을 부르면 모두 따라 부르는데 자영이가 기분이 좋은지 제일 많이 첫 소절을 불렀다.

밤이 깊었다. 술도 안주도 과자도 동이 났다. 학기가 닭을 훔치러 가자며 일어섰다. 청년들이나 하는 짓인데, 학기가 하자고 졸랐으나 좋아하는 사람이 없어 그만 두기로 했다. 모두 밖으로 나왔다. 아직 보름이 멀었으므로 달빛이 없어 무척 어두웠다. 낮에 보아 둔 나무가리나 장단지 등이 흐릿하게 보이다가 어둠에 익숙해지자 조금씩 시야가 확보 되었다. 수태가 갑자기 소리를 질렀다. '귀신이다' 여자들은 모두 몸을 움츠리며 서로 껴안았다. 그런데 동숙이와 자영이가 나에게 와서 짝짓기 게임을 하듯이 팔을 잡으며 소리를 질렀다. 달 밝은 보름 같았으면 꼬리따기를 할 텐데 그냥 헤어지기로 했다.

밤꽃 피는 언덕

중학교 3학년 담임선생님의 출세에 희생물이 되어 가기 싫은 경동상업고등학교에 입학을 하게 되었다. 친한 친구들은 서울로 대구로 좋은 고등학교가 아니면 영가시의 영가고등학교나 농업고등학교로 진학을 했다. 도영이는 보란듯이 영가여자고등학교에 합격을 하였으며 옥화도 동서여자상업고등학교로 진학을 했다. 그래도 위안이 되는 것은 공부를 잘하는 두세 명의 친구들도 담임의 꼬임에 빠져 함께 공부하게 되었다는 것이다.

좋은 성적으로 입학을 하지 못했다. 수업을 하는 선생님마다 입학 성적을 적어 가지고 와서 좋은 성적으로 입학을 한 학생에게 지명을 하며 아는 척을 했다. 입학 성적이 좋은 학생 중에 우리 경동중학교 출신이 아닌 학생들도 장학금이나 은행 취직 때문에 잘못 된 정보로 왔다. 선생님들이 내 이름을 부르지 않는 것을 이상하게 생각하는 학생들도 많았다.

주산은 도영이와 클럽활동을 하면서 기본은 익혔으므로 다른 학생들 보다 앞서 간다는 느낌을 받았다. 물론 중학교 때 학원을 다니거나 개인 지도를 받아서 나 보다 더 잘 놓는 학생도 몇 명 있었다.

신록이 산과 들을 덮는 5월이다. 주왕산으로 버스 3대를 대절하여 봄소풍을 갔다. 수학여행이 아니므로 반별로 출발하여 저녁에 오는 소풍이라 못 가는 학생은 거의 없었다. 버스에 오르자마자 노래를 부르기 시작한 것은 키가 작은 담임선생님이 노래를 먼저 부르고 분위기를 띄운 탓도 있다. 주왕굴까지도 올라가지 않고 다리 밑 개울에서 노는 학생들이 있는가 하면 첫 번째 폭포에서 놀거나 두 번째 폭포에서 고기를 잡는 학생들도 있었다. 점심을 먹을 때도 소주를 가지고 와서 여기저기서 먹었다. 선생님들은 선생님들끼리 학생들은 안중에도 없이 술을 마시고 주왕산이 떠나가라 노래를 불렀다. 나와 몇 친구들은 3폭포를 지나 내원동까지 올라가서 내원분교를 구경하고 내려왔다.

반별로 3대의 버스는 우리를 기다렸다는 듯이 출발을 했다. 달기약수터에서 약수를 마시고 버스에 올랐다. 해는 산 그림자를 길게 늘어뜨리더니 서쪽 산 뒤로 자취를 감추었다. 담임선생님은 옆자리에 앉아서 달걀껍질에 소주를 부어 나누어 주기 시작했다. 옆에 앉았던 나도 어쩌다가 한 잔 얻어 마셨는데, 뒤에 앉았던 학생들은 얻어먹지 않아도 먼저 취했다. 앞좌석도 두드리고, 천장도 두드리고, 창문도 두드리다가 발로 바닥도 소리 나게 밟으며 내일 지구의 종말이 오는 것처럼 노래를 불렀다. 소변을 누려고 잠시 쉬었는데, 뒤차로 오는 2반은 함께 탄 미술 선생님이 술에 취하여 주먹으로 버스 천장을 쳐서 구멍이 났다. 미술 선생님의 주먹 무용담은 깡패였다는 것으로 마무리 되며 오래도록 학생들의 입에 오르내렸다.

하숙집에 오니 규용이도 소풍을 갔다가 왔다. 발을 씻고 책상 앞에 앉는데 마당에 무엇이 떨어지는 소리가 났다. 가만가만 문을 열고 내다보니 누가 돌을 던지는 것이 분명했다. 그것도 누구를 부르는 신호 같이 리듬을 타며 가늘게 던졌다. 동마루에 나가서 살펴보니 돌은 가게가 있는 윗집에서 날아왔다. 잠시 후 담장 위로 도영이의 얼굴이 쏙 올라왔다.

고등학교에 입학하고 몇 번 길에서 잠시 만난 적은 있지만 반가웠다. 긴 치마를 입은 도영이는 키도 무척 자란 것 같았다. 강둑에 올라가 수문 옆으로 내려가며 도영이 손을 잡았다.

"옥화내 집에 왔다가."

"옥화는 경서여상 갔다며, 너는 영가여고에 갔으니 좋겠다. 나는 따라지 학교!"

"너는 누가 그러는데 장학생이라면서!"

"아니야, 중 3 담임선생님의 장난이야!"

"소풍 갔다며 우리는 다음 주에 간다."

"어디 가는데?"

"풍기 희방사."

개울을 건너야 하는데 징검다리가 없는 곳이다. 날이 어두우니 더럽던 물도 깨끗하게 보였다. 신발을 벗고 바지를 걷어 올리며 도영이에게 등을 내밀었다.

"업혀라."

잠시 멈칫하던 도영이는 어깨를 잡더니 업혔다. 무척 가벼웠다. 아니 무게를 모르겠다. 개울을 어떻게 건넜는지 정신이 없다. 도영이를 내려놓고 발에 묻은 진흙을 모래로 털어내고 있는데 강 건너 기차 굴에서 기차가 기적을 울리며 나왔다. 기차의 불빛이 도영이를 비추고 나를 비추었다. 흰 모래에 앉아서 철교 위를 지나가는 기차를 바라보다가 도영이 어깨에 손을 얹었다. 기차를 보던 도영이가 슬그머니 말했다.

"진구야! 어깨가 떨린다. 이상하다."

도영이의 떨리는 말에 얼른 어깨에서 손을 떼었다. 그리고 미안해서 고개를 숙였다.

"괜찮다. 우리도 다 컸잖아!"

도영이 말이 무슨 뜻인지 모르겠다. 아직 크려면 멀었는데, 키도 커야 하고, 2학년도 되어야 하고, 그리고 취직도 해야 하는데, 언제 손이 도영이 어깨로 갔는지 나도 모를 일이다.

"너 내 가슴 만지나?"

억울했다. 정신이 없어서 무슨 말을 해야 할지? 사실 도영이 가슴을 만지지 않았다. 그저 어깨에 손을 얹었다가 내렸을 뿐이다. 그런데 만졌다니, 이왕 이렇게 된 거 '나도 모르겠다' 하고 도영이의 옷 입은 가슴 위로 손이 살짝 스쳐갔다. 그러다가 누가 먼저랄 것도 없이 뒤로 누웠다. 도영이의 어깨에 다시 손을 얹고 생각하니 내가 무슨 짓을 하고 있는지 겁이 났다. 일어나서 벗겨진 신발을 찾아 신고 바지에 묻은 모래를 털어내었다. 도영이도 따라서 일어섰다. 다시 업고 개울을 건너 풀밭에 앉았다. 더러운 개울물이 묻은 풀들에 이슬이 내려 강 건너 도로를 지나가는 자동차 불빛이 스쳐 갈 때마다 무척 깨끗해 보였다.

강가를 걸어 강둑에 오니 불이 꺼진 집들이 많았다. 강둑으로 걸어서 창기네 집 쪽에서 나오는 도랑물 둑에 올라섰다.

"도영아! 고등학교 가서도 열심히 공부해! 나도 열심히 할게."

"우리 언제 또 만나지?"

"내가 너 집 대문을 두드리면 오빠들에게 들키니, 니가 춘옥이도 있으니 놀러 오면 안 되나?"

도영이는 알았다며 뛰어갔다. 어둠 속에서 산모퉁이까지 오니 갑자기 무서워졌다.

중학교 클럽활동 시간에 공부한 주산은 기초가 잘 다져졌는지 다른 학생들 보다 진도가 빨리 나갔다. 7급을 연습하는데 6급을 연습하다가 이제는 5급을 연습한다. 5월이 되자 4급도 시간을 재어보면 제한시간 내 가감산, 승산, 제산까지 할 수 있게 되었다. 상업고등학교는 은행에 취직하는 것이 최종목표이다. 물론 회사의 경리로 취직을 할 수도 있지만 주산과 부기를 잘하면 은행 입사시험에 합격할 수도 있다. 1회가 졸업을 했는데 은행에 취직된 사람은 없고 회사 경리로 간 사람은 있다. 주산을 가르치는 선생님은 주산만 잘하면 되는 것이 아니라, 부기도 급수 시험에 합격을 해야 은행에 들어갈 수 있다며 시간마다 입에 거품을 물었다. 영어선생님은 영어도 잘 해야 된다고 하는데, 영어는 상업영어로 일반 영어와 다른 점은 회화를 많이 지도한다. 특별히 회화 선생님이 3월에 왔다. 정규수업을 마치고 특별수업으로 희망자에 한해서 하는데, 선생님의 회화 실력에 넋이 빠질 때도 있다. 언제 선생님처럼 회화를 할 수 있을까하고 열심히 연습을 하지만 발음이 잘 되지 않는다. 회화 선생님은 미군 부대에서 군대 생활을 했으며 미국에 가서 공부를 했다고 한다. 가끔 재미있는 이야기도 해 주었는데, 바나나 껍질을 벗겨서 먹으라는 말을 영어로 하지 못해서 한국식으로 했다고도 한다. '빠나나 저고리 군빠이'라고. 학생들은 회화 선생님의 서양식 차림과 말에 재미를 느껴 수강생이 늘어났다. 그런데 회화 선생님은 책을 사라고 강요하더니 한 달이 지난 어느 날 갑자기 그만두었다. 학생들은 회화 책만 사는, 닭 쫓던 개 신세가 되었다. 수학은 상업수학으로 이상한 공식에 대입하여 계산을 하였으나 재미는 있었다. 국어는 일주일에 한 시간 정도 수업을 하는데 열심히 듣는 학생이 없다. 선생님도 열의가 없어 펜글씨 연습을 하거나 부기 공부를 해도 모르는 척 두었다.

서울대학교 음악대학을 졸업한 음악선생님이 왔다. 성악을 전공했다는데 국악에 관심이 많은 듯했으나 수업은 가끔 빠졌다. 어딘가 보통 선생님과 다른 행동을 했는데, 수업에 들어오지 않으면 교장선생님이 지나가다가 학생들이 떠들면 창문을 열고 들여다보면서 한 마디 한다. '음악 선생놈 또 안 왔나?' 교장선생님은 운동장 조회에서 훈화를 하는데, 우리 지방인 '영가 사투리'를 써서 처음에는 웃었으나 이제는 욕을 해도 그런가 보다 하고 지나간다. 음악선생님은 숙제를 내었다. 음악에 관계 되는 이야기를 다음 주 음악시간까지 원고지에 써오라고 했다. 원고지에 글을 쓰는 방법을 배우기는 해도 숙제로 쓰기는 처음이라 걱정이 되었다. 숙제를 미루다가 잊어 버렸는데, 책가방을 챙기느라 시간표를 보니 바로 내일이 음악 수업이 들었다. 무작정 원고지를 펴고 글을 쓰기 시작했다. 글을 쓰다 보니 해가 지는 강변을 거닐며 대중가요를 부르다가 낙조를 보고 눈물을 흘리는 줄거리로 산문이 완성되었다. 2백자 원고지 16매 정도의 분량을 단숨에 써서 원고지에 옮겼다. 다시 읽어 봐도 가슴이 뿌듯할 정도로 만족을 했다. 나에게도 이런 글제주가 있다는 것을 처음 알게 되었다. 하기야 국민학교 때부터 일기를 쓰고 동시를 쓰는 것을 싫어하지는 않아 선생님으로부터 칭찬을 들은 적은 몇 번 있었다. 중학교 때는 백일장에 나간 적도 있었다.

음악시간에 숙제를 제출했다. 원고지를 뒤져 수첩에 적으면서 평가를 하던 선생님은 숙제 중에 한 사람 원고를 들고 교탁 앞에 섰다. 원고 첫줄을 읽는데 나는 고개를 들 수 없었다. 강변에서 낙조를 보며 노래를 부르는 장면을 뽑아서 읽었기 때문이다.

"임진구가 누구지?"

학생들은 나를 향해 손가락질을 했다. 고개를 숙인 나는 어떤 일이 벌어지는지 상상만 할 뿐이다.

"고개를 들와봐라! 너는 보아하니 공부도 잘해 보이는데 앞으로 글을 쓰는 것이 좋겠다."

그 음악 선생님도 회화 선생님처럼 한 달을 채우지 못하고 학교를 그만두어서 몇 달 후에 다른 음악선생님이 왔다.

단오는 쉬는 날이 아니다. 시골집에 있다면 그네를 뛰고 쑥떡과 취떡을 먹었을 텐데 하숙을 하며 학교에 가야 하니 그럴 수 없다. 어릴 때는 단오라고 나일론 셔츠도 새로 사 입고 앵두를 따서 그네 나무 밑에서 그네 뛰는 처녀 총각들을 보며 먹었다.

수업을 마치자마자 하숙집으로 왔다. 중학교 때 진수가 자취하던 집에 민호가 자취를 했다. 일원정 밑에 옥화네 집 가까이 동제도 자취를 했으며 학교 가까운 마을이라 다른 집에도 선배와 후배들이 자취를 했다. 하숙을 하는 사람은 나와 규용이 또 제춘이 뿐이다.

산 너머 솔밭이 있는 마을에 그네 뛰러 가기로 했다. 같은 반인 민호와 동제가 함께 가기로 학교에서 모의를 했었다. 용바위재에 올라서 열두 개의 마을이 있다는 하이마의 두어 채 집이 있는 첫 골짜기를 지났다. 동사무소가 있는 마을이 스무 집 정도 사는 마을인데 논과 밭을 지나 30분을 걸어서 갔다. 동사무소 뜰에는 큰 나무가 있지만 그네를 맬 나무는 아니다. 강쪽을 향해 10여 분을 더 가니 솔밭이 나왔는데, 학생들이 소풍을 가는 곳이기도 하다. 그네는 가장 큰 느티나무에 매었는데 처녀 총각 몇 사람이 있었다. 우리들이 가니 그네를 양보해 주었다. 동제는 노래를 잘 불러서 그네도 뛰기 전에 '조약돌 탑을 쌓는 성황당 고갯길' 하며 목청을 돋우었다. 민호는 마라톤 선수이기도 하여 운동을 잘하는데 그네도 높이 뛰었다. 동네 사람들은 낯선 학생들이 그네 뛰는 모습을 보느라 담 너머로 얼굴을 내 밀고 구경을 했다. 도영이가 있었다면 함께 쌍그네도 뛰었을 텐데, 도영이가 보고 싶었다. 동제는 우리들보다 학교에 늦게 들어서 두어 살이 많다. 노래를 불러도 어른스럽고 그네를 뛰어도 어른스러웠다. 마을에 들어가서 술이라도 얻어먹자고 했으나 민호와 나는 동네 청년들과 싸움이라도 날까봐 앞서서 걷기 시작했다. 동제도 할 수 없이 따라 오면서 투덜거렸다. 동제는 옥화네 집 가까이 자취를 해서 옥화 이야기를 했다. 옥화는 동서여자상업고등학교에 가서 공부는 하지 않고 연애만 한다고 흉을 보았다. 한참 이야기를 들어보니 옥화와 사귀고 싶어 하는 눈치였으나 나는 도영이와 친구라는 사실도 입 밖에 내지 않았다.

그네를 뛰고 용바위재에 와서 쉬고 있는데, 동제는 어디서 들었는지 내일 저녁 옹천역에서 노래자랑을 한다며 가자고 했다. 우리는 노래자랑에 가기로 단단히 약속을 하고 헤어졌다.

수업을 마치고 노래자랑에 가기로 한 사람들이 영가고등학교에 다니는 창기네 집 앞 도랑둑에서 만났다. 규택이, 재춘이, 옹천에 사는 영우는 옹천역에서 만나기로 하고 다섯 사람은 영가역으로 갔다. 차표를 끊어 한 시간 이상 기다려서 40분 만에 옹천역에 도착하니 스피커에서 노래 소리가 기적 소리와 함께 우렁차게 들렸다. 규택이가 돈을 내었는데 조금 모자라는 것은 영우가 보태어 표를 샀다. 노래하는 순서는 규택이를 시작으로 동제, 재춘, 영우, 동호, 진구이다. 규택이가 '울려고 내가 왔나' 하고 첫 소절을 하자 청중들은 떠들기 시작했다. 노래가 끝나도 박수를 치는 사람이 없다. 시무룩해진 규택이의 등을 토닥거리며 동제가 무대에 올라가서 기타 반주에 맞추어 '조약돌 탑을 쌓는 성황당 고갯길' 하자 여기저기서 '가수가 왔다'고 수군거렸다. 노래가 끝나자 박수소리가 터져 나왔다. 심사를 보는 동장도 고개를 끄덕끄덕 거렸다. 이어서 '인생은 나그네길', '헤일 수 없는 수많은 밤을', '마지막 석양빛이 기폭에 걸고', '구름도 울고 넘는 울고 넘는' 등의 첫 소절이 이어졌다. 신청자가 많아 언제 끝날지 모르는 노래자랑은 밤이 깊도록 이어졌다. 응원도 동네별로 했다. 자기 동네 사람이 잘하면 박수를 치고 소리를 지르다가 다른 동네 사람이 노래를 부르면 야유를 하는 험악한 분위기가 조성되었다. 여기저기서 웅성거리며 편싸움의 조짐이 보이자 기차 시간이 되어 그만 가기로 했다. 노래자랑이 끝나면 고모네 집에서 기차통학을 하는 영우에게 가려고 했는데 갈 수가 없게 되었다. 결과는 영우가 알아서 보라며 아쉽게 기차가 오자 급하게 탔다.

봄소풍을 가던 날 저녁 도영이를 만나고, 한 달 전 길에서 잠시 만난 후로 소식이 없다. 분명히 옥화나 춘옥이를 통해서 연락을 하고 하숙집으로 오기로 했는데, 소식이 없으니 보고 싶기도 하고 걱정도 되었다. 혹시 하고 춘옥이에게 도영이 소식을 아는지 물어 봐도 모른다고 했다. 그런데 해가 질 무렵 하교를 하던 옥화가 집에 왔다. 대문 소리가 나서 문틈으로 보니 옥화는 가방을 들고 부엌으로 쪼르륵 가더니 춘옥이와 무슨 말을 소곤소곤 하다가 뒤도 돌아보지 않고 가버렸다. 평소 같으면 헤실헤실 웃으며 인사라도 했을 터인데, 내가 방에 있다는 것을 알고도 그냥 가는 것이 이상했다. 잠시 후 춘옥이가 방문을 열었다.

"진구야! 도영이가 입원했단다."

"왜! 어디가 아파서?"

"옥화가 그러는데 집에서 오래도록 앓다가 병원에 갔단다."

병원까지 갔다니 큰 병이 분명했다. 학년 초라 무리를 한 것이 분명했다. 영가중학교 출신이 대부분인 영가여고에서 다른 학생보다 앞서 가려니 힘들었을 것이다. 영가시에는 종합병원은 하나뿐이고 개인병원은 몇 개 있다. 어느 병원에 입원을 했는지 안다고 해도 병원에 문병을 가본 일이 없으니 난감했다. 동제에게 물어 보니 병원에 문병 갈 때는 면회 신청을 하고 허락을 받아야 하며 음료수를 들고 간다고 했다. 춘옥이에게 어느 병원인지 알아보라고 부탁을 했다. 다음 날 학교에 가는데 춘옥이가 대문까지 따라 나왔다.

"도영이 해동병원에 며칠 있다가 퇴원 했단다."

안심이 되어 씩 웃어 주었다. 도영이 집 앞을 지나면서 혹시 만날 수 없을까 하고 한참 서성거렸으나 만나지 못했다. 며칠 후 옥화를 우연히 만났는데 도영이가 열흘이 넘도록 결석을 하고 학교에 다닌다고 했다. 무슨 병인지 궁금했으나 학교에 다닌다니 다행이다.

열 살 차이가 나는 형은 나와 상극이다. 국민학교에 다닐 때는 눈앞에 보이면 공부하라고 해서 피해 다녔다. 그러다가 공부가 싫으면 소꼴이라도 베어 오라고 해서 여름 날 한낮에도 소꼴을 베어왔다. 중학교 들어가면서 하숙을 하고부터 형을 만나지 않아 좋았는데, 군대에 갔다고 하니 더 좋았다. 그러나 시골집에 가면 형이 없어서 허전한 것은 무슨 까닭인지 모르겠다. 군대에 가서 첫 휴가를 왔을 때는 까만 얼굴에 말랐는데, 작은누나가 약혼을 한다고 휴가를 얻어 왔을 때는 살이 통통하게 지고 얼굴도 하얗게 변했다. 작은누나가 약혼하던 날도 형이 있어서 조퇴를 하라고 어머니가 간곡히 부탁을 했지만 가지 않았다. 약혼 사진에 자형, 작은누나, 형, 어머니, 큰누나, 중매 아주머니까지 있는데 나는 없다.

우리 교실은 단층 기와집이다. 중학교 건물은 2층 양옥으로 교실이 10개가 넘는데, 고등학교 건물은 단층 기와집이다. 동향으로 신축을 한다고 터를 닦는데, 언제 완공할지 알 수가 없다. 여름이 오자 단층 기와집인 교실은 큰 나무에 가려서 답답하고 더웠으나 따라지 학교라 어쩔 수가 없다.

주산 급수 시험이 얼마 남지 않아 연습을 하느라 빈 교실에 혼자 앉아서 손가락이 아프도록 주산알을 튕겼다. 해가 져서 교실이 어두워 글자가 흐릿하게 보이자 가방을 들고 나왔다. 교무실도 선생님들이 퇴근을 하고 문이 잠겨 있었다. 해가져서 학교 건물만 덩그러니 앉아 있는데, 운동장 농구대에 중학생 두 명이 장난감 공으로 농구를 하고 있었다. 학교 뒷문으로 힘없이 나와서 가게 쪽으로 돌다가 정탁이 자취방을 무의식적으로 보았다. 그런데 그의 자취방에서 도영이가 나오다가 나와 눈이 마주쳤다. 나도 도영이도 그 자리에 멈추어 섰다. 한참 후 마음을 진정 시키며 물었다.

"거기서 뭐해?"

"……"

"뭐 하냐니까?"

"남이야 뭐를 하든지 말든지."

토라진 도영이가 앞서서 걸었다. 방에서 문을 조금 열고 내다보던 정탁이는 나를 보더니 문을 닫았다. 앞서서 가는 도영이 팔을 잡았다.

"이야기 좀 하자."

"할 이야기 없어!"

"나 따라 온나! 안 따라오면 너 집에 들어간다."

창기네 집 뒤 골짜기로 가려다가 도랑둑으로 걸었다. 앞서 가다가 돌아보니 따라 오던 도영이는 더 이상 따라오지 않고 그 자리에 서 있었다. 몇 발자국 뒤로 물러섰다.

"너 왜 그러는데, 이유나 좀 알자."

"뭘! 내가 뭘, 어쨌는데?"

"정탁이와 무슨 사이냐고?"

"그냥 친구야! 그 집에 어머니 심부를 갔다가 방에 들어오라고 해서 들어간 것뿐이고."

"남학생 자취방에 왜 들어가는데?"

"남이야 들어가든 말든 왜, 정탁이는 영가고등학생이고 너는 따라지 학교 다니잖아."

따라지 학교라는 말에 화가 나서 도영이에게 한 발 가까이 다가가서 눈을 똑바로 뜨고 바라보았다.

"그래! 나는 따라지 학교에 다닌다. 영가고등학교가 아니라 영복공고에 다니면 아주 반했겠네!"

학생들은 영복공고나 영복상고를 선호했다. 나도 영복공고에 가려다가 못 갔다. 그런데 내 아픈 곳을 도영이가 건드리고 있는 것이다.

"영가고등학교하고 영가여자고등학교 하고 잘해 봐라. 앞으로 모른 채 하자."

잠시 멈칫하던 도영이는 결심을 한 듯

"누가 겁날 줄 아나, 모른 채 하면 그만이지."

주먹이 불끈 쥐어졌으나 지나가는 사람들이 흘끔흘끔 보고 있어 때리지는 못했다. 너무 분해서 뺨이라도 때리고 싶었다. 내가 참는 것은 마음속은 도영이와 멀어지고 싶지 않아서이다. 강둑으로 가다가 돌아보니 도영이는 그 자리에서 나를 보고 있었다.

미루나무밭 사이로 흰 모래사장이 펼쳐지고, 모래사장이 끝나는 지점에 저녁노을이 물 위로 붉게 굽이치며 흘렀다. 동제가 부르던 성황당 고갯길 가사 중에 생각나는 구절이 있었다.

만나고 헤어지던 수많은 그 사연을 / 오늘 밤 풀길 없어 찾아 왔건만 / 그대는 간 곳 없고 첫사랑의 그림자만 / 달빛 아래 어렴풋이 떠오릅니다.

저녁 식사 시간이 지나도 학교에서 오지 않는 나를 걱정하던 춘옥이는 우물에 물을 길러 오다가 금숙이를 만났다.

"언니야! 진구가 강둑에 혼자 앉았더라!"

"아직 저녁도 안 먹었는데, 무슨 일이고! 우리 가보자."

"나는 집에 가야 된다. 언니 혼자 가봐라!"

춘옥이는 혼자 강둑에 갈까? 말까? 하는데 진구가 힘없이 대문 안으로 들어왔다. 마침 옥화가 헤실헤실 웃으며 대문으로 들어오다가 춘옥이의 걱정스런 얼굴을 보더니 돌아가려고 했다.

"옥화야! 너 학교도 늦게 마치나? 진구는 뭐하다가 이제 온다."

"놀다가 왔겠지 뭐! 걱정도 팔자다."

옥화와 춘옥이의 대화를 듣다가 나는 아무 일 없었다는 듯이 물었다.

"옥화! 오랜만이다. 재미있나?"

"재미는 무슨 재미, 도영이 하고 잘 나간다며?"

"이제 다 끝났다. 그게 정탁이를 좋아 한단다."

"그럴 리가 그건 오해다 오해! 도영이가 너를 얼마나 좋아하는데 그런 소리를 하노!"

한숨을 쉬는 내 분위기가 심상치 않았는지 하던 말을 멈추고 나를 쳐다보았다. 나는 의미심장하게 말했다.

"옥화야 자주 놀러 온나!"

옆에 서 있던 춘옥이는 웃는 나를 보더니 빈정거렸다.

"진구가 이제 옥화를 좋아하네! 얄궂다 얄궂어!"

다음 날부터 학교에 오고 가면서 창기네 집도 도영이네 집도 쳐다보지 않았다. 도영이는 생각만 해도 싫다. 사람을 이렇게 미워할 수 있을까? 그저께까지만 해도 좋던 사람이 이렇게 밉다니, 사람의 마음이란 죽 끓듯이 변할 수도 있다는 것을 처음 알았다. 학교에서 공부를 하다가 문득문득 도영이가 떠올랐으나 급하게 지워버리려고 애를 썼다.

농번기 일손을 돕는다며 가정실습을 했다. 아버지는 내가 며칠 논다고 하자 시집간 누나 집에 형과 같이 가라고 했다. 작은누나는 시집가고 한 번도 친정에 오지 않았다. 친정에서 부모나 형제가 사돈댁을 방문하는 법이 있는 듯하여 아버지 말에 순종하기로 했다. 형과 나는 아침 일찍 버스가 다니는 큰길까지 한 시간 정도 걸어갔다. 작은누나 시댁이 청송이라 청송 가는 버스가 몇 시에 오는지도 모르고 기다렸다. 도로에 나온 동네 어른에게 청송 가는 버스 시간을 물었다.

"아침 먹고 한 대가 갔는데, 한 시간 정도 기다려야 될거요."

형은 가게에 들어가자고 했다. 소주 한 병을 시켜서 안주도 없이 혼자 작은 잔에 따라서 먹기 시작했다. 한 잔 두 잔 그러다 얼마 되지 않아 한 병을 다 먹었다. 불콰한 형의 얼굴을 보며 술이 취하면 어쩌나 걱정이 되었다. 청송 가는 버스가 아니더라도 길안까지만 가면 의성 쪽에서 오는 청송 가는 버스도 있으니 길안까지 가는 것이 급선무다. 버스가 오는지 안 오는지 가게집을 들락거리며 영가시의 하늘을 바라보았다. 한 시간이라고 하더니 얼마 기다리지 않아서 길안까지 가는 버스가 왔다. 형은 느긋하게 가게집 방에 앉아있다가 버스가 온다는 소리를 듣고 뛰어 나왔다. 저 멀리서부터 먼지를 일으키며 알록달록한 버스가 달려오더니 멈추어 섰다.

길안 버스정류장에서 청송 가는 시간표를 보니 또 한 시간을 기다려야 했다. 형도 이번에는 가게집에 들어가거나 술을 마시지 않고 나무 의자에 앉아서 밖을 내다보고 있었다.

"형! 장터 구경하고 올께!"

길안 장터는 장이 서는 날만 사람들이 북적거리는지 비포장도로 양옆으로 양품점, 옷가게, 화장품, 미장원, 이발소, 철물점, 중국집, 식당, 다방, 대포집, 약국, 신문사, 가구점 등이 즐비하게 늘어서 있었다. 남쪽 건물에 가려진 도로는 비가 갠 뒤라 질척거렸다. 버스정류장에서 중학교 교문까지 가니 10여 분이 걸렸다. 할 일 없이 구경을 하자고 걷던 길이라 되돌아올 수밖에 없다. 버스정류장까지 되돌아가는데 어느 집에선가 까르륵 웃는 여자들의 목소리가 들렸다. 돌아다보니 여학생 2명이 내가 신은 구두소리를 듣고 나온 것 같았다. 내 구두는 덕철이가 어디서 군화를 가지고 왔는데, 내 발에 맞아서 50원에 산 것이다. 고등학생이 교복을 입고 군화를 신고 저벅저벅 걸어가니 여학생들은 장터 학생이 아니라는 것을 알고 놀리느라 소리를 지른 것이다.

버스정류장에 오니 형이 어디 갔는지 보이지 않아 이곳저곳을 두리번거리며 찾았다. 형은 버스 시간이 가까워서야 나타났다. 다방에 갔을 거라고 짐작하면서도 물어보지 않았다.

의성에서 오는 청송 가는 버스는 설자리가 없을 정도로 복잡했다. 큰 재를 오를 때는 뒤로 쏠리더니 내려갈 때는 앞으로 쏠려서 공간이 생겼다. 마을을 지날 때마다 섰다가 가기를 반복했다. 차장은 복잡한 복도를 비집고 다니며 버스표나 차비를 받았다. 큰 재를 2개나 넘고 개울을 여러 개 건너더니 청송 버스정류장에 도착했다. 벽에 높이 붙어 있는 버스시간표를 보니 달기약수탕, 진보, 영양, 영덕 그리고 주왕산 가는 시간이 적혀 있었다. 작은누나 시댁이 있는 주왕산 가는 버스는 두어 시간이나 기다려야 된다.

작은누나 시댁은 100호가 넘은 큰 동네인데 도착하니 날이 어두워 겨우 물어 물어서 찾았다. 얼마 전 편지로 언제 간다는 연락을 하였으므로 기다리느라 온 방에 불이 켜져 있었다. 호롱불 밑에서 사돈어른과 맞절로 인사를 나눈 후 준비한 저녁밥상이 들어왔다. 저녁을 먹고 작은누나 방으로 옮기니 매형은 연신 노래를 흥얼거렸다. 자세히 들어보니 '뻐꾹새 우는 마을'이다. 부엌에서 일을 하던 누나가 방문을 열더니 나를 보고 손짓을 했다. 누나를 따라 부엌 뒤로 갔다.

"어매는 어에 지내노?"

말도 끝나기 전에 눈물을 흘리더니 치마에 닦았다.

"걱정하지 마라. 어매하고 아부지는 잘 계신다."

"새로 지은 집이 동네와 떨어져서 저녁에 놀로도 못가지? 소는 새끼를 낳았는데 잘 크드나? 개는?"

누나는 모든 것이 궁금했는지! 누나 친구들 이름을 다 부르고 난 뒤에 동네 어른들까지 안부를 물었다. 시집살이 하면서 친정이 무척 궁금했던 모양이다. 누나와 이야기를 하고 있는데, 매형의 질녀가 와서 누나 귀에 대고 무어라고 속삭였다. 누나는 부엌으로 들어가고 나는 방으로 들어갔다.

다음날은 형과 매형을 따라 마을 뒤 산에 올라가서 마을을 내려다보았다. 동쪽 큰 산 너머 주왕산이다. 걸어가도 한 40분이면 충분히 갈 수 있다. 매형은 부엌에 들어가더니 고추장을 조금 가지고 나오면서 마을 앞으로 흐르는 강에 고기를 잡으러 가자고 했다. 매형은 고추장을 들고 형은 반디를 들고 나는 살림망을 들었다. 작은누나는 대문까지 따라 나왔다.

"오빠요 고기 많이 잡아 오소! 동생은 깊은 물에 들어가지 마라!"

바지를 걷고 들어갈 수 있는 얕은 물에서 고기를 잡았다. 매형은 돌을 뒤지고 형은 반디를 잡고 나는 따라가면서 고기를 살림망에 넣었다. 한 시간이 지나자 피라미, 붕어, 꺽지, 꾸구리 새우 등을 여러 마리 잡았다. 매형은 자갈에 앉아서 작은 칼로 고기의 배를 가르고 살을 발라내었다. 가지고 온 소주를 잔에 따르고, 고기를 고추장에 찍어서 안주를 했다. 형도 자형도 나는 아직 술을 먹을 줄 모르는 줄 알고 주지 않았다. 민물고기 회는 먹어 본 적이 없어서 구경만 했다.

가정실습 3일은 작은누나 시댁에 다녀오느라 다 보냈다. 하숙집에 오니 옥화가 1년 후배인 순자를 데리고 왔다. 평소에는 부엌에 가서 춘옥이를 만나 조잘거리다가 큰방에서 놀다 가는데, 어쩐 일인지 춘옥이와 잠시 이야기를 나누는가 싶더니 내 방으로 들어오라는 말도 하지 않았는데, 순자를 데리고 들어왔다. 내 책상 의자에 앉더니 책꽂이에 꽂혀 있는 삼국지를 뽑다가 주산문제지를 뽑아 들었다.

"벌써 4급을 놓네! 나는 겨우 6급을 놓는데."

영가여자중학교를 졸업하고 여자상업고등학교에 진학하였으니 6급을 공부하는 것이 정상이다. 내 친구들도 모두 7급 아니면 6급을 놓는다. 1학년 중에 한두 사람은 중학교 때 상업고등학교에 진학하려고 학원에 다녀서 2급도 놓고 3급도 놓는다.

"진구는 공부도 잘하고, 주산도 잘 놓고, 부기도 잘하겠지!"

옥화의 말에 일일이 대답하기 싫어서 규용이 책꽂이에 꽂힌 만화책을 순자에게 주었다. 순자는 만화책을 보느라 정신이 없는데, 옥화는 의자에서 내려와 내 옆에 앉더니 팔을 꼬집었다.

"도영이 하고 무슨 일 있었지? 도영이는 너 말만 했는데, 요즘은 가끔 만나도 묻지도 않고, 너도 그렇고, 이상하다. 춘옥이가 그러는데 도영이하고 끝났다며?"

정말 가슴 아픈 말만 골라하니 싫었으나 사실이 그러니 어쩔 수가 없다.

"그래! 도영이 하고 끝났다. 이제 싫다."

옥화는 의미있는 미소를 짓더니 주산을 가르쳐 달라며 바짝 다가앉았다. 책상 서랍에 가지고 노는 추자(가래나무 열매, 호두)가 한 쌍 있었는데, 꺼내어서 달라고 하다가 허락도 없이 주머니에 넣었다. 그 추자는 쌍으로 쥐고 손가락 운동을 한지 1년이 넘은 것이다. 달라고 하니 주지 않아서 손목을 쥐었는데 옥화는 가슴 속으로 가져가며 주저앉아 허리를 동그랗게 말았다. 추자를 뺏느라 옥화를 끌어안고 엎치락뒤치락하는데 춘옥이가 방문을 열었다.

"야들이 뭐하노? 순자는 말리지도 않고 뭐하노?"

끌어안았던 옥화의 손을 놓고 숨을 헐떡거리며 몰아쉬다가

"손 운동하는 추자를, 추자를."

하며 옥화 손을 가리키자 춘옥이는 상황을 알아차렸는지 소리 내어 웃었다.

옥화는 추자를 꼭 쥐고 소리까지 내며 헤헤 웃었다.

"나도 추자로 손 운동하면 주산 잘 놓을지 아나!"

추자 뺏기를 포기하였으나 여차 하면 빼앗으려고 눈독을 주었으나 옥화는 끝내 주지 않았다.

작은누나 집에 다녀온 후 일주일이 지나서 잘 놀다 와서 고맙다는 편지

를 썼다. 그 편지 속에는 매형의 질녀에게 간단한 인사말과 '가슴 아프게' 노래의 가사를 개사하여 한 장 넣었다.

노래 가사를 적어 가지고 다니도록 작은 수첩을 만들었다. 못 쓰는 책 속장 백지를 여러 장 잘라내어 한 번 접고 두 번 접고 세 번 접어서 철사로 꿰매어 잘 드는 손칼로 잘랐다. 앞 뒤 표지는 조금 **빳빳한** 종이로 하여 깔끔하게 만들었다. 노래 가사는 라디오에 나오는 것을 빨리 받아 적었다가 다시 수첩에 깨끗하게 옮겼다. 빨리 적다가 보니 가수의 발음이 정확하지 않는 것도 있고, 잘못 듣기도 하여 이상한 가사도 있었다. 분명 '희얀해서 실수를 했네'라고 듣고 적었는데 '희야를 닮아서 실수를 했네'였으며 '보리밥이 마를 날이 없구나!'라고 적었는데 '오지랖이 마를 날이 없구나!'를 잘못 적은 것이다.

수첩에 옮겨 적은 노래가사는 이미자의 여자의 일생, 임금님의 첫사랑, 황혼의 부르스, 비오는 낙동강. 남일해의 성황당 고갯길. 남진의 울려고 내가 왔나, 가슴 아프게, 너와 나, 나훈아의 고향 역, 강촌에 살고 싶네, 해변의 여인, 너와 나의 고향, 정원의 허무한 마음, 미워하지 않으리, 김상국의 불나비, 금호동의 젊은 내 고향, 문주란의 동숙의 노래, 조미미의 바다가 육지라면, 서산 갯마을, 먼데서 오신 손님, 배호의 돌아가는 삼각지, 안개 낀 장춘단 공원, 김상희의 대머리 총각, 경상도 청년, 코스모스 피어있는 길, 최정자의 초가삼간, 처녀 농군, 차중락의 낙엽 따라 가버린 사랑, 김상진의 고향 아줌마, 이정표 없는 거리 등이다. 노래가사를 적은 수첩은 항상 가방에 넣고 다녔는데, 동제가 노래를 잘 불러서 시간이 나면 강변에 나가서 강물을 보며, 강둑길을 걸으며 큰소리로 불렀다.

기말고사가 끝나자 학원에 등록을 했다. 우리 학교는 상업 위주의 과목을 공부하기 때문에 인문계 고등학교보다 수학이나 영어, 국어 공부가 부족했다. 영어와 국어는 혼자서도 공부할 수 있지만 수학은 그렇지 못하여 방학도 다가오고 하여 등록을 한 것이다. 수학은 실력학원에서 '수학1 정석'을 잘 가르친다는 소문이 있고, 영어는 외국어 학원에서 '메들리 영어'를 잘 가르친다고 했다. 영어는 다음에 등록하기로 하고 '수학1 정석'을 공부하기로 한 것이다. 실력학원은 외국어 학원보다 가까운 곳이기는 하나 시장 가운데 있어서 하숙집에서 멀다. 농업고등학교와 한절을 지나 큰길로 가지 않고 질러가는 골목길이 있다. 대안극장을 지나 골목으로 들어가면 오래된 기와집 동네가 나오고 다시 큰길로 나오면 교회 앞 큰 길가에 2층 건물이 있다. 아래층은 가게인데 삐걱거리는 나무계단을 올라가면 양쪽으로 사무실 같은 교실이 있다. 한쪽은 중학생을 가르치는 교실이고 한쪽은 고등학생을 가르치는 교실이다. 교실 뒤에 책상이 놓여 있는데 돈을 주고 등록증을 받았다. 긴 나무책상과 의자가 좁은 간격으로 놓여 있어 사람이 겨우 다닐 수 있는데 30명 정도 앉을 수 있다. 늦으면 뒤에 서서 강의를 들어야 한다. 좁은 복도 옆 책상에 앉아 앞을 보니 태극기가 칠판 위에 붙어있고 작은 칠판은 분필가루가 뿌옇게 묻어 있었다. 오래 된 칠판이라 잘 지워지지 않는 탓이다. 조금 있으니 학생들이 들어오는데 뒷자리와 복도옆 자리부터 채워지더니 앞자리를 채우고 벽 쪽 깊숙한 자리까지 채웠다. 뒤를 돌아보니 서 있는 학생도 있었다.

　수학선생님은 농업고등학교에서 수학을 가르치는데 '수학1 정석'을 백 번 이상 가르쳐서 책도 없이 분필만 들고 들어왔다.

"야들아! 18쪽 봐라! 거기 2번 문제 있지! 여기 봐라!"

선생님의 강의는 일사천리로 숨도 쉬지 않고 분필을 부러뜨리며 이어졌다. 학원에 와서도 떠드는 사람은 떠들었다. 선생님은 떠들거나 말거나, 장난을 치거나 말거나, 칠판을 보거나 말거나, 줄기차게 강의를 했다. 칠판 가득 문제를 풀어놓고 잠시 창밖을 보더니 지우개에 뿌연 먼지를 날리며 지웠다.

"애, 다음은 23쪽이다. 봐라!"

또다시 이어지는 강의는 50분을 채우는 벨 소리가 나자 끝이 났다. 정신없이 들어서 무슨 소리인지 귀가 먹먹했다. 책에 무어라고 적기는 적었으나 다시 보니 알 수가 없다. 노트에는 알지 못하는 낙서 같은 숫자가 빼곡히 적혀 있었다. 인문계 고등학생은 다 배운 것이라는데, 나는 처음 보는 문제이니 한숨이 나왔다. 진작 학원에 등록하지 않았던 것이 후회스러웠으나 주산을 연습하느라 시간이 없었으니 그저 안타까울 뿐이다. 서 있던 학생부터 나무계단을 내려가느라 삐거덕거리는 소리가 요란했다. 그래도 복도 옆에 앉아있었으므로 쉽게 나올 수 있었다. 계단을 다 내려와서 교회 쪽을 무심히 보는데, 누가 뒤에서 어깨를 툭 쳤다. 돌아보니 도영이었다. 모른 척 하려다가 반가운 마음에 웃어 주었다.

"열심히 하더라!"

평소와 같이 아무 일 없었다는 듯 웃으며 말을 걸었다.

"어떻게 알았지?"

"늦게 와서 뒤에 서 있었다."

도영이는 조금은 비웃는 듯한 표정을 지었다.

"상업학교도 '수학1 정석'을 공부하나?"

화가 나서 대답을 하지 않고 가려다가 화풀이를 했다.

"영가여고는 학교에서 안 가르치나 보지!"

도영이는 뼈있는 내 말에 충격을 받았는지 곧 사과했다.

"미안하다."

"뭐가?"

"내가 지금 한 말과 전에 한 말 모두."

"미안할 거 없어! 정탁이 하고 잘 해봐라!"

뒤도 돌아보지 않고 대안극장 골목으로 들어갔다. 뒤에서 누가 뛰어오는 발자국 소리가 들렸으나 무시했다. 큰 대문이 달린 기와집 앞에 오자 천천히 걸었다.

"잠시만 서 봐라! 할 말 있다. 남자가 속 좁게, 도망은 왜 가노?"

"속 넓은 정탁이한테 가봐라!"

도영이는 내 소매를 잡고 놓지 않았다.

"그동안 반성 많이 했다. 옥화하고 사귄다며, 정탁이하고 사귀는 거 아니다. 엄마 심부를 가는데 정탁이 방문이 열려 있어서 들여다보니 책꽂이에 처음 보는 제목의 소설책이 있더라! 나도 모르게 그냥 들어가서 책을 본 것 뿐이다. 진짜다."

"그럼, 그날 말을 하지 왜 이제 하는데?"

"그날은 니가 너무 화가 나서 말도 안 나오고, 정탁이 방에서 나오다가 마주쳤는데, 무슨 말을 해도 소용이 없을 것 같아 못했다."

도영이의 말을 듣고 나니 조금은 마음이 풀렸다. 설사 도영이의 말이 거짓말이라 해도 변명을 한다는 것은 싫지 않다는 증거이기 때문이다. 더 이상 토라져서 따진다는 것도 남자가 할 짓이 아니어서 웃어 주었다. 도자기 공장을 지나면서 도영이 얼굴을 보니 보조개가 들어가도록 웃고 있었다. 농업고등학교의 뾰족탑 건물을 보자 중학교 2학년 때 수학여행을 다녀오면서 둘이서 걷던 생각이 났다. 해가 지고 날이 저물어 조금만 떨어져도 누가 누군지 구분이 안 되었다. 좁은 길에서 도영이 손을 슬쩍 잡아 주었다.

"나 다시는 안 그럴게!"

"나도 오해 같은 거 안 할게."

"내일도 학원 나오지?"

"등록 했으니 배워야지! 니가 나 좀 가르쳐 다고."

인문계 고등학교에 다닌다고 칭찬을 해 주려다가 따라지 상업고등학교에 다닌다는 것이 표시 날까 봐 그냥 웃어 주었다.

여름방학 종업식을 하는 날이다. 다른 친구들은 시골집에 가느라 기분이 들떠 있는데, 나는 다음 날이 주산 급수시험이라 빈 교실에서 연습을 했다. 대한상공회의소에 5급 6급을, 대한실업진흥회에 3급 4급 원서를 내었다. 이번 목표는 5급인데 4급도 욕심을 낼 만했으나 3급은 전표산이 있어서 연습으로 내 본 것이다.

처음으로 주산 급수시험을 친다고 하니 그동안 연습은 하느라고 했지만 긴장이 되어 잠이 오지 않았다. 밤 11시까지 연습을 하고 잠을 잤는데, 조금 자다가 깨고 조금 자다가 깨어서 아침에 일어나니 머리가 띵한 것이 정신이 없다. 그래도 시험을 치는 날이니 연습을 하지 않을 수 없다. 일어나자마자 4급 문제를 연습하고 3급 전표산을 넘기는데, 손가락을 비벼서 물기가 말라

침을 발라야 전표가 넘어갔다. 9시부터 6급을 치는데, 7시 반에 학교에 도착했다. 먼저 와서 연습하는 2학년 3학년도 있었다. 시험을 치는 수험번호 앞에 앉아 열심히 연습을 하다가 보니 9시가 가까워 왔다. 변소에 급히 다녀와서 의자에 앉으니 감독선생님이 들어왔다. 복도 쪽 창가부터 2급 4급 6급 짝수 급수부터 쳤다. 가감산부터 시험지를 주고 시간을 재기 시작하는데, 10분 안에 10문제의 답을 써야 한다. 70점 이상이면 합격인데 10문제를 다 푼다 해도 답이 틀려서 70점이 안 나오면 불합격이다. 그것도 승산, 제산 모두 70점이 넘어야 합격이다. 다음 시간은 교실을 옮겨서 5급을 치는데, 홀수 급수인 1급 3급 5급 7급이 같이 쳤다. 10시 40분까지 대한상공회의소 시험을 끝내고 11시부터 대한실업진흥회 시험이 시작되었다. 역시 짝수 급수인 4급부터 쳤다. 12시에 홀수인 3급을 치는데, 가감산은 1문제를 승산은 2문제를 제산은 3문제를 시간이 모자라 풀지 못했다. 전표산은 포기하려고 하다가 이왕 시작한 것이니 경험이라도 해보자 하고 나누어 주는 전표산을 받아 들었다. 손으로 넘기며 가감산을 하는데 10문제 중에 7문제를 겨우 마치니 10분 제한 시간이 끝이 났다. 시험지는 응시자가 가지고 가고 답지만 제출했다. 시험지는 나중에 연습을 하는 좋은 자료가 될 수 있고 몇 급을 쳤다는 증거도 되기 때문에 소중하게 간직한다. 특히 3급 문제와 전표산은 누가 가지고 갈까 봐 표지에 이름을 커다랗게 썼다. 1학년 1학기에 3급을 치는 학생은 2명 정도 되었으니, 2학년이나 3학년 선배들이 3급을 주로 친다. 9시에 시작한 시험은 1시가 되어서 끝났다. 아무리 생각해도 4급은 잘하면 합격이 될 것 같은데 3급은 가망이 없다.

힘없이 하숙집에 오니 같이 하숙을 하는 규용이도 재춘이도 시골집에 가고 없었다. 춘옥이는 여름인데 따뜻한 밥을 된장찌개와 함께 차려 주었다. 주산 시험을 치느라 진이 빠져서 시골집에 갈 기력이 없다. 잠도 편하게 자지 못했으므로 이불도 펴지 않고 베개만 베고 곯아떨어졌다.

비몽사몽간에 누가 흔들어서 깨어보니 뜻밖에 도영이가 문설주에 기대어 서 있었다. 급한 마음에 벌떡 일어나 앉았다.

"주산시험 쳤다면서! 잘 쳤나?"

"아니다. 정신이 없어서 어떻게 쳤는지 나도 모른다. 너도 방학했지?"

"옥화가 그러는데 진구는 시골집에 안 갔다고 하길래, 무슨 일 있나 하고 왔지!"

시계를 보니 저녁때가 다 되었다. 시골집에 가야겠다며 가방을 챙겼다. 도영이와 대문을 나서는데 춘옥이가 놀렸다.

"너거 둘이 신랑각시 해라 고마."

"며칠 있다 온다. 학원 때문에."

도영이는 자기 집 대문까지 와서도 들어갈 생각을 하지 않고 계속 따라왔다.

"너 우리 시골집에 가자! 아부지 어매도 뵙고!"

도영이는 보조개가 들어가도록 웃었으나 얼굴이 빨개졌다.

"망측해라! 갔다가 어쩔라꼬!"

"어떤데, 우리 어매 참 좋아 할 끼다. 둘째 며느리 왔다고."

운동장을 돌아 동네 공동우물이 보여도 도영이는 아무 말 없이 따라오기만 했다. 동네 골목이 가까워지자 다른 사람이 보면 정말 창피하다는 생각이 들었다. 혹시 깡패 같은 학생을 만나면 봉변을 당할 수도 있어서 문득 서서 도영이를 바라보았다. 도영이도 가던 길을 멈추었다.

"혼자 가도 된다. 며칠 있다가 학원에서 만나자. 정탁이 만나지 마라!"

도영이는 씩 웃으며 팔을 잡았다.

"잘 갔다 온나!"

돌아서서 몇 발자국 걷다가 뒤를 돌아보니 도영이는 그 자리에 서 있었다. 나를 보자 가늘게 외쳤다.

"안부 전해라. 미래의 부모님께!"

영가 시내 모든 중·고등학교가 같은 날 여름방학을 했다. 원종이와 찬영이는 어제 시골집에 와서 분교에 공부방을 또 차렸다. 동숙이는 여자라 지나가는 길에 잠시 구경하는 정도다. 친구들을 보자 학원에 수강 등록한 것을 후회했다. 원종이처럼 분교에서 여름방학 내내 놀고, 공부하고, 자고 싶었다.

매미가 요란하게 우는 저녁나절이다. 원종이와 교실에서 놀다가 창밖을 보는데 운동장 수양버들 그늘 아래 배씨네 막내아들과 어떤 여학생이 앉아 있었다. 원종이는 씩 웃었다.

"자는 배씨네 맏손녀다. 고등학교 1학년인데 무척 예쁘다."

"넌 어에 아노?"

"우리 담배 건조실에 임시마루를 금년에도 깔았는데, 배씨네 대학교 다니는 아들이 공부를 한다고 해서 빌려 주었잖나! 어제 건조실 마루에 놀러 갔다가 저 여학생이 대학생과 같이 있어서 놀았잖나!"

"배씨네 손녀라! 자가."

"그 집 철도 다니는 맏아들 딸이니 손녀 아니겠나?"

"글코 보이 니하고 같은 학년이네!"

원종이네 담배 건조실은 담배를 다 말리고 나면 아이들의 놀이터가 된다. 높은 건조실은 마당 아래 공터에 지어져서 가운데 높이가 마당이다. 해마다 원종이 아버지는 담배건조가 끝나면 긴 나무를 걸쳐 임시 마루를 만들어 쉬게 하였다. 금년에는 배씨가 특별히 부탁하여 대학생 아들이 공부하는 장소가 된 듯하다.

원종이는 거리낌 없이 운동장 수양버들에 가더니 뒤에 쭈빗쭈빗 따라오는 나에게 어서 오라고 손짓을 했다. 배씨 막내아들은 원종이와 내가 가도 그대로 앉아 있었다.

"진구야! 수경이 누나다."

고개만 숙이고 말은 하지 못하는데, 배씨 아들은 앉으라고 했다. 크지 않는 수양버들이 정오의 햇볕을 받아 작은 그늘이 있으나 앉을 수가 없어 사양을 했다.

"괜찮습니다."

"너는 어느 학교에 다니노? 몇 학년이고?"

스무 살이 넘는 배씨네 막내아들은 시내에 살아서 명절 때 가끔 만나 얼굴만 아는 정도이다. 더군다나 배씨네는 내가 국민학교 저학년 때 풍산 어디선가 이사를 와서 집을 지었는데, 배씨는 생식을 하여 다른 사람과 잘 어울리지 못했다.

"경동상고 1학년인데."

"야! 경동상고 따라지 아이라!"

원종이가 따라지라는 말에 흠칫하더니 말했다.

"진구는 장학생인데."

"아! 집이 가난하여 그 학교에 갔구나!"

"진구네 잘 사는데."

원종이는 배씨 막내아들에게 대들며 씩씩거렸다. 웃고 있는 배씨 맏손녀가 있어서 나는 원종이 손을 쥐고 힘을 주며 중재를 했다.

"따라지 학교며 못 사는 거 맞습니다."

배씨네 아들은 일어서더니 손을 내 밀었다.

"미안하다. 몰라봐서, 너는 무척 잘 생겼다."

배씨 맏손녀는 연신 미소를 지으며 나와 원종이를 번갈아 보았다. 자세히 보니 도영이 보다 키는 조금 작았으나 귀여웠다. 배씨 아들과 수경이라는 여학생이 수양버들의 매미소리를 듣다가 개울가로 간 사이 원종이와 나는 교실로 다시 들어왔다.

"수경이 이쁘지?"

"이쁘면 뭐해!"

"오늘 저녁에 같이 놀자고 그럴까?"

"사람들이 보는데, 어디서?"

"범밭들 샘터에서 놀자."

그날 저녁 수경이는 원종이와 약속한 장소에 나타나지 않았다. 그래도 원종이는 생글생글 웃으며 내일 수경이 하고 절골 버찌 따러 가자고 했다.

그 다음날은 대낮부터 원종이와 같이 수경이네 집에 갔다. 마침 그날은 배씨가 없어서 마음 놓고 장난을 칠 수가 있었다. 수경이는 자영이와 뽕잎을 따고 있었다. 이제는 어제 학교에서 일로 완전 구면이 되었다. 벽에는 수경이의 교복 저고리가 걸려 있었다. 남을 좀 웃겨 보자는 속셈으로 교복저고리를 입고 방을 한 바퀴 돌았다. 자영이도 원종이도 웃었다. 수경이는 얼굴이 홍당무가 되어 어쩔 줄을 몰랐다. 자영이의 만류로 옷을 벗어 벽에 걸기는 했으나 아무래도 내가 너무 한 것 같았다. 수경이네 마루 벽에는 버찌 가지가 몇 개 걸려있었다. 무심결에 따 먹고 나니 그것이 바로 수경이가 힘들여 산에 가서 따 놓은 것이라고 했다. 이 산골 마을에 온 기념으로 가져가려던 것이다. 어쩔 수 없었다.

"야! 원종아 우리 버찌 따러 가자."

원종이는 신이 났다. 자영이도 버찌 따러 간다고 했다. 오후에 갔으면 했으나 학원 때문에 시내에 가야 하므로 어쩔 수 없다.

절골은 버찌가 온산에 널려 있다. 버찌가 익으면 해마다 가는 곳이다. 그러나 아직은 이른 편이나 먼저 익은 버찌는 있을 것이다. 수경이가 따온 것으로 봐서 버찌가 어디엔가 있는 것이 확실하다. 그런데 문제가 생겼다. 수경이네 할아버지 배씨가 왔다. 당장 꾸지람이 귓전에 들리는 것 같은데, 어쩐 일인지 힘없이 사랑방으로 들어갔다. 모두들 의아한 눈치로 수경이를 봤다.

"우리 할아버지 요즘 편찮으셔서 오늘도 겨우 밖에 나가셨어!"

"나는 부득불 할아버지 식사 드릴 생깔을 불려야 하기 때문에 못 가겠어! 너희들끼리 갔다가 와!"

"그래!"

대답하는 말에 힘이 없다. 그러나 지금이 11시이고 오후 3시만 되면 시내로 가야 하니까? 따먹은 버찌는 어떻게 해서라도 구해 주어야 내 체면이

설 것 같았다. 우리들 몇 사람만 절골 산으로 갔다.

버찌는 예상보다 10여 일 빨리 익었다. 큰 벚나무에 올라가 톱으로 가지를 잘랐다. 나무 아래 있던 원종이는 가지를 받아 따기 시작했다. 한 나무에 한 가지씩 자르고 다른 나무에 올라가서 내려다보니 수경이가 왔으면 지금쯤 나무 밑에서 버찌를 딸 텐데 무척 아쉬웠다. 잘 익는 나무를 골라 몇 가지를 자르고 나니 원종이와 친구들은 버찌를 먹느라 입술과 이가 까맣게 변했다. 벚나무 가지를 중심으로 서서 웃으며 버찌를 따먹고 몇 송이는 수경이를 주려고 꺾어서 내려왔다. 그런데 저 보리밭 근처에 수경이와 금자가 서 있지 않는가? 도리어 우리를 보고 손짓까지 했다. 나도 모르게 소리를 지르며 뛰어 내려갔다. 못 온다고 했는데 어떻게 왔는지! 수경이는 '심부름으로 마늘잎을 뜯으러 왔다'고 했다. 금자의 눈빛엔 같이 못 간 아쉬움이 묻어 있었다.

"괜찮아!"

순간 수경이가 갑자기 나에게 달려들어 쥐고 있던 버찌를 빼앗아 보리밭 이랑 쪽으로 달아났다. 따라가는 나를 보고 모두 손뼉을 치며 놀리기 시작했다. 한참을 뛰다가 앞서가던 수경이가 보리밭 이랑에 넘어졌다. 나는 숨을 헐떡이며 넘어진 수경이를 일으켜 주려고 손을 뻗었다. 수경이는 얌전히 내 손을 잡고 일어나며 웃었다. 결국 버찌를 빼앗기기는 했으나 빚을 갚은 셈이 되었다. 헤어 질 때 금자는 나에게 귓속말을 했다.

"수경이가 그러는데 니가 너무너무 귀엽데, 오늘 시내 갈 때 같이 가자는데."

방학하고 친구들과 놀고 싶어 시내에 가기 싫었는데 수경이와 같이 가게 되어 신이 났다. 작은누나는 무슨 영문인지 모르고 다림질 한 교복 남방을 입혀 주었다. 도영이에게 미안 했으나 세상이 온통 내 것 같았다.

시간을 말하지 않고 오후에 간다고 했으니 언제 수경이가 학교 운동장에 올지 몰라 점심을 급하게 먹었다. 교실은 출입문이 잠겨 들어갈 수 없어 수양버들 그늘에 앉으려다 생각을 바꾸었다. 혹시 아는 사람이라도 지나가다가 가방을 들고 있는 나를 본다면 이상하게 생각할 것이기 때문이다. 교실 동쪽에 붙어 있는 선생님 사택으로 가려다가 뒤뜰로 가서 벽에 숨바꼭질 하듯이 숨어서 운동장을 바라보았다. 한참을 기다려도 수경이는 나타나지 않았다. 지루할 만큼 오래 기다리니 운동장 끝에 수경이가 나타났다. 내가 얼굴을 보이자 급하게 달려왔다.

"우리 막내 삼촌(배씨 막내아들)이 같이 가잔다. 니가 기다릴 것 같아서 먼저 왔다."

"할 수 없지 뭐! 너 삼촌하고 같이 가기는 싫고 나 먼저 갈게!"

혼자 서 있는 수경이를 뒤로 한 체 풀이 죽어서 돌아서다가 물어봤다.

"뺏지를 보니 영가여고인데 혹시 김도영이 아나?"

한참 생각하던 수경이가 되물었다.

"몇 학년, 1학년? 잘 아는 사람이라?"

"아니다. 그저 물어 봤다."

"한 번 찾아볼게!"

"그럴 필요 없다. 다음에 또 만나면 되지!"

운동장에서 삼촌을 기다리는 수경이를 뒤로하고 혼자 걷는 시골길, 기대했던 일이 사라지고 나니 발걸음이 무겁다. 집으로 되돌아가서 원종이와 분교에서 방학을 보내고 싶은 마음뿐이다. 터덜터덜 걷다가 보니 어느새 평지마을 당집이 보이는 솔밭을 지나고 있었다. 어둡기 전에 하숙집에 가려면 부지런히 걸어야 한다. 솔뫼 시내버스 주차장까지 가려면 빨리 가도 30분은 걸어야 한다.

평소에는 발 들여 놓을 틈이 없던 '수학1 정석'은 빈자리가 많았다. 방학이라 특별반을 운영한다고 선전을 하던 학원이 방학을 하고 보니 수강생이 많지 않았다. 도영이는 무슨 일이 있는지 이틀 째 보이지 않는다. 도영이와 같이 공부하고 싶었는데 보이지 않으니 가고 싶던 학원도 시들해졌다. 학원에서 하숙집으로 오면서 도영이네 집 앞에서 대문을 살피니 너무 조용했다. 방학이라 많던 학생들도 시골집에 가고 동네가 조용하다.

공부를 하려는데 좁은 방이 답답하여 평소처럼 강으로 나갔다. 강변에 가서 목욕도 하고 미루나무 그늘에서 책도 보고 싶었다. 강가 미루나무 숲은 강둑에서 시작하여 모래사장까지 길게 펼쳐져 있다. 잎이 무성하여 그늘이 제법 두껍게 보였다. 장마가 아니어서 수량이 많지 않던 물은 모래사장을 길게 펼쳐 놓았다. 모래사장이 끝나는 곳에 강물이 흐르는데 강물까지는 수 백 미터가 모래뿐이다. 평소에도 저녁을 먹고 하는 일이 없으면 혼자 혹은 친구와 강둑으로, 미루나무 숲으로, 모래사장으로, 강물로 나가 노는 날이 많았다. 봄이면 하숙집 할머니와 쑥을 뜯거나 나물을 했고, 여름에는 수문 근처에서 피라미도 잡고, 수문 안에 물이 없으면 숨바꼭질도 했다. 밤이면 아베크족들을 골려주기도 하고 더우면 강물에 들어가 헤엄도 쳤다. 둑길을 걸으며 혼자 생각에 잠겼는데, 저만치 미루나무 숲속에 사람이 보였다. 호기심이 발동하여 발뒤꿈치를 들고 다가갔다. 미루나무 숲에는 생각지도 않던 도영이와 대식이가 있었다. 대식이는 열심히 이야기를 하고 도영이는 미루나무를 잡고 서서 듣고 있었다. 어떻게 할까? 생각하다가 나무 뒤에 숨어서 그들의 행동을 주시하기로 했다. 도영이가 손수건을 들고 만지작거리다가 햇볕이 따가운지 수건으로 얼굴을 가리기도 하고 손 부채질을 하기도 했다. 대식이는 도영이에게 무엇을 요구하는지 부탁하는 것처럼 보였다. 도영이는 웃기도 하고 심각하기도 했는데 변화가 없는 듯했다. 잠시 후 도영이는 가지가 꺾어진 미루나무 옆에 쪼그려 앉았다. 대식이는 비스듬히 앉았으므로 나를 보고 앉는 형상이 되었다. 나는 들킬까 가슴이 조마조마하여 미루나무 잎이 그들을 가려주는 곳으로 조금 옮겨 앉았다. 대식이는 도영이 가까이 가서 손을 잡자 도영이는 교복 치마를 모우더니 조금 편하게 앉았다. 대식이가 도영이에게 가까이 가서 앉으려는데, 청년 두 명이 은어를 잡는 긴 창을 들고 강물 쪽에서 걸어왔다. 도영이와 대식이는 청년들을 보자 일어서서 긴 모래사장을 걸어 강가로 갔다. 강으로 가던 도영이는 청년들의 뒷모습을 한참 서서 보다가 대식이를 따라갔다.

둑방길을 한참 걷다가 뒤를 돌아보니 도영이와 대식이는 보이지 않았다. 혹시 잘못 되지 않았나 걱정이 되어 발길이 쉽게 떨어지지 않았다. 대식이를 상대하기에는 힘이 모자라지만 미루나무에 숨지 말고 용기 있게 나서지 못한 자신이 부끄러웠다. 해가 산 너머로 자취를 감추고 사위는 어두워지기 시작했다. 강둑길을 걸으면서 도영이를 원망하기보다 불량한 대식이와 어울리는 것이 걱정되었다.

책상 앞에 앉았으나 책을 봐도 도영이가 아른 거렸다. 그렇다고 지금 만날 수 있는 방법은 없다. 도영이 집에 가려니 도영이 오빠가 무섭고, 옥화에게 심부름을 시킬 수 있는 처지도 못되었다. 춘옥이는 방학이라 학생들이 없으니 시골집에 다니려가고 없다. 단지 기대하는 바는 내일 실력학원에서 만나는 것이 유일했다.

학원은 오후반이라 오전에는 주산 연습을 하다가 지치면 그동안 읽지 않았던 삼국지를 뒤적이기도 했다. 한 낮의 땡볕은 걷기만 해도 교복 남방의 목과 겨드랑이가 젖을 정도로 덥다. 학원은 조금 일찍 도착한 탓인지 수학 1 정석은 오후반의 첫수업이라 앞에서 수업을 하지 않아 매우 조용했다. 조금 일찍 오는 학생들이 한두 명 교실로 들어왔다. 뒤에 앉아서 도영이를 기다리던 나는 들어오는 사람들을 일일이 채크 했다. 수업이 시작되고 스피드 강의가 정신을 못 차리게 해도 앞에 앉아 있는 학생들을 주시하기에 바빴다. 수업이 끝나가도 도영이는 모습을 드러내지 않아 수강신청을 받는 아가씨에게 갔다.

"뭐, 물어 보려고요."

아가씨는 관심이 없다는 듯 다른 학생과 하던 말을 계속했다. 그러다가 말이 끝났는지 고개를 돌렸다.

"물어봐라! 뭐든지?"

"수학1 수강자 중에 김도영이가 있나요."

"없어!"

수강자를 훑어보던 아가씨 대답은 간단명료해서 빈틈이 없었으나 화가 난 나는 화풀이를 하고 말았다.

"좀 성의 있게 말을 하면 어디가 덧나나?"

눈을 똑바로 뜬 아가씨는 화를 버럭 냈다.

"야 봐라! 이 더븐데! 수강자를 찾느라 땀 흘린 것은 모르고!"

아가씨 말을 뒤로 들으며 계단을 내려가면서 도영이 사진관에 가기로 작정을 했다.

부채질을 하며 인화된 사진을 살펴보던 도영이 아버지는 내가 들어가도 어서 오라는 말도 없이 하던 일을 계속했다.

"사진 찍어요."

"사진관인데 사진 찍지! 왜 증명사진 찍을라꼬!"

무슨 사진을 찍을 것인지! 생각 없이 왔는데 이제야 생각이 났다.

"주산 급수 시험치는데, 원서에 붙일라꼬요. 얼마하니껴?"

"넉 장에 80원이다. 저기 가서 앉아봐라!"

사진보다는 도영이 소식을 들으려고 무작정 찾아 왔으니 사진 찍을 돈도 준비 되지 않았다. 무슨 핑계를 대든지 이 자리를 무사히 피할 수만 있다면 좋겠다는 생각에 이 궁리 저 궁리를 하다가

"다음에 올게요."

말하고 부리나케 출입문을 열고 계단을 내려가는데, 출입문 닫기는 소리만 났다.

도영이는 다음 날도 학원에 오지 않았다. 학원에 등록하겠다고 그렇게 약속을 했는데, 등록을 하지 않았다니? 싫어하던 대식이와 강변에서 놀다니? 학원에 가서도 하숙집에 와서도 도영이 생각뿐이다.

학원에 다닌 지 5일이 되던 날, 학원을 그만 두려고 작정을 하고 갔다. 한 달 수강에 5일 밖에 다니지 않았으니 수강료의 반이라도 찾고 싶었다.

계단을 오르는데 계단 위에서 내려다보고 있는 사람은 분명 도영이다.

계단을 올라가며 웃을까? 화를 낼까? 잠시 생각을 하다 보니 옆에 도영이가 언제나처럼 웃고 있었다.

"내가 많이 늦었지!"

강변에 대식이와 놀던 것이 떠올라 다른 말은 하기 싫었다.

"대식이는 어쩌고?"

"대식이라니?"

"강변에서 놀았잖아! 내가 모를 줄 알고?"

"아! 그거, 어떻게 알았어!"

"다 아는 수가 있지?"

도영이는 대식이와 논 것이 들켜서 변명이라도 해야 될 텐데 당당했다.

"대식이 큰 오빠한테 혼났어!"

"혼은 왜?"

"그 자식, 창기 집에 와서 창기에게 심부름을 시켰어. 나갔는데 어찌나 귀찮게 하는지 오빠한테 일렀지!"

"아니던데, 미루나무 밑에 있다가 사람들이 오니까 강 쪽으로 가던데."

"진구 너 진짜 봤구나!"

"진짜 봤지!"

"아무 일도 없었어! 강 건너 과수원이 있는데, 주인을 잘 안다면서 건너가자는 것을 다음에 가자며 달래서 집에 왔어. 그리고 오빠한테 일렀는데 되게 혼이 나고는 나와 오빠 보는데, 다시는 만나지 않겠다고 했어. 어디까지 봤는지는 모르겠는데 그게 다야."

"그럼 학원에 등록한다고 하고 등록도 하지 않았던데."

"너 별거 다 조사 했구나! 엄마와 부산 외가에 다녀오느라 등록이 늦었어! 오늘 등록했어."

학원을 마치고 대안극장 골목을 돌아 도영이집까지 쉬지 않고 이야기를 했다. 배수경을 고향에서 만나 함께 시내에 올 뻔한 이야기도 했다. 도영이는 배수경이라는 이름은 클럽활동하면서 들어봤다면서 동명이인인지 알 수 없다고 했다.

"진구, 너, 배수경인가 하는 애하고 바람 피웠구나!"

"그래! 바람 피웠다. 너는 대식이하고 바람 피웠잖아!"

도영이는 대식이 말이 나오자 싫다면서 얼굴을 찡그리더니 표정이 굳어졌다.

"학원에 늦게 등록하여 배우지 못한 곳은 니가 가르쳐 주지!"

수학 책을 손에 쥐어 주며 내일 학원에서 만나자 하고 헤어졌다.

방학이라 학원에 다녀오면 별로 할 일이 없다. 주산 연습을 하거나 영어 공부를 주로 하지만 더워서 잘 되지 않았다. 해가 뉘엿뉘엿 지려는데 옥화가 왔다. 춘옥이가 있었다면 부엌부터 갔을 텐데 방문 앞에서 들어오지도 않고 서 있었다. 런닝만 입어서 그런가 했으나 그것도 아닌 듯했다.

"도영이는 잘 있데?"

마음을 숨기느라 무표정으로 옥화를 바라보니 다 알고 있다는 표정을 지으며 웃었다.

"나는 안 되나? 도영이가 그렇게 좋아!"

"학원에서 만났는데 너도 잘 있다고 하더라!"

더워서 방에 들어오라고 할 수도 없어 해가 진 강변에 나가자며 옷을 입었다.

"누가 둘이서 강변에 간데, 깡패들 만나면 어쩔라꼬?"

"깡패 만나면 도망치면 되지!"

"그럼! 나는?"

"몰라!"

"도영이 대문 밖에 있다. 같이 가자!"

도영이는 옥화를 먼저 들여보내고 무슨 이야기를 하는지 엿들으려고 한 것은 아닌지? 옥화는 도영이를 의식하여 방에 들어오지 않았던 것은 아닌지? 말실수라도 했더라면 어떻게 되었을까? 옥화는 말실수를 유도하느라 도영이가 좋으냐고 묻지는 않았는지? 그러나 아무 일 없다는 듯 앞서서 강변으로 갔다.

도영이와 대식이가 있던 미루나무밭에 가려고 개울의 징검다리를 건너다가 도영이가 발을 헛디뎌 한쪽 발이 빠졌다. 검은 흙이 도영이 운동화에 범벅이 되었다. 풀숲을 걸어야 하니 운동화를 벗으라고 할 수도 없다. 도영이는 한쪽 다리를 절며 강쪽 강둑을 올라갔다. 이 강둑의 동쪽은 영가역으로 들어가는 기차가 철교를 건너 활처럼 굽어 꽁무니를 보이는 곳이다. 철교 끝에는 철교를 지키는 군인들의 숙소가 있는데 가끔 아가씨도 보인다. 군인들의 숙소 옆 관사집 딸인 듯한 아가씨는 해가 지면 군인들과 강둑에서 장난도 치고 앉아서 속삭이기도 하는데, 정체를 모르니 상상만 할 뿐이다. 미루나무밭은 강둑 아래에 있으므로 숲을 헤치고 들어가야 한다. 내가 앞서서 뒤따라오는 도영이 손을 잡고 옥화가 그 뒤를 따랐다.

"발 씻어야 하는데 어쩌지!"

"너는 여기 있어라 옥화하고 갔다가 올게!"

도영이는 옥화하고 모래사장을 걸어 강물 쪽으로 갔다. 도영이의 그림자가 점점 멀어졌다. 대식이와 도영이가 걸어가던 뒷모습이 떠올랐다. 해를 삼킨 서쪽 하늘은 혀처럼 노을을 내밀고, 물 위에 내려앉은 붉은 기운은 반짝반짝 유리조각처럼 빛이 났다. 한참을 기다려도 발을 씻으러 간 사람들이 오지 않았다. 걱정하는 시간은 사위를 안개처럼 뿌옇게 흐려놓았다. 저 멀리서 두 사람의 그림자가 나타나더니 점점 가까워지자 날도 어두워졌다. 발을 씻은 도영이가 미안했던지 어두워지는데, 집에 가자는 소리도 하지 않고 미루나무 밑에 앉으며, 앉으라고 손짓을 했다. 도영이 양쪽으로 옥화와 내가 앉았다.

"우리 여기서 밤 세우자."

"둘이면 좋겠다."

"누구하고? 여자들끼리?"

"아니, 진구하고."

도영이는 눈빛이 달라지더니 옥화를 보며 정색을 했다.

"너들, 나 없는 사이에 무슨 일 있었지?"

옥화는 얼굴이 붉어졌다.

"무슨 일 있으면 어쩔래?"

말다툼으로 변할까 봐 둘 사이에 끼어들었다.

"농담하다 싸울라, 옥화가 나를 좋아 하기나 한다나?"

도영이는 일어나더니 미루나무 사이를 돌아 앞서서 강둑을 올라갔다. 내 뒤를 따라 오던 옥화는 내 손을 살며시 잡았다가 놓았다. 어두운 강물을 보며 강둑길을 허둥지둥 걸어 징검다리까지 와서 멈추어 섰다. 어두워서 징검다리가 잘 보이지 않았다. 멀리서 기차라도 지나가면 불빛으로 보일텐데, 잠시 서 있는데 도영이가 등 뒤에서 매달렸다. 내가 도영이 귀에 대고 속삭였다. '옥화 본다.' 도영이 입을 삐죽거리더니 큰소리로 외쳤다.

"옥화 보면 어떤데, 전번에도 업었잖아!"

운동화는 벗어서 들고 도영이에게 등을 내밀었다. 슬쩍 옥화를 보니 신발을 벗으려고 했다.

"옥화야, 조금 기다려. 도영이부터 업어주고 올게?"

"아니다, 나는 그냥 건널란다."

옥화는 도영이를 업고 가는 내 뒤에서 저벅저벅 소리를 내며 따라왔다.

수문이 있는 강둑에 올라오니 동쪽 하늘은 뿌옇게 흐려 있었다.

동제와 같이 노래를 부르며 걷던 날, 휴가 나오는 공군 장병을 만났다. 하이마에 산다는 군인은 공군복장이 매우 어울렸다. 나중에 군대에 가게 되면 공군에 지원하고 싶었다. 어두운 강둑길에 앞서가던 데이트 족이 지나가는 우리들을 보고 잡았던 손을 놓고 서 있는데, 공군 장병이 이유 없이 남자에게 주먹을 날렸다. 그러면서 하는 말이 가관이다. '짜식 말이야, 나도 애인이 없는데 끼고 지랄이야.' 웃음이 나왔다. 맞아서 얼굴을 만지며 대들지는 못하던 남자는 '순경이 사람을 쳐!' 소리만 질렀다. 아마 공군복장을 보고 순경으로 착각 한 듯하다. 남자와 옆에 서 있는 여자가 무척 불쌍했다.

성당에 다니는 아주머니는 오늘도 성당에 간다며 아침부터 서둘렀다. 아침을 먹으면서 지나가는 소리로 한마디 했다.

"진구야 성당에 가자."

성당은 아주머니를 따라 몇 번 간 적이 있고, 어떨 때는 규용이도 함께 갔다. 간혹 저녁에 수사가 마을에 와서 천주님의 말씀을 전할 때도 간 적이 있다. 중학교 때는 글을 모르는 아주머니에게 기도문을 읽어준 적도 있다. '성부와 성자와 성신의 이름으로 기도하나이다.'

성당은 실력학원 가까이 있다. 아침인데도 무척 덥고 답답하다. 방학이라 학생들은 거의 없고 아주머니들이 많았다. 넓은 마루에는 출입문에서 들어가면서 오른쪽은 남자들이, 왼쪽은 여자들이 앉았는데 앞자리부터 반 정도 찼다. 여자들은 머리에 흰수건 같은 것을 쓰고 앉아 성경을 읽거나 기도를 했다. 한참 후 신부님이 단 위에서 줄을 서서 기다리는 사람들에게 한 사람 한 사람 입에 무엇인가 넣어 주었다. 세례를 받은 사람들에게 주는 것이라는데 무척 궁금하였으나 줄을 설 자격이 없음을 알고 앉아 있었다. 신부님의 기도가 시작되자 수녀님은 바구니를 앞자리 줄부터 돌리며 줄이 바뀔 때마다 앉아서 두 손을 모으고 바구니를 바라보았다. 사람들은 바구니에 돈을 넣었는데 일 원짜리도 있고, 십 원짜리도 있고, 동전도 있고, 지전도 있었으나 많지는 않았다. 누가 어린 아이를 데리고 왔는지 우는 소리가 잠시 들리더니 출입문 밖으로 안고 나갔다. 언젠가 규용이가 전지를 샀는데 들고 들어왔다. 미사를 보는 중에 묶은 끈이 풀려서 펴진 종이를 감는 소리에 놀란 사람들의 시선이, 규용이와 옆에 앉았던 나에게 몰려서 창피를 당하기도 했다.

미사를 마치자 신부님은 출입문까지 나와서 일일이 두 손을 모우며 인사를 했다.

성당에 다녀오던 날 저녁에 아주머니는 덕철이 저녁 도시락 심부름을 시

컸다. 도시락을 들고 영가극장 앞에 가니 이른 시간이라 표를 파는 창구 앞에 지키는 사람만 있었다. 출입문에 막 들어가려는데 우락부락한 사람이 길을 막았다.

"너! 어데가노?"

"덕철이 형 밥 가지고 가는데요."

도시락을 내밀자 알았다며 들어가라고 했다. 계단으로 2층을 올라가면서 열려있는 문으로 들여다보니 무대가 보였다. 관람석은 텅 비어있는데 청소하는 사람이 빈 복도를 오고갔다. 좁은 계단으로 3층에 올라가니 영사실문이 나왔다. 영사실에는 덕철이와 나이 많은 사람이 있었는데, 도시락을 가지고 가자 나이 많은 사람은 저녁을 먹으러 간다며 나갔다.

"진구야! 온 짐에 영화보고 가그라! 이번에 들어온 '007 살인번호' 무척 재미있다. 영사실에서 볼래! 2층 관람석에서 볼래!"

극장 영사실에 저녁을 가지고 오는 것은 구경이 공짜이기 때문에 규용이나 재춘이는 서로 가겠다며 싸운다. 방학이 아니면 선생님들에게 들킬까 봐 영사실에서 보는데, 방학이라 2층 관람석으로 내려갔다.

 덕철이는 몇 년간 하는 일 없이 놀다가 취직을 했다. 아주머니가 성당 신도 중에 영가극장 사장을 잘 아는 사람이 있어 부탁을 한 것이다. 지금은 영사기를 돌리는 기사 보조로 봉급이 적다. 그러나 기술을 배워서 영사기를 돌리게 되면 봉급도 오른다고 했다.

2층의 관람석 앞자리에 앉아 음악을 듣고 있는데 '동숙의 노래'가 나왔다. '너무나도 그님을 사랑했기에 그리움이 변해서 사모친 미움' 구슬픈 허스키 목소리는 도영이를 생각나게 했다. 다음에는 꼭 도영이를 데리고 와서 동숙의 노래를 듣고 싶었다.

여름방학이 끝나고 개학을 하는 날이다. 일찍 학교에 가니 운동장 조회를 한다며 모이라는 방송이 교실과 운동장을 메웠다. 중학생과 고등학생들이 우르르 운동장으로 나오는데, 삼삼오오 모여 방학 동안 있었던 일을 이야기하느라 정신이 없다. 누가 내 옆에 와서 부러운 듯 소리를 질렀다.

"진구, 너 3급에 합격했다면서?"

고등학교 2학년도 3급이 몇 명 없는데 3급이라니, 옆에 있던 친구들이 부러운 듯 바라보았다. 나는 어디 한데를 맞은 듯 정신을 차리지 못했다.

"설마 3급에 되었을 라꼬?"

"진짜 3급에 합격했다면서 교무실이 난리던데."

여름방학 전 주산 급수시험을 치던 날이 떠올랐다. 새벽부터 연습을 하느라 정신을 차리지 못하고 몽롱한 가운데 시험을 쳤는데, 3급은 제한 시간이 모자라 다 풀지도 못했다. 더구나 전표산은 10문제 중에 7문제를 겨우 풀었다. 모두 정답이어야 되는데, 합격이라니 정말 꿈만 같았다. 1학년에서 주산을 가장 잘 놓는 친구도 여러 번 응시를 하여 합격을 하지 못한 3급에 합격을 하다니, 기분이 들떠서 서성이다 보니 대대장의 구령이 들렸다.

"저언체! 차려! 여얼중 쉬이여!"

상장이 담긴 큰 쟁반이 조회대 교탁에 올려지고 교장선생님이 천천히 조회대에 올라갔다. 교무과장이 조회대 아래에서 마이크를 잡았다.

"지난 여름방학 전 주산 급수시험에 합격한 학생들에게 합격증을 급수별로 수여하겠습니다. 명단을 부르면 빨리 조회대 앞으로 나오기 바랍니다."

교무과장의 쟁쟁한 목소리를 듣던 학생들은 웅성거리기 시작했다. 소식을 미리 알고 있는 학생들은 입이 간지러워 아는 척하느라 옆 사람에게 귀 띔을 했으며 궁금한 학생들은 여기저기 들리는 합격자 이름을 듣느라 정신 이 없다.

"애, 먼저 6급부터 부르겠습니다. 대한상공회의소 주최 6급 임진구!"

7급도 있지만 7급을 치는 고등학생은 없다. 교무과장은 대한상공회의소 합격자를 부르고 대한실업진흥회 합격자를 불렀다.

"다음은 5급에 임진구! 4급에 임진구!"

학생들은 내 이름이 두 번 불릴 때까지 입을 다물고 있다가 세 번 불리니 여기저기서 웃기 시작했다. 합격자들이 조회대 앞으로 나오자 급수별로 줄 을 세워 합격증을 주었다. 6급 합격증을 받고 다른 학생들은 자리에 들어가 서 줄을 서 는데, 나는 그대로 서 있었다. 4급까지 합격증을 나누어 준 교무 과장은 다음 합격자를 불렀다.

"3급 합격자 임진구!"

운동장은 난리가 났다. 처음에는 웃는 소리가 들렸는데, 이번에는 웅성 거리는 소리가 더 크게 들렸다. 선생님들도 서 있는 나를 우러러보았다. 3 급 합격자는 3학년에 한 사람이 있었으며 2급도 1급도 합격자가 없었다. 3 급은 조회대 위에 올라가서 교장선생님과 악수를 하고 받았다. 웅성거리는 소리를 들으며 조회대를 내려와 자리로 들어갔다.

정신이 없어 교장선생님이 무슨 훈화를 했는지 들리지 않았으나 이야기 중에 내 이름을 부르는 것은 똑똑히 들었다. 조회를 마치고 교실로 들어가 는데, 학생들은 내 얼굴이 궁금하여 손짓을 하거나 아는 척을 했다. 그 중에 는 중학생들을 데리고 와서 인사를 하는 원종이도 있었다. 수업 중에 주산

선생님은 '주산 지도를 오래 했지만 한꺼번에 3급 4급 5급 6급에 합격하는 학생은 처음 보았다'며 크게 칭찬을 했다.

아주머니와 성당에 다녀온 아저씨가 아프다며 누워서 앓았다. 키가 작은 아저씨는 웃을 때도 작게 웃고, 말도 조곤조곤 소곤거리듯이 가늘게 했지만 일은 야무지게 했다. 강 쪽의 강둑 안쪽에 배추를 심고, 서쪽 강기슭에 작은 밭을 일구어 농작물을 키워 살림에 보태었다. 아궁이에 불을 지피기 위해 일원정 뒷산에 나무를 하여 사람이 안 보이도록 지고 다녔다. 간혹 아버지가 오면 큰소리로 웃으며 이야기도 나누는 인정이 넘치는 분이다. 학교에 갔다가 오니 평소에 자주 오던 키가 큰 수사와 신도들이 방에 둘러앉아 기도를 했다. 기도하는 사람들의 틈 속에는 아저씨가 반듯이 누워 있었는데, 숨을 쉬지 않는 듯하여 가슴이 철렁했다. 죽은 아저씨가 좋은 곳으로 가도록 기도를 하고 있었던 것이다.

시골에 사는 춘옥이 아버지도 지난해 마을 사람들과 술 먹기 내기를 하다가 죽었다. 맏손자인 덕봉이가 상복을 입고, 서울에 사는 둘째 아들과 며느리가 상복을 입고, 대전 사는 셋째 아들과 며느리가 왔다. 애영이 어머니인 본처는 오지 않고 애영이도 오지 않았다. 성당의 사람들이 와서 아침저녁으로 기도를 드렸지만 이곳의 전통 장례법에 따라 장사를 진행했다. 나는 학교에서 돌아오면 하숙집 아들들이 시키는 심부름을 자전거가 불이 나게 했다. 주로 향, 초, 담배, 술, 성냥, 종이, 밀가루, 식초, 참기름, 수건, 손수건 등 장사 용품과 사람을 불러 오라는 심부름까지 정신없이 했다. 규용이와 재춘이는 어디서 무엇을 하는지 곁에 보이지 않으니 나에게 다 시켰다. 시키는 사람은 여러 명인데 심부름을 다니는 사람은 나 혼자 뿐이다. 아저씨의 시체는 큰방에 누웠던 자리에 반듯이 눕혀 놓고 이불을 덮어 놓았다. 늦여름이라 더위가 가시지 않았는데, 시체는 냄새도 나지 않았다. 사람들은 시체 옆에서 절도 하고 기도도 하고 밥도 먹고 잠도 잤다. 내 방에도 마루에도 동마루에도 사람으로 넘쳐 났다. 심지어 뒷집의 재래식 화장실 똥통 옆에도 사람들이 앉아서 무엇을 먹거나 이야기를 했다. 작은 집에 사돈의 팔촌까지 연락이 되어 3일간 들썩 거리느라 공부를 하지 못하는 것은 물론 잠도 제대로 자지 못했다. 빈소를 내방 내 책상에 차렸는데, 시골에 사는 아버지가 떡을 하여 일꾼이 지고 왔다. 제문도 지어 왔는데 제사를 지내면서 갑자기 나를 불렀다. 눈이 침침한 아버지가 제문을 읽다가 나에게 읽으라고 부른 것이다. 갑자기 불려간 나는 다행히 한글로 쓰여 있어 읽을 수 있었다. 시골에서 기제사를 지낼 때 읽던 축문이 생각나서 길게 그리고 천천히 선비의 글 읽는 것을 흉내 내어 읽었다.

입제일, 장지로 상여가 떠나는 날이다. 일꾼들이 상여를 메고 상여소리를 하는 사람이 상여 앞에 타고 구성지게 앞소리를 했다. 아들과 며느리 손자들이 뒤따라가며 곡을 했는데, 나는 학교에 가느라 천주교 산까지 따라가지 못했다.

빈소가 차려진 내 방 빈소상에는 혼백 앞에 포를 상시로 얹어 놓고 커튼을 쳤다. 아침과 저녁으로 밥과 반찬을 올려놓고 아주머니와 덕철이가 절을 하고 곡을 했다. 입대를 한 준화는 장사에 오지 못했다. 다른 자식들은 장사가 끝나자 덕철이만 남기고 모두 떠났다. 규용이가 방을 얻어 나가고 재춘이와 덕철이 세 사람이 빈소 상 아래에서 잠을 잤다. 가끔 초하루 보름에 준화 수양 누나가 와서 구슬프게 곡을 했으나 다른 사람들은 건성으로 곡을 했다.

　주산 합격증을 4장이나 들고 시골집에 가니 어머니는 '내 아들이 최고!' 라며 온 동네에 자랑을 했다. 용돈은 아버지에게 타서 쓰는데, 아버지는 아침 일찍 일어나 저녁 식사를 할 때까지 농사일, 친척 대소사, 조상일, 이웃일, 심지어 친구일 까지 돌보느라 항상 바빴다. 아버지는 농사일도 부지런히 했지만 사주, 관상, 중매, 궁합, 일 년 신수, 건물 신축일, 장 담는 날, 부엌 고치는 날, 환자 객귀 물러주기, 상가 예의, 부고, 대들보 글씨, 축, 홀기, 풍수, 족보 수단, 조상 산소 상석, 비, 비문, 당제사, 기우제 등 사람이 태어나서 죽은 후의 일까지 앞서서 했다. 집안의 수입과 지출은 아버지를 통해서 이루어졌기 때문에 돈은 아버지 궤짝으로 들어가고 나왔다. 토요일 집에 왔다가 일요일 오후 시내로 갈 때는 어디에 얼마가 필요한지 조목조목 이야기하면 궤짝의 큰 종이 지갑에서 돈을 꺼내 준다.

　점심을 먹고 시내에 가려고 아버지를 찾으니 앞들 논에서 추수를 했다. 교복을 입고 가방을 사랑방 동마루에 둔 채 일꾼, 품앗이꾼, 가족들이 일을 하는 논으로 갔다. 오솔길을 따라 가다가 논둑길로 접어들었다. 이웃집 논둑을 걷다가 동네 사람들이 일을 하면 인사를 하고 또 이웃집 밭둑으로 걸어서 오래 전에 산 다섯 마지기 논에 가니 모두 엎드려 벼를 베느라 정신이 없다. 모내기를 할 때는 논둑에 앉아서 줄을 들어 주기도 하고 조금 거들기도 했다. 어제는 벼 베는 일을 거들다가 낫에 손을 조금 다쳤다. 가족들은 내가 농사일을 거들어도 서툴기 때문에 저러다가 말겠지 하고 관심이 없다.

　"아부지요. 돈 주소!"

벼를 베던 아버지는 내 말을 들었는지 못 들었는지 벼를 논바닥에 줄을 세워 놓고 허리를 펴며 일어났다. 그리고는 앞서서 논둑길을 저벅저벅 걸었다. 다른 사람들은 아무 일 없다는 듯 벼를 베었다. 마당에 들어선 아버지는 바로 사랑방 문을 열고 뒷방의 실경에 얹어 놓은 궤짝을 들어 방바닥에 놓았다. 감추어 둔 열쇠로 궤짝을 열고 다른 책과 문서 사이에 있는 오래된 큰 종이 지갑을 꺼냈다. 종이 지갑은 기름에 절여놓아서 겉과 속이 검다. 지갑 안은 몇 개의 칸으로 나누어져 있는데, 옛날 지전과 100원, 50원, 10원, 5원, 1원으로 구분이 되어 있다. 돈이 가득할 때는 거의 없다.

"월메나 주꼬?"

"문제지, 학급비, 원서대, 사진, 차비, 성금 그리고 90원만 주소!"

아버지는 돈 85원을 꺼내 주었다.

"애껴 써라! 집에 무슨 돈이 있노!"

항상 달라는 금액 보다 조금 작게 주어서 80원 쓸 일이 있으면 90원이라고 하는 요령이 생겼다.

1학년이 3급에 합격하고 나니 주산 시간이나 급수시험을 칠 때마다 신이 났다. 수업시간에는 5급을 연습하는데, 혼자 2급을 연습하니 선생님도 별도로 시간을 체크해 주었다.

"2급을 연습하는 진구도 있으니 제한 시간이 되었다고 큰 소리로 하지 말그라!"

제한 시간은 모두 10분이지만 3급에 합격을 했으니 2급을 연습할 수밖에 없다. 10분에 하는 것은 무리여서 항상 시간제한에 걸렸다.

그래도 주산 급수시험을 칠 때는 2학년이나 3학년에서 잘 놓는 사람들과 몇 사람 없는 앞자리 2급에 앉아 있으니 어깨가 우쭐 할 수밖에 없다. 시험을 치는 학생들은 2급 자리를 힐끔힐끔 보며 부러워했다. 특히 경서여자상업고등학교 학생들은 한번이라도 얼굴을 보려고 괜히 앞에 왔다가 갔다가 했다. 특히 옥화는 6급에도 합격을 하지 못했으니 친구들을 데리고 와서 아는 채를 했다.

주산 2급에 처음으로 응시하여 제한시간 내 문제를 다 풀지 못했다. 고개를 숙이고 복도를 따라 나오는데, 옥화가 어디서 보고 따라왔다.

"잘 쳤지? 이번에는 2급에 응시하는 사람이 다섯 명이더라. 1급에 응시하는 3학년은 무척 잘 놓더라! 너도 아는 사람이라!"

"그 사람 2급도 여러 번 응시했는데, 이번에는 1급과 동시에 치는 사람이다."

"우리 학교는 3급이 한 명 있고 2급은 없다."

"언제 도영이하고 하이마 같이 가자."

"금요일 오후에 가자."

옥화와 이야기를 하다가 보니 현관을 언제 나왔는지 운동장 조회대가 보였다. 4급이나 5급을 치고 밖에 나와서 잡담을 하던 친구들이 옥화와 나를 번갈아 보았다. 공부는 1등을 다투지만 주산은 5급을 연습하는 영우가 옆에 와서 속삭였다.

"애인이라?"

"아이따! 하숙집 동네에 산다."

한 두 사람이 모이다가 숫자가 많아지자 옥화는 친구들 속으로 사라졌다.

코스모스가 피더니 들국화가 찬서리에 떨고 있다. 이산 저산 골짜기와 산등성이에 단풍이 들었다. 옥화와 약속한 금요일이 왔다. 학교 가면서 걸음이 빨라졌다. 빨리 등교하면 빨리 하교하는 것도 아니건만 걸음이 빨라졌다. 수업시간에 정신없이 앉았다가 선생님이 옆에 와도 몰랐다. 옆 짝이 팔을 툭 쳐서 정신을 차리고는 했다.

"너, 집에 무슨 일이 있나?"

영어선생님은 70명이나 되는 학생들 중에 영어 수업을 바로 듣는 학생이 열 명도 안 되므로 나를 주시하고 있었음이 분명했다. 선생님께 미안해서 그냥 웃어 주었다. 편지가 오면 주머니에 넣어 두었다가(특히 여자들 편지) 지나가면서 살짝 전하는 좋은 선생님이다.

하이마는 하임하라고도 한다는데, 사람들은 부르기 좋게 하이마라고 했다. 어개골 하숙집 앞 강둑에서 남서쪽 해가 지는 산모퉁이는 강변을 따라 3킬로미터가 넘는다. 강과 산이 맞닿는 곳에 가 본 적은 없지만 무척 가파른 바위산이 강물에 잠겨 있다. 서북쪽에 있는 용바위재를 너머 돌아 나오는 강까지는 4킬로미터가 넘는다. 그리고 강변 북쪽도 길게 뻗어 하이마는 무척 큰 야산 마을이다.

옥화내 집은 일원정 옆에 있고, 용바위재는 일원정 뒤로 하이마 가는 초입에 있다. 용바위재를 올라가면서 도영이와 이야기를 하다 보니 옥화가 저만치 떨어져 있다. 기분이 상할까하여 옥화를 기다리자고 했다. 도영이는 손을 잡으면서 귓속말로 속삭였다. '다음에는 둘이 다니자.' '연락은 누가하고.'

"옥화야 빨리 온나? 뭐 그리 꾸물꾸물하노?"

옥화가 가까이 오자 나도 모르게 제안을 했다.

"옥화, 애인 없으면 구해 줄까?"

"진구, 너하고 친한 사람으로 구해라."

"참 좋은 친구가 있다. 그런데 나이가 한 살이 적다."

"에게 그러면 중학생이라."

"중학생이면 어떻노!"

옥화는 얼굴을 찡그리더니 앞서서 걸었다. 도영이는 내 손을 꼭 잡고 흔들었으나 옥화에게 미안했다.

서쪽에 있는 용바위재를 넘어 북쪽으로 조금 가다가 보니 조그만 콩밭이 있고 밭 끝에는 하숙집 보다 낡고 작은 초가집이 두어 채 있었다. 하이마는 열두 마을이라더니 작은 산골짜기마다 집이 있다. 혼자라면 어떻게 사는지 궁금하여 가보고 싶었다. 논과 밭이 양쪽으로 늘어서 있는 가운데에 소달구지가 지나갈 수 있는 길이 있다. 농사를 지을 때 꼭 필요한 길로 보였다. 왼쪽 작은 골짜기에 초가집 한 채가 숲속에 숨어 있었다. 무엇을 하는지 연기가 굴뚝으로 피어올랐다. 장난을 치며 앞서거니 뒤서거니 내리막길을 내려가니 오래된 느티나무가 있고 기와집과 초가집이 옹기종이 모여 있다. 대충 짐작해도 열 채는 넘었다. 큰 기와집 마당에는 국기가 펄럭이고 드나드는 사람도 간혹 보였다. '옥동동사무소'다. 하이마는 옥동에 속했던 것이다. 동사무소 마당에 들어서서 여닫이문을 바라보니 어두컴컴한 실내에 사람들이 책상 앞에 앉아 있었다. 느티나무 그늘에 쉬고 있는데, 옥화가 장대를 곧지 않는 낮은 빨랫줄에 오른 팔을 올려놓고 있었다. 장난기가 발동하여 빨랫줄을 갑자기 당기니 옥화는 앞으로 꼬꾸라졌다. 순식간에 일어난 일이라

나도 모르게 넘어지는 옥화를 안았다. 다행히 넘어지지 않고 나에게 안겼다. 어떻게 옥화의 가슴을 안으려고 안은 것이 아닌데, 손의 감각이 이상해서 보니 가슴을 부둥켜안고 있었다. 도영이는 옥화의 안전은 간 곳이 없고 입을 삐죽거리더니 동사무소 마당을 빠져나갔다. 당황한 나는 옥화를 뒤로한 채 도영이를 따라갔다.

산 위에서 강변으로 내려가는 언덕길을 가다보니 강이 가까운 곳에 평지가 나왔다. 산기슭에 줄을 서듯이 초가집 여러 채가 대나무를 배경으로 강을 향하여 엎드려 있었다. 밭에는 추수 시기를 기다리는 콩잎이 누렇게 물들고, 여름에 수확을 하고 그대로 두어서 썩어가는 깨의 줄기가 여기저기 흩어져 있다. 논에는 일찍 추수를 끝낸 집도 있지만 대부분 고개를 숙인 벼들이 논둑에 넘쳤다.

산기슭에 참외 원두막이 숨어있다. 풀숲을 헤치고 밭둑을 걸어가니 원두막에 올라가는 나무다리가 낡아서 부러지고, 바닥에 걸쳐놓은 나무는 힘을 잃어 짚이 빠져나가 구멍이 숭숭 뚫렸다. 원두막에 올라가서 참외 서리하던 지난 여름방학을 제대로 설명하려고 왔는데 틀린 일이다.

강변의 솔밭까지 먼 거리를 걸었다. 정규 수업을 하고 바로 만나지 않았더라면 하이마를 구경할 엄두도 내지 못했을 것이다. 솔밭의 큰 나무에는 그네를 매었던 흔적으로 매듭은 그대로 있는데 줄만 잘렸다. 중학교 때 소풍 와서 보물찾기를 하던 모래사장 가까이 버드나무 숲에서 돌을 주워 물수제비를 뜰 요량으로 강물에 던졌다. 보기 좋게 물장구를 치며 돌이 나갈 줄 알았는데, 몇 번을 던져도 퐁당하고 빠졌다. 그나마 멀리 나가지도 않았다. 강물에 손을 씻는 도영이와 옥화를 보며 뒤에서 밀고 싶은 충동을 느낄 정도로 장난을 걸고 싶었다. 물에 빠지면 뒷감당을 어떻게 하라고, 모래사장을 걸어 나오면서 옥화가 또 처졌다. 기운이 빠져서 옥화를 기다리며 천천히 걷는데 먼데서 황소 울음소리가 들렸다. 소달구지를 끌고 가며 송아지를 찾거나 나무 그늘에서 지루하여 소리를 지르는 듯했다.

산기슭 가까이 오래된 소나무들이 숲을 이루고, 주변에는 논밭이 다닥다닥 붙어있었다. 어개골에서 서북쪽으로 왔으니 해가 지는 남서쪽으로 갈 예정이다. 큰 마을이 있는지 오르막길은 자동차도 갈 수 있는 넓은 도로다. 산을 내려와서 강변에 갔으니 또 산에 올라가는 것이다. 얼마를 걸었을까 초가집이 나오더니 마을다운 마을이 나타났다. 여기가 하이마에서 제일 큰 동네 같다. 옥동사무소가 있는 곳 보다 집들이 많고 큰 기와집도 보인다. 마을은 동향인데 간혹 서향집도 있었으나 골목을 다니는 아이들이 있을 뿐 어른들은 보이지 않았다. 추수를 하려고 논밭에 나간 것이 분명하다. 골목을 돌아 돌담길을 나오는 데 뒤에 따라오던 남자 아이가 소리를 질렀다.

"어디서 무엇 때문에 온 사람들인고?"

말하는 어투가 조선시대 사람 같다. 집에서 어른들이 그렇게 교육을 시킨 것이 분명하다. 아이의 흉내를 내어 보았다.

"지나가는 과객인데 하룻밤 묵어 갈 수 없겠소!"

옥화가 까르륵 웃자 도영이도 따라 웃었다.

"남녀 칠세 부동석이라. 어찌 묵어간다는 말인고?"

따라오던 국민학교 고학년 정도의 아이가 골목으로 사라지자 우리는 마을을 지나 대구로 가는 고압선 송전탑을 지나 산골짜기로 접어들었다. 해가 지는지 깊은 골짜기는 그늘이 생겨 앉아서 놀기에 좋을 듯했다. 어개골에서

4킬로미터 서북쪽 강으로 가서 다시 산을 넘었다. 해가 질 때면 강과 산이 맞닿는 곳이 멀지 않았다.

산등성이에 올라 숨을 몰아쉬며 강 쪽을 바라보던 도영이가 입에 손가락을 대면서 조용하라고 속삭였다. 옥화도 나도 숨을 죽이고 골짜기에 펼쳐진 광경에 정신을 잃었다.

"남자하고 여자 맞지! 저기서 뭐하노!"

"뭐 하기는 데이트 하고 있구마!"

"어디 사는 사람들인데 저 깊은 골짜기에 갔노?"

남자가 여자의 어깨에 손을 얹더니 껴안고 뒹굴었다. 남자에게 들키면 어쩌나 하고 살금살금 기어서 다음 골짜기가 보이는 산등성이 까지 갔다. 도영이는 따라오면서 물었다.

"저 사람들 결혼 했겠지?"

"결혼 했으면 집에서 놀지 뭐할라꼬 사람들이 없는 산에서 저러노!"

기분이 이상해진 나는 앞서서 조금 빠르게 걸었다. 다음 골짜기를 지나 강변으로 내려가서 쉬는데 도영이가 뒤에서 껴안았다. 깜짝 놀란 나는 나도 모르게 목소리를 높였다.

"옥화 본다. 왜 이러노!"

옥화는 싱글싱글 웃기만 했다. 이번에는 내가 도영이를 안고 빙글빙글 돌았다. 옥화는 '꼴값을 떤다'며 앞서서 걸어갔다.

열일곱 번째 가을은 무척 화려했다고 말하고 싶다. 시골에서, 아니면 하숙집에서, 강변에서, 산에서 맞이하던 가을과는 사뭇 달랐다. 아니다, 풍경은 그대로인데 가을이 이렇게 고운 줄 몰랐다. 강물에 반짝이는 윤슬조차도 눈이 부시는 것이 아니라 꽃처럼 곱게 보였다. 산을 내려와 강변을 걸었다. 갈대밭을 지날 때는 스쳐가는 갈대들이 열병식 하듯이 허리를 굽혔다. 지난 여름 황토물이 굽이치던 강물은 무섭게 분노했는데, 지금의 강물은 갓 시집 온 새색시처럼 다소곳이 앉아 가을을 맞이하고 있다. 코스모스가 바람에 떨고 있는 호젓한 강둑길에는 이슬 머금은 들국화가 고개를 숙이고 우리를 반겼다.

봄방학을 하기 전날 덕철이는 밤 상영을 끝내고 늦게 집에 왔는데, 아침에 일어나니 코를 골며 자고 있었다. 책상 위에는 극장 게시판에 붙이고 남은 큰 사진 두 장이 놓여 있었다. 처음 보는 영화라 사진만 보니 우리나라 영화인데 남진과 남정임이 크게 보였다. 좋아하는 여자 배우 중에 첫 번째가 남정임인데 무척 보고 싶었다. 남진이는 가수인데 영화에도 출연을 한다는 것도 알았다. 학교에 가려는데 덕철이가 일어났다.

"형! 이번 영화는 제목이 뭐로?"

"그리움은 가슴마다 아이라! 오늘 개봉하는데 너도 볼래?"

"저녁에 도시락 가지고 가면 되나?"

"선생님들이 순찰 돌면 들킬지 모르니 영사실에서 봐라!"

"춘옥이하고 가도 되지!"

"기도한테 미리 얘기 해 놓을 테니 온나!"

종업식을 하고 집에 오니 춘옥이가 웃으면서 방문을 열었다.

"삼촌이 그러는데, 오늘 영화 보로 간다며?"

"도영이 하고 같이 가자."

"그러면 그렇지 나는 또, 니하고 둘이 가는 줄 알았지!"

"재춘이한테 모른 척 해라!"

"재춘이는 봄방학 했다고 오늘 집에 간단다."

춘옥이는 심부름을 안 가겠다는 금숙이에게 색실을 주고 도영이에게 연락을 했다. 봄방학은 어느 학교건 같은 날 하기 때문에 도영이도 쉽게 허락을 했던 것 같다. 저녁을 먹고 있는데 도영이가 처녀처럼 긴 치마에 스웨터를 두툼하게 입고 왔다.

극장을 지키는 기도가 들어가지 못하게 세웠다. 저녁 도시락을 가지고 왔다며 보여 주어도 세 사람은 안 된다며 막았다. 할 수없이 춘옥이와 도영이를 남겨둔 채 내가 도시락을 들고 먼저 들어갔다. 덕철이는 기도에게 이야기 한다는 것을 잊었노라며 직접 출입문까지 가서 춘옥이와 도영이를 데리고 들어왔다. 영화를 시작할 시간이 한참 멀었는데, 사람들은 벌써 들어와 자리를 다 채웠다. 영사실에서 영사기와 필름, 지나간 영화사진을 보며 덕철이가 식사를 다 하도록 기다렸다. 이제는 덕철이도 영사기를 직접 돌리게 되었다며 설치 되어있는 두 대의 영사기를 설명까지 해 주었다. 영사기 렌즈가 작은 구멍을 통해 흰 스크린을 비추고, 영사기를 돌리는 기사는 관람석을 향해있는 작은 창을 통해서 의자에 앉아 내려다보았다.

영화가 시작 된다며 관람석으로 가라고 했다. 관람석은 발 디딜 틈이 없을 정도로 문도 겨우 열렸다. 영사실로 들어간다고 해도 세 사람이 관람하기에는 너무 좁다. 문을 겨우 열고 들어가서 사람들 사이를 비집으니 뒷자리의 복도다. 스크린이 보이지 않아 다시 문을 열고 나와 앞쪽으로 갔다. 앞쪽은 더 복잡하였으나 스크린이 가까워 영화를 보기에는 좋았다. 계단을 두 칸 정도 올라가니 출입문 앞이 아니어서 발을 디디기에는 좋았다. 도영이와 춘옥이를 앞에 세우고 내가 뒤에 섰다. 순찰하는 학생과장이 볼까 덕철이 모자를 푹 눌러썼다. 도영이도 목수건을 얼굴에 올리고 눈만 내어 놓았다. 한참 후 스피커로 나오던 대중가요가 툭하는 소리와 함께 끝나자 엿과과자, 컴을 팔던 아이들의 소리도 멈추었다. 영사실의 굵은 빛이 작은 구멍을 통하여 담배 연기가 자욱한 실내를 통과하여 스크린에 비추었다. 관중들은 모두 일어서서 국기에 대하여 경례를 하고, 백두산과 무궁화꽃 화면을 배경으로 애국가가 울려 퍼지자 따라 불렀다. 조용히 자리에 앉으니 박정희 대통령이 나오고 새마을 운동이 나오는 뉴스가 화면을 가득 채웠다. 큰 공장이 나오고 영가댐을 만든다고 하자 박수를 치는 사람도 있었다. 이어서 다음에 상영될 영화를 선전하는데, 제목과 배우 이름을 기억하느라 귀를 기울이는 사람도 있고 떠드는 사람, 담배를 피우는 사람, 껌을 소리 내어 씹는 사람으로 웅성거렸다. 잠시 후 음악과 함께 본 영화 필름이 돌아가는데 알고 있던 제목이 나왔다. '그리움은 가슴마다' 제목이 사라지자 극본, 감독, 연출, 조연출에 이어 남진, 남정임 등의 배우 이름이 나왔다. 이야기의 전개에 따라 스크린이 밝다가 어두워지기도 하는데, 어두워질 때마다 연인들은 껴안기도 하고 볼을 맞대기도 했다. 도영이는 내 손을 잡고 새게 쥐었다가 약하게 쥐었다가를 했는데, 춘옥이는 눈치를 챘는지 내 옆에서 조금 벗어났다. 화면이 밝아지고 음악이 잔잔해지더니 남진이 남정임을 안고 잔디 위를 구르기 시작했다. 내가 제일 좋아하는 여자 배우가 남정임이 인데 남진이를 때려주고 싶도록 질투가 났다. 급기야 도영이와 쥐었던 손까지 놓고 어깨를 부르르 떨었다. '가수가 영화에 나왔으면 젊잖게 나올 일이지?' 나도 모르게 중얼거렸다.

영화가 끝날 때가 되었는지 출입문이 열리더니 사람들이 빠져나가기 시작했다. 스크린에는 아직도 남정임이 웃고 있어 눈을 뗄 수가 없다. 혼자 생각인지 모르지만 아무리 생각해도 남정임은 도영이를 닮았다. 달걀형의 갸름한 얼굴, 굵고 둥근 눈에 쌍꺼풀, 오똑한 코, 얇은 입술, 보조개가 들어가는 도톰한 볼, 긴 목이 닮았다. 끝이라는 글자가 나오자 도영이의 손을 잡고 출입문 쪽 계단을 내려왔다. 들어갈 때 굳게 닫혀있던 출입문이 모두 활짝 열리고 사람들이 밀물처럼 빠져나갔다. 영가극장은 동쪽과 서쪽으로 길이 있어 양쪽으로 사람들이 갈라졌다. 우리는 서쪽 길을 따라 사장둑으로 올라갔다.

늦은 밤 강둑길은 인적이 드물었다. 간혹 급하게 걸음을 걷는 사람과 남녀가 손을 잡고 천천히 걷는 사람이 보일 뿐이다. 강둑길로 접어들어 새동네를 지나는데 뒤 따라오던 남자 두 명이 내 뒤에 바짝 붙었다.

"이놈이 겁도 없이 여자 둘을 꿰차고 다니네?"

다른 사람을 보고 하는 말인가 싶어 흐린 구름 달 속으로 동네 쪽을 슬쩍 봤지만 사람의 그림자도 없다. 위기의식을 느낀 나는 도영이에게 눈을 돌리는데 둘 중에 한 명이 내 멱살을 잡았다.

"왜 말이 없어! 너 오늘 죽어볼래!"

순간적으로 덕철이가 떠올랐다. 그러다 도망가자 하다가 멱살이 잡힌 것을 의식했다. 꼼짝 못하고 맞게 되었다. 여자와 간다는 것이 잘못 되었다고 하니 변명의 여지가 없다. 두 사람 중에 키가 작은 사람에게 멱살을 잡혔는데 그는 내 키와 비슷했다. 잠시 후 옆에 서 있던 키가 큰 사람이 내 배를 후려쳤다. 나도 모르게 앉았는데 크게 아프지는 않았으나 소리를 지르면 그만

때릴까 싶어 소리를 질렀다. 소리에 놀란 도영이가 나를 잡고 일으켜 세우다가 키가 작은 사람에게 대들었다. 그런데 도영이를 들여다보던 사람이 외쳤다.

"너 을영이 동상이지?"

"우리 둘째 오빠 알아요?"

"알지! 오빠 친구다. 그것도 모르고."

키가 큰 사람이 손을 탁탁 털더니 앞서서 걷기 시작했다. 키가 작은 사람도 따라갔으나 어찌 된 상황인지 파악이 안 되었으나 일단 맞지 않게 되었다는 생각뿐이다.

"농땡이 오빠 친구란다. 집에 가서 물어보면 알겠지! 큰 오빠한테 이르면 너들은 뒤졌다. 이제!"

흥분을 가라앉히지 못하는 도영이의 어깨를 잡아 주었다.

"나 괜찮아! 아프지 않았는데 소리만 질렀어! 너 오빠한테 말하지 마라. 그러면 나와 같이 간 것도 탄로 난다. 차라리 덕철이 형한테 말하는 것이 났다."

도영이의 큰 오빠 갑영이는 공부를 잘하고, 둘째 오빠 을영이는 운동을 잘하고, 셋째 오빠 병영이는 공부도 잘하고 운동도 잘했다.

은행실습

학년이 바뀌는 시업식 날, 관심사는 당연히 담임선생님이 누구일까? 이다. 전체조회 때 발표하지만 우천 관계로 운동장 조회를 하지 못했다. 출석부를 들고 웅성거리는 교실 출입문을 어떤 선생님이 느닷없이 열고 들어와서 담임이라며 칠판에 이름을 썼다. 시업식 전날 꿈에 나타났던 그분이다. 평소 좋아하던 선생님이 실제로 담임선생님이 된 것이다. 담임의 교육열에 따라 학생들은 앞날이 바뀌기도 하고 1년간 학교생활이 즐거울 수도 있고 괴로울 수도 있다.

권 선생님은 학생들이 모두 좋아한다. 키는 작지만 교육열이 있고 진심으로 학생들을 대하기 때문이다. 선생님은 좀처럼 웃지 않다가 웃고 싶으면 입만 약간 벙긋한다. 설명할 때 와이셔츠 작은 주머니에 억지로 손을 넣는 습관이 있다. 무슨 일이 있어도 조회와 종회는 직접 한다. 소풍을 가도 도시락을 자전거 뒤에 싣고 간다는 것이 평소 들었던 선생님에 대한 평이다.

학년이 바뀌고 며칠이 지나자 종회를 하기 위해 교실에 들어왔는데 시험지를 한 아름 안고 왔다. 집에 갈 준비로 분주하던 학생들은 선생님이 나누어 준 시험지를 바라보았다. 영어다. '아는 대로 단어의 뜻을 써라.' 중학교 1학년 수준의 단어들이다. 성적이 좋은 10여 명은 금방 썼지만 반 정도 쓰는 학생도 10여 명이 있었다. 그러나 50여 명은 몇 개만 쓰거나 거의 못 썼다. 선생님은 시험지를 거두어 들고 다음과 같이 말을 했다.

"우리 반은 영어 단어를 수준에 맞게 아는 학생이 10여 명 정도이다. 반면에 하나도 모르는 학생도 10여 명이다. 앞으로 영어 단어를 일주일에 30개씩 외우도록 하겠다. 같은 시험지를 일주일에 두 번 나누어 주는데 아는 단어만 적어 내면 된다. 일주일 후에 다 외우지 못한다 해도 벌 청소나 채벌은 없다. 고등학생에 부끄럽지 않은 학생이 되기 바란다. 그 대신에 단어를 모두 외우는 학생은 다른 공부를 해도 좋다."

집에 가려고 가방을 챙겨 책상 위에 얹어 놓은 학생들은 다시 가방을 풀고 시험지의 단어를 외우기 시작했다. 다 외우지 못하면 집에 가지고 가서 외우고 다음날 같은 시험지에 다 쓰지 못하면 또 외우는 시간이 종회가 끝나고 1시간 정도 계속되었다. 참으로 부끄러운 일은 따라지 학교라 영어 발음기호도 모르는 학생이 간혹 있다. 영어와 담을 쌓아서 책도 버리거나 있어도 연필 자국 하나 없이 깨끗한 학생도 있다. 종회 때가 되면 시험지의 답을 칠판에 쓰거나 문장을 해석하느라 땀을 흘리는 선생님을 모두 고마워했다. 영어와 담을 쌓은 학생들도 열심히 단어를 외웠다. 다른 반 학생들도 스스로 교실에 남아, 공부하는 분위기가 조성되었다.

시험지를 프린트하기 위해 밤잠을 설쳤을 선생님의 노고에 모두 고개를 숙였다. 영어선생님도 아닌 상업 선생님이 영어를 가르치니 처음에는 무척 신기했으나 모두 선생님의 실력을 인정하고 따라 주었다. 종회 시간 후에 수업을 한지 한 달이 지났다. 학생들은 학급회의를 했다. 돈을 조금씩 모아 선물을 사자는데 의견을 모았다. 평소에는 얼마 되지 않는 학급비를 거두어도 끝까지 내지 않는 학생들이 있었는데 선물비는 이틀 사이에 모두 내었다. 담임선생님은 '끝까지 성실하게'라는 급훈을 만들어 교실 뒷면 환경정리 게시판 위에 교훈과 함께 양쪽에 붙였다. 종회와 조회 시간이면 급훈을 읽어 누구나 뇌리에 남도록 했다.

영가시에서 가장 큰 남방시계점에 반장과 부반장이 가서 시계를 샀다. 겉으로 보기에는 금색으로 번쩍거려서 무척 좋아 보였다. 그러나 작은누나 약혼식 때 자형에게 사 준 시계와 비교해 보면 그렇게 좋은 시계는 아닌 듯했다. 종회 시간에 선생님이 들어오자 반장과 부반장이 교단 앞으로 나갔다. 선생님 손목에 시계를 채워 드리자 모두 박수를 쳤다. 선생님은 웃지 않았다. 입만 벙긋했다. 그리고 시험지의 답을 칠판에 쓰기 시작했다. 담임인 권 선생님은 평소에도 학생들에 대한 배려가 다른 선생님과는 달랐다. 돈이 없어 등록금을 못 내면 모자라는 돈을 보태는 일도 있었다고 한다. 편지가 오면 많은 학생 앞에서 전해 주지 않았다. 그리고 발신인이나 내용에 대해 묻지 않았다. 다른 선생님 같으면 학생들이 보는 앞에서 편지를 주거나 발신인이 여자이면 창피를 주기도 했다.

도영이와 나는 학교로 편지를 보내는 용기가 아직은 없다. 2학년이 되고 20일이 지날 무렵, 도영이가 처음으로 춘옥이를 통해 편지를 보내왔다.

OO 하는 진구님에게, 학년 초라 준비하고 숙제하고 심부름하느라 무척 바빴다.(변명) 며칠 전 금숙이가 주는 편지 받았다. 너는 3개 반이 2개 반으로 줄면서 한반에 70명이 넘는다고 했는데, 숫자가 많으면 좋지 뭐! 나는 2반인데 수경이 하고 한 반이다. 출석번호를 정하느라 복도에서 키를 재고 있는데 누가 옆구리를 찔렀다. 돌아보니 언젠가 찾아봤던 수경이 더라. 나도 모르게 웃어 주었지! 예쁘고 예의바른 학생이더라. 수경이는 귓속말로 진구 아느냐고 하는데 얼굴이 빨개져서 죽을 뻔했다. 그냥 덤덤하게 안다고 했지! 수경이는 할아버지 댁이 너와 같은 동네라며 무척 친한 척 하는데 표정을 숨기느라 혼이 났다. 수경이와 앞뒤로 앉는데 잉크도 빌려주고 철필도 빌려주고 크레파스도 빌려주고 받는다. 수경이가 그러는데 너네 집이 기와집으로 무척 크다고 하던데 나도 보고 싶다. 언제 한번 같이 가자. 수경이도 방학을 하면 할아버지 댁에 같이 가서 가재도 잡고, 매미도 잡고, 잠자리도 잡자고 했다. 앞으로 수경이와 친하게 지내볼 작정이다. 너 혹시 수경이를 좋아하면 알지! 말이 너무 길어졌다. 숙제를 해야 하기 때문에 나중에 쓰고 오늘은 그만 쓴다. 너의 OO 도영이가

도영이 편지를 읽고 걱정이 되었다. 여름방학을 하면 시골집에 수경이와 진짜로 오면 어떻게 하지! 어머니는 막내가 여학생을 사귄다고 대견해 하실 것이지만 형은 공부는 하지 않고 여자 사귄다고 화를 낼 것이 분명하다.

우리 학교 학생들은 졸업하면 은행에 들어가는 것이 최고의 목표이다. 은행에 들어가려면 어려운 입사시험을 통과해야 하는데, 서류 심사에 주산 1급과 부기 2급은 기본이다. 3학년이 되어도 주산과 부기 자격증을 갖춘 학생이 한두 명 뿐이다. 거기다가 전국의 상업고등학교 졸업생이 얼마나 많은가? 정말 바늘구멍에 들어가는 것과 같은 것이다. 그러나 이외는 있다. 학교장 추천으로 은행에 들어가는 경우도 있다. 물론 자격을 갖춘 학생 중에

서 선생님들이 추천을 해야 하지만 그 역시 어려운 일이다. 모두가 인정하는 학생이 쉽게 나올 리 없다. 주산과 부기 자격증을 갖추었다 해도 성적이 떨어지면 안 되는 것이다. 거기다가 품행이 단정한 학생이어야 하는 까다로운 심사 기준이 있다. 모든 것을 갖추어 추천을 한다 해도 은행의 심사기준에 맞지 않으면 안 되는 것이다. 그래도 지난해는 2회째 졸업생을 내면서 한 명이 조흥은행에 학교장 추천으로 들어갔다. 학교에서는 개교 이래 은행에 입사한 것은 처음이라 대대적으로 선전을 했다. 시내 곳곳에 현수막도 붙이고 각 중학교에 공문도 보내 선전을 했다. 올해에는 두 명이 들어갈 것이라며 학생들의 가슴을 흔들어 놓았다. 성적이 우수하면 주산이 안 되고, 주산이 되면 부기가 안 되고, 부기가 되면 성적이 안 되니 성적도 우수하고, 주산도 부기도, 잘하는 학생은 이미 몇 명이 정해져 있는 것이다. 그 중에 누가 추천이 되느냐 하는 것이 관심사다. 성적이 안 되는 학생들은 그림의 떡이나 마찬가지다.

신록의 계절을 실감이라도 하듯 온 산과 들은 녹색으로 물들었다. 여기를 봐도 저기를 봐도 온통 녹색이다.

도영이가 풍기 희방사로 소풍을 갔다. 영가역에서 기차를 타고 아침 일찍 갔는데 오후 늦게 도착할 예정이라고 한다. 저녁에 늦으면 혼자 집까지 걸어오다가 깡패라도 만나면 어쩌나 하기에 마중을 나가겠다고 했다.

학교에서 일찍 돌아와 저녁을 먹고 영가역으로 출발을 했다. 영가역은 시내 동쪽에 있고 하숙집은 서쪽에 있으니 무척 멀다. 중학교 때 경주 수학여행을 가면서 아침 일찍 갔던 생각이 났다. 신시장을 지나 사장둑을 넘으니 한 집 두 집 전등불이 켜지다가 온 시내가 환하게 가로등이 켜졌다. 시내

변두리인 하숙집에도 지난겨울부터 전기가 들어왔으니 시내 중심가는 온통 전기불빛이다. 사장둑을 넘어서자 가로등이 없는 곳은 사람을 분간할 수 없을 정도로 어두웠다. 영가역에 기차가 도착할 시각이 가까워지자 영가중앙국민학교의 큰 건물이 눈에 들어왔다. 질척거리는 길을 피해가면 또 질척거리는 길이다. 여기는 지대가 낮아서 언제나 길이 질척거렸다. 기차가 도착했는지 사람들이 쏟아져 나왔다. 잠시 후 영가여고 학생들뿐 아니라 경서고등학교 학생들도 소풍을 다녀오는지 무더기로 역 광장을 매웠다. 도영이를 찾으려고 광장 가운데로 가려다가 학생들에게 밀리어 홍익회 가게 앞에서서 개찰구 쪽을 바라보았다. 혹시 수경이라도 만나면 어쩌지 하는 걱정도 잠시 뿐 사람들이 모두 개찰구를 빠져나오고 문이 쇠창살로 잠겨도 도영이는 보이지 않았다. 벌써 집으로 간 것이 분명했다. 그러나 광장에서 만나 문화극장에서 '복수'를 보기로 했기 때문에 극장에 갔는지도 모르겠다는 생각이 들었다. 문화극장은 역 앞의 북쪽 큰길로 가다가 동쪽에 있다. 네온 불이 번쩍이는 가게 앞을 지나, 붉은 불이 환하게 켜진 식육점을 지나, 미장원 앞을 지나는데 미장원에 비치는 그림자가 도영이 처럼 보였다. 혹시 도영이가 미장원에 있는가? 열린 문에 처진 발 사이로 들여다보니 도영이가 아니라 심부름 하는 여자 아이였다. 문화극장은 큰 간판에 이글거리는 눈동자를 부리부리하게 뜬 배우 그림이 하늘 높이 걸려 있었다. 도영이와 보기로 한 영화지만 배우의 눈을 보니 무척 무서웠다. 극장문 앞에 서 있는 기도를 보며 전봇대 뒤에 숨어서 한참을 살펴도 도영이의 그림자는 보이지 않았다. 극장까지 왔는데 도영이가 없어도 구경은 하고 싶었다. 매표소 앞은 길게 줄을 서서 기다리던 사람들이 극장 안으로 들어가고 텅 비었다. 지금 표를 끊는다면 학생과장도 못 볼 것이 분명했다. 표를 끊으려고 몇 발짝을 가는데 전번에 강둑에서 만난 깡패가 생각이 났다. 도영이가 나를 찾다가 없으니 극장에 가는 것을 잊어버리고 혼자 집에 간 것은 아닐까? 강둑에서 또 깡패를 만난 것은 아닐까? 어쩐지 겁이 났다. 도영이가 나를 기다린다는 착각에 빠지기 시작했다. 표를 사겠다는 마음이 사라지자 빨리 하숙집으로 가고 싶었다. 혹시 도영이를 만날 수도 있지 않을까? 혹시 깡패에게 낭패를 당하고 있지나 않을까? 문화극장을 뒤로 한 채 영가역 광장을 향해 빠른 걸음으로 걸었다. 벌써 문을 닫는 가게도 있었다. 사장둑을 향해 가는 발걸음이 무척 빨랐다. 그러나 도영이 집 대문 앞에 다다라도 도영이는 보이지 않았다. 깡패도 없었다.

만나려던 사람을 만나지 못하니 무척 섭섭했는데, 시간이 조금 지나고 나니 무슨 일이나 생기지 않았는지 걱정이 앞선다. 저녁 늦게 어디를 다녀오느냐고 춘옥이가 물었지만 대답도 하기 싫었다. 책상 앞에 앉아 공부를 하려고 했으나 기분이 좋지 않아 될 것 같지 않았다. 내가 공부하던 책상이 아저씨 빈소판이 되자 아버지는 책상을 새로 사 주었다. 앉은 책상을 사왔는데 의자 있는 책상이 좋다고 하자 제재소에 가서 나무를 사가지고 오더니 금방 높은 책상을 만들어 주었다. 일기를 쓰는데 어디서

"꽝! 꽝!"

대포 소리가 났다. 문이 흔들리는 굉음에 큰방에서 잠을 자던 춘옥이와 아주머니가 깨어서 무슨 소리냐고 눈을 크게 뜨고 물었다. 문을 열고 소리가 나는 시내 쪽을 바라보니 그저 잠잠했다. 분명히 시내 쪽에서 난 소리인데 무슨 소리인지 알 수가 없다. 덕철이가 오면 알 것이라 생각하고 이불을

폈다. 눈을 감으니 도영이가 아른거렸다.

다음날 학교에 가니 여기저기서 수군거렸다.

군인이 휴가를 나와서 영화를 보고 나오는 사람들을 향하여 수류탄을 던졌다. 문화극장에서 복수라는 영화를 했는데, 복수를 하느라고 수류탄을 던졌다는 것이다. 극장 앞의 길은 동서로 갈라지는데, 처음에는 서쪽으로 사람들이 몰려나오니 서쪽에 수류탄을 던졌다. 사람들이 동쪽으로 몰리자 이번에는 동쪽에 수류탄을 던졌다. 사람들이 많이 죽고 다쳤는데, 몇 명이 죽고 다쳤는지 숫자도 모른다고 했다.

수업을 마치고 친구들과 문화극장 앞에 가보았다. 극장 앞길에는 사람들이 들어가지 못하도록 줄을 쳐 놓았는데, 길바닥에는 사람의 피가 흙 속에 붉게 물들어 있었다.

신 하사라는 사람은 수백 통의 편지를 주고받던 애인이 소식조차 끊어지자 휴가를 나와 찾아다녔다. 그 애인은 신 하사가 방황할 때 직업군인이 되라고 진심으로 충고를 했던 사람이다. 변심한 애인을 찾지 못하고 친구들과 술을 마시고 나오면서 극장 간판을 쳐다보니 글씨가 복수였다. 마침 영화를 보고 나오는 사람들이 물밀듯이 나오자 술에 취하여 복수심으로 수류탄을 던졌다. 범인은 즉시 붙잡혔다. 만약 어제 저녁에 도영이를 만나 영화를 봤더라면 어떻게 되었을까? 상상만 해도 가슴이 오그라든다. 어쩌면 도영이에게 만나지 않게 해서 고맙다고 해야 될 것 같다. 사건이 난 후에 신문과 라디오는 며칠을 두고 소식을 전했다. 이상한 노래가 개사가 되어 나오기도 했다.

지하의 고O봉아, 서러워 말아라. 전라도의 김O수는 괭이 들고 찍었다.
지하의 김O수야, 설워 말아라. 영가의 신 하사는 수류탄을 던졌다.

중간고사가 있어 시골집에 가지 않고 공부를 하던 토요일 오후다. 같이 하숙하던 재춘이도 집에 가고 없어 공부를 하다가 책을 얼굴에 덮고 잠이 든 것 같다. 언제 왔는지 도영이가 옆에 앉아 있었다. 비몽사몽非夢似夢간에 이상한 예감이 들기는 했으나 언제 잠이 들었는지, 언제부터 도영이가 옆에 앉아 있었는지도 알 수 없다.

"언제 왔어!"

"마침 혼자 누워있길래, 코를 골며 자더라!"

"창피하게 깨우지 않고."

"우리도 중간고사를 치는데 미분과 적분을 못 해서 왔다."

"미분 적분이 뭔데? 우리 학교는 아직 안 배워!"

"이상하다. 너네 학교는 안 배워 좋겠다."

"배워야지! 안 배우는게 뭐가 좋아!"

"어려운 문제 시험 안 치니 좋지 뭐!"

호기심에 도영이가 내민 문제를 보니 처음 보는 이상한 기호가 있는 문제다. 아무리 풀려고 해도 도무지 뭐가 뭔지 모르겠다.

"이거는 진짜 모르겠다. 거짓말이 아니다. 나중에 배우면 가르쳐 줄께!"

도영이는 소풍 가던 날 기차역에서 만나지 못하여 섭섭해서 온 것이 분명했다. 소풍날 기다린다는 것을 잊고 친구하고 걷다가 생각이 났을 때는 이미 새동네까지 왔더라고 한다. 나는 기다리다가 문화극장까지 가서 혼자 영화구경을 하려고 했다고 하자 도영이는 흠칫 놀랐다. 만나지 않았던 것이 천운이라고까지 하면서 서로를 위로했다. 며칠 간 만나지 못해 궁금했는데 아무 일 없이 좋은 결과를 낳게 되어 다행이라고 여겼다.

도영이는 언제 누웠는지 옆에 반듯이 누워서 대롱거리는 전등알을 보고 있었다. 끌어안고 싶었으나 도무지 용기가 나지 않았다. 누가 보면 어쩌나 하고 겁도 났다. 그러나 태연하게 도영이의 수학책을 뒤졌으나 마음은 도영이를 향하고 있었다. 잠시 후 도영이는 옆으로 눕더니 일어났다.

"춘옥이 올지 몰라! 밖에 나가자 방안은 답답하다."

도영이를 바래다주려고 함께 걷다가 산모퉁이를 도는데, 잡았던 손을 놓으며 가슴에 안기었다. 나도 모르게 손을 뻗어 도영이 등을 감싸다가 무엇에 놀라서 멈칫했다.

"왜! 아무도 없는데."

"그래도."

도영이는 나를 쳐다보며 살짝 웃었다.

"우리 사진 찍자."

"춘옥이도 사진 찍자고 했는데."

"그럼 춘옥이하고 같이 찍고, 우리 둘이 찍자."

"우리 사진관 말고 다른 사진관에서 찍자."

"언제?"

"내일 찍지 뭐!"

다음날 저녁을 먹고 춘옥이와 집을 나섰다. 무슨 일인지 옥화가 웃으며 왔다. 춘옥이는 옥화에게 사진 찍으러 가는데 같이 가자고 하자 옥화도 말

없이 따라나섰다. 그러나 도영이가 어떻게 생각할지 심히 걱정이 되었으나 어쩔 수 없이 도영이와 만나자는 대성 사진관에 갔다. 앞자리 왼쪽에 도영이가 앉고 옥화가 그 옆에 앉았다. 뒷자리는 도영이 뒤에 내가 허리 굽혀 서고 옥화 뒤에는 춘옥이가 섰다. 사진을 한 번 찍고 나오려는데 도영이가 손을 잡아당겼다.

"둘이서 찍자고?"

사진사가 눈치를 챘는지 앉으라고 했다. 도영이가 앉고 내가 옆에 허리를 굽혀 섰다. 사진사가 렌즈를 조정하더니 '두 사람 고개를 들어요.' 불이 번쩍하더니 펑하는 소리가 났다. 옥화와 춘옥이는 벌써 사진관 밖에 나와서 서 있었다.

사진이 나왔다. 춘옥이가 금숙이에게 보여 주었다. 금숙이는 저희들만 찍었다고 토라져서 눈물까지 보였으나 금숙이 고모는 진구 사진이 잘 나왔다며 칭찬을 아끼지 않았다. 도영이와 두 사람이 찍은 사진은 무슨 약혼 사진 같다며 놀렸다. 사진을 들여다보니 도영이는 영화배우 남정임이 보다 훨씬 예뻤다.

중간고사를 무사히 끝내고 시간이 있어 주산 연습을 하고 있는데 도영이가 옥화를 데리고 왔다. 이상하게 도영이가 옆에 있으면 주산 연습도 공부도 잘되지 않는다. 옥화는 생글거리며 책꽂이의 책을 이것저것 빼서 보았다. 노트도 뒤져보더니 서랍 속에 있는 일기장을 꺼냈다.

"일기장까지 뒤지냐?"

"좀 보면 안 되나?"

"도영이 한테도 안 보여주는데."

"피! 도영이와 내가 뭐가 다른데, 그렇지 나는 애인이 아니지!"

"도영이도 나도 얼굴이 빨개졌다."

옥화가 들어오면서 대문을 열어 놓았는지 대문 소리가 났다. 밖을 내다보니 경서고등학교에 다니는 수능이다. 수능이는 마을 안에서 우리 학교 3학년 호덕이와 자취를 하는데 내가 3학년인 줄 알고 꼬박꼬박 존댓말을 쓴다. 수능이는 마침 큰방에서 춘옥이와 이야기를 하고 있는 옥화를 보고 거침없이 방으로 들어갔다. 수능이가 이상한 행동을 하자 도영이와 나는 마당으로 나왔다. 큰방에서는 무슨 일이 벌어지는지 궁금해서 문을 열어보았다. 수능이도 옥화도 춘옥이도 방 가운데 서 있었다. 검은 얼굴의 수능이는 떨어진 양말을 기워서 신고 심각한 표정으로 옥화를 바라보며 애원을 했다.

"오래전부터 사모했는데, 마침 이 집에 들어가는 것을 강둑에서 보고 왔습니다."

얼굴이 빨개진 옥화는 방바닥에 시선을 고정시키고 아무 말도 하지 않고 서 있었다.

"저와 사귑시다."

"그럴 마음 없는데요."

"뭣 때문에?"

"그저 없어요."

"내가 임진구보다 못한게 뭔데요."

"진구하고 비교하지 마세요."

마침 내 이름이 나오자 더 이상 참지 못하고 수능이를 향하여 소리를 질렀다.

"싫다잖아! 너 밖으로 나온나! 나한테 맞아야 겠다."

어디서 그런 용기가 났는지 나도 놀라고 도영이도 놀랐다. 수능이는 슬금슬금 뒷걸음을 쳐서 동마루로 나오더니 마당으로 내려왔다. 힘은 없지만 나오라고 했으니 싸워야겠다고 생각을 하면서도 주먹이 나가지 않았다. 수능이는 내가 대들듯이 다가가자 쏜살같이 대문을 빠져나갔다. 옥화와 춘옥이는 별꼴이라며 갸르륵 웃었다.

"그놈 봤지! 양말을 기워 신었어!"

"나도 봤어!"

옥화와 춘옥이는 또 웃었으나 나는 화가 난 얼굴을 풀지 않았다. 그러면서 큰 소리를 쳤다.

"그 자식! 패주려고 했는데, 비겁하게 도망을 가!"

다음날 학교에 가서 책상에 앉아 예습을 하고 있는데, 누가 부른다고 해서 복도로 나갔다. 3학년 학생인데 따라오라고 했다. 3학년 교실 앞에 수능이와 같이 자취를 하고 있는 호덕이가 서 있었다. 교실 뒷문으로 들어가자마자 누가 청소용 양동이를 머리에 뒤집어씌웠다. 누군가 막대기로 허리를 쳤는데 앞으로 꼬꾸라졌다. 양동이를 쓰고 있어 누가 누군지 모르는 손과 발이 양동이 위로 허리로 배로 가슴으로 다리로 무차별 가격을 해 왔다. 한참 후 양동이가 벗겨지고 정신을 차려보니 때리던 사람들은 흩어지고 아무도 없었다. 3학년 교실을 나오니 온몸이 쑤시고 아팠다. 마침 지나가던 담임선생님이 교무실로 와서 출석부를 정리하라고 했으나 도저히 갈 수 없어서 다음에 하겠다고 했다. 담임은 고개를 갸웃둥하더니 교무실로 갔다. 돌아서는 담임에게 맞았다고 고자질을 하고 싶었으나 하지 못하고 교실로 들어왔다. 자리에 앉았으나 너무 아파서 책상에 엎드려 있는데 수업이 시작되었다. 뒤에 앉아있는 주먹이 센 학생들이 3학년 교실에 가서 맞았다는 말을 들은 적은 있지만 내가 맞아 보기는 처음이다. 하루 종일 아파서 통증을 참아가며 수업을 억지로 마치고 하숙집에 왔다. 기진맥진하여 방에 들어오자마자 눕고 말았다. 마침 덕철이가 집에 있다가 무슨 일이냐고 물었다. 허리와 온몸을 보더니 누가 그랬냐며 다그쳤다. 아주머니는 어디서 구했는지 멍이 든 자리에 무슨 약인지 발라주었다. 덕철이는 그놈 집에 가자며 나를 앞세웠다. 수능이가 자취하는 방 앞에 가니 마침 호덕이가 있었다. 덕철이는 다짜고짜 호덕이의 뺨을 때렸다. 복싱을 배우고 있다는 호덕이는 신도 신지 못하고 마당으로 도망을 쳤으나 덕철이는 따라가서 주먹으로 배와 가슴을 가격했다.

"이놈의 새끼, 한 번 더 진구 때려 봐라 죽였뿔테이께네?"

하루 종일 방에 누웠다가 다음 날 겨우 학교에 갔다. 수능이는 그 후 내가 2학년이라는 것을 알았는지 슬슬 피하면서 존댓말도 하지 않았다. 호덕이도 길에서 만나면 곁눈질만 할 뿐 더 이상 교실로 부르거나 해코지를 하지 않았다.

힘을 길러야 한다. 도영이와 강둑에서 깡패를 만났을 때도, 호덕이 같은 놈을 만나도 대들지도 못하니 힘을 기르고 싶었다. 교실 뒤에 앉아서 싸움만 하는 학생들이 무슨 운동을 하는지 알아보니 태권도를 하거나, 합기도, 권투 등을 어릴 때부터 하는 학생도 있었다. 타고난 싸움꾼은 배우지 않아도 잘 싸운다고도 했다. 험한 세상을 살려면 운동을 하여 신체를 튼튼하게 하고, 적으로부터 방어를 해야 된다는 것을 실감하며 태권도 도장을 알아보았다.

다른 사람들의 말을 듣고 시내를 돌아다녀 보니 태권도 도장은 두 곳에 있었다. 광무체육관은 기차역이 있는 경찰서까지 가야 하므로 신시장에 있는 중부도장에 가는 것이 가까워서 좋을 듯했다. 중부도장 관장은 광무체육관 관장처럼 키가 작고 뚱뚱한 것이 아니라 키도 크고 날씬하였으며 젊었다. 또 광무체육관은 1층에 넓어서 배우는 사람들이 많았는데, 중부도장은 넓지 않고 2층에 있으며 배우는 사람들도 적어 구경하는 사람도 많지 않아서 좋았다.

아버지에게 태권도 도장에 간다는 말은 하지 못하고 주산 문제지를 산다고 거짓말을 했다. 중부도장은 아침, 오후, 저녁 3부로 나누어 가르쳤다. 젊은 관장이 직접 가르치기도 하고 위 급수가 아래 급수를 가르치기도 하는데 국민학생이나 중학생이 대부분이다. 고등학생도 있었는데 나처럼 초보자는 없고 검은 띠를 매고 있어 무척 부러웠다. 처음에는 도복을 구하지 못하여 체육복을 입고 배웠다. 열흘 정도 지난 뒤에 태권도를 배우다가 그만둔 성기에게 도복이 있다는 말을 듣고 집까지 찾아가서 샀다. 흰 띠를 매고 기본동작부터 배웠다. 장인공工자 대형을 따라가며 주먹을 쥐고 앞으로 내 지르기, 옆으로 지르기, 위로 지르기를 하다가 뒤로 돌기도 했다. 발차기는 앞으로 차기, 옆으로 돌려차기, 2단차기, 높이 차기 등이 있다. 익힐수록 급수별로 차이가 있어 어려웠다. 흰 띠를 매고 2달 정도 매일 오후 연습을 하니 청띠 승급심사를 한다고 했다. 띠는 백, 청, 홍, 검은 띠가 있는데, 승급 또는 승단 심사는 광무체육관에서 했다. 심사는 광무체육관 관장, 중부도장 관장, 그리고 높은 유단자가 한두 명 앉아서 했다. 청띠는 6급인데 잘하면 5급도 받을 수 있다. 홍띠는 4급이며 그다음은 1단이다. 1단부터는 검은 띠로 단수가 높아도 검은 띠이다. 청띠에서 6개월 정도 배우면 홍띠 심사를 받을 수 있는데, 홍띠는 4급이나 잘하면 3급도 될 수 있다. 저녁 시간에 등록하여 7시부터 9시까지 운동을 하고 나면 힘이 빠져 공부를 할 수가 없다. 주먹으로 샌드백을 쳐서 주산을 놓는데도 지장이 있었다. 흰 띠를 매고 운동을 할 때는 검은 띠를 맨 중학생에게 지도를 받기로 하는데 대련이 붙을 때는 힘으로 밀어붙여 키 작은 중학생 검은 띠는 도망을 갔다. 청띠 승급을 하고 흰 띠 뒤에서 운동을 하니 흰 띠를 가르칠 때는 정말 신이 났다. 하숙집 동네에 사는 동서고등학교 3학년 검은 띠가 심부름을 시킬 때도 있다. 그의 심부름은 시내 볼일이 있다며 검은 띠 도복을 들고 집에 갖다 놓으라는 것이다. 검은 띠 도복을 들고 길을 걸으면 지나가는 사람들이 이리저리 쳐다본다. 골목을 지날 때면 깡패 같은 학생들도 시비는 못 걸고 '야 검은 띠 간다' 하고 중얼거릴 뿐이다.

청띠를 따고 운동에 재미를 붙이던 어느 날 도장에 가니 2층 유리창이 모두 주먹이 들어갈 정도로 깨어져 있었다. 다른 학생들에게 알아보니 광무체육관 관장과 우리 관장이 무슨 일로 싸움이 붙었는데, 광무체육관 관장이 급한 나머지 2층 난간으로 도망을 갔다. 우리 관장이 닫힌 유리창 너머로 도망가는 광무체육관 관장을 보고 따라가면서 유리창을 손으로 쳤다는 것이다. 우리 관장은 손을 많이 다쳐 병원에 입원을 했다. 싸움 이야기를 들으니 운동이 갑자기 싫어졌다. 아니 싸움이 싫었다. 이렇게 태권도를 배우는 것은 싸움을 배우는 것이니 배우지 않으면 싸우지 않을 것이라는 생각 때문이다. 신체적 힘으로 상대를 제압하는 것보다 지혜로 제압을 하는 것이 바람직하다는 것을 느꼈다. 정신적 힘인 지혜를 쌓자는 것이다.

여름방학이 다가왔다. 도영이는 수경이네 할아버지 댁에 가게 되었다며 좋아했다. 수경이네 할아버지 댁에 간다는 것은 우리 집에 간다는 것이나 마찬가지로 긴장을 하지 않을 수 없었다. 도영이가 우리 집을 보고, 부모님을 보고, 가족들을 보고, 친구들을 보고, 실망을 하면 어쩌나 걱정이 되었다. 드디어 방학을 하는 날이다. 다음날이 주산 급수 시험을 치는 날이라 1급과 2급을 동시에 치기 때문에 열심히 연습을 했다. 태권도 도장에 다니느라 연습을 게을리하여 2급도 되기 힘드는데 1급까지 원서를 내었다. 속을 모르는 친구들은 이번에도 1급과 2급을 동시에 합격을 할 것이라고 했다. 그동안 2급도 몇 번 떨어져서 도저히 자신이 없다. 시험을 치는 날 교실에 들어가니 옥화는 4급을 친다며 연습을 하고 있었다. 옥화는 옆에 오더니 다른 사람들이 1급과 이야기 한다는 것을 뽐내듯이 다정하게 속삭였다.

"도영이 너 시골에 간다며?"

"누가 그래?"

"내 다 안다."

"도영이 친구 할아버지 댁에 간다 하고 너 시골집에 간다며?"

"춘옥이가 그랬구나!"

옥화는 생글생글 웃으며 4급 응시 자리로 갔다. 옥화의 이야기를 듣고 나니 주산 시험보다 도영이와 시골 가는 걱정 때문에 연습이 되지 않았다.

춘옥이의 배웅을 받으며 시골집에 가려고 강둑에 올라섰다. 도영이가 저만치 앉아서 기다리다가 천천히 다가왔다.

"더운데 오래 기다렸지!"

"아니다. 너 집에 들어가는 거 보고 여기서 기다렸다."

"수경이는 어디서 만나기로 했노?"

"그기 말이야, 수경이는 어제 먼저 갔다."

합승이 복잡하여 창밖을 바라보다가 도영이와 눈이 마주치면 웃다가 솔뫼에서 내리니 답답하던 가슴이 탁 트이는 것 같다. 강가로 내려가 강 건너 있는 배를 기다렸다. 강 건너 매여 있는 배는 사공이 없으니 솔뫼 쪽으로 오는 사람이 있어 막대기로 배를 저어 와야 건널 수 있다. 미루나무밭에 어른 두 명이 보였다. 어른들은 잠시 후 배로 와서 한 사람은 막대기를 짚고, 한 사람은 묶인 끈을 풀어 배에 던지며 손으로 밀고 급하게 뛰어올랐다. 막대기를 들고 강바닥을 짚던 사람이 익숙하게 배를 몰고 강 가운데로 오더니 건너왔다. 막대기로 배를 모는 솜씨로 봐서 솔뫼나 뱁실에 사는 사람이 분명했다. 배가 건너오도록 기다리는 동안 학생 한 명과 아주머니 한 사람이 우리와 함께 배를 기다렸다가 올라탔다. 배의 막대기를 받아 들고 강바닥을 짚어 배를 반대 방향으로 돌려놓았다. 이윽고 배는 뱃머리를 건너온 방향으로 향하게 되어 쉽게 강 가운데로 들어갔다. 긴 막대기가 다 들어갈 정도의 깊이가 되자 강물에 처박힐 정도로 허리를 굽혔다. 다행히 실수 없이 강을 건넌 배는 함께 온 남학생이 끈을 땅에 박혀있는 막대기에 고정시켰다. 다음 사람이 오면 또 조금 전과 같은 방법으로 배를 몰 것이다. 물이 많으면 뱃사공이 배를 몰아 주지만 물이 많지 않으면 건너는 사람이 알아서 건넌다.

미루나무밭에 왔다. 미루나무 사이로 난 오솔길로 들어섰다. 함께 배를 탔던 사람들은 성큼성큼 걸어서 미루나무밭 가운데로 가서 뒷모습만 보였다. 도영이는 오솔길이 신기한지 흙을 밟다가 풀을 밟다가 갈지자로 걸었다. 등골에 땀이 흐를 정도의 더운 날씨라 큰 미루나무 그늘에 서서 쉬었다.

"시골냄새가 무척 좋다."

"미루나무밭 오솔길이 좋지!"

"평소에는 몰랐는데 너가 있어 더 좋다."

"가을에 낙엽이 지면 너무 좋겠다."

"가을에 수경이와 한번 오자."

"둘이서 낙엽길을 걷자."

뱁실을 지나 언덕에 올라서니 옹기점의 옹기굴이 보였다.

"저 긴 집 같은 게 뭐로?"

"옹기굴."

"옹기굴이 뭔데?"

"옹기그릇을 만들어 굽는 굴!"

"신기하다. 한번 가봤으면 좋겠다."

"오늘은 시간이 없다. 나중에 가보자."

"나중에 언제?"

어른이 되어서라고 대답을 하려다가 확실한 약속이 될 수 없기에 그만두었다. 언덕을 내려와서 개울을 건너 소달구지가 다니는 길에 다다랐다. 저수지가 있었던 자리를 증명이라도 하듯 개울가 언덕 위로 큰 못둑이 보였다. 못둑 안에는 샘이 있어 지나가다 목이 마르면 물을 먹는 곳이다. 먼 데서 보기에는 가까워 보여도 실제로 가보면 길도 험하고 조금 멀다.

"목마르지?"

"응."

"샘물 먹으로 가자."

도영이보다 한발 앞서서 아카시아 밭이 있는 언덕으로 향했다. 개울물은 비가 올 때는 많이 흐르는데, 비가 그치면 금방 줄어서 발목 아래로 흐른다. 돌을 딛고 개울을 건너 아카시아밭에 오르니 풀 속으로 작은 길이 있다. 목 마른 사람들이나 짐승들이 다녔던 길이다. 아카시아 나무를 헤치고 언덕에 오르니 저만치 못둑이었던 흙이 산처럼 쌓여 산과 함께 높다. 샘이 흐르는 도랑이 보이고 도랑으로 내려가니 여전히 컴컴한 큰 돌 사이로 물이 괄괄 나왔다. 도랑 가에 쪼그려 앉아서 고개를 숙이고 물을 마셨다. 내가 물을 먹는 모습을 유심히 보던 도영이는 손을 씻더니 손으로 물을 움켜쥐어 입으로 가져갔다. 허리를 펴고 물이 나오는 어두운 구멍을 보니 어른들의 말이 떠올랐다. '부정한 사람이 물을 먹으러 오면 큰 뱀이 구멍을 막아 물이 나오지 않으니, 나쁜 짓을 한 사람은 물을 마시러 가지 마라!' 미리 도영이에게 말을 하려다가 물을 마셔도 뱀이 나오지 않자 이야기를 들려주었다. 도영이는 큰 풀에 가려 잘 보이지 않은 큰 돌을 보며 무서움에 몸서리를 쳤다.

"야! 무섭다. 빨리 가자."

소나무가 우거진 솔밭 가운데로 난 소달구지 길에 와서 잠시 쉬었다. 조금 전에 물을 먹던 못둑이 있는 곳은 서쪽이라 그늘에 가려 컴컴하게 보였다. 당나무집이 우거진 큰 나무 사이로 언뜻언뜻 보였다.

"저기도 사람이 사나?"

"당집이다."

"당집이 뭐로?"

"나도 들어가 본 적은 없는데, 어느 동네라도 다 있다. 마을의 신을 모시는 집으로 정월 대보름에 마을이 태평하기를 비는 제사를 지낸다."

"제사 지내는 거 봤나?"

"한밤중에 어른들이 지내기 때문에 본 적은 없다."

"제사를 지내는 다음 날은 마을 사람들이 모여서 떡도 먹고 술도 마시며 풍년과 무사고를 빈단다."

큰 아카시아 나무가 있는 곳에서 작은 개울을 또 건넜다. 평지마을의 기와집과 큰 나무가 햇볕을 이고 음지 속에 숨어 있었다.

마을을 지나자 이번에는 물이 제법 많은 개울을 만났다. 징검다리가 있었으나 군데군데 파손이 되어 도영이가 건너뛰기에는 무리이다. 신을 벗고 같이 건너기로 했다. 돌이 미끄러워 손을 잡고 건너는데, 풀을 한 짐 지고 건너오는 국민학교 동창을 만났다. 잡았던 손을 놓았다.

"오랫만이다."

"풀베러 갔더나?"

"밭에 갔다가 풀도 베고."

개울을 건너면서 고기 잡던 생각이 났으나 이상하게 배가 무척 고팠다. 배를 잡아 보니 허리가 두 손으로 잡을 듯이 들어갔다. 도영이도 배가 고플 텐데, 빨리 집에 가야 무슨 일이 생겨도 생길 것이다.

열 집이 안 되는 작은 마을 다릿골이 가까워지자 원두막이 보였다. 수재네 수박밭이다. 수재는 동갑이지만 국민학교는 한 해 후배로 원창이와 동창이다. 원두막이 있는 작은 언덕을 올라가니 마침 수재가 수박 몇 덩이를 익었는지 확인 하느라 손가락으로 두들기고 있었다.

"익었나?"

"학교 갔다 오나?"

원두막에 올라가더니 칼로 썰어 놓은 수박 조각 두 개를 들고 내려왔다.

"먹어라."

배가 고픈 나는 한 조각을 베어 물고 도영이에게 한 조각을 주었다. 도영이는 좌우로 흔들며 안 먹겠다고 했다.

햇볕이 동쪽 산 위에 가늘게 앉아 반짝이더니 어느새 완전히 보이지 않았다. 깊은 산골의 저녁 답은 시원한 바람을 몰고 왔다. 소를 몰고 풀을 뜯기다가 냇가의 그늘에 앉아 책이라도 읽기에 좋은 시간이다. 분교의 지붕이 보였다. 자갈길을 힘없이 걸으면서 도영이를 보니 발이 아픈지 절룩거리며 따라 왔다. 분교 앞 언덕 아래에 있는 기와집이 새로 지은 우리 집이다. 언덕에 오르기 전 작은 초가집에 오자 장난을 치고 싶었다. 도영이의 표정을 살피려고 얼굴을 들여다보며 아무도 없는 초가집을 가리켰다.

"이 집이 우리 집이다."

초가집은 울도 담도 없다. 길옆으로 누구나 쉬었다 갈 수 있는 마루가 있고 방이 두 개 그리고 부엌이 있는 일자형 집이다. 실망한 도영이를 보며 또 장난을 걸었다.

"이 집은 우리 집이 아니다. 저 산 밑 개울을 건너 더 가야 된다."

잔뜩 겁을 먹고 있는 도영이를 보자 내가 너무 심했나 싶어 마루에 걸터앉았다. 마침 작은 언덕 위로 수경이가 폴짝폴짝 뛰어왔다.

"학교 운동장에서 아무리 기다려도 와야 말이지!"

"어제 왔다며?"

"기다리다가 잠시 집에 갔다 오는 길이다. 둘이서 재미있었겠네!"

도영이는 이 상황을 이해하지 못하는지 말을 잊고 마루 앞에 서 있었다.

"도영아! 저기 지붕이 보이는 기와집이 우리 집이다. 수경이 할아버지 집은 마을 안에 있다. 조금 더 가면 된다."

도영이는 한숨을 쉬며 내 어깨를 살짝 쳤다.

"그런 농담하지 마라. 해는 지고 어두워지는데 저 산을 넘어야 한다니 무서워서 죽을 뻔했다."

수경이는 내일 보자며 도영이를 데리고 할아버지 집으로 갔다.

저녁에는 기제사가 있어 마을에 들어가지 못하니 수경이나 마을 친구들을 만나지 못했다. 할아버지 제삿날은 언제나 설레인다. 할아버지는 공부를 많이 하여 서당을 차리고 훈장을 하였으며, 글씨도 무척 잘 쓰고 지었다. 할아버지가 쓴 책을 보면 인쇄를 한 듯 작은 글씨는 작은 대로 큰 글씨는 큰 대로 무척 잘 썼다. 한시도 지어서 책으로 만들었는데 뜻은 잘 알지 못하지만 글씨로 봐서 할아버지 글씨이다. 제사를 지내고 할아버지 잔술은 언제나 내가 마신다. '할아버지 글 저에게 주세요'라는 주문도 잊지 않는다. 아버지도 형도 할아버지 제사상의 술중에 한 잔은 당연히 내가 먹는 것으로 안다.

일찍 일어나지 못하는 것이 평소의 잠버릇인데 이상하게 일찍 일어났다. 아마 도영이가 수경이 할아버지 댁에 있어서 그럴 것이다. 아침을 일찍 먹는 시골이라 세수도 하기 전에 아침상이 들어왔다. 모두 밭으로 논으로 일을 나가고 어린 질녀와 내가 집을 보게 되었다. 뒷거랑에 나가고 싶었다. 도영이와 수경이가 와 있을 것 같은 예감에서다. 따가운 햇볕이 내리 쬐는 굵은 돌이 박힌 물 없는 도랑을 지나 느티나무 밑에 있는 헐어진 대장간 불미

굴을 보면서 잠시 쉬었다. 마을 쪽을 바라보니 암소가 송아지를 찾는 울음 소리만 들릴 뿐 너무 조용하다. 오래된 느티나무를 지나 밭둑과 거랑 사이 에 있는 오동나무 밑에서 행운이 온다는 네 잎 클로버를 찾았다. 평소에는 쉽게 보였으나 찾으려니 좀처럼 나타나지 않는다.클로버 잎을 대충 뒤지다 가 안 되겠다 싶어 차례차례 헤집기 시작했다. '언제 왔는데!' 선녀처럼 수 경이와 도영이가 세숫대야에 빨래를 이고 나타났다.

"올 줄 알았지!"

"어쩐지 오고 싶더라!"

"그냥 오기가 이상하여 빨래를 찾아 들고 오면서 너 집 지붕과 마당을 보 니 아무도 없는 것 같더라."

수경이는 단발머리에 쓴 수건을 풀며 조잘거렸다.

"너 집 무척 크더라! 집이 세 체나 되던데."

"중학교 1학년 때 완공하여 입택을 했는데, 전에는 수경이 할아버지 집 뒤 두 집 건너 초가집에 살았다."

오동나무 그늘 아래 개울에서 수경이는 빨래를 하고 도영이와 나는 네 잎 클로버를 찾았다. 아까부터 찾았는데, 나타나지 않아 주문을 외웠다. '네 잎 클로버를 찾아서 도영이에게 줄 수 있도록 신이시여 도와주세요.' 거짓 말처럼 신은 묵도默禱를 들어주었다. 한 개가 나오니 두 개 세 개가 연달아 나왔다. 네 잎 클로버를 찾고 있는 도영이에게 한 개를 주면서 오동나무 그 늘에 납작한 돌맹이를 주워놓고 앉으라고 했다. 앉아서 바라보는 도영이의 보조개가 오동나무 그늘과 개울이 어우러져 한 폭의 그림 같았다. 수경이도 빨래를 다 했는지 그늘에 와서 앉았다. 찾아 두었던 네 잎 클로버를 주면서

'신이여 우리 세 사람에게 행운을 주세요' 하고 중얼거렸다.

원종이가 헐떡거리며 더위에 지쳐 달려왔다. '너 집에 가니 거랑에 갔다고 해서'라며 도영이를 보고 고개를 까딱거렸다.

"항상 이야기하던 도영이다."

"무척 예쁘네요. 그래서 진구가 좋아하구나!"

도영이도 원종이에 대해서 알고 있던 터라 만나서 반갑다며 고개를 까딱거렸다. 원종이는 고기를 잡는다며 개울로 들어가서 돌을 뒤졌다. 손으로 움켜쥐다가 안 되니 고무신으로 움켜 내었으나 번번이 실패를 했다. 반디나 고기총이 있으면 몇 마리 잡겠지만 맨손으로 잡으니 쉽지 않은 것 같다. 퉁가리, 꾸구리, 가재, 버들치, 피리 등이 있지만 가재 한 마리를 잡아서 물이 고인 신발 소리를 내며 들고 와서 도영이에게 주었다. 도영이는 손을 떨며 받지 못하고 오금을 저려했다.

"집게가 무섭다."

"찝히면 아프다."

"햇볕이 따가운데 시원한 분교 교실에 가자."

"큰일 났다. 교실에 이불하고 책이 어질러져 있는데."

매미가 우는 운동장 수양버들은 지난여름보다 더 자랐다. 쉽게 매미를 잡던 나무는 가지를 밟고 올라서야 손이 닿았다. 이 나무, 저 나무에서 우는 매미소리가 더위를 식혀주었다. 원종이는 무엇이 급한지 교실로 한걸음에 달려갔다. 이불과 책을 정리하는 듯했다. 수경이를 처음 보던 날 그 큰 수양버들 밑에 서서 손부채로 더위를 식혔다. 교실이 정리 되었는지 원종이가 손짓을 했다.

책상은 책상끼리 의자는 의자끼리 모아서 침대도 만들고 소파도 만들어 놓았다. 여름이면 공부방으로, 놀이터로, 교실을 내어주는 선생님이 고마웠다. 교실 시멘트 바닥에 물을 뿌리고 있던 원종이는 먹을 것을 찾는 듯했다.

"우리 추자나무에 가서 추자 따 오까?"

"우리 집 뒤에 있는 복숭아 따 오자."

"같이 가자."

원종이네 추자나무는 굵기가 세 아름이 넘는다. 키도 하늘을 찌르고 가지는 벌어서 밭을 덮었다. 마을에서 가장 오래된 추자나무다. 아직 추수철이 되지 않아 열매가 벌지는 않았지만 알이 제법 배었다. 추자가 많이 달려서 나무에 올라가지 않고 나무 밑에 서서 손만 뻗으면 쉽게 딸 수 있다. 각자 한 줌씩 따서 개울가에서 껍질을 벗겼다. 손에 노란 물이 배었으나 아랑곳하지 않았다. 벗겨진 껍질 속은 딱딱한 껍질이 있다. 딱딱한 껍질은 돌로 쳐야 깨진다. 작은 알 두 개를 손 안에 넣고 소리를 내며 손가락 운동을 했다. 도영이에게 작은 알 두 개를 주었다. 원종이는 수경이에게 주면서 가지고 놀라고 했다. 고소한 추자를 맛보고 일어서는데 벌써 점심때가 되었다. 어제 저녁에 제사를 지낸 음식이 생각났으나 식구들이 없으니 데리고 갈 수가 없다. 설사 데리고 간다 해도 음식을 어떻게 내 놓을지 걱정이 되어 집에 가자는 말도 못하고 점심 먹고 학교에서 만나기로 했다.

어머니는 시내에서 온 친구와 아들이 학교에서 논다는 말을 듣고 복숭아와 제사 음식을 그릇에 담아 큰 질녀에게 심부름을 시켰다. 국민학교에 다니는 큰 질녀에게 '삼촌이 학교에서 노는데 갖다 주어라!' 하고 조밭에 조를 솎으러 갔다.

질녀가 복숭아와 제사음식을 이고 학교 교실에 올 때는 서쪽 덤 밑에 그늘이 내려오고 한참이 지난 저녁때가 되었다. 마침 찬영이와 동숙이도 와 있어서 수양버들 그늘에 앉아 나누어 먹었는데, 동숙이는 무엇이 불만인지 뾰로통하여 음식도 먹지 않았다. 도영이가 잠시 자리를 비운 사이 동숙이에게 부탁을 했다.

"학교는 다르지만 선배이니 친하게 지내라!"

"싫다. 지가 뭐 오빠 애인이라!"

원종이는 저녁에 어디서 무엇을 하고 놀 것인지 혼자 중얼거렸다.

"오늘 가려는 도영이를 억지로 잡아 두었는데, 저녁에 범밭들 샘터에서 놀자."

수경이는 범밭들이라고 하자 나와 처음 만나 장난을 치던 생각이 났는지 얼굴이 붉어졌다.

"뭐 하고 노는데?"

"노래하고 놀지!"

"다른 친구들도 오나?"

"부르지 말까?"

"불러라. 같이 놀자."

범밭들 샘터는 넓은 개울이 있고 모래와 자갈이 있어 놀기에 좋은 곳이다. 또 마을에서 조금 떨어져 있어 춤을 추고 놀아도 들리지 않는 곳이다.

원종이, 찬영이, 도영이, 수경이, 동숙이가 모이니 남자와 여자의 숫자가 짝이 맞았다. 보름달이 비추는 어스름 달빛 아래 자갈밭에 둘러앉았다. 수건돌리기를 했다. 여섯 명이 원으로 둘러앉아 노래를 불렀다. 원종이는 손수건을 숨기고 다섯 명의 뒤를 천천히 돌다가 수경이 엉덩이 뒤에 살짝 놓고 뛰기 시작했다. 수경이는 수건이 놓인 줄도 모르고 노래를 하다가 한 바퀴를 다 돌아 온 원종이에게 어깨를 맞았다. 벌은 엉덩이로 이름 쓰기다. 다음은 수경이가 수건을 숨기고 원종이 처럼 천천히 걸었다. 모두 신경을 쓰느라 노래가 되지 않았다. 수경이는 예상과 달리 동숙이 뒤에 수건을 놓고 뛰었다. 동숙이는 눈치가 빨라서 금방 일어나서 수건을 잡고 뛰었다. 수경이는 잡힐 듯 하다가 제자리에 앉았다. 만약 잡혔다면 또 벌칙을 받아야 한다. 동숙이는 발소리까지 죽이며 걷다가 내 뒤에 놓고 뛰었다. 뛰어 가면 잡을 수도 있었지만 잡지 않았다. 찬영이가 투덜거렸다.

"잡아야지 동숙이라고 안 잡는 거지?"

도영이는 이 상황이 어떤 상황인지 아는 듯 모르는 듯 가볍게 손뼉을 치며 고향의 봄 노래를 따라 불렀다. 한참을 걷다가 도영이 뒤에 수건을 놓고 뛰었다. 도영이는 처음 하는 게임이라 규칙을 잘 몰라 천천히 걷다가 나에게 잡혔다. 벌칙을 주었다.

"잘하는 노래해라."

한참을 생각하더니 노래를 부르기 시작했다.

"배를 저어가자 험한 바다물결 건너 저편 언덕에 산천경개 좋고……"

'희망의 나라로'를 부르자 신명이 나지 않아 손뼉 소리가 약해지더니 서 있는 도영이만 쳐다보았다.

집에서 가지고 간 소주와 안주를 꺼내 놓고 한 잔씩 부어 주었다. 술잔 순서가 되자 기다렸다는 듯이 모두 사양하지 않고 받아 마셨다. 술을 못 먹는다던 도영이도 수경이도 분위기에 취했는지 잘 받아 마셨다. 동숙이는 두

잔을 연달아 마시더니 혀가 꼬부라졌다.

도영이 옆으로 가고 싶어도 동숙이가 질투의 눈으로 감시하고, 수경이도 넌지시 질투를 하니 갈 수가 없다. 개울물에 들어가서 손을 씻고 세수를 하는데 도영이도 옆에 와서 손을 씻었다. '재미없지!' 귓속말을 했으나 대답이 없다. 어두워서 표정도 볼 수가 없어 손가락에 묻은 물로 도영에 얼굴에 튀기니 얼굴을 옆으로 돌리며 '자들 본다' 하고는 동숙이와 수경이를 의식했다.

"내일 오전에 같이 가자."

"수경이도 시내 간다던데!"

"어매가 너 보고 싶데."

"안돼! 실망하면 어짤라꼬, 지지바(계집아이)가 남의 집에 놀러 다닌다고 흉 볼 텐데!"

아침을 먹고 가족들은 밭에 나가고 어린 질녀들만 집을 보는데 가방을 들고 분교에 갔다. 운동장에는 매미가 여기저기서 울었다. 도영이도 수경이도 아직 나오지 않았다. 할 일 없이 운동장 여기 저기를 서성이며 눈은 마을 쪽을 향하고 있었다. 지나가는 동네사람들이 볼까 책을 꺼내 수양버들 그늘에 앉았다. 운동장 귀퉁이에 도영이의 머리가 보였다. 수경이도 뒤따라 왔다.

"오래 기다렸지?"

"조금."

"공부벌레는 다르다. 그새 책을 읽었네!"

"괜히 동네 사람들에게 오해 받을 까봐!"

오른쪽에는 도영이가 왼쪽에는 수경이가 조금 큰 가방을 들고 소달구지 자국을 따라 걸었다. 시골 황톳길은 세 갈래이다. 가운데 길은 소가 가는 길이고 양 옆에는 달구지 바퀴가 가는 길이다.

솔뫼로 가지 않고 보나루로 가서 시외버스를 탈 예정이다. 옛날에는 나룻배가 다녔다는데, 요즘은 강바닥이 얕아져서 옷을 걷고 건너다닌다. 강이 보이자 모랫길이 길게 이어졌다. 모랫길이 끝나고 자갈이 이어지고 자갈이 끝나는 지점에 강물이 흘렀다. 소달구지가 지나간 자국 옆으로 잘 건너뛰면 신발을 벗지 않고 건널 수 있을 정도의 깊이다. 어쩌랴 신사도를 발휘할 때가 왔음을 깨닫고 자갈에 앉아서 신발과 양말을 벗었다. 도영이에게 등을 돌렸다.

"야! 그냥 건널란다. 수경이는 어쩌고!"

"수경이도 업어주면 되지!"

수경이는 벌써 신발을 벗는 중이다. 옥화 같으면 어떻게 했을까? 갑자기 옥화 생각이 나는 것은 무슨 이유인지 모르겠다. 수경이가 신발을 벗자 도영이도 신발을 벗었다. 물을 건너고 자갈에 앉아 손수건으로 발을 닦던 도영이는 불현듯 생각이 났는지 물었다.

"참! 너! 내일부터 은행실습이지?"

"그저께 시골집에 오면서 이야기 했잖아!"

"며칠 하는데?"

"3일."

"실습하고 뭐 할 건데?"

"다시 시골집에 와서 방학을 보내야지."

"좋겠다. 시골집이 있어서."

은행실습은 주산, 부기, 성적 등을 고려하여 교무회의에서 2학년 150여 명 중에 10명이 뽑혔다. 영가시내에 있는 조흥은행, 중소기업은행, 농협 등에서 실습을 한다. 조흥은행이 좋다고 생각했는데, 이외로 나 보다 성적이 조금 떨어지는 춘기와 함께 중소기업은행에 가게 되었다. 설레는 마음으로 교복을 단정히 입고 주산을 들고 중소기업은행으로 갔다. 중소기업은행은 기차역과 버스역 사이인 구시장 중심에 있어서 무척 멀다. 부지런히 걸어야 출근시간인 8시 반에 맞출 수 있다.

은행문을 열고 들어서자 춘기와 경서여자상업고등학교 3학년 두 명이 벌써 와서 기다리고 있었다. 경서여상은 2학년이 아니라 3학년이 실습을 했다. 잠시 후 머리에 포마드 기름을 반지르르 하게 바른 남자 직원이 와서 인사를 하며 따라 오라고 했다. 지점장이라고 쓰여 있는 팻말을 보니 겁에 질려서 걸음이 제대로 되지 않았다. 그래도 남자라고 경서여상 두 명을 앞세우고 춘기와 나는 뒤를 따라 들어갔다. 번쩍거리는 큰 책상에 앉았던 대머리 지점장이 일어서더니 가죽소파에 앉으라고 했다. 우리를 데리고 온 남자 직원이 들고 온 서류를 보며 우리 네 명을 일일이 소개를 했다.

"우리 은행에 와 주어서 고마워요. 주산과 부기 뿐 아니라 성적도 우수하다니 무척 기쁩니다. 몇 년 전부터 여름방학 때 시행되는 실습이 정부 방침이기는 하지만 학교에서 간곡히 부탁하여 받게 된 것이에요. 어렵게 얻은 기회에 은행 실무뿐만 아니라 근무하는 요령을 부지런히 익혀서 장차 훌륭한 은행원이 되기 바랍니다."

지점장은 인사말에 이어 인자한 모습으로 일일이 악수를 했다. 우리는 지점장을 올려다보지도 못하고 고개를 숙인 채 악수를 하고 나왔다.

사무실을 둘러보고 있는데 실습 담당자는 자리를 배정해 주고 난 뒤 큰 소리로 직원들을 향해 외쳤다. 여자 셋, 남자 둘 다섯 명의 직원들은 자리에서 일어나 우리들을 향했다.

"오늘부터 실습하는 학생들입니다. 배정된 학생들에게 담당업무에 대해서 잘 가르쳐 주기 바랍니다."

경서여상 학생들은 출납 업무로, 춘기는 예금으로 나는 대출로 갔다. 대출 담당자는 세련된 넥타이를 맨 남자 직원인데 앉자마자 무슨 통계인지 가감산을 하여 숫자를 확인하라며 주었다. 빠르게 주산을 놓아 한참 후에 가로 세로 합계를 맞추어 주었다.

"너 주산을 잘 놓는구나! 몇 급이로?"

"2급입니다."

"2학년이 2급이라고!"

실지로 3급이지만 1급과 2급을 동시에 응시한 얼마 후라 자신 있게 2급이라고 했다. 소리가 너무 컸던지 옆자리 적금 담당자인 여자직원이 부러운 눈초리로 잠시 바라보았다. 경서여상 학생들도 고개를 들어 나를 바라보았다. 사무실에는 남자 3명 여자 3명이 근무하고 지점장이 남자이다. 출납과 대출이 한 명씩이고 예금은 두 명이다. 실습을 담당하는 사람은 창구가 아니라 사무실 안에서 무슨 일인가 했다.

출납을 담당하는 여자 직원은 자리에 일어섰다 앉았다를 반복하며 손님들의 통장을 받아 돈을 내어주고 받아 들였다. 예금을 담당하는 여자 직원은 가끔 출납업무가 바쁘면 도와주기도 했는데, 남자 직원은 일어서지도 않고 전표와 원장을 대조하느라 정신이 없다. 대출을 담당하는 남자는 여유를 부리며 밖에도 자주 나가고 화장실도 가며 담배도 많이 피웠다.

학생들은 주산으로 가감산을 하거나 돈을 헤아리는 일을 주로 하는데, 100원짜리 파란 종이돈 백장이 묶인 띠를 잘라내고 다시 헤아렸다. 돈을 헤아리는 방법은 왼쪽 약지와 새끼손가락 사이에 끼워 넣고 굽혀서 검지와 엄지로 고정한다. 오른손 검지와 엄지로 헤아리는데, 인주처럼 물을 담아 놓은 통을 오른손 옆에 두고 침 대신 물을 묻혔다. 두세 번 헤아려서 확인이 되면 종이 띠를 다시 돌려서 묶고 담당자 도장을 찍었다. 가끔 돈을 헤아리다가 100장이 아니라 101장으로 남는 경우가 있는데, 남으면 담당자에게 준다. 담당자는 책상 서랍에 넣으면서 마지막까지 남으면 밥을 사준다고 했다. 돈이 많으면 네 명의 학생이 둥근 책상에 둘러 앉아 헤아리기도 하는데, 학교와 다른 점은 쉬는 시간이 별도로 없다. 잠시 화장실에 다녀와서 자리에 앉으면 일어서지 못한다. 하는 일이 없어도 그냥 전표를 뒤적이며 앉아서 시간을 보낸다. 밖에 나가지 말라고 하는 사람은 없지만 어쩐지 나가면 안 될 것 같았기 때문이다. 점심시간이다. 도시락을 준비하지 않아서 하숙집까지 가야 하나 결정을 못하고 있는데, 실습을 담당하는 직원이 우리들을 보고 점심 먹으러 가자며 먼저 앞서서 밖으로 나갔다. 우리들은 무슨 영문인지 모르고 그저 따라나섰다. 중소기업은행 모퉁이를 돌아 조흥은행이 보이는 곳까지 와서 송죽루라는 중국집에 들어갔다. 자리에 앉으니 담당직원은 우리들을 둘러보았다.

"오늘은 첫날이라 점심을 산다. 볶음밥 괜찮지?"

볶음밥이 뭔지 먹어 본 일이 없었기에 그냥 침묵을 지키는데, 경서여상 키 작은 학생이 '좋아요' 하고 가늘게 대답을 했다. 잠시 후 그릇이 아닌 쟁반에 담긴 꼬들꼬들한 밥이 나왔다. 짜장면을 먹을 때처럼 검은 장과 노란색 무, 양파가 함께 나왔다. 처음 먹어보는 볶음밥인데 처음 같이 느껴지지 않고, 지난 해 자형을 따라 짜장면을 처음 먹을 때처럼 맛이 있었다. 밥을 다 먹어 가는데, 키 작은 여학생은 마지막 한 숟갈 정도를 끓어 모아 남겼다. 아마 체면으로 남기는 것 같았다.

여섯 시가 넘어서 학생들은 퇴근을 하라고 하고 직원들은 샷다를 내리고 무슨 일인지 한 자리에 모여서 하기 시작했다. 하루에 들어온 전표를 맞추는 일인데, 수입과 지출이 맞지 않으면 밤을 새워서라도 맞춰놓고 퇴근을 한다니 소름이 돋았다.

다음날이다. 은행에 출근을 한다며 교복을 입고 대문을 나서자 마침 준화가 휴가를 와서 애인도 왔다. 준화 애인은 준화보다 나이가 많아 아주머니 같았는데, 나를 보고 총각이라고 불렀다.

"총각! 은행은 신사들만 오는 곳인데, 교복도 다려 입고 깨끗하게 해서 가야지!"

귓전으로 들으며 걷고 있는데, 그 말이 귀에 남아 있었다. 그러면 내 몸에 무슨 냄새가 난다는 말인가? 냄새를 맡아 보기도 하고 교복이 구겨졌나? 살펴보기도 했다. 2일 째 이니 어제처럼 낯이 설지 않아 사무실에 들어가면서 인사부터 했다. 자리에 앉아 주산을 꺼내 놓고 연습을 하려는데, 지점장이 들어왔다. 자리에서 일어나면서 모자를 벗고 90도 인사를 하고 고개를 들어보니 본체만체 지점장실로 들어갔다. 기분이 이상했다. 실습담당자는 다른 직원들보다 출근을 늦게 했다. 그는 학생들을 불러 모으더니 실습장소를 다시 배정해 주었다. 어제 실습하지 못한 업무로 바꾸어 준 것이다. 출납 업무를 하는 여자 직원 중에 가장 나이 어린 직원에게 실습을 받게 되었다. 아마도 입사 한지 1년 정도 된 것 같았다. 영가여고를 졸업했다는데, 상업 고등학교 졸업생도 아닌데, 어떻게 은행에 입사를 했는지 무척 궁금했으나 물어 볼 수가 없었다. 그것은 주산실력이 6급도 되지 않았으며 부기도 기초 가 되지 않았다. 어제 실습을 했던 경서여상 3학년은 입을 삐죽거리며 '저 런 사람이 어떻게 은행에 들어 왔는지 모른다'고 했다. 그 직원은 주산이 조 금 서툴러서 그렇지 다른 업무는 무척 빠르게 처리했다.

점심시간이 되었다. 직원들도 학생들도 각자 흩어져서 점심을 먹으러 갔 다. 하숙집은 멀어서 점심시간 내 갔다가 올 수 없다. 하는 수 없이 시내를 그냥 돌아다녔다. 그러다가 청과상회 앞을 지나게 되어 참외를 보니 먹음직 했다. 주머니를 생각하니 조금의 여유가 있었다. 참외는 생각보다 헐했다. 합승차비 반에 반값으로 한 개를 샀다. 들고 다니면서 먹을 수도 없고 어디 가서 먹을까 하다가 정형외과 병원과 옷가게 건물 사이에 공간이 있었다. 작은 문이 열려 있어 들어가니 풀이 무성하여 사람들이 잘 다니지 않는 곳 이다. 물이 없으니 씻지도 못하고 입으로 베어 물고 껍질을 뜯어 낸 후 먹었 다. 혹시 지나가는 사람들이 볼세라 무슨 죄나 지은 것처럼 대문 사이로 길 을 내다보며 급하게 먹었다. 그런데 문제가 생겼다. 손과 입에 당분이 묻어 서 찐득찐득 하여 씻고 싶었으나 씻을 곳이 없다. 대충 손을 벽에 문지르다 가 털었다. 입을 닦고 조흥은행을 돌아 안과까지 오니 정해진 점심시간이 다 되었다. 아무 일 없었다는 듯 찝찝한 손바닥을 비비며 책상에 앉았다.

실습 담당자가 급하게 오더니 손짓으로 나를 불렀다.

"너, 나하고 조흥은행에 가자."

자전거를 끌고 가는 그의 뒤를 말없이 따라갔다. 자전거를 은행 뒷문에 세워놓고 출입문을 밀더니 나를 보며 따라 들어오라고 했다. 조흥은행은 친구들과 궁금하여 몇 번 와 봤으나 정문으로 들어와 창구를 구경한 것이 전부인데, 뒷문으로 들어가는 것은 처음이다. 거기다가 안으로 난 계단을 밟고 2층에 올라가 지점장실 옆에 있는 방으로 들어갔다. 직원이 들여 주는 큰 자루를 받아서 어깨에 멘 실습담당자는 문을 나서며 귓속말로 속삭였다.

"이 자루 전부 돈이다. 누가 따라오나 잘 봐라!"

겁이 났다. 저 자루 속에 든 것이 전부 돈이라니! 아마 고액인 100원짜리일 것이다. 얼마나 될까? 상상할 여유도 없이 자전거 핸들에 자루를 걸치고 앞서 가는 담당자를 따라가기 바빴다. 혹시 뒤에 누가 따라오나 돌아보면서 떨리는 걸음으로 허겁지겁 가다가 보니 중소기업은행 앞이다. 한숨이 나왔다. 대출을 보던 직원이 급하게 나오면서 자루를 받았다.

"과장님도 참! 저와 같이 가시지!"

"이 학생이 제일 똑똑해서 데리고 갔어!"

금고에 있는 잔고가 부족하면 조흥은행에 가서 돈을 가지고 오는 듯했으나 이유는 물어보지 않았다. 다른 직원들은 일상으로 있는 일인지 거들떠보지도 않았다. 실습생들도 아무런 눈치를 채지 못했는지 하던 일을 했다. 자리에 앉아서 주산으로 통계 숫자를 봐도 제대로 보이지 않을 정도로 안정을 찾지 못했다. 태어나서 처음으로 자루에 든 돈을 운반했기 때문이다. 더군다나 금고에 넣을 때 본 뭉칫돈은 마침내 돈으로 보이지 않았다. 퇴근 시간이 되자 어제처럼 샷다를 닫고 직원들이 한 자리에 모이자 실습생들도 한 자리에 모였다. 실습생에게 마감하는 모습을 보여 주자는 담당자와 반대를 하는 직원들이 실랑이를 잠시 했다. 기다리는 사이 경서여상 누나들이 이야기를 토해 놓았다. 집이 어디냐? 주산을 잘 놓는 방법이 뭐냐? 신안동에서 자취를 하는데 놀러 오라는 등을 조잘거렸다. 무척 궁금했는데, 내일이면 실습도 끝나니 한 번에 물어 본 것이다. 성의를 다하여 대답을 하는데, 자기들은 애인이 없다며 너는 애인이 있느냐는 질문은 답을 하지 않았다. 담당자가 졌는지 실습생들은 직원들이 마감하는 것을 보지 못하고 퇴근을 했다.

실습 마지막 날이다. 겨우 이틀이 지나고 삼일 째 인데 무척 오래된 기분이다. 이제는 은행직원이나 된 것처럼 의젓하게 창구에 앉아 직원 행세를 했다. 손님들은 직원으로 알고 정기예금 이자, 적금이자, 대출 방법 등 이것 저것 물어 보았으나 대답을 할 수 있는 것은 별로 없었다. 우물쭈물 하다가 직원에게 손님의 자세한 이야기를 해주었다. 또 다시 점심시간이 되었다. 어제처럼 시내를 돌아다닐 생각으로 나왔으나 갈 곳이 없어 스쿨서점에 갔다. 살 만한 책이 있나 살펴보지만 돈이 없으니 그림의 떡이다. 꽂혀 있는 책을 꺼내어 읽어 보기도 하고 금방 꺼내었다가 금방 꽂아 놓기도 하며 시간을 보내었다. 서점 앞에 아버지 6촌 누님 딸이 살지만 중학교 입시 때 보고 간 적이 없으니 들어갈 수도 없다.

점심시간이 끝나고 오후 일을 막 시작하려는데, 옆에 있던 춘기가 옆구리를 툭툭 쳤다. 입으로 가리키는 창구 쪽을 보니 도영이가 서 있었다. 나도 모르게 창구 쪽으로 다가갔다.

"어쩐 일로?"

"그저 궁금해서, 오늘이 실습 마지막이지!"

실습 마지막 날을 기다려 온 것이 분명했다. 시골에서 보고 겨우 삼일이 지났는데 무척 낯설어 보였다.

"마지막 날이라 일찍 마친단다. 기다려라!"

"아니 그냥 보고 갈란다."

도영이가 창구 밖에 서서 안을 들여다보며 이야기를 하니 손님들은 직원과 손님인 줄 알고 줄을 서라고 했다. 다른 사람들 보기에 하도 민망하여 밖에 나가서 잠시 이야기하자고 하니 도영이는 손사래를 치며 급하게 달아났다. 경서여상 키 작은 누나는 다가오더니 따지듯이 대들었다.

"너 애인이지! 애인이 없다면서."

대답을 못하고 있는데, 다른 누나가 거들었다.

"언제 없다고 했어, 없다고 대답한 적 없는데."

참 난감한 일이다. 아무소리도 못하고 자리에 앉아서 주산 알을 들여다보았다. 마침 대출 담당자가 통계를 내는 서류를 가지고 와서 잘 되었다고 속으로 뇌이며 주산을 놓았다.

퇴근 시간이 되었다. 실습담당자는 우리들을 첫날처럼 지점장실로 데리고 갔다. 지점장은 번쩍거리는 대머리를 손으로 쓰다듬었다. 두꺼운 노트를 나누어 주며 중소기업은행을 잊지 말라고 했다. 어제 아침에 인사를 해도 본체만체 하던 때와는 사뭇 다른 인상이 풍겼다.

덕철이가 결혼을 한다. 버스역 근처에 가게를 하는 집 딸인데, 극장에 취직을 하고부터 사귀게 되었다고 한다. 밤마다 시내에 나가 싸움이나 하고 돌아다니는 줄 알았는데, 그것이 아닌 모양이다. 덕철이는 싸움도 잘하지만 눈웃음이 일품으로 사교성이 있어 여자들에게 인기가 있는 듯했다. 사귄지 몇 달이 되었다는 것만 알 뿐 어떻게 결혼이 성사가 되었는지는 아는 사람이 없다. 극장에서는 영사기를 돌리는 정식 기사가 되어 월급도 많이 올랐다.

덕철이가 결혼을 하는 것은 좋은 일이나 방이 두 개 밖에 없으니 신혼방을 주고 나면 한 개밖에 없다. 하는 수 없이 하숙을 옮겨야 하는 난감한 일이 발생한 것이다. 가을에 결혼을 한다니 한 달 정도 시간이 있을 뿐이다.

형수의 삼촌이 기차역 주변 한옥에 사는데, 다행히 세를 주는 방이 있다고 했다. 토요일을 택하여 책상, 걸상, 책, 이불을 리어카(rear car)에 싣고 아버지는 앞에서 끌고 나는 뒤에서 밀었다. 어머니는 숟가락, 젓가락, 밥그릇, 대접, 바가지, 된장, 고추장, 쌀을 아버지의 자전거에 싣고 30리 길을 걸어서 왔다. 기차역은 시골집에서는 가깝지만 어개골과 반대 방향이어서 학교는 3킬로미터가 넘는다. 새로 얻은 집은 큰길을 뒤로 하고 남향인 기와집인데, 내 자취방은 추녀와 담장 사이에 만들어서 책상을 놓고 한 사람이 누우면 딱 맞는 작은 방이다. 부엌은 추녀 끝이니 비는 맞지 않지만 연탄불이 있을 뿐이다. 다행히 큰길로 작은 문이 나 있어서 집의 대문을 거치지 않고도 들어가고 나올 수 있다. 학교에 가려면 기차역을 뒤로 하고 강변으로 나가서 철교 밑을 지나 벚꽃나무 가로수가 있는 강둑을 따라 가야 한다. 이 길은 어개골에서 철꺼덕거리며 지나가는 기차를 멀리서 보던 그 철교이다. 군인들과 관사 아가씨가 데이트를 하던 강둑을 바라보며 안으로 난 강둑길을 걸어야 한다. 시내에서 나오는 오수가 가득한 개울을 건너 또 다른 강둑으로 길게 걸어야 학교가 보인다. 도영이와 깡패를 만났던 곳에서 새동네로 들어가면 학교를 향하는 미나리꽝 논둑길이 구불구불하게 나온다.

한 시간은 걸어야 되는 등하교 길이니 어개골에서 하숙을 할 때 보다 많은 시간을 강둑과 길에서 보내야 한다. 거기다가 밥을 끓여먹어야 하니 공부하는 시간이 그 만큼 줄어든 셈이다. 어개골은 도영이네 대문을 보며 등교 했는데, 이제는 볼 수 없으니 멀어진 느낌이다. 도영이네 집과 구멍가게 사이에 있는 튀각공장은 여직원이 몇 명 있는데 금숙이도 다녔다. 금숙이는 내가 하교하는 시간을 정확히 알고 공장 문 앞에 섰다가 웃으며 손을 흔들어 주었는데, 이제는 볼 수 없게 되었다. 튀각공장 처녀들은 내가 금숙이 애인이라고 한다며 도영이가 입을 삐죽거린 적도 있다. 나만 보면 웃어 주던 하이마 처녀들! 그들은 국민학교를 졸업하고 미용기술을 배우고, 편물학원에 다니고, 공장에 다니느라 아침저녁으로 무리를 지어 하숙집 앞을 오고 갔다. 간혹 춘옥이에게 내 신상에 대하여 묻기고 하고 방에 들어가서 책상과 책을 보기도 한다는데, 이야기를 해 본 적은 없다. 옥화는 내가 떠난다는 말을 듣고 저녁에 살며시 왔다. 혼자 있는 방안에 들어와 걸상 뒤에서 내 목을 안고 매달렸다. 그리고 강둑을 걷자며 먼저 앞서서 대문을 나섰다. 그날 저녁 옥화와 나는 어두운 강가에서 물소리를 들으며 아무 말 없이 앉아있었다.

"너 좋아한다."

오랫동안의 침묵을 깨고 옥화의 떨리는 목소리가 가늘게 들렸다. 도영이가 없다면 안아보고 싶도록 좋다. 어깨에 손을 얹었다.

"나도 좋아해!"

"어디로 가는데!"

"기차역 가기 전에 운흥동!"

"이제 가면 만날 수 있을까?"

"만나면 되지!"

"너는 도영이가 있잖아!"

옥화의 힘없는 목소리를 들으며 어깨에 얹었던 손을 슬며시 내렸다. 철교 위를 지나가는 기차도 굴속으로 꼬리를 감추었다. 혼자 중얼거렸다. '참 서러운 밤이다.'

아침에 일어나니 연탄불이 꺼졌다. 불 꺼진 연탄 위에 종이를 구겨 불을 피우고 숯을 놓았다. 숯에 불이 붙자 쌀을 씻어서 바가지와 냄비에 번갈아 부으며 돌을 일렀다. 돌이 가려지자 냄비에 손의 두께로 물을 가름하여 숯불 위에 얹었다. 15분 정도 지나자 숟가락으로 밥을 뒤져보니 거의 익었다. 도시락에 밥을 푸고 그릇에 조금 담아 아침을 먹었다. 설거지를 하여 그릇을 엎어놓고 작은 문을 열고 큰 도로에 연탄재를 던져버렸다. 이웃집에도 연탄재를 도로에 던져 비가 오는 날을 대비했다. 이른 아침이라 도로를 지나가는 자동차도 사람도 거의 없다.

강둑을 지나 새동네 앞에 다다르니 등교하는 학생들이 길을 메웠다. 선생님들도 도시락을 싼 보자기를 들고 학생들 속에 묻혔다. 친한 선생님을 만나면 이야기하며 걷겠지만 너무 복잡하여 학생인지 선생님인지 구분이 안 된다. 이발소를 지나 공동우물이 보이자 저 멀리 교문이 보였다. 바로 앞에 춘옥이가 다가오며 손을 뻗어 흔들며 웃었다. 환하게 웃으며 손을 마주 잡고 '어디가노?' 하고 지나가는 학생들이 쳐다보도록 큰소리로 외쳤다. 잠시 만났다가 학생들 속으로 사라진 춘옥이를 뒤 돌아서서 보다가 걸음을 재촉했다. 덕철네 집을 나오고 한 달 만에 춘옥이를 꿈인 듯 만났다. 도영이도 옥화도 이 길을 걸어 갈 텐데! 어쩌면 만날 수 있지 않을까? 두리번거렸으나 앞에도 뒤에도 학생들만 보인다.

아침에 남은 밥으로 저녁을 간단히 때우고 주산 연습을 하고 있는데, 누가 도로 쪽 출입문을 두드렸다. 모르는 사람일 것이라 예측을 하고 귀찮은 듯 문 앞으로 다가갔다.

"누구요."

"네다."

뒤에서 까르륵 웃는 소리가 들렸다. 엉겁결에 매어놓은 끈을 풀고 문을 열었더니 몸에 받히고 있던 문이라 나에게 넘어질듯 문안으로 들어온 사람은 원종이었다. 그리고 뒤에 웃고 있는 수경이와 동숙이, 담담하게 서 있는 도영이를 보며 낭패를 당한 사람처럼 말을 잊었다. 씻지 못 한 냄비와 그릇, 버리지 못하고 쌓아둔 연탄재, 좁은 방, 낭패도 이런 낭패가 없다. 원종이는 자기 집처럼 방문을 열고 동숙이를 선두로 수경이와 도영이가 들어가자 앉을 자리가 없다. 의자를 책상 밑으로 눕혀서 넣고 밥상을 밖으로 내어 놓으니 조금의 자리가 생겼다. 몸을 움츠리고 쪼그려 앉아 이야기를 하다 보니 서로의 얼굴이 닿을 듯 눈앞에 있다. 동숙이가 밖에 나가더니 설거지를 하자 도영이가 연탄재를 버리려고 출입문을 열었다. 밥을 하려니 냄비가 적고 밥그릇과 숟가락이 없다. 더군다나 반찬은 한 달 전에 어머니가 가지고 온 김치와 된장이 전부다. 아무것도 하지 못하고 좁은 문 앞에 서 있으려니 동숙이가 씻은 그릇을 엎어 놓으며 나를 쳐다봤다.

"우리 강둑에 놀로 가자."

약속이나 한 듯이 누가 먼저랄 것도 없이 좁은 방을 나와 우르르 신을 신고 밖으로 나갔다. 가로등이 없는 비포장 길이라 간혹 지나가는 화물자동차의 바퀴에서 튀어나오는 자갈이 옆으로 지나갔다. 남자 둘과 여자 셋, 아무리 보아도 이상한 조합이다. 지나가는 사람들도 친구들이거니 하고 가는데 불량한 청년들은 유심히 보며 휘파람을 불기도 했다.

"좋은데 남자 둘에 여자 셋이라!"

불량한 청년들이 시비를 걸 때마다 몸이 움츠러들었다. 전에 도영이하고 강둑길을 걷다가 깡패를 만났던 기억이 어제처럼 또 떠올랐다. 강둑길에서 어둠에 묻힌 검은 강물을 보며 서 있는데, 도영이가 옆에 와서 손을 잡는다. 동숙이가 어둠속에서 어떻게 보았는지 혼잣말을 했다. '오빠는 좋겠다.' 수경이도 곁눈질을 하며 강물을 바라보는 척 했다. 행인들은 별로 없지만 젊은 사람만 지나가도 깡패가 아닌가? 불안하여 어두운 강둑길을 오래 걸을 수가 없었다. 왔던 길로 돌아서자 다른 사람들도 더 이상 걷지 않고 따라왔다.

두 사람이 겨우 누울 정도로 작은 방이니 쪼그려 앉아도 그저 즐거웠다. 별로 우습지도 않은 이야기인데 까르륵 웃다 보니 통행금지 사이렌(siren 통행금지 시작과 해제 알림, 많은 공기구멍이 뚫린 원판을 빠른 속도로 돌려 공기의 진동으로 소리를 내는 장치)이 울렸다. 어쩌나 새벽 4시까지는 버티어야 한다. 모로 눕고, 벽에 기대고, 서로 등을 기대고, 어깨를 기대고 반은 눈을 감고 반은 뜨다가 언제 잠이 들었는지 통행금지 해제 사이렌이 울렸다. 하나 둘 일어나 기침을 하니 모두 일어났다. 소리 없이 문을 나서며 손을 흔들었다.

주산을 연습하는 소리가 큰방까지 들렸는지 주인집 아주머니가 왔다.

"매일 주산알 소리가 나는데, 우리 딸 말로는 무척 잘 놓는다던데."

"그저 연습하고 있습니다. 많이 시끄럽지요."

책상에 앉아 내려다보며 이야기를 하다가 무심결에 1부터 9까지 늘여서 가감산 연습을 하는 것을 보고 감탄을 했다.

"손가락이 안보이네."

"우리 딸이 5학년인데 주산 좀 가르쳐 주소, 한 명이 어려우면 원하는 대로 아이들도 구해 줄 터이니."

전에도 국민학생이나 중학생을 가르쳐 본 경험이 있어 구미가 당겼다. 주인댁 아주머니가 나가자 방이 좁아도 3명 정도는 가능 할 것 같았다. 시간은 저녁을 먹고 1시간 정도 하리라 결심을 했다. 지난 여름방학 때 1급과 2급 시험을 쳤는데 다행히 2급은 합격을 했다. 1급은 가감산과 승산만 합격하여 과목 합격증을 받았다. 과목 합격증은 가감산, 승산, 제산, 전표산, 암산 중에 과목별로 여러 번 시험을 쳐서 모두 합격을 하면 정식 합격증이 나온다. 합격증은 3급부터 사진이 붙는다. 3급 사진은 1학년 때라 어려 보이나 2급은 2학년이라 어른스러워 보였다. 3학년 졸업까지 1단은 무난하리라 생각하고 연습을 하다 보니 집안이 시끄러웠다.

주인집 딸인 정난이는 붙임성이 있어 주산을 배우고부터 '선생님'이라는 말을 입에 달고 다녔다. 정난이 친구 두 명도 저녁을 먹는데 방문을 열고 들어왔다.

아주 초보인 한 자리 숫자 가감산부터 시작하여 날이 갈수록 강도를 높였다. 열흘이 지나자 승산을 가르치니 무척 어려워했다. 주산도 흥미를 느끼게 해야 되므로 옛날이야기도 시간이 남으면 해 주었다. 가르치고 연습을 시킬 때는 지루해 하던 아이들이 이야기를 하자 귀를 세우고 들었다. 한 달이 가까워오자 제산을 가르치기 시작했다. 수업이 시작되면 호산(불러주는 것을 놓음)을 10분 정도 하고 이론적인 것을 조금 지도 한 후 7급 문제를 주어 연습을 하도록 했다. 정난이는 열심히 하는데 다른 두 아이는 흥미가 없는 듯하여 취미를 붙이는 데 주력을 하였다.

방이 좁아서 돌아앉을 자리가 없다. 특히 어머니가 오는 날은 주산 지도를 하려고 해도 앉을 자리가 없다. 어머니는 아이들이 올 시간이 되면 밖에 서서 시간을 보내다가 추우면 주인댁 방에 들어가기도 한다. 이 겨울에 한 시간이나 밖에서 떨게 하다니 참 미안한 일이다. 한 달이 지나자 정난이와 한 아이는 돈을 가지고 왔는데, 다른 한 아이는 돈도 가지고 오지 않고 나오지도 않았다. 작은 돈이지만 수강료를 받기 위해 없는 시간을 쪼개어 가르치는데, 수강료를 못 받게 되었으니 힘도 안 나고 어머니에게 미안하여 그만 두었다.

자취방에서 학교가 멀기는 하지만 강둑길로 다니니 시간이 조금 더 걸릴 뿐 별로 힘이 들지는 않았다. 시내를 지나다 보면 소리사 스피커에서 '황혼의 부르스'라는 신곡이 흘러나오는데 배우고 싶어서 종이를 꺼내 적었다. 한 번 듣고 대충 적고, 두 번 듣고 확인하고, 세 번 네 번을 듣는 동안 가사와 곡을 알게 되었다.

황혼이 질 때면 생각나는 그 사람 / 가슴 깊이 맺힌 슬픔 영원토록 잊을

길은 없는데 / 별처럼 아름답던 그 추억이 내 마음을 울려주네 / 목이 메어
불러보는 당신의 그 이름

애절한 이미자의 목소리는 들으면 들을수록 나와 도영이를 두고 부르는
것 같아 흥얼거리며 다녔다.

도로를 포장하기 위해 교통량을 조사하는데 학생들을 동원했다. 다행히
조사하는 학생으로 뽑히지는 않았으나 하루 종일 한 자리에 앉아서 지나가
는 자동차와 사람을 헤아려서 노트에 적었다. 얼마 후 시내에서 도산서원
가는 길을 포장하는 공사가 시작되었다. 박정희 대통령의 정신적 지주가 퇴
계 이황선생으로 영가시내에서 제일 먼저 포장을 한다고 했다.

가슴을 움츠리는 추위가 몰려오는 12월이다. 국민교육헌장 선포식을 한
다며 영가중앙국민학교 운동장에 학생들을 불러 모았다. 우리학교도 악대
를 앞세우고 행진을 하여 운동장에 줄을 섰다. 영가고등학교, 영가여자고등
학교, 경서고등학교, 경서여자상업고등학교. 영가농업고등학교, 경동상업
고등학교, 여섯 개 학교가 동쪽에 줄을 서고 서쪽으로 중학교, 국민학교가
줄을 섰다. 기념식이 시작되었다. 교육청장과 시장 등의 기념사와 축사가
길게 이어지더니 시가행진을 한다고 했다. 각 학교별로 악대를 앞세우고 교
문을 나섰다. 악대가 없는 학교는 대대장이나 학생회장이 앞에 섰다. 교문
에서 기차역, 경찰서, 군청, 조흥은행 앞에 다다랐다. 조흥은행 앞에서는 기
관장들이 도열해 있었는데, 악장이 '우로ー 봤!'을 외치면 오른쪽 줄은 앞을
보고 다른 줄은 고개를 돌려 우로 봤다. 도열한 기관장들은 경례를 하거나
박수를 쳤다. 이어서 시청, 사장둑, 목성교, 교육대학, 교육청, 중앙교회, 천
주교, 대원사, 성소병원, 태화삼거리를 거쳐 학교교문에 다다랐다. 다음날

조회 시간에 담임선생님은 국민교육헌장을 외우라고 했다. 국가 시책이기 때문에 학생이면 누구라도 외워야 하며 앞으로 모든 교과서나 참고서 등 책의 목차 앞에 국민교육헌장을 반드시 붙인다고 했다. 외우라는 숙제가 나오고 한 사람 두 사람이 외우기를 통과하자 이번에는 영어로 된 국민교육헌장을 가지고 왔다. 은행시험의 영어 과목을 준비하는 차원이라고 했다. 은행 입사시험은 주산, 부기, 영어, 상식 등인데 영어가 승패를 좌우한다고 했다.

가로수 길

은행 입사시험은 학교장의 추천을 받아야 응시할 수 있다. 추천 조건은 주산 2급 부기 2급 이상으로 3학년 때 전 과목 평균이 80점 이상이어야 한다. 해마다 입사시험 조건에 맞는 학생은 3명, 많아야 5명 정도이다. 3학년이 되고 중요한 1학기 중간고사 시험이 월요일인데 책을 살 돈이 필요하여 토요일 오후에 시골집에 갔다. 월요일 시험 칠 과목을 준비하여 가방에 넣고 갔다. 저녁 늦게까지 호롱불을 켜고 월요일에 있을 상업대요, 상업수학, 국어, 사회 공부를 했다. 첫닭이 울고 잠시 눈을 붙였는데 창문이 훤하게 밝았다. 식구들은 아침을 먹고 논밭에 나가고 질녀들만 남았다. 늦은 아침을 먹으려는데, 어지러워 그릇을 들고 일어설 수가 없다. 곧 나아지겠지 하고 잠시 앉았다가 일어서려는데, 더 이상 버틸 수가 없어 방에 들어가서 누웠다. 늦어도 점심을 먹고 시내에 가야 한다고 걱정을 하며 눈을 감았는데, 점점 정신이 몽롱해졌다. 언제 왔는지 어머니는 내 머리를 짚고, 아버지는 옆에 앉아서 입맛을 다시며 걱정스러운 표정을 지었다. 누워서 앓는 소리에 놀라 질녀가 들로 가서 연락을 한 것이 분명하다. 눈이 떠지자 시내에 가야 한다는 생각으로 비틀거리며 일어섰다. 억지로 문을 열고 밖으로 나갔으나 걸음이 되지 않는다. 대문 옆 밭으로 뛰어가면서 중얼거렸다. '중간고사인 데, 중간고사인데, 학교에 가야 한다. 가야 한다.' 어머니는 신도 꿰지 못하고 발을 절룩거리며 따라왔다.

"이기 무신 일이고! 공부하다가 아, 잡는다."

아버지에게 이끌려 방으로 왔으나 아픈 것은 다음이고 학교에 가야 한다는 생각뿐이다. 따뜻한 꿀물을 마시고 언제 잠이 들었는지 눈을 떠보니 어두운 밤이다. 어머니에게 왜 밤이냐고 했더니 그냥 밤이란다. 생각하니 일요일 밤이다. 시내에 가야 하는데, 자면서 얼마나 앓았던지 형의 자전거 뒤에 이불로 묶인 채 자갈길을 터덜거리며 병원으로 간다는 것을 의식할 즈음 성소병원에 닿았다.

중간고사 치는 날인데, 병원에 있다는 것이 믿어지지 않았다. 진단서를 발부하여 아버지가 자전거를 타고 담임선생님께 제출했다. 담임선생님은 병명을 보고 깜짝 놀랐다. '정신분열증' 성적이 좋아야 은행 입사시험에 응시할 수 있다는 압박감 때문에 정신적인 이상이 생겨 앓게 된 것이라는 결론이다.

입원을 하던 날 어머니는 의사를 붙잡고 애걸을 했다. '우리 아들 살레주소!' 아버지는 '학교가 탈이다'며 학교를 원망했다. 어머니의 애걸이 통했는지 아프던 두통이 사라지고 정신도 맑아졌지만 음식을 먹으면 토하고 힘이 없기는 마찬가지다. 도영이에게 연락을 하고 싶어도 연락할 수 있는 방법이 전보나 편지뿐이다. 전화를 한다면 도영이 학교나 사진관으로 해야 하는데, 모든 학교는 학생들에게 전화를 바꾸어 주지 않는 것은 물론 연락도 해 주지 않는다. 편지를 쓰는 것이 좋지만 종이가 있고 볼펜이나 연필이 있어도 정신이 혼미하니 쓸 수가 없다. 입원하고 3일이 지나 퇴원을 했다. 휘청거리며 학교에 가니 중간고사는 끝이 났다. 수업시간에 성적을 불러주어도 내 성적은 0점이다.

담임의 수업 상업대요 시간이다. 담임이 수업을 마치고 출입문을 나가다가 돌아서서 손짓으로 나를 불렀다. 교실 옆으로 가서 멈추더니 안경 너머로 은근한 눈빛을 보냈다.

"중간고사 성적은 내가 과목별로 만들어 볼 테니 걱정하지 마라!"

아무 대답을 못 하고 신발만 내려다보고 있는데, 어깨에 손을 얹으며 인자한 목소리로 덧붙였다.

"과목별 점수를 얻어 주는 대신에, 내가 계를 하는데, 돈 천 원, 집으로 가지고 온나?"

천 원이라는 말에 내가 함부로 만지는 금액이 아니어서 계산을 해 보았다. 시내버스비가 10원이고 쌀 한 말이 3백 원이니 쌀 서 말 값이다. 중간고사 성적만 은행 입사시험에 응시할 수 있게 만들어 준다면 그보다 더한 금액이라도 줄 수 있다는 생각이 들었다.

"알겠습니다."

돌아서며 중얼거렸다. '선생이 학생에게 돈을 요구하다니, 있을 수 있는가? 그러나 은행 입사가 목표이고, 시험을 칠 수 있게 성적을 만들어 준다는데.' 불법에 불법이 겹치지만 부끄럽다는 생각보다 은행이 눈에 아른거릴 뿐이다.

담임의 요구를 아무에게도 말을 못 한 채 토요일 시골집에 갔다. 아버지께 담임의 요구를 그대로 말씀드렸다. 한숨을 쉬더니 5백 원을 내어주었다.

담임이 가르쳐 준 대로 기차역에서 동쪽으로 한참 가서 골목을 돌고 돌아 집을 찾았다. 솟을 대문이 달린 기와집이다. 담임은 기다렸다는 듯이 안채에 있다가 웃음을 가득 담은 음성으로 대답을 하며 마당으로 내려왔다. 대문채에 붙어 있는 방으로 들어가자며 손으로 방을 가리켰다. 잘 정리된 방안은 무척 깨끗하여 편안하게 앉기가 미안할 정도이다. 담임은 안채를 향해 소리를 질렀다.

"여기 차 한 잔가지고 오세요."

주머니에 돈을 만지작거리다가 10원짜리 지폐 50장이 담긴 누런 봉투를 담임 앞에 내어놓았다. 담임인 최선생님은 얼굴 가득 미소를 띠며 안채에서 흘러나오는 패티김 노래를 흥얼거렸다.

"저 여자 노래는 언제 들어도 좋아, 허! 허! 허!"

중간고사 성적이 나왔다. 한 과목도 응시하지 않았는데, 최고 80점에서 0점도 있었다. 평균을 내어보니 70점이 안 되었다. 80점은 되어야 은행입사 시험에 응시할 자격이 되는데, 만족할 만한 점수는 아니지만 아직 기말고사와 2학기 중간고사가 남았으므로 열심히 하면 될 듯도 하였다.

병을 앓고 난 후 어머니는 몸이 약해졌다며 밥을 끓여 주겠다고 했다. 지금 방은 너무 작으니 학교 가까운 곳에 어머니와 함께 생활할 수 있는 큰 방을 구하자고 했다. 학교 가까운 동네는 학생들은 많고 방은 적으니 방을 구하기는 하늘에 별 따기다. 어찌 구하다가 보니 영가여고 교문과 멀지 않는 한옥에 방이 있었다. 남쪽은 미나리꽝, 논, 철둑, 강변길, 강둑, 강이 있고 동쪽은 영가여고, 국민학교, 북쪽은 신시장이 있는 옥야동이다. 똑같은 모양과 구조로 지은 한옥으로 이루어진 동네이다. 한옥은 기역자인데 남향으로 대문에 들어서면 오른쪽에서 서쪽으로 방, 마루, 큰방, 부엌이다. 동쪽 방을 얻었으나 부엌이 없다. 뒷집과는 낮은 블록 담을 경계로 웃는 소리까지 들린다. 토요일 오후에 아버지와 여러 번 오고 가면서 짐을 옮기고 주워 온 사과 궤짝을 천으로 문 대신에 커튼을 달고 부엌살림을 넣었다. 책상 옆으로 이불을 쌓아 놓고 저녁을 먹는데, 주인집 아주머니가 왔다. 방에 들어오지도 않고 방문 앞에 서서 희죽 희죽 웃으며 묻지도 않는 말을 했다.

"우리 양반은 목수 일을 하는데, 한 달에 한두 번 집에 오니더! 딸이 쓰던 방인데 양장점에 자는 일이 많아 세를 놓았니더!"

어머니는 펌프물에 흙냄새가 난다고 했지만 아주머니는 들은 체 만 체하다가 큰방으로 들어갔다. 미나리꽝과 논이 앞에 있으니 펌프물에 흙냄새가 났으나 밥하고 마시고 그릇을 씻었다. 다음날 어머니는 영가여고에 수돗물이 나온다는 것을 알고 신시장에 가서 양철 양동이를 사왔다. 수백 미터 떨어진 학교까지 가서 몇 번을 쉬면서 물을 들고 왔다. 밥하고 먹는 물은 수돗물로 하고 씻는 것은 펌프물로 했다. 어머니를 도와 드리려고 양동이를 들어봤으나 학교에 들고 갈 용기가 나지 않았다.

보름이 넘도록 도영이와 연락이 되지 않는다. 동숙이도 수경이도 연락이 안 되다가 원종이를 통하여 동숙이에게 연락이 되었다. 수경이는 3학년이 되면서 도영이와 같은 반이 아니라고 했다. 편지를 써서 주머니에 넣고 다니면서 학교로 보낼까? 집으로 보낼까? 망설이기만 했다. 집에 가기로 했다. 수업을 마치고 빈 교실에 혼자 앉아 주산 연습을 하다가 보니 운동장에 산그늘이 내렸다. 동쪽 높은 산에 걸렸던 햇볕이 사라지자 교실문을 닫고 운동장으로 나왔다. 덕철네 집에 가서 춘옥이를 만나보고 안 되면 도영이 집에 가보리라. 도영이 오빠가 무섭다지만 맞을 각오를 하고 학교 후문으로 향했다.

덕철네 집으로 가면서 만감이 교차했다. 춘옥이는 잘 있을까? 아주머니 (할머니)는 어떻게 지낼까? 덕철이 새 신부는 어떻게 생겼을까? 내가 공부하던 방은 어떻게 변했을까? 흙길을 따라 산모퉁이를 돌고 나니 눈에 익은 집들이 하나둘 나타났다. 대문은 그대로이다. 밀어보니 열렸다. 집안에 인기척이 없다.

"춘옥아! 아주머니!"

내방 문이 열리더니 처음 보는 얼굴이 고개를 쏙 내밀었다.

"누구신지?"

직감으로 덕철이 부인임을 짐작하고 고개를 숙여 인사를 했다.

"안녕하세요. 전에 하숙을 하던 사람입니다. 덕철이 형은 어디 갔어요?"

"직장에 나갔는데요."

"극장에요."

"극장 그만두고 회사에 나가요."

"춘옥이 질녀와 아주머니는요."

"질녀는 벌써 시골집으로 가고 어머님은 서울 가셨는데요."

서울에는 둘째 아들이 있다. 동마루를 살피다가 염소 집과 헛간, 부엌,

상추밭을 두리번거리고 있는데

"덕철씨가 없어서 방에 들어오시라고 하지도 못하고!"

하는 소리가 들리며 방문이 활짝 열려 방안을 들여다보니 빈소를 하던 책상은 예쁜 책상보가 덮여 있고, 반닫이 위에는 새 이불이 얹혀있다. 왼쪽 벽은 신혼방임을 증명이라도 하듯이 수놓은 횃댓보(횃대에 걸어 놓은 옷을 덮는 큰 보자기)가 쳐 있고 결혼사진이 걸려있다.

"덕철이 형님 오면 전에 하숙하던 임진구가 왔다고 전해 주세요."

대문을 나와 길에서 금숙이네 집을 보고 있는데, 마침 금숙이가 나왔다. 반가워서 소리부터 질렀다.

"금숙아!"

금숙이는 시무룩해서 별로 반가운 얼굴이 아니다.

"어쩐 일로!"

"그저 왔다가"

"나 시내 간다."

손에 작은 가방을 들고 머뭇거리는 금숙이에게 다가갔다.

"나도 가려던 참이다. 같이 가자. 요즘 옥화는 어에 지내노?"

"나 시집간다."

시집을 간다는 말에 놀라서 할 말을 잊었다. 가난한 고모집에서 어릴 때부터 자랐는데, 스무 살도 안 되어 시집을 가다니, 어디로 누구에게 가는지 묻지 않았다.

"우리 아무 일도 없었다."

"일은 무슨 일! 친구로 옆집에 살았을 뿐인데."

금숙이의 표정은 지난날 모든 것을 잊었다는 듯, 세상을 다 안다는 듯 담담했다. 더 이상 이야기하는 것조차도 허락하지 않고 마음을 단단히 닫고 있었다. 창기네 집이 보이는 둑에 올라서자 금숙이는 뒷모습을 보이며 도영이네 집 앞으로 총총히 사라졌다. 참 싹싹하고 발랄했는데, 그리고 친했는데, 사람 관계가 이렇게 쉽게 끝나다니 서글픈 생각이 들었다. 창기는 학교에서 돌아오지 않고 규택이는 방에서 주산 연습을 하다가 들어오라고 했다. 돼지 분뇨 냄새가 방안까지 들어오고 꽥꽥거리는 울음소리가 귀청을 울렸다. 오랜만에 접하는 창기네 집이 낯설지 않다.

　"도영이 큰 오빠 죽었다."

　"갑영이가! 언제? 왜?"

　"며칠 전 마당에 우물 파다가."

　마당에 펌프를 박기 위해 사람 키 두 배 정도 우물을 파 내려갔다. 밑바닥에 흙을 파서 양동이에 담아주면 위에서 줄을 잡아 당겼다. 마침 구덩이를 파던 사람이 교대를 하기 위하여 올라왔다. 물이 나오기 시작하자 조금이라도 더 파내려가려고 갑영이가 내려갔다. 흙탕물 속을 헤집어 흙을 파서 양동이에 담고 '당겨라'고 소리를 지르는 순간 흙이 갑자기 무너졌다. 물이 나오자 마사토가 힘을 잃어 구덩이를 더 파내자 무너진 것이다. 흙 속에 갇힌 사람을 찾으려고 사람이 내려갔으나 내려간 사람마저 갇히게 되었다. 사람들이 모이고 경찰이 왔으나 흙 속에 갇힌 사람은 저녁 늦게야 찾아내게 되었다. 결국 흙 범벅이 된 사람을 억지로 건져 올렸다. 보건소 의사가 왔지만 이미 숨이 끊어진 뒤였다.

　창기네 집 도랑이 있는 둑길에서 도영이네 집을 내려다보니 마당에 도영이 오빠로 보이는 사람이 있었다. 자세히 보니 셋째인 병영이었다. 병영이는 도영이 보다 두 살이나 많다. 둑길을 내려가며 혼자 중얼거렸다. '도영이를 만날 수 있다면, 위로라도 할 수 있다면' 대문을 열고 나오던 병영이와 마주쳤다. 병영이는 지나가면서 정면으로 본 일이 있다.

"너! 너! 도영이 만날랗꼬 왔지! 도영이 꼬여 내는 놈, 오늘 잘 걸렸다."

고개를 깊이 숙여 낮은 자세로 인사를 했다.

"지나가던 길에, 상을 당했다면서요."

"상이나 마나 니가 알아서 뭐하게?"

낮은 자세로 대답을 하자 병영이도 조금은 누그러졌는지 목소리를 낮추었다.

"너! 다음부터 우리 도영이 만나지 마라! 알았지!"

주먹을 쥔 병영이 고개를 꼿꼿이 들고 대들듯이 윽박질렀다. 더 이상 물러서면 안 되겠다 싶어서

"친구인데 왜 그러시지요."

"친구! 너 이 자식!"

돌아서서 가는 등 뒤로 병영이의 주먹이 날아오는 듯했으나 당당하게 앞만 보고 걸었다.

자취방에서 어머니가 얼마나 기다릴까 싶어 걸음을 재촉했다. 농업고등학교 정문에 오자 건너편에 있는 고치공장(고치로 명주실을 뽑아냄)에서 일하는 처녀들이 퇴근을 하는지 어둠 속에서 우르르 몰려나왔다. 간혹 강변에서 신시장으로 가는 화물자동차가 불을 켜고 먼지를 일으키자 처녀들의 머리카락을 날렸다. 도영이네 사진관을 생각하지 않는 것은 아니지만 시간

이 늦어서 걸음을 재촉했다.

어머니 혼자 기다릴 것이라고 생각하고 방문을 여니 성소병원 부근에 사는 영우가 와 있었다. 영우는 조금 전에 부기 급수시험 때문에 왔다면서 문제지를 뒤졌다. '영가여고 교문에서 수경이를 봤다'며 지나가는 말로 했다. 도영이를 어떻게 만날까 궁리하던 중이라 반갑게 되물었다.

"수경이가 뭐라고 카든데?"

"전에 너하고 만났을 때 얼굴만 봤지 말은 안 했잖아."

"그래서 보기만 했나?"

"학교에 무슨 볼일이 있는지 교문 안으로 들어가더라!"

영우의 말이 떨어지기가 무섭게 대문을 박차고 나갔다. 교문까지 얼마나 뛰었는지 숨을 헐떡거리고 있는데, 교문 안 어둠 속에서 수경이가 나왔다. 수경이는 나를 알아보자 깜짝 놀랐다.

"어쩐일로?"

"너는 어쩐일로?"

"아! 도시락을 잊어서, 교실에 갔다가."

"그런데 너는?"

"니가 교문으로 들어가더라는 정보를 듣고."

"아! 맞다. 너 친구, 지나가더라!"

오래도록 뜸을 들일 시간이 없어 그동안 안부고 뭐고 생략하고 단도직입적으로 도영이에 대해서 물었다.

"도영이 학교 나오더나?"

"3학년 때는 같은 반이 아니어서 못 만나는데 왜? 무슨 일 있나?"

"아니, 만나거든 좀 보자고 해라?"

수경이는 입가에 조롱 섞인 미소를 띠며 삐죽거렸다.

"내가 왜 니들 연애에 심부름을 해야 되는데."

"심부름 좀 해라. 혹시 아나 떡이 생길지. 니 하고 같이 오면 더 좋고."

"동숙이가 그러는데 너 엄마하고 같이 있다며."

"아니다. 우리 어매 농사철이라 곧 시골 간다."

며칠 후 어머니가 농사철이라 시골집에 가던 날 저녁, 수경이와 도영이가 왔다. 도영이는 오빠가 죽은 충격으로 아버지가 앓아누워 사진관 일을 대신하는 어머니를 돕느라 결석을 했다. 취업과 대학진학을 놓고 진지하게 토론을 했다. 수경이는 대학은 가고 싶으나 공부가 문제이고, 도영이는 실력도 안 되지만 진학할 형편이 안 되어 취업을 하겠다고 했다. 나는 오로지 은행 취업만 고집했다.

담임인 최선생님은 달라는 돈의 반만 주어서 그런지 그 뒤로 쓰다 달다 말이 없더니 일요일 농장에 가자며 안경 너머로 은근히 강요를 했다. 다른 학생 몇 명도 같이 간다고 하니 일요일을 기다렸다.

담임 집으로 아홉 시까지 오라고 해서 조금 일찍 자취방을 나섰다. 대문의 벨을 누르고 들어가니 대문 옆방에 영우, 성기, 두태가 이미 와 있었다. 잠시 후 담임이 싱글벙글 웃으며 나오는데 사모님과 식모도 양손에 무거운 짐을 들고 나왔다.

"그래! 저 짐 좀 들고 가자!"

담임을 따라 철길 건널목을 건너고 법흥교를 지나 용상 보트장까지 걷다가 쉬다가 하느라 한 시간 반이 걸렸다. 보트장에서 큰 배를 타고 강을 건너 오솔길을 따라 산골짜기로 올라갔다. 산모퉁이를 돌자 보트장의 푸른 물이 보이지 않는 곳에 오두막집이 있고 밭이 세 계단으로 있었다. 첫째 계단밭 에는 사과, 자두, 복숭아 등 과일 나무가 있고, 두 번째 계단에는 향나무, 살 구나무, 측백나무, 소나무 등이 자라고 있었다. 세 번째 오두막이 있는 계단 밭은 상추, 배추, 고구마, 오이, 고추 등이 자라고 있었다. 한눈에 보아도 서 너 마지기는 되어 보였다. 오두막집이 쳐다보이는 두 번째 계단밭의 밭머리 에는 제법 큰 버드나무가 있어 그늘이 되었다. 담임을 중심으로 우리들은 둘러앉았다. 담임은 여자대학교에서 여학생들에게 강의하던 이야기를 했 다. 특히 서울의 어느 유원지에 야유회 가서 여학생들에게 둘러싸여 술잔을 받을 때 이야기를 신명 나게 했다.

"겨드랑이가 훤하게 보이는 짧은 소매를 입고 술잔을 주는데, 화장품 냄 새가 코를 찔러서 시선을 어디에 두어야 할지! 정말 난감하더라!"

행복했던 시절이었다며 안경 속으로 눈을 감았다가 떴다. 담임은 도서관 에서 교재 연구를 할 때도 공부하는 우리들 옆에 와서 말을 걸었다. 오늘은 마음 놓고 큰 소리로 이야기를 하느라 입에 거품이 묻어 나왔다. 무심히 하 늘을 쳐다보는 영우, 정신없이 웃는 성기, 입맛을 다시는 두태의 표정은 담 임의 이야기보다 더 재미있었다. 한 가지 이야기를 끝내고 다음 이야기를 하려는데, 오두막을 쳐다보니 작은 문에 사모님과 식모가 동시에 고개를 내 밀고 우리들을 내려다보며 웃었다. 우리도 웃는 모습을 보고 따라 웃었다. 각기 다른 생각에 같은 웃음이다.

밭에 왔으면 무슨 일을 시킬 줄 알았는데, 담임은 이야기를 하느라 정신 이 없다. 우리들을 초대하여 농장을 구경시키고 같이 놀자는 뜻을 알게 되었다. 버드나무 그늘에서 조금 내려오니 마침 보트가 우리 쪽으로 오고 있었다. 보트 2대를 빌려 나누어서 탔다. 영가시에는 암산과 무릉에 보트장이 있으나 용상에 생긴 지는 얼마 되지 않는다. 담임의 농장은 높은 산을 뒤로 하고 보트장을 끼고 있어 경치가 무척 좋다. 누구나 원하는 주말농장이다. 나중에 어른이 되면 이런 농장에서 가족들과 야유회를 하겠다는 꿈을 가지게 되었다.

보트를 타고 산 밑의 깊은 물까지 올라갔다가 돌아서 나오는데 식모가 손을 흔들며 불렀다.

"점심 드세요."

서둘러 노를 저어 내려가니 담임이 탄 보트는 강 가운데 있었다. 담임의 보트가 도착하기를 기다렸다. 보트 놀이에 지쳐 힘없이 밭으로 올라가니 사모님과 식모가 버드나무 그늘에 점심을 차려 놓고 기다렸다. 금방 솥에서 퍼 주는 밥은 김이 모락모락 났다. 배가 고파서 서너 가지 반찬과 국이지만 진수성찬이 부럽지 않아 마파람에 게 눈 감추듯 한 그릇씩 비웠다. 점심 식사가 끝나자 사모님과 식모는 오두막집으로 올라갔다. 오두막에는 무엇이 있는지 궁금하지만 아무도 올라가지 않아 가볼 수가 없다.

키가 크고 허리가 약간 굽은 담임선생님은 둘러앉으라고 하더니 손뼉을 치며 노래를 불렀다. 패티김의 노래를 가곡처럼 불러서 음이 높아 귀가 조금 불편했으나 손뼉은 열심히 쳤다. 나훈아, 남진, 문주란 등의 노래를 돌아가면서 부르고 합창도 했다. 합창을 하자 조금은 흥이 나서 어깨를 들썩이는데, 사모님과 식모가 짐을 챙겨 오두막집에서 내려오자 모두 일어섰다.

영가여고 옆으로 자취방을 옮기고부터 도영이는 전에 자취하던 집보다

뜸하게 왔다. 학교 옆이라 학생들의 눈을 의식하는지, 아니면 바빠서, 아니면 다른 이유가 있는지 알 수가 없다. 고민 끝에 학교 주소로 편지를 써서 부쳤다. 3학년이니 선생님들도 이해를 해 주리라. 우리 반에도 여학생에게 편지가 오는 학생이 있는데 선생님들은 말없이 전해 주었다. 2학년 때까지만 해도 누구냐고 묻는 선생님이 있다는 말을 들었다. 도영이에게 편지를 보내고 일주일이 지나자 거짓말처럼 답장이 왔다. 이렇게 좋은 방법이 있는데, 진작 용기를 못 낸 것이 아쉬웠다.

두태는 집이 가난하여 중학교 때부터 신문 배달을 했는데, 이제는 책임자가 되었다. 고등학생이 되고 상식을 넓히기 위하여 신문을 받아보기 시작했는데, 벌써 3년이 되었다. 아폴로가 달에 착륙했다. 7월 20일자 신문은 아폴로 11호가 달에 착륙했다는 소식으로 도배를 했다. 미국의 아폴로 11호가 달에 착륙하여 인류의 첫 발자국을 찍었다. 최초로 달에 발을 내디딘 사람은 닐 암스트롱(Neil Armstrong)이다. 동경의 대상이었던 달이 과학의 영역으로 들어오게 된 것이다. 계수나무가 살고 토끼가 방아를 찧는 낭만 속의 달이 아니다. 서울에서는 텔레비전이 있어 달 착륙을 생생하게 보았다고 한다. 인류의 달 착륙은 과학의 대중화에 크게 기여하여 천문학과가 대학에 있다는 것도 알게 되었다.

1학기 기말고사가 끝나자 담임선생님은 교무실에 있는 방송실로 불렀다. 방송실은 교무실 안에 시멘트 벽에 문을 만들어 닫는 별도의 방인데 방송반 학생이 아니면 들어갈 수 없다. 방송실에는 영우도 함께 갔는데, 우리 반 학생들의 성적을 성적일람표에 기록하고 가로세로 합계를 낸다. 전체 통계가 끝나면 개인 통지표에 성적, 합계, 평균, 석차를 일일이 기록을 하는데 하루에 다 할 수 있는 일이 아니어서 다음날도 계속했다. 방송실에 앉아 있으면 선생님들이 직원종회를 하는 것도 다 들을 수 있다. 교무과장이 사회를 하고 선생님들이 이야기를 하고 교감이 말을 하고 교장이 최종적으로 말을 하는 순서였다. 금년에 은행시험 응시에 대한 이야기를 했는데 교칙대로 은행 응시 자격은 성적 80점 이상, 주산 2급 이상, 부기 2급 이상이다. 중간고사를 치지 못한 나는 기말고사를 조금 잘 쳐서 평균 80점을 간신히 넘겼다. 2학기 중간고사까지 적용이 되므로 한 번만 더 잘 치면 은행 입사시험을 칠 수 있게 될 것 같다. 잘만 하면 학교장 추천으로 입사를 하는 행운도 기대해 볼 만하다. 영우는 성적은 나보다 좋으나 주산이 3급도 합격하지 못하여 걱정이다. 금년에도 여름방학 다음날 주산 부기 급수시험이 있다. 주산은 1급에 합격을 했으므로 1단과 2단, 부기는 3급에 합격을 했으므로 2급 원서를 내었다. 중간고사도 끝났으니 밤을 새워 주산을 연습하고 부기 공부를 하느라 잠 안 오는 약을 먹고 버티기도 했다.

밤새워 공부를 하느라 정신이 몽롱한 상태로 아침밥을 지으려고 연탄불을 보니 꺼져 있었다. 시간이 없으니 어제 먹다가 남아 있는 식은 밥을 열어 보았다. 더위에 쉬었는지 미끈거리기도 하고 냄새도 났으나 물에 씻어서 먹고 학교에 갔다. 2교시를 마치고 나니 배가 아프기 시작하여 변소에 갔다가 자리에 앉으니 참을 수 없을 만큼 아팠다. 배를 움켜쥐고 책상에 엎드려 신음을 참고 있는데, 동제가 옆에 와서 흔들었다.

"무슨 땀이 이래 많이 나노! 안 되겠다. 일라그라!"

동제는 학교장의 많은 조카 중에 한 사람으로 강당 옆에 새로 지은 도서관 방에서 자취를 한다. 동제가 자취하는 도서관 방은 부엌도 별도로 있으나 방은 그리 크지 않았다. 어디서 구해왔는지 가루약과 물을 주었다. '담임 선생님께 이야기할 테니 방에 누워있으라'고 했다. 무슨 약인지 배에 통증이 사라지니 잠이 쏟아졌다. 동제가 흔들어 깨우기에 일어나 보니 점심시간도 훨씬 지나고 5교시를 시작하는 벨이 울렸다. 동제는 덕철네 집에 하숙할 때 같은 동네에서 자취를 했기 때문에 무척 친한 사이이다. 통증이 사라지지 않아 배를 움켜쥐고 5교시와 6교시를 마치고 다른 학생들이 청소를 하느라 책상을 옮길 때까지 책상에 누워있었다. 비틀거리며 복도를 걸어 현관으로 나왔다. 아프지 않으면 빈 교실에 남아서 주산 연습을 할 텐데, 다른 학생들은 열심히 연습을 하는데, 아픈 것은 뒷전이고 오로지 주산과 부기만 머리에서 맴돌았다.

교문 앞 구불구불한 황톳길 골목을 나와 강둑을 혼자 걸었다. 몇 번 주저앉아 더위를 이기고 있는 역한 풀냄새를 맡았다. 열기가 달아올라 아지랑이처럼 피어오르는 강변의 모래사장을 보며 힘없는 걸음을 억지로 옮겼다. 학교 변소에서 구역질을 하느라 새로 산 데드롱 하복에 얼룩이 지는 것도 몰랐다. 입에서는 쓴물이 몇 번인가 올라왔다.

서울에서 시작된 3선 개헌 반대 데모는 지방의 작은 고등학교까지 번졌다. 아무도 없는 교실에 혼자 남아 주산 연습을 하고 있는데 학생회장 호성이가 문을 살며시 열고 들어왔다.

"우리 학교도 데모를 하기로 했다. 공부 잘하는 너희들도 동참해주기 바란다. 선생님들은 말리지만 다른 학교에 뒤질 수 없게 되었다."

성적은 조금 뒤떨어지지만 리더십(leadership)이 강한 호성이는 카리스마 넘치는 목소리로 잠시 열변을 토했다. 주먹이 센 뒷자리 친구들도 잘 따라주는 호성이는 공부를 잘하는 우리들에게 저자세를 취했다.

데모를 하기로 한 날이 내일로 다가왔다. 영가고등학교가 앞장을 서고 영가여고, 경동상고, 영가농고, 경서고, 경서여상이 따라가기로 했다. 데모는 정상적으로 각 학교에 등교를 하되 가방에 책 대신 돌을 넣고 교실 대신 운동장에 모이기로 했다. 각 학교 운동장에서 성토대회를 식순에 의하여 진행하고 질서를 지키며 교문을 나와 중앙국민학교 운동장에 모여 시가행진을 하기로 했다. 만약에 경찰이 시가행진을 못하도록 방해를 하면 가방에 있는 돌을 던져 맞서기로 했다. 학교에서도 눈치를 채고 학생회장과 우리들을 방송실로 불러 데모를 못 하도록 했다. 특히 나와 영우, 두태에게는 데모를 하면 은행 입사시험 추천을 해 주지 않을 것이라고 겁을 주었다. 저녁에 호성이네 집에 많은 학생들이 모여 학교의 처사를 성토했다. 그러나 분명한 것은 영가시내 모든 고등학교가 데모를 하는데, 우리 학교만 빠질 수 없다는 것이다.

도영이는 새벽같이 달려와서 잠을 깨웠다.

"데모하면 은행시험 못 친다며?"

밤늦게까지 공부하느라 눈이 떠지지 않아 비비고 있는데, 교복을 입고 방문을 열며 소리를 질렀다.

"잘 온나! 누가 그러더노?"

"옥화가 그러더라. 은행시험 못 치면 어쩌는데."

"괜찮다. 걱정하지 마라."

"우리 학교도 데모를 한다며 난리다. 진구야, 학교 가지 마라."

도영이는 쌀을 바가지에 꺼내 씻더니 연탄불에 올려놓고 사과 상자에 있는 된장을 꺼내 찌개를 끓였다.

"교복 때 묻는다."

평소에는 치마를 입었으나 데모를 한다고 하니 바지를 입은 듯했다. 여학생교복은 치마와 바지를 마음대로 입는 듯했다. 자전거를 타고 다니는 여학생들은 매일 바지만 입는 듯했다. 그렇다고 왜 바지를 입었냐고 물어 볼 수는 없는 일이다.

반찬은 도영이가 끓인 된장찌개와 파김치뿐이지만 함께 먹으니 맛이 있었다.

데모는 하지 않겠다고 몇 번 다짐을 하고 도영이를 학교로 돌려보냈다. 자갈이 든 가방을 찾아들고 평소와 같이 학교에 갔다. 그런데 교문이 잠겨 있었다. 잠긴 교문 뒤로 선생님들이 심각한 얼굴로 서 있었다. 교문을 사이에 두고 선생님과 학생이 다투는 이상한 일이 벌어졌다. 후문도 철망 사이도 선생님들이 지키고 서 있었다. 텅빈 운동장을 바라보며 교문 앞에 학생들은 항의를 하다가 호성이의 지시대로 줄을 서서 침묵을 했다. 아무것도 모르고 가방에 책을 넣고 등교하는 학생들과 중학생들까지 교문 안으로 들어갈 수 없게 되었다. 등교 시간이 훨씬 지나자 학생들은 골목의 끝이 보이지 않게 서 있는 진풍경이 벌어졌다. 소리를 지르는 학생, 땅바닥에 쪼그리고 앉아 있는 학생, 삼삼오오 모여 장난을 치는 학생, 책을 꺼내 보는 학생들로 교문 앞 동네 골목은 행인들도 못 다니게 되었다. 잠시 후 교감선생님이 교문 위 언덕에 올라가더니 손마이크를 만들어 큰소리로 외쳤다.

"오늘은 휴교를 하니 모든 학생들은 집으로 돌아가기 바란다. 집으로 돌아가라! 빨리 해산하기 바란다."

학생회장이 잠긴 교문을 등지고 책으로 마이크를 만들어 입에 대고 소리를 질렀다.

"중앙국민학교 운동장으로 간다. 한 사람도 빠지지 말고 중앙국민학교로 간다. 출발! 출발!"

학생회장의 말이 교감선생님의 말보다 믿음이 가지 않는지 중학생부터 골목 속으로 하나둘 대열을 이탈했다. 한참을 가다가 보니 영가농고도 교문이 잠겨 운동장이 텅 비었다.

3선 개헌반대 데모는 6월 12일 서울법대생들이 '헌정수호 성토대회'를 하고 개헌반대운동을 했다. 개헌안 내용은 '대통령의 3선연임 허용, 국회의원의 국무총리 및 국무위원 겸직 허용, 대통령에 대한 탄핵소추결의 요건 강화, 국회의원 정수 증가' 등이다. 대통령의 연임규정이 '1차에 한해서 중임할 수 있다'로 되어 있어 2차까지 연임했던 박정희 대통령은 출마할 수 없게 되었다. 언론과 국민 간에는 장기집권 개헌반대여론이 들끓었다. 신민당 중심의 서울대학교, 고려대학교, 연세대학교, 경기대학, 경북대학교 등 전국 20여 개 학원가에서 시위가 일어났다. 그 후 계명대에서 헌정수호 성토대회가 열렸으며, 대구는 가장 격렬하게 데모를 했다. 특히 경북대는 박정희 정권을 파시즘으로 규정하고 '황소파시즘 화형식'을 거행하기도 했다. 이에 맞서 정부는 휴교령, 학과 통폐합 등 여러 가지 수단을 동원하여 학생들의 시위를 저지했다. 고등학생들도 대학생들과 가두시위, 화형식, 성토대회, 단식투쟁 등을 함께했다. 그러나 학생들의 반독재 반대에도 불구하고 국회는 9월 9일 본회의에 상정하여 9월 14일 새벽, 여당계 의원 122명만 참가한 가운데, 3선 개헌안과 국민투표 법안을 변칙 통과시켰다.

어머니와 함께 있을 때는 영가여고에 가서 양동이로 물을 받아 와서 펌프물에 냄새가 심한지 몰랐으나, 농사철이라 시골집에 가고부터 먹는 물이 걱정이다. 어쩔 수 없이 마시고 나면 속까지 불편했다. 밥에도 냄새가 나니 할 수 없이 자취방을 옮기기로 했다. 도영이도 친구들을 통해서 수소문을 해 보고, 나도 여기저기 알아보다가 마침 영가농고 교문 앞 고치 공장 근처에 깨끗한 방이 있었다. 연초제조창에 다니는 사람이 자취를 하던 방인데 결혼을 하여 비어있었다. 반듯한 남향 한옥 겹집으로 방이 네 개, 큰 마루, 작은 마루, 부엌과 고방이 있는 큰집이다. 마당도 넓어 각종 꽃나무가 심겨 있었다. 마당의 펌프에 물부터 마셔보았는데 냄새가 나지 않을 뿐 더러 물맛도 있었다. 주인아저씨는 철도에 다니고 아주머니와 국민학생 딸이 있어 항상 조용했다. 자취방은 전번 방보다 컸으며 부엌이 딸려 있어 비싸기는 해도 마음에 들었다. 도영이는 넓은 집이 너무 마음에 든다며 언젠가 이런 집에서 살았으면 좋겠다고 했다.

2학기 중간고사가 끝나고 성적이 나왔다. 1학기 기말고사와 2학기 중간고사는 평균이 90점 가까이 나왔다. 1학기 중간고사 불참으로 80점을 겨우 넘겨 은행시험은 칠 수 있게 되었다. 주산, 부기 등 성적을 갖춘 학생은 나와 영우, 두태 등 다섯 명이다.

은행시험을 치는 날이 하루 이틀 다가왔다. 학교에서는 한 명이라도 합격자가 나오기를 바랐다. 개교하고 4회째 졸업생을 맞이하지만 입사시험 합격으로 은행에 들어간 학생은 아직 없다. 밤늦도록 부기, 상식, 영어 공부에 박차를 가했다. 도영이도 보름이 넘도록 잠시 볼 뿐 이야기할 시간조차 줄였다.

은행시험을 며칠 앞두고 여비를 얻으려고 시골집에 갔다. 밤이 되자 아버지는 목욕재계를 하고 마당에 멍석을 펴고 냉수를 떠놓고 손이 닳도록 빌었다.

"조상님! 우리 아들, 은행시험에 합격하게 해 주소! 합격만 되면 제사 때 진수성찬으로 보답 합시더!"

내일이 시험일이라 청량리 가는 아침 기차를 타기 위해 숨을 헐떡이며 영가역에 도착했다. 영우가 벌써 와서 기다리는데, 두태는 조간신문을 분류하느라 늦는지 보이지 않았다. 생각지도 않았는데, 도영이가 언제 왔는지 책가방을 들고 대합실 구석에 서 있었다. 개찰을 하려는데 두태가 뛰어왔다. 개찰구로 가면서 도영이 손을 잡아주었다.

"내 자취방에 가서 아침 찾아 먹고 학교 가그라. 잘 다녀올께!"

도영이는 귀에 대고 속삭였다.

"잘 치고 와!"

부산에서 출발한 기차는 새벽 공기를 가르며 영가역에 도착하여 가픈 숨을 토하느라 기적을 울렸다. 또다시 청량리를 향하여 달리다가 간이역이 보이면 멈추어서 기다리는 승객을 태웠다. 옹천을 지나 영주역에 도착하자 많은 사람들이 우르르 몰려 왔다. 복도를 꽉 메운 승객들은 의자 손잡이까지 엉덩이를 붙이고 앉았다. 여기저기 담배를 피워 연기가 자욱하여 멀리 있는 물체가 어질어질하게 보였다. 단양을 거쳐 제천에 도착하자 또 한 차례 손님들이 타고 내리는지 찬 공기가 객실 가득 몰려들어왔다. 사람에 부대끼며 변소를 다녀오고, 복잡한 복도를 헤집고 다니는 홍익회 손수레는 음료수, 과자, 김밥, 껌, 빵 등을 외치느라 귀가 따갑다. 점심으로 빵을 3개 사서 나누어 먹고 창밖을 보며 시간을 보냈다. 아침에 출발한 기차는 3시가 넘어 청량리역에 도착했다. 6시간이 걸려 도착한 청량리는 쓰레기가 굴러다니는 검은 흙바닥 광장이 기다리고 있었다. 1년 전에 아버지와 처음 왔던 서울이 지만 자동차와 빌딩이 늘어나서 엄청나게 바뀌었다. 버스를 기다리다 서울역 근처에 있는 은행까지 서울 지리도 알고 구경도 할 겸 걸어가기로 했다. 무조건 북쪽을 향하여 걷는데 곧은 길을 벗어나면 지나가는 사람들에게 '서울역 어디로 가요' 하고 물었다. 4차선 6차선의 넓은 도로 옆으로 난 인도를 걷기도 하고, 검은 물이 흐르는 개울 위 다리를 걷기도 하고, 인도와 차도 구분이 없어 먼지를 뒤집어쓰기도 했다. 서울역까지 걸어가는 것은 영우의 의견이지만 버스비 절약도 한몫을 했다. 2시간은 걸릴 것이라 예상을 했는데 1시간 40분 만에 서울역 건물을 발견하고 이어서 은행 건물도 발견을 했다. 은행 건물 안으로 들어가서 내일 시험을 치는 주의사항과 고사장인 학교까지 가서 가까운 곳에 여관을 잡았다.

아홉 시도 되기 전에 시험장에 도착하니 전국에서 모인 상업고등학교 3학년 응시생들이 교실 2칸을 메웠다. 1교시 주산, 2교시 부기, 3교시 영어와 상식이다. 주산 시험지를 받아보니 2급 정도의 문제인데 시간은 충분할 것 같았다. 그런데 어제저녁에 여관에서 잠을 충분히 자지 못한 탓인지 머리가 맑지 못하다. 꼭 주산 급수시험 치는 날, 새벽부터 연습을 많이 해서 생기는 현상 같았다. 평소 같으면 자신 있는 가감산도 두 번 세 번 다시 놓았다. 승산과 제산도 정신없이 끝냈다. 그나마 전표산과 암산이 없어서 다행이다. 2교시 부기 시험은 모르는 문제가 있었는데, 쉬는 시간에 다른 응시생들도 모르는 문제라고 하여 안심은 되었다. 영어는 무난했으나 상식에서 처음 보는 객관식 문제가 있어 볼펜을 굴렸다. 영우과 두태는 주산 시험에 시간이 부족했다며 투덜거렸다.

기차 시간에 쫓기어 빵으로 늦은 점심을 해결했다. 좌석표가 없어 입석 표로 2시 부산행 기차 복도에 서서 해방감에 젖어 잡담을 늘어놓았다. 승객들 사이를 비집고 열차 이음새 공간에서 바람을 쐬며 지나가는 풍경의 속도감에 희열을 느끼기도 했다. 시간이 지루해 질 때 쯤 제천을 지나자 빈자리가 생겨 눈을 감았다가 떴다가 하며 포근함에 젖었다. 어둠 속을 달리던 기차는 긴 중령터널을 벗어나 영주에 도착했다. 빈자리가 여기저기 생기고 눈을 감고 잠을 청하는 승객들이 늘어났다. 영가역에 도착하니 밤 11시가 가까웠다.

자취방에 문을 열고 들어서니 깨끗하게 청소가 되어있었다. 도영이가 청소를 한 것이 분명하다. 부엌에 들어가니 밥솥에 뚜껑 덮인 밥그릇의 밥이 아직도 온기가 남아 있는 듯했다. 냄비에 된장찌개와 고추를 된장에 찍어 허겁지겁 배를 채웠다.

자취방을 옮기고 한 달이 겨우 지났는데 주인아주머니는 하숙비를 헐하게 받을 테니 하숙을 하라고 권했다. 연초제조창에 다니는 총각이 전에 하숙하던 사람의 소개로 하숙을 하려고 왔다가 갔는데 같이 하숙하는 것이 어떠냐는 것이다. 은행시험도 끝난 후라 마음이 홀가분하여 편하고 싶었다. 아버지도 쾌히 허락을 하며 하숙비를 선뜻 내어주었다. 연초제조창에 다니는 청년은 아침 일찍 나가고 저녁 늦게 들어왔다. 은행시험이라는 목표에 도달했으니 주산 급수시험도 1단을 끝으로 더 이상 응시하지 않을 작정이다. 거기다가 하숙을 하게 되니 뭔가 잊어버린 듯 허전했다. 아침이면 습관처럼 강변의 강둑길로 등교하면서 강물을 바라보고 하교하면서 강물을 보는 일이 반복되었다. 도영이는 은행시험이 끝나고 강둑을 함께 걸으며 이야기를 한 후로 하숙집에는 오지 않았다.

평소처럼 교실에 들어가자 담임선생님이 등교하는 즉시 교무실로 오라며 몇 번째 연락을 보냈다. 교무실에 출입문을 열며 경례를 하자 담임이 자리에서 환하게 웃으며 성큼성큼 걸어와서 손을 내밀었다.

"진구 군! 축하한다."

다른 선생님들도 의자에 앉아 고개를 들고 쳐다보며 웅성거렸다. 모르는 선생님들은 '자가 진구라!' 하기도 하고 잘 아는 선생님들은 '어이 진구 축하해!' 하며 교무실이 떠나가라 소리를 질렀다. 담임선생님의 뒤를 따라 교장실로 들어갔다. 자리에 앉았던 교장선생님은 벌떡 일어나서 한 발짝 다가왔다.

"이 학생이 임진구인가?"

"예 이번에 은행시험에 합격한 학생입니다."

담임선생님은 무척 자랑스럽다는 듯 소개를 하며 소파에 앉으라고 했다. 소파에 다가온 교장선생님은 손을 내밀어 약수를 청했다. 공손히 고개를 숙이며 손을 내 밀자 서무과 문을 향해 소리를 질렀다.

"바라! 여기 쌍화차 두 잔 가지고 온나! 나는 조금 전에 먹었다."

교장실은 두어 번 온 것 같다. 1학년 학기말과 2학년 학기말에 영우와 같이 장학금을 받으려고 왔었다. 교장선생님 책상 뒤로 교훈과 박정희 대통령 사진이 걸려있었다. 책상 왼쪽 창가에는 행사 때 보이던 교기와 태극기가 비스듬히 서 있었다.

"임군은 언제부터 근무하노?"

두 손을 무릎에 가지런히 모으고 소파에 쪼그려 앉았던 담임선생님은 허리를 펴며 대답을 했다.

"아직 면접이 남아 있어서, 면접이 끝나면 정해질 것 같습니다."

"면접에 낙방할 수도 있나?"

"면접은 얼굴을 보자는 것으로 형식입니다."

담임선생님은 면접이 형식이라고 했으나 면접에 떨어질 수 있다는 소문은 익히 들어서 알고 있는 사실이다.

개교하고 3회 졸업생까지 합격자가 없다가 4회 졸업예정자가 은행 입사시험 1차에 당당하게 합격을 한 것이니 학교에 경사가 아닐 수 없다. 복도를 걸어 나오며 교문에 현수막을 걸어 달라고 건의를 하겠다고 했다. 그러다가 면접까지 합격하면 건의를 하겠다고 고쳐 말했다.

며칠 후 면접시험을 치는 날 아침, 혼자 기차를 타니 어쩐지 허전했다. 도영이도 아버지도 따라가겠다고 했으나 혼자 가겠다고 고집을 부렸다. '면접에서 떨어지면 무슨 창피냐?'는 것이 이유였으나 마음속은 조용히 치고 싶다는 것이다. 1차 시험 때는 세 명이 떠들면서 갔는데 혼자 면접을 보니 영우와 두태에게 미안했다. 기차가 출발하자 예상문제라고 담임이 준 것을 또 한 번 읽어 보기로 했다.

면접시험장은 은행장실 옆 회의장 팻말이 붙어 있는 곳에서 시행되었다. 합격자 열 명은 복도에 놓인 의자에 앉아 대기를 하고 회의장 안에서 이름을 부르면 가슴에 사진이 붙은 수험표를 달고 들어갔다. 여섯 번째 내 이름이 불렸다. 면접관 중에 머리가 번쩍거리도록 벗겨지고 배가 나온 사람 앞에 앉았다.

"학생은 경상도 영가시에서 왔구먼, 그래! 은행원은 왜 되려고 했나?"

순간 앞이 캄캄해져서 정신을 차리자고 다짐을 하면서 정직하게 답을 했다.

"어렵게 농사를 지으시며 학비를 주신 부모님의 기대에 어긋나지 않기 위해서입니다."

면접관의 얼굴에 엷은 미소가 번지자 잘못 대답을 했구나! '훌륭한 은행원이 되어 우리나라 은행이 세계적으로 발전하는데 보탬이 되겠다'고 대답을 하지 못한 것이 후회되어 한숨을 쉬었다. 면접관의 얼굴이 심각해지면서 고개를 끄덕거리더니 나지막하게 혼잣말을 했다.

"정직하고 성실한 사람이구만!"

무엇인가 만년필로 쓰더니 턱짓으로 나가라는 신호를 보내자 안내하는 사람이 다음사람 이름을 불렀다. 면접이 끝내고 자리에서 일어서려는데 누군가 혼잣말을 했다. '1차에 정원대로 뽑아서 결석자나 큰 잘못이 있는 사람 외에는 모두 합격이야!

며칠 후 최종 합격이 되었다는 연락을 받았는데 예상외로 면접에서 세 명이나 불합격을 했다. 아버지는 집안의 경사라며, 월급 타는 아들이 생겼다며, 돈 걱정은 하지 않아도 된다며 조상님께 제사를 올렸다.

하숙집 아주머니는 잘 웃지 않는 차가운 성격으로 하는 일도 자기 마음대로다. 같이 하숙하는 연초제조창에 다니는 사람이 밥에 석유 냄새가 난다고 핀잔을 주자 화가 나서 하숙비도 받지 않고 내보냈다. 큰 방에 혼자 잠을 잤는데, 시골집에 다녀오니 마루에 붙어 있는 작은 방으로 옮기라고 했다. 그것도 혼자가 아니라 새로 들어온 하숙생인 경서고등학교 3학년과 함께 자라고 했다. 자취를 하다가 하숙으로 바꾼 큰방은 운전을 하는 신혼부부가 들어온다고 했다. 안 된다고 하기에는 아주머니의 계획이 너무 완벽했다. 좁은 방은 책상 두 개와 의자, 이불을 쌓아 놓고 나니 세 명이 앉기에도 좁았다. 식사 때는 큰방에서 아주머니와 딸이 함께 먹자고 했다. 모두가 아주머니에게만 유리했다.

주산 연습도 공부도 쉬는 상태라 수업을 마치면 바로 하숙집으로 왔다. 하숙집에 와도 별도로 할 일이 없어 책상 앞에 앉았다가 마루에 나갔다가 주인집 딸 국민학생과 노는 것이 전부이다. 간혹 전에 자취하던 방에 신혼인 아주머니가 오라고 하면 가기는 해도 남편이 없는 방에 들어간다는 것이 이상하여 밖에서 이야기를 하는 정도이다. 또 신혼부부 방문과 동쪽 옆집 큰방 뒷문이 낮은 담장을 두고 마주 보고 있어 몇 번 눈인사를 한 여학생 집에 가서 신문을 얻어 보기도 한다. 두태가 보내주는 신문도 은행시험이 끝나자 신문 대금을 아끼려고 그만두었다. 한두 번 동쪽 집에 가다가 보니 그 집 아들이 우리 학교 1학년이라며 인사를 하기에 친하게 되었다.

그날도 할 일 없이 동쪽 집 마루에 걸터앉아 신문을 보다가 하숙집에 왔다. 책상 앞 의자에 앉으려는데 같이 하숙하는 학생이 대문 벨소리를 듣고 마루에 있는 인터폰을 들더니 나에게 손짓을 했다.

"누가 찾는 것 같은데."

인터폰을 넘겨받으니 도영이 목소리다. 반가워서 급하게 신발을 접어 신고 마당 가운데 화단을 중심으로 원을 그리며 달려갔다. 대문을 여니 도영이가 환하게 웃으며 서 있었다.

"대문이 잠겼다."

"들어 온나?"

마루에 올라서서 도영이 손을 잡아 당겨주고 방문을 열었다. 뜻밖에 여학생이 방에 들어오자 같이 하숙하는 학생은 인사도 없이 마루로 슬그머니 나갔다. 그는 며칠간 함께 생활했지만 속이 밴댕이 같아서 말이 잘 통하지 않는다. 어쩌다 책상 위에 있는 편지를 보게 되었는데 형과 형수에게 학비 문제와 사소한 일로 다투는 내용이었다. 그 학생의 의자에 내가 앉고 내 의자에 도영이를 앉혔다. 면접시험과 2차 합격 이야기기 끝나자 수경이, 옥화, 동숙이 이야기까지 하느라 한 시간이 훌쩍 지나갔다. 마루로 나간 그 학생은 어디로 갔는지 보이지 않고, 아주머니 딸에게 발레를 지도하는 여학생이 언제 왔는지 리듬에 동작을 맞추는 소리가 가늘게 들렸다.

"저 방에 뭐 하는 소리지!"

"아! 이 집 딸, 무용 배워!"

"구경하자."

말릴 사이도 없이 도영이는 큰방 문을 살며시 열었다. 잠시 후,

"순자야!"

"도영아!"

소리에 놀라 나는 처음으로 발레를 지도하는 광경을 보게 되었다. 알고 보니 발레를 개인 지도하는 선생님은 도영이 반 학생이었다. 둘은 잠시 눈을 크게 뜨고 서로를 확인하느라 머리를 굴리는 듯했다. 마루로 나온 도영이는 집에 간다며 누가 보는 사람이 없나 확인을 하더니 살며시 안기었다. 반가워서 팔에 힘을 주었더니 가슴이 구겨졌는지 돌아서서 가슴 속옷을 바

로 하느라 얼굴이 빨개졌으나 아무 일 없었던 것처럼 모른 척했다.

먼 산꼭대기부터 가을이 오기 시작하더니 플라타너스 나뭇잎까지 왔다. 지나가는 행인들의 머리 위에 늦여름 바람이 스쳐 가던 날, 내 인생을 바꾸어 놓은 광경을 보았다.

기차역 광장이 저 멀리 보이는 2차선 거리의 인도에 저녁노을이 물들었다. 서쪽으로 기울어진 태양은 가로수 꼭대기에 걸려있는데 반대 방향 저 멀리서 남녀 대학생이 교복을 입고 걸어오고 있었다. 남학생은 왼쪽 가슴 주머니에 작은 지퍼(자크) 손잡이가 달려 있는 검정색 교복을 입었으며, 여학생은 투피스로 된 짙은 남색 교복에 조금은 긴 치마를 입었다. 옆구리에 책을 낀 두 사람은 간혹 하늘을 쳐다보며 웃기도 하고 땅을 내려다보며 심각한 표정을 짓기도 했다. 잠시 다가 왔다가 지나간 그들의 뒷모습이 가로수 속으로 사라질 때까지 넋을 잃고 바라보았다. 그들에게 시선을 거두었을 때는 산 위에 걸렸던 햇볕도 사라지고 하나 둘 가게마다 불이 켜지기 시작했다.

은행원 시험에 합격했다고, 은행에 들어가기 위해 지난 3년을 고스란히 바쳤는데, 어째서 대학교는 내가 갈 수 없는 곳에 있다는 말인가? 대학교 교복을 입을 수는 없는가? 대학교 교복을 입고 여학생과 해가 지는 가로수 길을 걷고 싶다는 욕망은 마침내 하늘을 쳐다보며 가슴을 치게 했다. 갑자기 은행원이 너무 작아 보였다. 대학생이 되고 싶었다. 하숙집으로 가면서 길이 눈에 보이지 않아 술 취한 사람처럼 비틀거렸다.

다음날 학교 수업을 마치고 이종사촌 형과 형수가 운영하는 시장서점에 갔다. '진학'이라는 잡지가 눈에 띄어 외상으로 샀다. '대학진학안내'라는 부록은 표지에 대학교 교정 칼라사진이 있어서 마음에 들었다. 차례에는 특차, 전기의 종합대학과 단과대학, 초급대학, 교육대학, 간호학교와 각종 대학, 후기의 종합대학 순이다. 서울의 유명한 대학교를 비롯하여 전국의 대학교 소개에는 뺏지(배지), 설치학과, 모집인원, 시험과목, 입시 상황 등이 자세하게 소개되어 있었다. 시장서점 옆 헌책방에 상업과목 참고서를 팔아 국어, 영어, 수학, 과학 등 참고서를 샀다.

대학입학예비고사는 지난해 처음으로 시행하고 금년이 두 번째다. 각 고등학교 별로 몇 명이 합격을 했는지? 합격자가 몇 퍼센트가 되는지에 관심이 집중되어 있다.

대학입학예비고사는 대학에 들어가는 첫 관문이다. 생각하면 중학교 입학시험도 국어와 산수만 쳤으며, 학생 수도 6·25사변 중에 출생하여 적다. 고등학교도 교련을 받지 않는 마지막 세대이며 예비고사도 2회가 된다. 우리 경동상고는 대학진학 유무에 관계없이 한 명이라도 더 합격생을 내기 위하여 성적이 좋으면 무조건 원서를 내도록 했다. 지난해는 극소수가 합격을 했다는데, 금년에는 좀 더 많은 합격생을 내기 위하여 50여 명이 원서를 내었다. 수경이는 원서를 내었다는데, 도영이는 원서조차 내지 않고 취직을 하겠다고 했다.

학기말 고사와 예비고사가 다가오지만 보험회사를 비롯한 각종 회사 경리직 채용시험에 응시하느라 빈자리가 많다. 수업시간에도 학생이 교무실로 회사로 불려가고, 수업에 들어오지 않는 선생님이 있어 자습하는 시간이 늘어났다. 수업시간과 쉬는 시간을 구분하지 않고 책상에 엎드려 자거나 잡담을 하는 것이 일과이다. 그러다가 점심시간이 되면 도시락 한 개에 두세 명이 젓가락을 들고 대들다가 무단 조퇴를 하기도 한다.

학교에서는 도저히 공부를 할 수 없어 담임선생님을 찾아갔다.

"예비고사 준비를 하려는데 교실 분위기가 어수선하여 도서관에 가서 공부를 하고 싶습니다."

담임은 잠시 생각하더니 일주일에 하루는 잠시라도 등교를 하라며 허락해 주었다. 결석 처리가 되고 말고는 상관하고 싶지 않았다.

11월의 첫날, 시립도서관에는 이른 시간이라 아무도 없었다. 혼자 창가에 있는 큰 책상을 차지하고 공부를 하는데 오후가 되자 첫눈이 내렸다. 창문 너머로 휘날리는 눈발을 바라보다가 나도 모르게 눈물이 주루룩 흘렀다. 그것은 불투명한 미래 때문이다. 다른 학생 같으면 은행에 취직이 되었는데 무슨 걱정이냐고 하겠지만 대학교에 가겠다는 일념으로 책상에 앉았으니 앞날은 나도 모르는 일이다.

일주일에 한두 시간뿐인 국어시간은 부기 공부를 하느라 교과서 내용도 몰랐는데 참고서를 읽어 보니 새로운 세계가 펼쳐졌다. 정비석의 '산정무한'은 읽을수록 명문장이다. 읽고 또 읽고 문제를 풀기보다 내용을 음미하기에 바쁘다. 모윤숙의 '렌의 애가'와 '국군은 죽어서 말한다.' 또 '시몬 너는 좋으냐? 낙엽 밟은 소리가'를 읽으니 눈물이 나왔다. 적성에도 맞지 않는 상업대요, 상업수학, 부기, 주산을 공부하던 지난 3년이 허송세월이라고까지 느껴졌다.

하숙집에서도, 시골집에서도, 심지어 도영이까지 도서관에서 공부하는 것을 모른다. 그리고 새로운 세계에 빠져 정신을 못 차리는 것은 더욱 모른다.

예비고사 응시용 과목별로 요점정리 책자를 구하여 한 번 정도 읽었을 때 시험 치는 날이 내일로 다가왔다. 대구에서 시험을 치기 때문에 예비소집일 새벽에 영우, 두태, 규택이와 함께 버스를 탔다. 예비소집을 하는 여자 상업고등학교 운동장에서 수험표와 고사장, 주의사항 종이를 받았다. 고사장이 달라서 같은 고사장끼리 헤어져 여관을 정하기로 했다. 고사장이 같은 학교인 친구들이 여러 명 있었으나 나와 같은 고사장은 아무도 없었다. 예비소집 학교와 고사장인 대륜고등학교는 무척 먼 거리에 있었다. 중간 지점에 여관을 얻어놓고 고사장 가는 길과 교실을 확인하기 위해 걸어서 갔다. 은행시험을 칠 때도 그렇게 했는데, 시험 치는 날 고사장을 찾지 못해 지각을 할 수도 있고, 교실을 익혀 두지 않으면 아침에 허둥댈 수도 있기 때문이다. 경북에 모든 수험생들이 대구시에 집결했으니 평소보다 여관비를 비싸게 받아도 학교 주변 여관은 수험생들로 넘쳤다. 다행히 여관을 얻다 보니 학교와 떨어진 곳이라 손님이 별로 없는지 조용했다. 여관에서 파는 저녁 식사를 하고 방에 누워 이 책 저 책 뒤지다가 잠이 들었는데 날이 밝았다. 아침식사도 해야 하기 때문에 조금 일찍 여관을 나왔다. 어제 보아둔 골목길을 이리저리 걸어서 큰길로 나왔다. 큰 다리를 건너니 대륜고등학교 정문이 보였다. 다행히 아침 일찍 문을 연 식당이 있어 들어갔다. 이른 시간인데도 여기저기서 수험생들이 모여들었다. 어제 보아둔 교실을 찾아 자리에 앉아 볼펜, 연필, 지우개, 칼 등을 점검하고 책을 뒤졌으나 머리에 들어오지 않았다. 다른 수험생들을 보니 두꺼운 참고서가 닳아서 부풀어진 것을 읽고 있어 위축이 되어 요점정리용 얇은 책은 꺼내기조차 민망했다.

1교시 국어 시험지를 받았다. 예문을 읽는데 내용 파악이 되지 않아 읽고 또 읽었다. 학교에서 시험을 칠 때는 문제를 읽자마자 답이 보였는데, 4지선다, 네 개가 모두 답으로 보였다. 옆 사람은 벌써 시험지를 넘기는데 아직도 1쪽에 머물러 있으니 시간이 부족할 것 같아 모르는 문제는 그만두고 아는 문제부터 답을 썼다. 마지막 5분이 남았다는 말을 듣고 풀지 못한 몇 문제는 생각나는 대로 답의 번호를 체크 했다. 1교시가 끝나고 밖에 나와 측백나무 옆에 서서 생각하니 자신이 없어 포기하고 집에 가고 싶었다. 2교시 영어는 생각 외로 아는 문제가 많았는데, 3교시 수학과 5교시 과학은 처음 보는 문제가 너무 많았다. 마지막으로 선택과목인 상업을 치고 나니 자신감을 회복할 수 있었다.

저녁때가 되어 여러 명이 같은 고사장에서 시험을 친 학교 교문에 모였다. 영우와 두태는 나를 보자 고개를 흔들었다. 모두 나와 같은 경험을 한 것이 분명하다. 친구들은 우리 세 명이 불합격하면 누가 합격하느냐며 위로를 했으나 합격할 가능성은 상업 외에는 찾을 수가 없다.

예비고사에 이어 기말고사도 끝나고 나니 학교는 아예 수업을 하지 않았다. 교실마다 드문드문 빈자리가 있고, 그나마 등교한 학생들은 삼삼오오 모여 잡담을 하다가 오전 수업이 끝나는 시간에 맞추어 집으로 갔다. 교실 청소를 하다가 쓰레기를 버리려고 2층 계단 창문으로 내려다보니 마침 영어선생님이 쓰레기를 태우고 있었다. 영어선생님 수업은 자신 없이 혼자 지껄여서 인기가 없을 뿐더러 무시까지 당했다. 그런데 검은색 신사복을 입고 쓰레기를 태우는 뒷모습이 부럽고 존경스러웠다. 어떻게 대학교까지 졸업했을까? 어떻게 교사가 되었을까? 세련된 신사복은 얼마나 비쌀까? 영어선생님이 되려면 어떻게 해야 되나? 영어선생님이 될 수 없는 내가 너무 초라

하여 견딜 수가 없다.

은행에서는 아무런 연락이 없다. 졸업하기 전에 발령이 날 수도 있다고 했는데, 겨울방학이 다가오는데, 이러다가 발령이 나지 않는 것은 아닐까? 공부도 하지 않는데 비싼 돈 주고 하숙을 하기가 민망했다. 동생과 자취를 하고 있는 원종이가 얼마 남지 않는 학교생활인데 같이 있자고 했다. 원종이 자취방으로 책상과 이불을 옮겼다.

예비고사 발표가 며칠 앞으로 다가왔다. 처음 실시한 지난해는 11만2천여 명이 응시 했는데, 6만1천여 명이 합격했다. 대학교 정원은 4만 1천여 명으로 148%를 합격시킨 것이다. 커트라인은 360점 만점에 152점이었으나 서울의 명문고등학교도 불합격자가 나왔다. 학교별 합격자는 경기고, 서울고, 경복고, 경동고, 용산고 순이며 합격자를 내지 못한 고등학교도 있었다.

예비고사가 발표되었다. 과연 몇 명이 합격을 했을까 하고 학교는 바짝 긴장을 했다. 전국의 84개 고사장에서 발표되었는데 우리 학교는 나를 비롯하여 영우, 두태, 규택이 등 6명이 합격하여 10%를 겨우 넘겼다. 그 중에 학교 성적이 중위권인 승무가 합격을 하는 이변이 생겼다. 영가시에 있는 인문계 고등학교도 합격생 비율이 30%를 넘지 못했다. 서울의 어느 여자고등학교는 유명인사의 딸이 다니는 데 응시생 전원이 합격을 했다. 대학교에 가야 한다며 열심히 공부를 하던 수경이는 불합격을 하여 실망이 무척 컸다. 도영이는 응시하지 않는 것이 다행이라면서 아쉬운 표정이 역력하게 나타났다.

졸업식 날이다. 영가시내 고등학교는 졸업식 날짜가 같다. 각 학교별로 졸업식이 거행 되었는데, 우리 학교는 강당에서 후배들과 선생님들이 보는 앞에서 졸업장을 받았다. 교육장상은 영우가 받고 교육회장상은 내가 받았다. 학교장상은 두 명이 받았으며 우등상과 3년 개근상, 1년 개근상도 수여했다. 마지막으로 졸업식 노래를 부를 때는 숙연한 분위기에 고개를 들 수 없었다. 하나둘 교문을 빠져나오다가 아쉬운 듯 학교 교정을 한참 바라보는 학생들도 있었다.

경회루에 도영이, 수경이, 옥화, 원종이, 동숙이가 모여 자장면을 먹었다. 원종이가 샴페인 한 병을 숨겼다가 꺼내었다. 물 잔에 조금씩 부어 '앞날에 영광을 위하여' 건배를 했다. 수경이가 낙동강 강변을 걷자고 하여 밖에 나왔는데, 추운 날씨에 바람까지 불어서 원종이 자취방으로 갔다. 갑자기 들어간 자취방은 이불, 쌀자루, 된장 단지, 쓰레받기, 빗자루, 걸레가 어지럽게 널려 있었다. 동숙이가 급하게 정리하고 찬물로 걸레질을 하느라 손이 빨갛게 얼었다.

"동숙아! 손 좀 보자."

동숙이 손을 덥석 쥐고 입으로 호호 불어주는데, 도영이가 눈을 흘기더니 엉덩이로 내 엉덩이를 받았다. 옆에 있던 수경이가 '부부싸움 한다'며 놀렸으나 다른 사람들은 웃지도 않았다. 연탄불이 꺼졌는지 방바닥이 차가워서 작은 이불과 수건을 깔고 앉았다. 한참 후 연탄불을 열었는지 따뜻한 기운이 전해졌다.

원종이 동생은 중학교 3학년인데 책꽂이에 무협지와 소설책 등 교과서 이외의 책이 여러 권 꽂혀 있었다. 『머무르고 싶었던 순간들』을 옥화가 빼들고 표지를 한참 들여다보더니 눈물을 글썽 그렸다. 수경이가 옥화와 책을 번갈아 봤다. 표지가 바뀌었다.

"그 책 읽고 나도 많이 울었다."

눈물도 전념이 되는 것일까? 도영이도 울먹울먹하더니 고개를 옆으로 돌렸다. 도영이가 빌려준 책을 밤새워 읽던 기억이 아직도 생생하다. 분위기 전환을 위해 재미있거나 이상한 이야기가 필요했다. 아니다 무슨 이야기라도 생각났으면 좋겠다.

"이 집 아주머니 밤에 깔깔 웃는다."

"귀신도 아니고 무슨 말이야!"

"이 집에 처음 오던 날 밤, 막 잠이 들려고 하는데 큰방에서 여자 웃음소리가 크게 났어! 큰방은 이 방과 마루를 사이에 두고 있어서 기침 소리도 들릴 정도라 누워서 눈만 뜨고 듣고 있었지! 아주머니 가족들은 웃지 말라고 소리를 지르고, 등을 두들기는 소리도 나고, 물을 떠 오라는 소리도 났지! 잠이 들었던 원종이가 일어나서 웃는 병에 걸렸다며, 가끔 저런다며 아무렇지도 않게 이야기하는데, 웃음소리가 계속될수록 귀신이 생각나서 무척 무서웠어!"

"요즘도 웃나?"

"방학을 해서 모르지만 아마 웃을 거다. 고등학교 2학년인 주인집 딸은 아침이 되면 무슨 일이 있었냐며 학교에 가는데, 눈이 마주칠까 봐 내가 피할 때도 있어!"

"무섭다. 자다가 들으면 소름이 돋을 것 같은데."

"처음 들을 때는 무서웠는데, 한두 번 들으면 괜찮아!"

"자취방 옮겨라!"

원종이는 자취방을 옮기라는 도영이의 말을 듣고는 생각 중이라고 했다.

그러면서 주인집 딸은 마음이 착해서 반찬도 가끔 준다며 상관을 하지 않는 눈치였다.

'머무르고 싶었던 순간들'로 울먹이던 분위기는 바뀌었으나 마땅한 놀이가 없어 그냥 잡담을 하다가 각자 헤어졌다. 도영이와 기차역 쪽으로 걷다가 보니 버스역이 언제 옮겼는지 버스가 줄지어 서 있었다. 버스역 앞에는 왕복 3차선 넓은 도로가 모래를 뒤집어쓰고, 도로 옆으로 띄엄띄엄 있는 기와집은 대문을 굳게 닫았다. 잡초가 무성하던 빈터에는 포장마차가 카바이드불을 펄럭이며 가락국수와 정종을 팔았다. 얼마 전까지 아무것도 없던 어둠 속 도시 주변이었는데 오고 가는 사람들이 늘어났다. 도영이가 사람들이 보거나 말거나 팔짱을 꼈으나 불량한 청년들이 보면 봉변을 당할까 팔을 풀었다.

"추운데 무슨 깡패가 있다고 그래."

"언제 어디서 나타날지 모른다. 전에 강둑길에서 만났잖아!"

"취직한다면서?"

"아버지 친구가 농협에 높은 사람으로 있어."

"농협에 들어가려고?"

"어디라도 월급만 나오면 가야지."

"너! 발령은 언제나지?"

"곧 나겠지!"

"서울 가면 나 모른 척 할 거지!"

"우리 사이가 그 정도밖에 안 되었나?"

"나야 모르지!"

"나, 대학교 진학하면 안 될까?"

"예비고사 합격했다며, 전기대학교 입시는 끝났는데 후기대학교 가려고?"

"아니야 은행에 가야지!"

"야간 대학교도 있다는데!"

"돈을 벌어서, 대학은 꼭 간다."

도영이 집 쪽으로 걷다가 보니 라디오방송중계소가 보였다. 새 동네로 가기 위해 개울을 건너려 하다가 얼어서 미끄러질까 봐 다리로 건넜다. 새 동네 앞으로 가지 않고 강둑길을 택했다. 추운 겨울이라 행인들이 없을 것 같아서, 그냥 걷고 싶어서, 조금은 춥지만 나는 바바리를, 도영이는 코트를 입어서 그렇게 춥지는 않았다. 밤이 되니 바람도 자고 며칠 전에 내린 눈이 아직도 쌓여 있어 어둡지 않아 좋았다. 강둑길에 올라서자 도영이는 팔짱도 모자라 머리까지 내 어깨에 기대었다.

"생각난다. 중학교 때 도서관 갔다가 셋이서 우산 쓰고 걷던 날이."

"그때는 아무것도 몰랐어! 니가 그냥 좋았어!"

"내가 할 소리를 니가 하네! 도영아! tail이 뭐야?"

"테일, 꼬리."

"잊어버리지 않았네!"

도영이는 소리 내어 웃었다.

"니가 공부를 잘하는 줄 진작 알았으면 안다고 까불지 않았을 텐데, 나는 네가 제일 잘하는 줄 알았어!"

"안 까불었으면 우리 이렇게 만났을까?"

도영이는 무슨 생각을 하는지 아무 말도 하지 않고 내 어깨에 머리를 기대더니 걸음을 멈추었다. 갑자기 팔에 힘을 주어 도영이를 힘껏 껴안았다.

"우리 언제 까지나 헤어지지 말자. 발령이 나면 부모님께 말씀드려 약혼이라도 하자."

약혼을 하자는 말에 도영이는 내 가슴속으로 파고들었다.

우리 학교에 예비고사 합격자 중에 성적이 중위권인 승무는 영가교육대학에 들어갔다. 규택이는 경북대학교 수학과에 원서를 내었다가 고배를 마시고 후기 대학은 포기한 체 재수를 한단다. 영우와 두태는 서울특별시 공무원이 되겠다며 공무원 시험공부를 하기로 했다. 내가 발령이 나면 서울 사람이 될 것이니 함께 서울에서 살자고 했다.

겨울의 끝자락 2월 1일자로 발령이 났다.

은행 근처에 하숙을 정하고 출근을 하니 실무를 보기 전에 보름간 견습생으로 고등학교 때 실습하는 것처럼 각 부서의 일을 도와주며 배우라고 했다. 처음 한 달은 봉급도 정상으로 나오지 않는다고 했다. 가지고 간 돈으로 하숙비를 선불하고 나니 버스비도 부족했다. 시골 같으면 한 달이 지나야 하숙비를 지불하는데 서울 사람들은 사람은 못 믿고 돈을 믿는 듯했다. 실무를 익히는 기간이 끝나자 신입사원이 보는 출납 업무를 보게 되었다. 출근해서 퇴근까지 앉을 시간은 거의 없다. 점심시간도 업무를 봐야 하니 교대로 식당에 가서 급하게 밥을 먹고 와야 한다. 대학입시 공부를 겸하려고 책을 가지고 갔는데, 가방도 풀지 못하고 묶어 둔 채 잠을 재웠다. 어떤 날은 마감을 하는데, 금액이 맞지 않아 찾아내느라 통행금지 해제 사이렌에 맞추어 퇴근을 하기도 했다.

정식직원이 되고 한 달이 되자 월급이 나왔다. 100원, 50원, 10원은 지폐이고 1원은 동전인데 2만 원이 안 되었다. 봉급에 수당을 합하여 보험, 의연금, 친목회비, 재형저축 등을 차감한 금액이다. 그러나 공무원 봉급의 2배라고 하니 어깨에 힘이 들어갔다. 다음 달 하숙비로 1만 원을 주고 차비와 점심값을 제하니 남는 것이 거의 없다. 시간이 모자라 공부도 할 수 없으니 이래저래 힘이 빠졌다. 사람들은 은행원이 되었으니 돈을 무척 많이 받는 줄 아는데 속은 텅텅 빈 강정이다. 2월은 견습생으로 3월부터는 정식직원이니 지출은 점점 늘어났다. 도저히 앞날이 보이지 않았다. 그렇다고 공부할 시간이 있어 학원이라도, 도서관이라도 갈 수 있으면 좋으련만 밤에도, 일요일도 근무하는 날이 대다수다.

　　부임하던 날부터 마음은 대학교에 있으니 은행은 내 직장이 아니라는 생각이 들었는데, 근무를 해 보니 은행원은 적성에 맞는 직장이 아니었다. 영어도 상식도 부기도 심지어 주산도 필요하지 않았다. 그저 예금이 들어와서 비싼 이자로 대출을 하여 남기면 그만이다. 고객에게 던지는 미소만큼 낭만도 미래도 없다. 급기야 숫자가 보기 싫어지기 시작했다. 직원들은 지방에서 왔다고 무시하면서 사투리를 쓰면 안 된다고 노골적으로 핀잔을 주었다. 그나마 아가씨들 중에는 경상도 사투리를 좋아하는 사람도 있었다. 저희들끼리 맞선을 봤다면서 대뜸 '경상도 청년이냐?'고 물었다. 아마 박정희 대통령 영향으로 경상도를 선호하는 듯했으나 남자들은 경상도를 견제했다. 특히 전라도 사람들이 더했다. 사투리는 하루아침에 고쳐지지 않는다. 서울말이 싫다. 여자들은 그런대로 애교가 있어 좋은데, 남자들이 서울말을 하면 간지러워서 소름이 돈다. 이름이 촌스럽다고 하다가 옷을 촌스럽게 입는다고 했다. '임진구'가 어때서, 넥타이를 매고 신사복을 입었으면 그만이지 어때서 촌스럽냐고 대들어 보지만 내가 생각해도 촌스럽기는 하다. 지점장이 바뀌자 일이 마음에 안 들면 불러서 누구 빽으로 들어왔느냐며 꾸중했다. 견딜 수 없는 것은 남자라는 이유로 하루건너 한 번꼴로 숙직을 시켰다. 숙직을 하는 날은 아침도 먹지 못하고 근무를 하니 점심시간까지 힘이 없어 어깨가 축 늘어진다. 야간대학이라도 나온 사람은 호봉이 높은 데 대학을 못 나왔으니 호봉도 최하위다. 때로는 담당사무에서 계산이 잘못되면 변상을 해야 된다. 어떤 은행원은 집 한 채를 변상하고 쫓겨났다고 한다. 돈을 헤아리고 콩도장을 묶은 종이에 찍는 것은 담당자를 알기 위함이다. 처음부터 습관을 잘못 들였다. 급사가 없어 아침 일찍 출근하여 걸레로 책상을 닦고 재떨이와 쓰레기통을 비우며 충실하게 근무했다. 이제는 습관이 되어 책상 청소하는 사람으로 굳어졌는지 쓰레기통을 비워 놓지 않으면 큰소리로 투덜거렸다. 어떤 날은 변소에서 '어이 임군! 휴지 좀! 휴지 좀!' 하다가 손님이 와서 꾸물거리면 소리를 더 크게 질렀다. 입사 어느 항목에 휴지심부름이 있는가? 하는 말이 입속에 있을 뿐 입 밖으로 나오지 않았다.

어떤 날은 작심하고 지점장에게 그동안 억울한 일과 급사를 채용하자고 건의를 하면 심각하게 듣고는 지나가 버린다.

밤새워 고민을 하던 4월! '이러다가 대학교 교문에 들어가지도 못하고 돈만 세다가 인생이 끝난다'는 결론을 얻었다. 평소와 같이 출근하여 지점장실에 들어갔다. 아직 출근하지 않는 지점장을 기다리고 있는데 먼저 출근한 직원이 큰소리로 투덜거렸다.

"재떨이도 비우지 않고, 쓰레기통도 그대로고, 책상은 먼지투성이고, 임군은 뭐하느라고 아직이야!"

사무실로 나가서 소리를 지르고 싶었으나 주머니에 든 사직서 봉투를 만지작거리며 참았다. 은행에 근무하면서 좋은 일도 있었겠지만 나쁜 일만 떠오른다.

3개월 동안 번 돈 1만 원을 아버지께 고스란히 드리고 공부를 더하여 대학교에 가겠다며 고개를 숙였다. 은행원이 큰 벼슬로 알던 가족들의 실망은 대단했다.

개여울의 찔레꽃

도영이가 농협에 취직이 되었다. 그것도 단위농협이 아닌 군농협(농협중앙회)에 정식사원으로 당당하게 입사를 한 것이다. 상업고등학교 졸업생도 좀처럼 들어가기 어려운 농협인데, 근무를 잘한다니 다행이다. 수경이는 예비고사에 낙방을 하고 금년에 개교한 전문학교 상과에 들어갔다. 학교생활이 못 마땅하여 그만두고 재수를 할까 생각 중이라고 했으나 공부에 취미가 없어 여의치 않은 눈치다. 옥화는 졸업을 하고 소식이 끊어졌다. 서울 어느 회사에 취직이 되었다는 사람도 있고 대구에 취직이 되었다는 소문만 있을 뿐 확인된 바는 없다. 원종이와 동숙이는 고등학교 3학년인데 모두 취직을 하려고 열심히 공부를 하는 중이다.

은행을 그만두고 시골집으로 내려왔다는 소문을 듣고 도영이가 편지도 아니고 전보를 쳤다. 그것도 급전이다.

도영 위독! 군농협 내방 바람

　어이가 없어 웃음이 나왔으나 진짜 위독하면 어쩌나 하다가 병원이 아니고 농협으로 오라는 내용이어서 간단하게 편지를 보냈다.

　상의 없이 은행을 그만두어 미안하고 죄송하다. 나에게도 사정이 있으니 널리 이해해 주기 바란다. 분명히 약속할 수 있다. 내년 봄에는 대학생 교복을 입고 떳떳하게 도영이 앞에 나타날 것이라고, 간혹 편지할 테니 농협에 열심히 근무하기를 희망한다.

　장마철도 아닌데 비가 부슬부슬 내렸다. 내 방에서 공부를 할까 하다가 농사일을 하는 부모님과 형, 형수에게 볼 낯이 없어 아랫동네 모원정(제삿집)에 가기로 했다. 리어카에 책상, 의자, 이불, 책을 싣고 덜컹거리는 자갈길을 끌고 1킬로미터나 떨어진 모원정으로 갔다. 모원정을 지키는 집안 아저씨와 아주머니, 가족들이 마당을 지나 큰 대문을 열고 누각으로 올라가는 것을 멍하니 쳐다보았다. 모원정이 있는 동네는 다릿골로 열 집정도가 일자 골목 옆으로 늘어서 있다. 모원정은 그 가운데에 있는, 그 동네에서 유일한 기와집이다. 삽짝을 열고 들어서면 마당이 나오고 서쪽으로 모원정을 지키는 가정집이 방 2개에 부엌이 있고, 북쪽으로 높은 담장, 가운데 큰 대문을 열면 누각의 마루가 보인다. 동쪽의 출입구로 마루에 올라서면 방이 있고, 넓은 마루 높은 벽에는 편액이 여러 개 붙어 있고, 넓은 방이 있다. 이 넓은 방에서 공부를 하려고 짐을 가지고 온 것이다. 누각의 마루에서 아래를 내려다보면 멀리 물부리 꼭대기가 보이고, 가까이는 작은 개울과 밭, 골목길,

마당, 집이 있다.

 큰 방에 책상만 덩그렇게 놓으니 사람이 살지 않는 빈방 같다. 아침식사 시간이 지나고 늦게 집에 가서 아침을 먹고 점심과 저녁을 싸 가지고 온다. 어떨 때는 저녁식사를 하고 아침과 점심을 싸 가지고 올 때도 있다. 큰 질녀가 4학년인데 가끔 밥을 가지고 오기도 한다. 저녁을 가지고 올 때는 어두운 시골길이라 산모퉁이도 있어 바래다주기도 한다. 제삿집에서 집으로 가는 길은 두 갈래다. 소달구지와 사람들이 다니는 평소의 길과 혼자만 다니는 개울가 논둑길이 있다. 개울가 논둑길은 사람들이 잘 다니지 않는 길로 시냇물이 졸졸 흐르고, 돌무더기, 물웅덩이, 버드나무, 아카시아, 미루나무, 찔레덩굴, 산기슭의 샘이 있다. 아카시아꽃이 흐드러지고, 찔레꽃이 하얗게 피는 개울가에 손을 담그면 헤엄치는 버들치, 돌 틈이 집인 가재, 꾸구리, 퉁가리도 볼 수 있다. 이 길은 사람들을 만나지 않아도 집까지 갈 수 있어 더 좋은 오솔길이다.

 모원정에서 보름 정도 지내자 운동을 하지 않고 햇볕도 보지 않아 신체적으로 정신적으로 피로가 왔다. 가끔 보리를 베거나 논메는 일을 거들기도 하지만 다른 돌파구를 찾고 싶었다. 면소재지에 중학교 과정인 고등공민학교가 있는데 강의를 하고 싶었다. 다른 과목은 몰라도 주산과 영어는 자신이 있다. 주산 합격증을 가방에 넣고 자전거를 타고 갔다. 교장선생님은 지역의 유지로 면장을 한 일도 있어 집이 어디인지 알고 있다. 집에 가니 과수원에 있다고 했다. 과수원이라면 한 곳밖에 없으니 쉽게 찾을 수가 있었다. 추천동에 산다며 간단하게 소개를 하고 가방을 뒤져 주산 합격증을 보여 주었다. 1단, 1급, 2급 합격증을 살펴보던 교장선생님은 고개를 끄덕였다.

"대단하네! 수업시간은 짜여있어서 특강으로 시간 외에 한 시간씩 하는 것이 어떤가?"

강의료가 얼마인지? 따지지 않았다. 수업을 하도록 허락해 준 것이 고마울 뿐이다. 가르치는 경험을 쌓고 싶은 것은 둘째이고, 고향 사람들에게 고등공민학교 선생한다는 자랑을 하고 싶을 뿐이다.

"내일부터 출근하세요."

"오후 시간에 맞추어 출근을 하겠습니다."

은행에서 입던 옷은 동복이라 입지 못하니 마땅한 옷이 없다. 평소에 입던 봄 잠바에 동복바지를 입고 자전거를 타고 출근을 했다. 시골집에서 학교까지는 8킬로미터 정도가 된다. 돌이 울퉁불퉁한 자갈길을 이리 뒤뚱 저리 뒤뚱 페달을 밟았다. 고개를 올라갈 때는 내려서 밀고, 내려갈 때는 탔다. 면소재지를 지나고 교장선생님의 과수원을 지나면 강둑이다. 강둑에 자전거를 끌고 내려가서 강을 건널 때는 어깨에 메고 미끄러운 돌에 미끄러지며 건넜다.

교무실에서 교장선생님이 의자에 앉아 있는 선생님들에게 간단히 소개를 했다. 특히 주산이 1단이라는 말은 빠지지 않았다. 고개를 깊이 숙여 절만 하고 인사말은 하지 않았다. 곧이어 교실에 들어가니 학생들이 학년 구분 없이 빽빽하게 주산을 책상 위에 올려놓고 앉아 있었다. 아마 수업을 마치고 특별히 주산을 가르친다고 하니 전교생 중에 배우고 싶은 학생들만 모인 것이 분명했다. 첫 수업이라 교장선생님을 비롯한 여러 선생님들이 뒷자리에 앉아 참관을 했다. 주산을 자신 있게 가르치니 학생들은 눈을 동그랗게 뜨고 내 손놀림에 감탄을 했다. 간단히 암산하는 방법으로 손가락을 이용하자 모두 따라 했다. 교재용 큰 주산을 칠판에 올려놓고 가감산 방법을 이야기하고 불러주고 놓는 호산을 하자 학생들은 새로운 세계를 접하는 기분인지 숨소리조차 없다. 한 시간이 언제 지나갔는지 모르게 지나갔다.

다음날 오후 시간에 맞추어 출근을 하니 강 저편에 여학생 몇 명이 나와서 기다리는 듯했다. 자전거를 끌고 강을 건너가 보니 키가 큰 여학생이 수건을 들고 서 있었다. 자전거를 세우고 신을 신으려고 발에 물을 털어내자 수건을 내밀었다.

"선생님 발."

선생님이라는 말도 반갑지만 부끄럽게 내미는 수건이 너무 고마웠다. 여학생은 수건을 받아 들더니 부끄러운 듯 저만치 앞서서 걸었다. 운동장에 들어서니 이상한 분위기가 감지되었다. 학생들이 분주히 돌아다니고 교무실 선생님들은 체육복을 입고 서 있었다. 예쁘게 생긴 여선생님이 다가왔다.

"선생님! 오늘은 스승의 날인데 수업은 없고, 학생들과 배구 대회를 합니다."

운동장 한가운데 배구네트가 처져있고 줄자로 금을 긋는 학생들이 보였다. 배구는 학생 대표와 선생님들이 하는데 숫자가 모자라 아저씨까지 넣었다. 배구에 자신이 없던 나는 뒤에 서서 자리만 채웠는데 공이 오자 받지 못하고 손가락만 다쳤다. 그러다가 공이 오면 피하기 일쑤로 가운데 서서 공을 받아 분배하던 영어선생님은 내 공까지 받았다. 학생들이 빙 둘러서서 박수를 치며 응원을 하는데 공을 잘 받지 못해 미안하고 창피했다. 이럴 때 배구를 잘했으면 얼마나 좋을까? 그동안 배구공을 쥐어 볼 기회가 없었으니 어쩔 수 없다.

배구가 끝나자 별도로 준비된 교실로 안내를 받았다. 칠판 앞으로 교장 선생님, 국어, 영어, 수학선생님, 그리고 나와 학교 아저씨가 앉았다. 교사 자격증이 있는 선생님은 영어선생님으로 영가 시내 학원에 강사를 겸하고 있었다. 다른 선생님들은 한 사람이 두 과목 이상을 담당했으나 전공자는 아닌 듯했다. 선생님들 앞으로 1, 2, 3학년 학생 대표들이 20명 정도 앉았는데 음료수와 과자, 과일이 쟁반에 가지런히 놓여 있었다. 학생 대표 중에 여학생은 남선생님에게 남학생은 여선생님에게 카네이션을 달아 주었다. 잠시 과일과 음료수를 먹고 있는데 스승의 은혜 노래를 학생들이 합창을 했다. 영어선생님은 성악에 조예가 깊은지 소리가 교실을 울렸다. 이어서 선생님들에게 학생들이 노래를 지명하는데 내 이름이 크게 불리어졌다.

"임진구 주산 선생님!"

모두 의외로 생각했는지 잠시 조용해지다가 교장선생님이 웃음을 크게 웃으며 한마디 했다.

"역시 젊고 볼 일이야!"

얼떨결에 지명을 받고 노래를 불러야 하는데, 유행가를 불러서는 안 될 것 같은 분위기를 느꼈다. 도영이가 우리 마을에 왔을 때 범밭들에서 저녁에 부른 '희망의 나라로'가 생각났다.

배를 저어가자 험한 바다물결 건너 저편 언덕에 산천경개 좋고 바람 시원한 곳 희망의 나라로 돛을 달아라. 부는 바람 맞아 물결 넘어 앞에 나가자 자유 평등 평화 행복 가득한 곳 희망의 나라로

자신이 없어서 끊어질 듯 이어질 듯 마지막까지 부르고 앉았더니 학생들

중에 박수를 치기도 했으나 반응이 별로였다. 이어서 다른 선생님들이 지명되고, 학생들이 노래를 부르고, 합창을 하는데 느닷없이 영어선생님이 내가 불렀던 '희망에 나라로'를 크게 불렀다. 마치 '이렇게 부르는 거야' 하고 시범을 보이는 듯해서 기분이 좋지 않았으나 다른 사람들도 그렇게 느꼈는지 너무 잘난체한다는 표정을 지었다.

수업을 마치고 남는 시간을 영어나 수학에 대하여 묻는 학생들이 있어 지도를 해 주었다. 그들은 중학교 졸업 검정고시를 준비하는 중이어서 학구열이 대단한 학생도 있었다. 수학은 자신이 없었으나 영어는 자신이 있어서 시간을 아끼지 않고 지도를 했다. 어떤 날은 선생님들도 퇴근을 하고 학생들도 하교를 한 빈 교실에서 한두 명의 학생에게 지도를 하다가 밤늦게 집에 온 일도 있었다.

수업을 한 지 보름 정도 지났다. 학생들과 정이 들어 오래도록 가르치며 함께하고 싶다는 생각이 들 때도 있었다. 가르치는 일이 재미있어서 늦게 퇴근을 할 때면 스스로 반성을 한다. 이렇게 하려고 은행에 사표를 썼다는 말인가? 대학교에 가려던, 대학생이 되려던 초심은 어디로 갔다는 말인가? 은행에 근무했더라면 지금쯤은 사무가 익숙해져서 보람을 느끼며 주는 봉급에 만족하며 살 텐데, 대학교는 어쩌고 학생들과 노닥거리며 만족하려고 하는가? 그 다음날부터 학교에는 연락도 하지 않고 그만두었다. 학교에 안 나간 지 며칠이 지나자 3학년 여학생이 먼 길을 걸어서 왔다. 땀을 흘리던 여학생은 땀을 닦으며 탄식을 했다.

"선생님! 아이들이 기다려요. 수업 마치고 주산 배우는 재미로 학교에 가는데, 선생님이 오시지 않으니, 기다리다 그냥 집에 가요."

보던 책을 덮으며 의자를 돌려 앉았다.

"미안하다. 내 잘못이다. 학생들에게 실망만 주었다. 공부를 못하니 부득이 그만두었다. 학교에 말없이 그만둔 것은, 출근하면 마음이 약해질까 봐! 말도 하지 못했다."

여학생은 눈물을 글썽거리더니 돌아섰다. 여학생은 3학년으로 스승의 날, 강가에서 발 닦으라고 수건을 건네주던 학생이다. 고등공민학교는 중학교에 입학하는 시기를 놓쳐 나이가 많은 학생들도 있었다.

그 뒤 학교에서는 아무런 연락도 없었다. 도리어 조금은 서운했으나 그만하면 좋은 경험을 쌓았다고 스스로 위로를 했다. 처음부터 강의료를 정하지는 않았지만, 그만둔다는 말도 하지 않았지만, 보름이 넘도록 열과 성으로 가르쳤는데, 서운한 것은 어쩔 수 없다.

단오날이다. 이른 아침을 먹고 영가 시내 서점을 향해 걸었다. 솔뫼에서 합승을 타고 새로 옮긴 시외버스 역에서 내렸다. 사장둑을 지나 시장서점에 가니 마침 얼굴이 큰 이종사촌 형이 앉아 있었다. 월간 '진학'을 구입하고, 헌책방인 대명서점에 가서 낙서가 조금 있는 고교영어정해와 완전국사 등을 샀다. 작은 가방을 가지고 갔더니 두꺼운 여러 권의 책이 억지로 들어갔다. 증명사진이 필요하여 도영이네 일사진관에서 사진을 찍고 합승에 올랐다.

모원정이 있는 다릿골에 와서 골목에 들어가려다가 개울가 버드나무 그네에 여러 사람이 있어 호기심에 가보았다. 거기에는 평지마을에 사는 민호와 어른들이 그네를 뛰며 술판을 벌여 놓았다.

"한잔해라!"

민호가 빈 술잔을 주며 바가지로 술을 떠서 주려고 했다.

"아니! 아니! 술은 안돼!"

"무슨 일 있나? 아! 책을 보니 공부 때문에, 한잔하고 해라!"

손사래를 치며 자리에서 일어섰다. 민호를 비롯한 어른들은 비웃었다.

"공부는 무슨, 무슨 공부를 한다고 그래!"

텅 빈 방에 혼자 앉아 책을 보려니 민호와 어른들의 비웃음이 떠올라 글자가 머리에 들어오지 않았다. 개울가로 가서 그네를 뛰고 싶었으나 참기로 했다. 마루로 나가 뒷문 앞에 앉았다. 뒷문 곁은 바로 산이어서 풀냄새가 코를 찔렀다. 도영이는 농협에 잘 적응하고 있을까? 수경이는 전문학교에 잘 다닐까? 동숙이와 원종이는 학교에 잘 다닐까? 온갖 상념이 머리를 메웠다. 문득 은행에 사표 낸 것이 떠오른다. 열심히 다녔으면 이런 수모는 당하지 않았을 텐데, 흔들리는 마음을 다잡아 보려고 김소월의 시를 큰소리로 읽었다.

엄마야 누나야 강변 살자 뜰에는 반짝이는 금모래 빛 뒷문 밖에는 갈잎의 노래 엄마야 누나야 강변 살자

보리를 추수하느라 온 동네가 분주하다. 비바람에 넘어진 보리는 싹이 나고, 덜 익은 보리도 함께 베어 묶어서 논밭에 깔아 말린다. 마른 보리는 집으로 가져가서 탈곡기로 이삭을 털어 풍구風具로 바람을 날려 가마니에 담는다. 논에는 보리를 베어내고 벼를 심고, 밭에는 콩, 조, 수수 등을 심는다. 아버지, 어머니, 형, 형수가 모원정 가까운 논에서 넘어진 보리를 베느라 땀을 흘렸다. 잘 갈려진 낫을 들고 논으로 들어가 두 이랑을 한 번에 베

기 시작했다. 아무도 공부하라고 말리는 사람이 없다. 보리를 베도 그만이고 안 베도 그만이지만 일손이 모자라니 거들고 싶었다. 점심을 먹고 마당에서 탈곡기로 작은누나와 타작을 했다. 보릿단을 탈곡기 옆에 쌓아 놓고, 탈곡기를 발로 밟아 돌아가는 철사 이빨에 보릿단을 얹는다. 탈곡기의 요란한 소리와 함께 보리이삭이 떨어지고, 보리에 붙어 있던 작은 가시가 옷 속으로 들어갔다. 옷 속으로 들어간 가시는 더워서 흐르는 땀과 함께 가려움증을 유발한다. 농부들은 이런 고통을 어떻게 참을까? 농사일이 쉽지 않다. 시원한 사무실에 앉아서 주산을 놓을 때가 또 그리워진다. 어둠이 앞산으로 내려오면 개울가에 나가 목욕을 하고 책상 앞에 앉아 보지만 피로가 쌓여 눈이 스스로 감겨진다. 이런 날은 일찍 잠자리에 드는 것이 상책이다.

모원정에 책상을 옮기고 어둠을 밝힌 지 두 달이 지났다. 날씨는 점점 더워져 참기 힘든 햇볕을 온몸으로 견디느라 공부도 되지 않았다. 철필에 잉크를 찍어 영어 문장을 쓰다가 벽에 셰익스피어의 문장으로 낙서도 했다.

죽느냐 사느냐 이것이 문제로다(To be or not to be That is the question)

아버지와 어머니는 간혹 와서 말없이 둘러보지만 형과 형수는 한번도 온 적이 없다. 밥은 어떻게 먹는지? 잠은 어떻게 자는지? 묻지도 않았다.

동쪽 산꼭대기에 햇볕이 마지막 발악을 하는 저녁때, 질녀가 땀을 흘리며 밥을 들고 왔다.

"저녁때도 아닌데 벌써 밥이라."

"할매가 삼촌 배고프다고, 먼저 싸주던데요."

"니는 저녁 먹었나?"

"집에 가서 먹으면 돼요."

질녀가 돌아가고 내일 아침과 점심에 먹을 밥과 반찬을 보자기로 덮는데, 누가 마루로 올라오는 소리가 들렸다. 놀라서 마루 쪽 문을 바라보니 뜻밖에 도영이가 서 있었다. 단오날 서점에 가서도, 일사진관에서 사진을 찍으면서도, 도영이가 근무하는 농협이, 도영이가 생각나지 않는 것은 아니지만, 만나지 않고 돌아왔었다. 일어서지도 못하고 한참 바라보다가 일어섰다.

"어쩐 일이고!"

도영이는 말없이 다가와 와락 안기더니 울음을 토했다.

"이럴라꼬 사표냈나? 이게 뭐하는 짓이로!"

도영이를 안았던 팔을 풀며 한 발 뒤로 물러났다.

"그래! 미안하다. 내 팔자가 이런가 보다. 농협은 재미있나?"

잠시 잠깐인데 사방이 어두워졌다. 남포에 불을 붙이고 마루로 나갔다. 저녁은 어떻게 하고, 잠은 어떻게 하고, 여기에 이대로 있을 수는 없는 일이다.

"집으로 가자."

"아니다. 그냥 갈란다. 봤으면 됐다."

수재네 참외밭이 생각났다.

"나하고 같이 걷자. 솔뫼까지 같이 가자."

"혼자 간다. 괜찮다."

혼자 간다면서 따라 나서는 내가 싫지는 않은지! 소달구지 바퀴자국을 한 줄씩 차지하고 떨어져서 걸었다. 바퀴자국 가운데는 소가 다니는 길이라 풀이 무성하여 뱀이 나올까 겁이 나서 떨어져 걸었다. 풀이 없는 곳은 팔짱을 끼고 풀이 많으면 떨어져서 걸었다. 수재내 참외밭에 왔다. 원두막을 지키던 수재에게 참외 3개를 사서 도영이 손수건에 묶어서 내가 들었다. 산모퉁이를 돌아 개울가에 앉아서 참외를 씻었다. 돌 위에 놓고 주먹으로 깨어 세 조각 중에 한 조각을 도영이에게 내밀었다.

"참외가 무척 달다."

"먼길을 걸어오느라 갈증이 났을 텐데, 겁도 없이 산골길을 혼자 걸어오다니."

도영이는 참외 한 조각을 더 집어 들더니 웃어 보였다.

"임진구! 너 때문이야!"

둘은 또 한 번 포옹을 하려다가 소달구지 소리가 나서 일어섰다.

초저녁 상현달이 남쪽 하늘에서 비추고 풀벌레 소리가 요란하다. 평소에는 무섭다며 걷지 않던 공동묘지가 있는 언덕을 오르며 도영이 손을 잡았다.

"농협 사무! 어렵지?"

"중학교 때 너 하고 배운 주산! 잘 써먹는다. 잘 놓으면 좋지만, 처음에는 여상 나온 사람이 부럽더라! 지금은 괜찮아."

"주산만 놓은 것은 아니니까? 다른 사무는 배우면 돼!"

"공부는 잘 되나?"

"생각처럼 안 된다. 상고 나와서 영어와 국어, 국사, 사회는 책을 보고 알 수 있는데, 수학2와 과학은 도대체 모르겠다. 누가 가르쳐 주었으면 좋겠다."

"시골에 있지 말고 시내 나와서 학원 다니면 되잖아!"

도영이는 쉽게 말을 했다. 그러나 진작 왜 그런 생각을 하지 못했을까?

"좋은 생각이다. 공부 할 시간도 얼마 없는데, 도서관에서 공부하고 학원
도 다니고."

한 시간이 걸려 솔뫼에 도착하니 마침 마지막 합승이 손님을 기다리며
서 있었다. 포옹을 하고 돌아서서 하늘을 보니 상현달이 서쪽 산꼭대기에서
서성이고 있었다.

자형이 시골에 살다가 농사가 싫어서 사업을 한다며 몇 개월 전에 혼자
시내로 나갔다. 건물에 페인트칠 일을 하며 아직은 자취를 하고 있다. 큰누
님과 자형에게 이야기를 하니 같이 있어도 된다는 허락을 받았다.

모원정에 책을 정리하고 책상과 이불을 아버지 소달구지에 싣고 자형이
자취하는 안막동에 갔다. 자형은 기다리고 있다가 방문을 열어주었다. 이
종사촌 형의 집인데 부엌이 딸려 있는 방이다. 자형도 짐이 별로 없으니 내
책상을 놓고도 두 사람이 자기에는 충분했다. 고추장사를 하는 고종사촌 형
은 형수와 아이들이 3명이다. 자형과는 친하여 가끔 술판을 벌이기도 한다
는데, 공부는 시립도서관에 가서 할 작정이다. 시립도서관은 걸어서 20분
정도 걸린다. 중학교 때 도영이와 처음 만났던 장소로 고등학교 3학년 말에
는 대학교에 가겠다고 공부를 하던 곳이기도 하다.

아침 일찍 좋은 자리를 맡으려고 시립도서관에 갔다. 3원을 주고 표를
받아 일반인이 사용하는 2층으로 올라갔다. 열람실은 1층보다 좁았으나 계
단으로 올라가면 출입문이 양쪽으로 열리면서 두 칸으로 나누어져 있다. 남

쪽보다는 북쪽 열람실이 좋을 것 같아 출입문과 떨어진 창가에 자리를 잡았다. 수2정석을 꺼내 문제를 살펴보고 있는데 누가 어깨를 툭 쳤다. 돌아보니 두태였다.

"어쩐 일이로?"

"너야 말라 어쩐 일, 우리 밖에 나가자."

돌아보니 몇 사람이 자리에 앉아서 우리 둘을 불만 섞인 표정으로 쩨려보고 있었다. 아마도 대화가 거슬렸던 모양이다. 눈치 빠른 두태의 뒤를 따라 밖으로 나갔다. 아래층 남쪽 열람실 밖 작은 연못이 있는 정원에 갔다.

"무슨 공부하노!"

"심심해서 여기 나온다."

"전번에 공무원 시험 공부한다고 했잖아!"

"영우도 공무원 공부한다. 조금 있으면 온다."

"언제부터 여기 나왔노?"

"나는 5월 초부터고 영우는 얼마 전부터다."

두태와 연못의 작은 금붕어를 보며 이야기를 하고 있는데, 영우가 열람실 출입문으로 얼굴을 내밀며 씩 웃었다. 학교 다닐 때 삼총사가 다시 어울리게 되었다. 두태는 3층 옥상, 관장 사택, 뒤뜰, 작은 정원, 서고 등 쉴 수 있는 곳을 설명하기에 바빴다. 그리고 여기서 공부하는 사람들에 대해서 귀띔을 해 주었다. 영가고등학교 전교 수석이 서울대학교에 떨어져서 재수를 하는 것을 비롯하여 주로 대학입시 재수생과 공무원 시험 응시생이 많다고 했다.

자형은 아침 일찍 현장에 나가야 하기 때문에 4시면 일어나서 아침을 한다. 반찬은 한두 가지지만 음식 솜씨가 있어 맛이 있다. 자형이 출근을 하자 책상 앞에 앉아서 어제저녁에 하던 공부를 마무리한다. 도서관은 9시에 문을 열기 때문에 공휴일은 더 일찍 가서 줄을 서서 기다려야 자리를 잡을 수 있다. 평일에는 8시 반 정도 출발하여 50분에 도착하면 영우과 두태 아니면 내가, 먼저 오는 사람이 자리를 잡아 둔다. 쉬는 시간이 별도로 없기 때문에 한 시간, 길면 두 시간 정도 앉았다가 슬그머니 3층으로 올라가거나 연못가 나무 그늘 벤치에서 잡담을 한다. 30분 정도 쉬다가 열람실로 들어가면 점심시간이 되어야 점심 먹으러 간다. 점심은 각자 집으로 가서 먹고 오는데 40분이면 충분하다. 점심을 먹고 도서관 3층에 올라가서 장기를 둔다. 장기는 두태가 잘 두고 영우가 그다음이다. 가끔 가다가 두태의 머리를 혼동시키려고 얼렁뚱땅 수를 바꾸어 쓰면 나에게 지는 날도 있다. 내가 이기는 날은 두태가 아무리 한 판을 더 두자고 해도 손사래를 치며 열람실로 들어간다. 두태는 뒤따라오면서 화가 나서 씩씩거리다가도 열람실에 들어오면 아무 일 없었다는 듯 공부를 한다. 오후에도 한 번 정도 연못가에 나오지만 어떤 날은 6시 마치는 시간까지 꼼짝하지 않고 공부를 한다. 6시에 마치면 각자 집으로 가는데 나는 실력학원에 가서 수학2를 듣고 외국어학원에 가서 영어를 듣는다. 학원 수업이 끝나면 8시 반에서 9시가 되는데 자취방에 가서 늦은 저녁을 먹는다. 자형이 늦게 오는 날이면 석유곤로에 밥을 해서 먹고 나면 10시가 넘는다. 12시 가까이 공부한 내용을 정리하고 미진한 공부를 보충하고 잠을 잔다.

영가문화방송국이 개국한다며 라디오 주파수가 새로 생겼는데, 준비기간이라 하루 종일 대중가요만 나왔다. 우리 또래의 임재우 지역 출신 가수의 데뷔곡인 '잘 살아다오' 가 시간마다 흘러나왔다. 임 가수는 영가고등학교 출신으로 동창생과 친구 외에도 그의 아버지, 어머니, 가족, 친지들이 신청을 하기 때문에 같은 노래가 수시로 라디오 전파를 탔다.

도서관에서 공부한 지 일주일 만에 도영이를 잠깐 만났다. 도서관 공부를 마치면 학원에 가야 하니 바쁘기도 하지만 마음의 여유가 없어 만나지 못했다. 자취방이 어디냐고 물었지만 가르쳐 주지 않았다. 도영이가 온다면 자형에게 미안하기도 하고 공부에 방해가 되기 때문에 독한 마음을 먹었다. 도서관에서 공부를 한지 보름이 넘도록 소식이 없자 도영이가 도서관 마치는 시간에 찾아왔다. 예감이 좋지 않았다. 도서관 연못가 벤치가 좋지만 다른 사람들의 눈치가 보여서 경찰서 정문이 보이는 플라타너스 가로수 길을 걷기로 했다.

"오늘 저녁 같이 먹자."

"학원에 갈 시간이다."

학원이라는 말에 주춤하더니 심각한 얼굴을 했다.

"우리 약혼하자."

무슨 엉뚱한 소리냐는 반응으로 아무런 말이 없자 도영이는 팔을 잡고 매달렸다.

"약혼이라도 하고 공부하면 되잖아!"

"그건 아니다. 대학교에 간다고, 은행원도 팽개치고 내려왔는데, 약혼한다고 하면, 안 되지! 너! 무슨 일 있지?"

처음부터 심각한 얼굴에서 무슨 일이 있을 것이라고 생각했다.

"나, 선 본다."

"선을 보다니, 누구와 어떻게?"

"우리 조합장님이 선을 보란다. 아부지한테 말해서 날까지 잡았다. 상대는 과장님 아들이란다."

"선 보고 좋으면 해라! 내 걱정하지 말고."

걱정하지 말라는 말을 하고 곧 후회했다. 진짜 시집가면 어떻게 하지! 나는 아직 대학생도 아니고, 직장도 없고, 군대도 가야 하는데, 결혼은 꿈도 못 꾸는데, 남자들은 여러 가지 조건이 있어 결혼이 어려운데 여자들은 무척 쉬워 보였다.

도영이와 헤어져 학원에 가면서 생각하니 '하늘이 무너진다'는 말은 이럴 때 쓰라고 나온 것 같다. '아버지가 시키니 그냥 본다'는 말이 여운을 남겨서 문득 걸음은 멈추었다. 선을 보고 좋으면 한다는 말로 뒤집어 보니 답이 나오지 않았다. 어떻게 하지! 학원에 갈 의욕도 상실한 채 힘없이 자취방으로 갔다. 어쩐 일인지 자형이 일찍 와서 밥을 해놓고 기다리는데 분위기가 심상치 않았다. 고종사촌 형님과 형수가 싸웠는지 자형이 형님의 손을 잡고 타이르고 있었다. 형님의 손에는 100원짜리 파란 지폐가 한줌 가득 쥐어져 있었는데 자세히 보니 찢어진 것이 대부분이다.

"이 사람아! 아무리 그래도, 돈을 찢고, 손찌검을 하면 어쩌노!"

큰방에서 형수가 무어라고 악에 바쳐서 소리를 질렀다. 전후 사정을 살펴보니 형님과 형수가 돈 때문에 다투다가 주먹다짐까지 하는 것을 자형이 마침 일찍 퇴근하여 말리고 있었다. 잠시 후 저녁에 먹으려고 고등어를 구웠는데 술안주가 되어 술판이 벌어졌다. 동네 가게에 가서 소주를 사오는 심부름을 하다가 배가 고파 밥을 먹었다. 조금 전 도영이가 선을 본다는 말이 떠올라 밥맛이 없다. 공부를 하려고 해도 형님과 자형이 술을 마시며 떠드니 어쩔 수 없이 뒷산으로 올라갔다. 동네로 들어오는 도로가 보이고 신안동 골목길이 보이는 언덕에 올랐다. 어두워 더 올라가지 못하고 굵은 참나무 아래에 앉았다. 경서여자상업고등학교가 있는 신안동은 안막동으로 이어지는데 자취방은 안막동이다. 산 위에서 보니 신안동의 비포장도로가 어둠 속에 묻히고, 집집마다 백열등을 환하게 켜고 저녁을 맞이하고 있었다. 저 멀리 영가시내 중심가에는 가로등이 있어 불빛이 완연한데 기차역에서 울리는 기적소리가 여기까지 들렸다. 문득 주변을 두리번두리번 살폈다. 옆에 도영이가 앉았다가 잠시 어디로 간 느낌이다. 항상 옆에 있었는데, 선을 본다니, 날아간 파랑새를 찾듯 허전하다. 자취방에서 50미터 정도 떨어진 거리인데 어둠 속의 산은 적막이 흘러 금방 어디서 산짐승이라도 나올 것만 같다. 아직도 자형과 형님은 술을 마실까?

　도영이가 선을 본다는데, 마음이 쓰린 것을 보니, 배신이 아니면 무엇이란 말인가? 잊을 만하면 떠올라서 공부가 되지 않는다. 겉으로 보기에는 여전히 일상을 이어가고 있다. 도서관에 가고, 학원에 가서 강의를 듣고, 그날도 학원 수업을 마치고 배가 고파서 힘없이 집으로 가다가 보니 도영이가 근무하는 농협 앞으로 생각 없이 걷게 되었다. 자동차가 지나가도 습관처럼 농협 출입문을 보고 있었다. 대머리에 배가 나온 중년남자 뒤에 도영이가 따라 나왔다. 출입문 맞은편에서 보게 되었으므로 도영이는 나를 보지 못하는 위치이다. 한두 걸음 걷다가 문득 저 남자가 바로 조합장이구나! 이상한 예감이 들었다. 그 자리에 서서 지나가는 자동차와 사람의 방해를 받으며 도영이의 뒤를 주시했다. 도영이 뒤에는 남자 직원인 듯한 사람이 바짝 따라가는데 아서원에 들어갔다. 아서원은 중국음식을 하는 집인데 만두 맛이 좋아 인기가 있는 집이다. 아서원을 한참 바라보다가 돌아서면서 잡념에 싸이기 시작했다. 뒤따라가던 남자는 직원이 아니고 조합장 아들인 것이다. 도영이와 친하게 하려고 늙은 조합장이 저녁을 사는 것이다. 아니다, 그냥 직원 회식을 하는 것일지도 모른다.

밤새도록 잡념에 시달리다가 잠시 눈을 떠보니 아침이다. 자형은 새벽일이 바빠서 아침도 먹지 않았는지 밥솥이 싸늘한데 형님내도 조용했다.

도영이가 선을 본다는 날이다. 도서관에서 책을 봐도 영우와 두태가 장난을 걸어와도 의욕 없이 축 늘어져 하루를 보냈다. 영우는 왜 그러느냐고 지나가는 말로 했으나 마음을 드러내고 싶지 않아 그저 웃어 보였다. 저녁 시간에 다방에서 만나 선을 본다는데, 선을 보고 저녁도 먹고, 영화구경도 가고, 강변에 산책도 하겠지! 도서관에서 학원으로 가면서 농협 앞을 지나며 이것저것 상상을 하니 가슴만 답답했다.

선을 보고 일주일이 지나도록 도영이는 아무런 연락이 없다. 농협에 찾아가서 어떻게 되었는지? 물어보고 싶지만 좋지 않은 답이 돌아올까? 두려워 발걸음이 떨어지지 않았다. 분명히 선을 보고 약혼식 준비를 하고 있는 것이다. 일주일째 연락이 없는 것이 그것을 증명하고 있지 않은가? 고개를 숙이고 무거운 발걸음을 옮기는데 불이 켜진 전파사 스피커에서 노래가 흘러나왔다.

아, 잘 살아다오 어느 곳에 살드래도 / 무정하게 간 사람아 부디 행복하여라 / 맺어놓고 못다 했던 아쉬움은 있지만 / 마음 준 잘못으로 행복을 빈다. / 아, 행복해다오 어느 곳에 가드래도 / 그 사랑 못다 한 채 마음 변한

내 님아 / 당신이 날 버리고 떠나는 건 싫지만 / 웃으며 보내는 길 잘 살아
다오.

  알고 있는 가사지만 나를 위해 쓴 것 같아 땅을 내려다봐도 하늘을 올려
다봐도 한숨만 나왔다. 지나가는 사람을 붙잡고 하소연이라도 하고 싶지만,
소리라도 지르고 싶지만, 옆에는 아무도 없었다.

  며칠을 견디다 퇴근 시간에 맞추어 농협에 갔다. 입출금 업무를 보는 도
영이는 왼쪽 마지막 창구에 앉아 있었다. 조금 떨어져 기다리는 손님의 등
뒤에 숨어서 손님과 대화하는 것을 지켜봤다. 말소리는 들리지 않지만 동작
을 보니 업무 내용으로 짐작을 할 수 있었다. 손님이 보통예금 통장을 내밀
자 출금전표에 찍을 도장을 달라고 했다. 손님이 도장을 내밀자 받아서 찍
고, 돈을 헤아려서 종이 띠로 묶었다. 100원 지폐 2묶음과 통장, 도장을 함
께 내주는데 시간이 많이 걸렸다. 돈을 헤아리는 동작이 아직은 많이 서투
르다. 표정이 굳어있어 업무에 지친 것이 역력하다. 예금청구서 전표용지
를 꺼내어 뒷장에 '출입문 밖에서 기다릴게'라고 써서 창구에 넣고는 뒤도
돌아보지 않고 빠져나왔다. 한참 서서 기다리다 시계를 보며 계단에 앉아
거리에 지나가는 사람들을 바라보았다. 업무가 끝날 시간이 지나자 마지막
손님이 출입문을 나오고 문이 닫히면서 샷다가 내려졌다. 도영이는 한참을
기다려도 나타나지 않았다. 일일 결산인 마감이 늦어지는 것이라 짐작하며
고개를 숙이고 기다렸다. 시계를 보니 문이 닫히고 한 시간 반이 지났다. 앞
문을 돌아 뒷문으로 들어가서 사무실을 살펴보니 불이 꺼져 있었다. 숙직실
철문을 두드리니 방망이를 옆구리에 찬 수위가 험악한 얼굴로 소리를 질렀
다.

"당신! 누구야! 뒷문은 어떻게 알고!"

금방이라도 방망이를 휘두를 기세다. 목소리를 낮추어 차분하게 설명을 했다.

"저도 은행에 근무한 적이 있는데요. 사람을 만나려고, 출입문에서 기다리다 들어왔습니다."

수위는 은행에 근무한 적이 있다는 말에 조금은 누그러졌으나 긴장을 풀지는 않았다.

"모두 퇴근하고 없어요. 가세요."

수위는 혼잣말처럼 '숙직이 올 때가 되었는데' 하고는 철문을 닫았다. 직원들은 퇴근할 때 뒷문으로 한다는 것을 알면서도 도영이가 나를 피해 도망가리라고는 상상도 못 했다. 생각할수록 괘씸했다. 약혼을 하고 결혼을 하게 되었으니 그만 만나는 것이 좋겠다든지! 집안에 사정이 있다든지! 마음에 변화가 생겨 어쩔 수 없다든지! 무슨 변명이라도 하는 것이 당연한데, 그동안에 나누었던 수많은 말들이, 아름다운 추억들이, 이렇게 허무하게 끝나다니! 아무 말도 하지 않고 헤어지는, 이 정도 사이밖에 안 되었다는 말인가?

다시는 찾아가지 않겠다고 다짐을 하고 결심을 했다. 정신 나간 사람처럼 며칠 째 책상 앞에 앉아 한숨만 쉬는 것을 본 영우는 무슨 일이냐고 캐물었다. 도영이 때문이라고 하자 짐작은 했다면서 여자는 믿을 것이 못 된다며 잊으라고 했다.

"아무리 굳은 맹세를 해도 시간이 지나면 여자는 금방 잊어버린다."

영우는 여자의 마음을 달관한 사람처럼 위로의 말을 했으나 내 귀에는 들어오지 않았다.

"도영이는 다른 여자와 다르다. 그렇게 쉽게 변하지 않아?"

"믿는 도끼에 발등 찍힌다. 잊고 공부해서 복수해라. 그라고 공부한다는 핑계로 놀고 있는 사람을 어느 여자가 좋아 하겠노?"

며칠 후 도서관 여자직원이 열람실로 막 들어가려는데 이름을 크게 불렀다. 창구 앞에 가니 책상 위에 감추어 두었던 쪽지를 주며 입가에 미소를 지었다. 봉투도 없이 막 접었는데 펴보니 도영이 글씨다.

만나려고 왔는데, 전번은 기다리게 해서 미안하다. 사무실에 올 줄 알았다. 곧 약혼한다. 우리의 인연은 여기까지가 아닐까? 기다리지 마라. 도영이가

쪽지를 박박 찢어서 휴지통에 구겨 넣고 발로 휴지통을 힘껏 찼다. 휴지통 소리에 놀라 지나가던 사람들이 몸을 사려 눈치를 보며 피했다. 하기야 누구라도 시비만 걸어봐라! 한판 붙고 싶었다.

몇 번인가 농협 앞까지 갔다가 돌아섰다. 싫다는 여자를, 인연이 끝난 여자를, 결혼을 한다는 여자를, 만나서 어쩌자는 것인가? 그래! 대학생 교복을 입고 떳떳하게 나타나리라. 이를 물고 다짐하고 다짐해도 잠시 후면 허물어졌다. 책을 펴면 도영이 얼굴이 떠올라 미칠 것만 같다.

잊는다는 것은 참 편리하다. 죽고 싶도록 보고 싶었는데, 잊자고 다짐하고 맹세하는 숫자가 늘어날수록 생각나는 시간이 길어지는가 싶더니 하루가 지나고 이틀이 지나고 열흘이, 한 달이 지나자 공부에 몰두할 수 있었다. 그러나 문득문득 떠오를 때는 책상이라도 치고 싶었다. 사람에 대한 배신

감, 여자에 대한 배신감은 모든 여자들이 배신을 한 도영이 같이 보였다.

두태가 예비고사 원서를 가지고 왔다. 원서에 붙이는 사진은 증명사진보다 커야하는데 준비를 하지 않아 사진관에 갔다. 도영이네 사진관이 생각났으나 다른 사진관에 갔다. 원서를 작성하여 두태에게 주었다. 두태는 영우 원서와 함께 모교인 경동상고로 가지고 가서 접수를 했다. 학교에서는 횡재를 만난 듯 좋아하더라고 했다. 그것은 합격자 수자가 학교의 명예이기 때문이다.

예비고사 치기 전날, 예비소집일 아침이다. 대구로 가는 기차를 타기 위해 개찰을 하는데, 몇 번인가 뒤를 돌아다 봤다. 혹시 도영이가 어디서 바라보고 있지 않을까? 움직이는 차 안에서 힘없이 창밖을 내다보며 두리번거리다가 눈을 감았다.

모교는 재학생과 재수생 여섯 명을 합하여 지난해와 비슷한 숫자가 예비고사에 응시했다. 재수생은 우리 셋과 규택이 그리고 1년 선배가 두 명이나된다. 예비고사를 치던 다음 날은 피곤하여 깊이 잠을 자고 아침에 일찍 일어나서 쌀을 씻었다. 자형은 예비고사가 끝났으니 공부가 끝난 줄 알고 집에 가느냐고 물었다.

"지금부터 진짜 공분데요."

"무슨 공부, 공무원 시험 치나?"

영우와 두태가 자취방에 와서 공무원 시험을 준비한다는 말을 듣고 하는 말이다.

"대학교 본고사요."

자형은 예비고사만 끝나면 시골집에 가는 줄 알고 있었는데, 공부를 더

한다고 하니 실망했는지 고개만 가볍게 끄덕거렸다.

영우과 두태는 공무원시험에 응시하기 위해 서울로 가고 혼자 도서관에 있으니 너무 허전했다. 고등학교 다닐 때는 상업이 내 적성이고 취미고 따질 것 없이 해야 되는 공부로 알았다. 은행을 그만두고 대학생이 되겠다고 공부를 하다 보니 내 적성을 찾을 수 있었다. 지금까지 이과에 해당하는 상업은 적성에 맞는 공부가 아니었다. 수학과 과학보다는 영어와 국어, 국사, 사회 등이 재미있고 이해가 잘 되었다. 적성검사는 할 기회도 없었을 뿐만 아니라 누구도 말해 주지 않았다. 중학교 3학년 때 담임선생님이 억지로 경동상고에 보낸 것을 운명으로 알고 적성과 상관없이 열심히 노력했을 뿐이다. 간혹 주산이나 부기가 싫었지만 은행에 들어가야 한다는 부모님과 학교가 있어 생각할 여지가 없었다. 다행히 3학년 2학기에 대학생이 되고 싶다는 욕망이 적성을 가르쳐 준 셈이다.

전공과목은 공부를 더 깊이 하고 싶은 과목으로 스스로 정했다. 영어와 국어, 국사를 두고 갈등을 했으나 영어로 정했다. 좋은 직업을 얻을 수 있는 다른 과를 생각하지 않는 것은 아니지만 한평생 재미없는 공부를 고등학교 때 상업과목처럼 하고 싶지는 않았다. 전공과목을 정하고 보니 직업도 보였다. 잠깐 고등공민학교에 근무한 좋은 경험과 고등학교 때 영어선생님을 잠시나마 동경했던 것이 바탕이 되었다. 학생들을 가르치는 선생님이 되고 싶었다. 하기야 조부님도 훈장을 하셨는데, 후손이 되어 가업家業을 이어가는 것도 중요한 듯했다. 그렇게 되다 보니 사범대학 영어교육과가 자동적으로 정해졌다. 재미가 없는 수학과 과학도 시험과목에서 피할 수 있어 일석이조가 되었다. 대학교도 이왕이면 서울로 가고 싶었다. 은행시험을 치고 기차를 타고 내려오는데, 대학생 교복을 입은 학생이 통로에 휴대용 바둑판을 세워서 깔고 앉아 책을 보는 모습을 인상 깊게 보았다. 될 수만 있다면 서울의 일류대학교 사범대학 영어교육과에 가는 것을 목표로 정했다. '진학' 지를 꼼꼼히 살피고 일간지에 난 대학교 안내도 살펴보았다.

서울대학교 사범대학 외국어교육과 영어전공은 시험과목이 국어 I, II, 영어, 수학 I, 사회, 과학, 선택과목은 독어, 불어이다. 선택과목인 독어와 불어는 전연 공부한 적이 없으니 응시를 할 엄두도 못 낸다. 고려대학교, 연세대학교, 서강대학교는 사범대학이 없고 영어영문학과는 있는데 시험과목이 국어, 영어, 수학 I, 선택과목은 일반사회, 국사 등이다. 중앙대학교 사범대학 외국어교육과 영어전공은 시험과목이 국어 I, 영어, 일반사회로 선택과목은 국사 등이다. 조금은 아쉽지만 중앙대학교가 좋겠다고 판단하고 공부에 매진했다.

예비고사 합격자를 발표하는 날이다. 신문에 합격자 명단이 발표되지만 대구의 큰 서점에 책도 사고, 겸사겸사 직접 가서 발표를 보기로 했다. 오후 버스를 타고 원대주차장에 내려서 버스노선을 몰라 택시를 탔다. 길을 모르니 택시기사가 돌아가는지 질러가는지 알 수가 없어 창밖에 스쳐 가는 풍경만 내다보며 기다렸다. 다행히 택시가 멈춘 곳은 수험표를 받던 여자상업고등학교 교문이다. 교문에 들어서면서 저 멀리 조회대 근처를 보니 게시판 주위에 사람들이 모여 있었다. 퇴근시간이 지났음인지 발표를 보기 위해 들어가는 사람은 거의 없고 나오는 사람들뿐이다. 게시판이 가까워질수록 가슴이 두근두근거렸다. 혹시 명단에 이름이 없으면 어쩌나! 속주머니 지갑에 숨겨둔 수험표의 수험번호를 재차 확인했다. 9710번, 게시판에는 작은 글씨로 인쇄된 종이가 길게 붙어 있었다. 수험번호 근처에 숫자를 읽으며 내려갔다. 9702, 9706, 9710, 9715 그리고 멈추었다. 분명히 있었다. 주머니에 동전을 꺼내 번호를 뜯어내어 주민등록증의 벌어진 틈새에 끼워 넣었다. 운동장을 걸어서 교문까지 오니 영우와 두태, 규택이가 생각났으나 수험번호를 모르니 확인할 길이 없다. 내일 모교에 합격증을 받으러 가보면 알겠지! 지금 급한 것은 서점에 들러 집으로 가는 일이다. 다행히 8시 출발 시외버스를 타게 되었다.

밤 11시가 넘어 영가시에 도착하였다. 버스가 없으니 10킬로미터 정도의 시골집까지 걸어가자면 손전등이 필요했다. 돈을 아끼기 위해 건전지와 전구는 구입을 하고 철사는 평소 알고 있던 공사장에 가서 주웠다. 건전지 2개를 종이로 감아 철사로 전구와 건전지를 연결하니 훌륭한 손전등이 되었다. 법흥교 가까이 오니 가로등이 없어 손전등을 켰다. 용상동 파출소 앞에는 가로등이 있지만 그 다음은 어두운 길이 펼쳐졌다. 영가고등학교, 선어대, 솔뫼, 뱁실까지 강을 건너고 고개를 넘고 오솔길을 걷는데, 무서운 것은 둘째이고 배가 고파서 발걸음이 떨어지지 않았다. 평지마을에서 첫닭 울음소리를 듣고 추천동 집에 도착하니 개가 꼬리를 칠 뿐 모두 깊이 잠이 들었는지 내 방에 들어가도 기척을 하는 사람이 없다.

잠을 자고 있는데 어머니가 흔들었다.

"진구야! 밤에 혼자 왔나? 예비고사는 어에 되었노?"

눈도 뜨지 않고 '되었다'는 소리만 한 채 또 잠에 빠졌다. 시간이 얼마나 되었는지 일어나 보니 집안이 조용했다. 모두 아침을 먹고 논밭에 나간 것이 분명했다. 뜻밖에 어머니는 내가 일어나기를 기다렸는지 기침 소리가 나자 달려왔다.

"일라서 아침 먹고 자그라. 니 형이 좋아서 닭 잡아 놓고 들에 갔다."

지갑에 있는 주민등록증을 꺼내 틈새에 붙어 있는 수험번호를 보이며 설명을 했다. 학교에 합격증을 받으러 간다며 아버지를 비롯한 가족들에게 얼굴도 보이지 못하고 집을 나왔다.

학교로 가는 골목길은 오전 수업을 마치고 하교하는 학생들로 붐볐다. 교무실 복도 창문으로 교무실을 들여다보니 3학년 때 키가 큰 담임선생님은 보이지 않았다. 분주히 오고 가는 선생님과 학생들 사이에 예비고사 합격 여부를 알기 위해 줄을 서 있는 학생들이 보였다. 마침 주산을 가르치시던 장선생님이 먼저 발견을 하고 큰 소리로 불렀다.

"어이! 임진구! 합격이다."

씩 웃으며 급하게 걸어가는데, 상업부기 담당선생님과 2학년 때 담임을 하셨던 권 선생님도 손을 들어 반겼다. 선생님들께 인사를 하느라 정신이 없는데, 누군가 내 합격증을 손에 쥐여주고는 사람들 틈으로 사라졌다.

우리 학교는 합격생이 9명이다. 그것도 나와 영우, 두태를 포함하여 재수생 5명과 재학생 4명이 합격을 했다. 지난해 합격한 4명은 금년에도 합격할 것이라 예측을 했는데, 경북대학교 수학교육과에 지원했던 규택이가 예비고사에 불합격을 했다.

소문에 의하면 전국의 예비고사 합격자는 대학교정원이 4만 5천여 명인데 6만 8천여 명으로 정원의 150%가 조금 넘는다. 커트라인도 지난해 보다 높아서 360점 만점에 153점 정도다. 내년에는 시험과목이 국어, 영어, 수학, 사회, 과학, 실업(가정)으로 변하고 합격자도 정원의 180%로 늘린다고 한다.

　본고사가 20일 정도 남았는데, 자형이 직장을 옮기게 되어 할 수 없이 짐을 싸 들고 시골집으로 갔다. 본고사 과목인 영어, 국어, 사회, 국사에 매달려 잠자는 시간도 줄었다. 그렇게 괴롭히던 도영이의 환상幻想도 거의 사라지고 가족들의 얼굴도 며칠에 한 번 볼 정도이다. 두태는 시골집에 오는 다음날부터 우편으로 신문을 보내주었으나 볼 시간이 없어 쌓아두었다.

　본고사를 치기 위해 서울로 가는 날 아침이다. 여느 때 보다 일찍 일어나서 아침을 먹고 서울 갈 차비를 하고 있는데 형이 불렀다. 아버지의 방인 사랑방에서 큰방으로 들어가니 형은 앉아서 쳐다보지도 않고 앉으라는 말도 하지 않았다. 시선을 방바닥에 두고 앉아 있는 머리에서 발끝까지 독기가 서려 있는 듯해서 조심스럽게 앉았다. 형은 얼굴을 들면서 똑바로 바라보더니 작지만 당찬 음성으로 일갈했다.

　"서울 가면 등록금은 주겠지만 하숙비와 잡비는 니가 벌어서 해라!"

　무슨 말인지 한참 세기다가 아무 소리도 하지 않고 일어섰다. 마루에 나오니 어머니가 엿듣다가 움칫했다. 마당으로 내려와 사랑방문을 열고 아버지께 인사를 하는데 어머니가 옆구리를 찔렀다. 대문을 열다가 발길을 멈추었다.

　"니 형이 뭐라고 카드노?"

　"아무 말 안했다."

　"금년부터 니 형이 돈을 관리한다. 니 아부지는 아무것도 모른다."

　어머니는 대문 밖까지 따라 나오며 무엇인가 더 이야기를 하고 싶어 했으나 바쁘다며 걸음을 옮겨놓았다.

전기대학 원서제출 기간이라 며칠 여유가 있었다. 도서관에 앉아서 창밖을 보며 이것저것 따져보았으나 답이 나오지 않았다. 낯선 서울에 시골 학생이 그것도 일류대학교 일류과도 아닌데 과외를 누가 시키겠는가? 과외를 하지 않는다면 무슨 일을 하여 돈을 번다는 말인가? 생각할수록 형이 원망스러웠으나 은행에서 학비라도 벌어놓고 대학교를 가겠다고, 공부를 하겠다고 하지 못한 내 잘못도 컸다. 넉넉하지는 않지만, 달라는 용돈을 조금 깎아서 줄 때도 있지만, 거절한 적이 없는 아버지를 하늘 같이 믿은 것이 철부지였다. 날이 어두워지자 서울행 기차를 타는 대신 여인숙으로 들어갔다. 밤을 새며 하루 더 시간을 갖고 결정을 해도 늦지 않을 것이라 판단했기 때문이다. 여인숙 방에 불도 켜지 않고 누워있고 싶지만, 옆방의 벽과 천장 사이에 전구가 있어서 어쩔 수 없이 불을 켜게 되었다. 옆방은 남녀가 투숙을 했는지 소곤거리는 소리가 들렸으나 내 생각에 골몰하느라 귀를 기울이지 않았다. 학비 문제에 징병검사(신체검사) 통지가 겹쳐지고, 도영이의 배신도 한몫을 하여 생각이 좁혀졌다.

언제 잠이 들었는지 문종이로 바른 출입문이 훤하게 밝았다. 마당에는 일찍 일어나 떠나는 투숙객의 발걸음 소리가 들렸다.

아침도 거른 채 '영가교육대학'으로 향했다. 골목을 돌아 큰길로 나와 10분 정도 걸어가니 분수대가 나왔다. 걸음이 저절로 멈추어져 얼어붙은 분수대 시멘트 난간에 앉았다. 교육대학을 졸업하고 국민학교 아이들을 가르치려고 은행원을 포기했다는 말인가? 누가 생각해도 잘못된 선택이 분명하다. 그러다가 그동안 내가 걸어온 길을 되짚어 보았다. 은행에 들어가려고 밤잠을 설치며 3년 동안 주산과 부기 등 상업과목에 매달렸는데 지금은 쓸

모없는 공부가 되었다. 종합대학교에 들어간다고 수학, 과학 등을 학원에 다니며 공부했는데 그것도 지금은 쓸모가 있는가? 사람의 일은 누구라도 앞을 정확하게 보고 살지는 못한다는 생각에 이르자 교육대학을 졸업하고 또 다른 변화가 올 것이라는 기대로 발걸음을 옮겼다.

영가교육대학은 명륜동에 있다. 옛날 향교 자리인데 사장둑을 타고 흐르는 오수 개울을 건너야 한다. 개울을 건너기 위해 통나무로 얽어놓은 미끄러운 다리를 지나니 교문이 나왔다. 교문에 들어서자 '무명의 교사상'이라는 팻말과 함께 홀라당 벗은 여자가 아이 두 명과 손을 잡고 하늘을 쳐다보고 있었다. 운동장을 가로질러가니 고등학교에서는 볼 수 없는 큰 기둥이 있는 넓은 현관이 나오자 은행 같은 창구가 보였다. 창구의 작은 문을 흔들어 보니 굳게 잠겨 있어 옆으로 가니 긴 복도가 있었다. 많은 출입문 위에 서무과, 학장실, 회의실 등의 검은색 판에 흰 글씨가 가지런히 쓰여 있었다. 서무과 문을 열고 들어가니 창문 가까이에 원서를 접수하는 사람이 지원자임을 어떻게 알았는지 '예비고사 합격증'을 보자고 했다. 합격증을 보이고 지원서를 작성하여 함께 내밀자 접수증을 주었다. '12번' 허전한 마음에 뒷문으로 나가니 정원이 있었다. 돌로 만들어 놓은 몇 개의 팻말 중 한 개에 '6·26 전쟁 때 큰 포탄이 떨어진 자리라 하여 '탄지'라 부른다고 쓰여 있었다. 물이 고인 작은 연못을 중심으로 향나무, 느티나무, 벚나무, 단풍나무 등이 있고 벤치(bench)가 여러 개 놓여 있었다. 낙엽이 떨어진 벤치를 손으로 쓸고 연못을 보고 앉았다. 앞으로 여기서 어떤 일이 펼쳐질지! 어떤 일을 당할지! 걱정과 우려 때문에 쉽게 일어서지 못했다.

영가교육대학은 전국의 16개 교육대학 중에 하나이다. 학비가 쌀 뿐만 아니라 분기별로 장학금도 받을 수 있으며, 학군단(RNTC)에 들어가서 훈련에 통과되면 군대도 면제를 받을 수 있다. 또 졸업과 동시에 국민학교 교사로 발령을 받을 수 있어 공무원으로 특채가 된다. 시험과목은 국어 I , 영어, 수학 I 이며 선택과목은 일반사회, 국사, 생물, 음악, 상업 등 여러 과목이다. 입학시험을 치기 위해 예비소집일 학교에 가보니 예비고사 합격자들이 다른 대학에 지원하느라 지난해도 미달이었는데 금년에도 미달이라고 했다. 다음날 신체검사와 면접을 보면 바로 합격이 되는 것이다. 여인숙에 갈까? 했는데 다행히 고등학교 동기생을 만나 그의 집에 하룻밤 묵기로 했다. 면접 때 잘 보이기 위해 이발을 하려고 이발소에 갔는데, 면도를 하던 이발사가 병원으로 가라고 했다. 며칠 전부터 귀 뒤에 작은 종기가 났는데, 대수롭지 않게 여기고 고름을 짜다 보니 덧나서 심하게 부어올랐다. 이발사의 말을 듣고 고개를 돌려보니 움직일 수 없을 만큼 아팠다. 병원에 가려고 해도 돈이 없어 났겠지 하고 버티기로 했다. 친구 옆에 자려고 누웠으나 너무 아파서 잠이 오지 않았다. 내일 신체검사인데, 체조를 하는 등 신체를 심하게 움직여야 하는데, 고개를 돌릴 수 없으니 걱정이 되지 않을 수 없다. 심하게 아프면 상처를 보일 생각을 하며 잠을 청했다. 한밤중에 잠이 깨어 귀 뒤를 만져 보니 물이 흥건하게 흘렀다. 손수건을 꺼내 닦고 또 닦았다. 어두워서 보이지는 않지만 곪아서 터진 것이 분명했다. 통증도 사라지고 고개를 돌려보니 아프지 않게 돌아갔다.

신체검사와 면접시험을 보기 위해 강당으로 갔다. 수험번호가 앞이라 앞줄에 서서 교실에 들어가니 오르간에 맞추어 애국가를 부르라고 했다. 생각하니 애국가를 불러본 적이 거의 없다. 생각나는 대로 불렀더니 고개를 좌우로 흔들며 다시 부르라고 했다. 고개를 끄덕이는 것을 보고 강당으로 다시 가니 다섯 명씩 일렬로 세워놓고 체조를 따라 하라고 했다.

합격증을 받아 들고 교문을 나오면서 그것도 시험이라고 그 자리에서 펄쩍 뛰고 싶도록 가뿐한 기분을 만끽했다. 영우와 두태를 만나보니 서울시 공무원에 합격했다는 연락이 왔다며 강변으로 놀러 가자고 했다. 강둑을 지나 강변의 모래사장이 바라보이는 벚나무 밑에 앉아서 잡담을 하다가 추위가 몰려와서 영우네 집에 가기로 했다. 영우네는 성소병원 앞에 작은 식당을 하고 있었는데, 전보다 형편이 좋아진 것 같지는 않았다. 밥을 주는데 돌이 씹히니 잘 가려서 먹으라며 주의를 주었다. 어머니가 식당일에 바빠 여동생이 밥을 했는데, 바가지로 돌을 이리지(석발) 않았던 것이다. 몇 숟가락을 뜨는데 몇 번이나 돌을 씹었다. 영우 여동생이 식당 문 옆에 서서 영우에게 손짓을 했다.

"오빠! 잠깐만!"

영우가 밖으로 나가자 영우와 동생이 쓰는 작은 방에 두태와 들어갔다. 책을 뒤지며 한참을 기다려도 영우는 나타나지 않았다. 영우가 문을 살며시 열더니 나오라고 손짓을 했다. 밖에 나가니 식당 뒷문으로 데리고 갔다.

"그동안 공부에 방해 될까 봐 말을 하지 않았는데, 도영이가 몇 번 찾아왔었다. 올 때마다 너 소식을 물었다. 며칠 전에도 와서 묻더라. 사실 도영이는 무슨 일이 생겨 약혼을 하지 않았단다. 너에게 볼 면목이 없다며 눈물을 흘린 적도 있다."

"이제 와서 어쩌자고?"

"한 번 만나봐라! 성소병원 벤치에 있다."

"오늘은 그냥 가라고 해라! 나도 생각을 정리 해야지!"

"알았다. 나중에 만나잔다고 전할게."

돌아서는 영우를 불러 세우며 단호하게 말했다.

"만날 필요 없다고 해라!"

"사람마다 사정은 있다. 남의 사정은 묻지도 않고 그러면 안 된다. 화가 나도 참고 지금 만나봐라."

영우의 권유에 못 이겨 성소병원으로 갔다. 먼데서 보니 도영이는 벤치에 앉았다가 빨개진 볼을 맨손으로 부비며 일어서서 발을 동동 굴렀다. '장갑도 없이 뭐하는 짓이로!' 생각 같아서는 달려가서 끌어안고 싶었으나 천천히 걸어갔다. 도영이는 눈물을 글썽이며 가슴에 안겼다.

"미안하다. 미안하다. 내가 잘못했다. 용서해 주면 안 되나?"

도영이를 뿌리치지 못하고 안고 있으려니 그동안의 미움이 눈 녹듯이 사라지려고 했다. 그러나 앞뒤를 따져 봐야 할 일이다. 도영이를 가슴으로 뿌리치며 벤치에 앉으려다 추위에 떨고 있어 가까운 다방으로 데리고 갔다. 병원 옆이라 정문을 나와 몇 발자국 떼어놓다 보니 다방이 보였다.

"추운데 손이나 녹여라."

"괜찮다. 미안하다."

만감이 교차하여 한참 동안 도영이를 바라보았다.

"약혼은 왜?"

"조합장은 아들이 국가 중요기간 정보요원이라고 거짓말을 했다. 을영이 오빠가 알아보니 나이도 9년이나 많고 직업도 없더란다. 속은 거지."

"그래서."

"아버지가 약혼을 취소하고 사기죄로 고소하겠다고 했다."

"그것이 언제인데."

"너 만나로 갔다가 쪽지 보내고 3일 정도 지났을 때."

"그럼, 그동안 뭐 하느라고?"

"약혼은 없었던 거로 하고 바로 도서관에 갔지! 영우가 너는 예비고사 원서 사진 때문에 나가고 없다고 하던데."

"그리고 며칠 후에 찾아가니 두태가 보여서 불러 달라고 했더니, 이제 마음을 가라앉히고 공부 잘하고 있으니 불을 지르지 말라며 한마디로 잘랐다."

생각하면 아무것도 아닌 일인데 따지고 보니 일방적으로 이별 통보를 한 것이 괘씸했다. 이다음에도 쪽지 한 장으로 이별 통보를 하지 않는다고 누가 보장하겠는가?

"너! 다음에 또 쪽지 한 장으로 이별할 거지."

도영이는 두 손을 비비다가 내 손을 잡으며 또 눈물을 글썽거렸다.

"맹세 할게, 다시는 그런 일 없게."

내가 뭐가 좋아서, 국민학교 아이들이나 가르치려는 사람을, 뭐가 좋다고 맹세까지 하는가? 도영이 손을 나도 모르게 덥석 잡았다.

"우리! 다시는 헤어지지 말자."

"나 국민학교 교사로 그치지 않는다. 지금은 학비와 군대 문제가 있지만 앞으로 4년제 대학교에 편입하여 공부를 더 하겠다고 맹세할게!"

"그럼 결혼은 언제하고."

"선생이 되면 언제라도."

모닥불 피워 놓고

높은 기둥이 세워진 중앙현관에 들어서니 밤새워 고민하다 원서를 접수하던 날이 생각났다. 등록금 고지서에 수험번호와 이름을 기록하고 등록금, 기성회비, 준비물 등 2만 2천 원을 작은 창구로 들이밀었다. 창구에서는 기계적으로 영수증과 입학안내 서류를 주었다. 서류를 펼쳐보니 입학식 날짜, 배지 찾기, 교복, 희망 반 등 준비 사항을 자세하게 안내해 주었다.

교복을 맞추기 위하여 라디오에 자주 광고하는 수미사 양복점에 갔다. 어느 양복점에 가든지 상관은 없지만 학교에서 가장 가까운 가게로 갔다. 양복점에서는 영가교대 교복이라고 하니 상하 치수를 재고 선금을 얼마 줄 것인지 묻더니 찾는 날짜와 잔금이 기록된 종이를 주었다. 내 앞에도, 뒤에도 신입생들이 교복을 맞추려고 몇 명이 왔다.

구정이 가까워지자 고향 친구들은 노래자랑 계획을 세웠다. 정월 초사흘 저녁 배수경 할아버지 댁 대청과 마당에서 하고, 엠프 시설은 평지마을에 사는 동장 집에 것을 가지고 오는데 천학기와 임수태가, 표 팔기는 권찬영과 권동숙이, 벽보 붙이기와 장내 정리는 임원종과 강용성이, 뒤풀이 준비는 임금자와 임봉숙이, 사회와 상장 상품 준비는 내가 하고, 심사위원은 동장과 어른 두 분을 모시는 등 세밀하게 분담을 했다.

교복을 찾는 날이 마침 섣달 대목 장날이다. 마당에서 세수를 하고 물 묻은 손으로 문고리를 잡으니 손에 쩍쩍 달라붙는 추운 날이다. 설장에 가는 사람들이 소달구지에 곡식을 싣거나, 머리에 이거나, 등에 지고 분주히 갔다. 아버지는 콩과 깨를 팔아 제사상을 차리려고 말(斗)로 대어서 자루에 부어 묶었다. 오랜만에 아버지 자전거 뒤를 따라 뛰어갔다. 어릴 때는 몰랐는데 숨이 차서 도저히 따라갈 수가 없다. 아버지 자전거를 앞세우고 천천히 걸어서 평지마을, 옹기점, 뱁실, 솔뫼에서 시내버스를 탔다. 시장에서 아버지와 못 만날 것 같아서 각자 볼일을 보기로 했지만 버스를 타니 아버지에게 미안했다.

교복을 찾아 들고, 상장용지와 상품을 사서 원종이 자취방에 잠시 보관하고 농협으로 갔다. 교복을 찾는 날 점심시간에 도영이와 만나기로 약속이 되어 있기 때문이다. 12시가 되려면 30분이나 기다려야 하지만 도영이는 나를 발견하자 옆 창구 직원과 귓속말을 주고받더니 웃으며 달려 나왔다.

"교복 찾는다면서."

"응, 찾아서 원종이 자취방에."

"너, 교복 입은 모습 보고 싶다."

"병영이 오빠도 금년에 영가교대 들어갔다. 만나봐라. 우리 집도 안막동으로 이사했다."

"농협이 가까워서 좋겠다."

"그게 아니고, 을영 오빠도 복학할지 모른단다. 대학생이 둘이니."

아버지 혼자 사진관을 하여 2명이나 대학을 시켜야 하니, 집을 팔고 옮긴 것이 분명했으나 더 이상 알려고 하지 않았다.

송죽루에 들어갔다. 자장면을 시키려는데 탕수육을 먹자고 했다.

"입학 축하! 탕수육으로 때우려고!"

"축하는 다음에 하고, 그렇게 소원하던 대학생이 되어서 다행이다. 파혼 하고 바로 쳐들어가서 사과하려고 했는데, 공부에 방해된다는 두태의 말에 참았다. 대학생이 되었다고 사과를 안 받아 주면 어떻게 하지! 성소병원 앞 에서 만나던 날도 영우에게 연락을 몇 번 했다."

약혼한다고 헤어지자는 쪽지가 떠올라 화제를 바꾸기로 했다.

"이번 설에 노래자랑 한다. 수경이네 할아버지 댁에서, 너 올 수 있지?"

"수경이 만난 지 오래되었는데, 지난해 전문대학 가고 길에서 한번 만났 어!"

"저녁에 한다. 안 되면 그냥 와! 동숙이네 집에 자면 되지! 아니면 우리 집에 자던가!"

우리 집이라는 말에 옆구리를 꼬집었다. 점심시간에 잠깐 만난다는 것이 시간이 너무 흘렀다.

노래자랑을 할 날은 며칠 남았지만 상장은 미리 써두기로 했다. 벼루를 꺼내 먹을 갈고 붓으로 상장을 쓰려는데 아버지가 소죽을 끓여주고 방에 들 어왔다. 아버지는 내가 붓글씨를 쓰거나 한문책을 뒤적이면 무척 좋아한 다.

"국문으로 쓰나?"

"한문으로 쓰면 못 읽어요."

한문으로 쓰면 써 줄 것처럼 다가앉으시다가 한글로 쓰니 관심이 없다는 듯 옥편을 뒤졌다. 상장은 이름만 빼고 날짜까지 썼다. 이름은 수상자가 결정되면 간단히 쓰면 될 것이다. 상품은 비누와 치약인데 등수에 따라 개수가 다르다. 일등 상품은 가짜지만 부피가 큰 박스를 예쁘게 쌌다. 아무래도 일등은 노래를 잘하는 사람과 사전에 짜고 심사를 할 예정이다. 그래야 상품값이 덜 나가기 때문이다. 노래를 한 번 부르는데 50원을 받기로 했지만 부르는 사람이 50명이라 해도 2천5백 원밖에 안 된다. 상품과 준비비를 제하고 나면 뒤풀이를 할 수 없을 정도로 밑지는 장사가 될 수도 있다.

구정이 지나자 평지마, 점마, 다릿골, 절골 등 추천동의 흩어진 부락에 벽보를 붙였다. 다른 동네까지 범위를 넓히자는 친구도 있었으나 만약의 사고(심사불만, 패싸움 등)를 염려하지 않을 수 없다는 어른들의 충고를 받아들이기로 했다.

설날이다. 집집마다 집안끼리 설 제사를 지내고 세배를 다녔다. 아이들은 재기차기, 팽이 돌리기, 연날리기를 하고 처녀 총각들은 널뛰기를 했다. 노래자랑 계획은 차질 없이 잘 준비되고 있었다. 천학기와 임수태가 엠프시설을 가지고 왔는데 점검을 해 보니 이상이 생겼다. 가지고 올 때는 작은 소리라도 났는데 시간이 지나자 먹통이 되었다. 동장에게 알아보니 베터리(battery)가 문제였다. 힘이 센 천학기가 지게에 지고 시내 전파사까지 가지고 갔다. 베터리를 충전하는 시간이 걸려 다음 날 찾기로 했다며 그냥 왔다. 노래자랑을 하는 날 아침, 천병기가 임수태와 같이 지게를 지고 갔는데 오후 늦게야 땀을 흘리며 왔다. 예상외의 지출이 발생하게 되었다. 노래자랑 신청자가 50명이 넘었으면 좋겠다. 그렇지 않으면 다른 곳의 지출을 줄여야 한다.

노래자랑 시간이 가까워 오자 사람들이 모이기 시작했다. 어떻게 알았는지 이웃 동네인 보나루, 옹기점, 뱁실에서도 청년들이 왔다. 어른들은 다툼이 생기면 힘으로 하지 말고 대화로 풀라는 충고까지 했다. 노래자랑이 시작되었다.

사회를 보려고 마이크를 점검하는데 부엌에서 수경이와 도영이가 고개를 내밀었다. 과연 올 것인가? 무척 기다렸는데, 조금 전에 도착한 듯했다. 표를 파는 처막과 마루 사이에는 사람들이 줄을 서서 기다렸다. 찬영이는 왔다 갔다 하며 줄을 세우고 동숙이는 돈을 받아서 통에 넣었다.

반갑습니다. 새해 복 많이 받으십시오. 멀리서 가까이서 저녁을 다투어 오시느라 수고하셨습니다. 준비가 부족하여 다소 불편하시더라도 즐거운 노래자랑이 될 수 있도록 협조를 부탁드립니다(마당 귀퉁이에 서 있던 평지마을 집안 처녀들이 박수를 치자 다른 사람들도 따라서 박수를 쳤다. 얼굴도 모르는 어떤 사람은 덤덤하게 그냥 서 있기도 했다). 다음은 심사위원 세 분을 대표해서 동장님이신 임혁규 심사위원장님께서 심사기준을 말씀드리겠습니다.

간단한 인사말과 심사기준이 발표되고 첫 손님을 모시게 되었다. 번호표를 들고 마루로 올라오는 사람은 검은 신사복을 입는 30대 초반으로 보이는 남자인데 검은 선글라스(sunglasses)를 꼈다. 첫인상에 위엄이 느껴졌지만 대수롭지 않게 인터뷰도 없이 노래 제목을 알려 달라고 했다. '가슴 아프게'라고 하면서 노래를 불렀다. 반주가 있을 리 없으니 그냥 부르면 되었다. 노래를 부르는 옆모습이 눈에 익어서 자세히 보니 점마에 살다가 시내로 간 세 살이나 많은 김석구였다. '너 석구지' 갑자기 사람들이 웅성거리기 시작했다. 점마에서 온 사람들은 소리 내어 웃기 시작했다. 석구는 마루를 내려가면서 선글라스를 벗고 정중히 인사를 했다. 도영이는 접수가 늦어서 서른세 번째 노래를 불렀는데 '동숙의 노래'를 했다. 갑자기 눈물이 핑 돌아서 사회를 보다가 뒤로 돌아섰다. 수경이는 유아마이선샤인(You Are My Sunshine)을 불러서 대학생임을 자랑했는데 사람들은 박수도 없이 침묵을 지켰다. 쉰한 번째는 일등으로 섭외를 한 원종이 자형이 '울어라 열풍아'를 불렀는데 박수 소리가 제일 컸다. 역시 모두가 인정하는 실력을 보여 주었다. 오후 6시에 시작했는데 10시 반이 넘어서 62명의 노래가 끝이 났다. 심사 결과를 집게 하는 동안 기타를 잘 치는 천학기가 기타를 치며 '새까만 눈동자의 아가씨 / 겉으론 거만한 것 같아도 / 마음이 비단같이 고와서 / 정말로 나는 반했네'로 시작하는 '마음이 고와야지'를 불렀다.

심사 결과 발표를 앞두고 만약의 사태에 대비하여 친구들을 불러 모았다. 싸움은 심사 결과에 불만이 있어서 일어나는 경우가 많기 때문이다.

마루 위에 못 올라오게 하고, 항의를 하면 달려가서 설득하되 원하는 것이 분에 넘치지 않으면 들어준다 하면서 미룰 것

등의 규칙도 정했다. 임혁규 위원장님이 검은 두루마기를 단정히 입고 10위부터 발표를 하고 상장과 상품을 주었다. 등위는 마을별 남녀별 안배

를 하되 많이 온 동네를 우선으로 했다. 점마, 평지마, 절골, 다리골, 이덕, 뱁실, 보나루 등 빠지지 않고 불렀다. 3등 2등 1등은 보나루와 뱁실에 이어 원종이 자형에게 주었다. 보나루에서 다소 웅성거려서 키가 큰 찬영이와 동숙이가 가보았다. 그들은 '어째서 3등이냐?' 라고 항의를 하면서 사회를 보는 사람이 순경이라 참는다'고 했다. 아마 처음 보는 대학생 교복을 경찰복으로 오해를 해서 일이 쉽게 풀렸다.

뒷정리까지 마치고 나니 12시가 가까웠다. 50여 명으로 예상을 했는데 60명이 넘었다. 손익을 따져보니 뒤풀이할 돈은 충분하지는 않지만 되었다. 형수가 구멍가게를 하는 천학기네 집으로 갔다. 방 가운데 술과 안주를 놓고 빙 둘러앉았다. 도영이와 수경이를 양옆에 앉히고 술을 먹고 노래를 부르는데 모두 지쳐서 노래가 되지 않았다. 수경이에게 지명 곡으로 유아마 이선샤인을 한 번 더 부르다고 해도 더 이상 부르지 않았다. 도영이는 동숙의 노래를 한 번 더 불렀는데 6등이 아니라 2등을 해야 한다며 박수를 보냈다. 도영이는 수경이 집으로 가고 모두 뿔뿔이 흩어졌다.

입학식을 하는 날, 새벽부터 눈이 부슬부슬 내렸다. 날씨가 포근하여 오는 즉시 녹아서 쌓이지는 않으나 기분 좋을 만큼 흩어져 내렸다. 어머니와 눈 내리는 황톳길을 걸어 솔뫼까지 가면서 행복에 젖었다. 우리 마을 추천동이 생기고 대학생 교복을 입는 사람은 처음이다. 다른 마을에도 비슷한지 지나가는 사람들마다 한 번 더 쳐다보았다. 학교가 있는 명륜동, 강둑이 보이는 언덕에 깨끗한 하숙집을 얻었다. 세 명이 같은 방을 쓸 것이라는데 아직 두 명은 오지 않았다.

교문에 들어서서 '무명의 교사상' 옆에 읽지 못했던 검은 돌 위에 흰 글씨로 쓴 시를 읽게 되었다.

　　찬양하리 무명의 교사를 / 위대한 장군은 전쟁을 이겨도 / 싸움터에 이긴 자는 무명의 병사일세 / 이름난 교육가는 제도를 고치나 / 어린 것을 손잡고 이끄는 자 무명의 교사일세 / 공명을 멀리하고 고난과 싸워가며 / 승리의 나팔도 태워줄 꽃가마도 / 달아줄 훈장도 그를 위해선 하나 없는데 / 어둠을 지키고 무지와의 싸움을 그는 치르네

'핸리 반 다이크(Henry Van Dyke)'의 긴 시를 학교 실정에 맞게 번역하여 앞부분만 새겨 놓았다.

입학식장에 들어가니 서류를 나누어 주었다. 입학식 자리 배치를 비롯하여 반 편성, 수업 시간표, 교과서 구입, 학점과 낙제 등 학칙이 자세하게 안내가 되어 있었다. 전교생은 2년제이니 1학년과 2학년뿐이다. 신입생은 10개 반으로 도덕, 국어, 산수 등 과목 이름의 반이다. 한 반이 40명 정도로 400명이 입학을 하는데 졸업은 몇 명이나 할지 모르는 일이다. 선배들을 보면 중도에 탈락하여 겨우 300여 명이 졸업을 했다.

입학식을 하고 하숙집에 가니 점심을 주는데 아주 정갈했다. 그런데 다음 날 심각한 문제가 생겼다. 하숙생 2명이 필요한데 3명이 왔다. 그들은 복학생으로 같이 있겠다고 하여 나에게 뒷집으로 가면 안 되겠냐며 양보가 아닌 강요를 했다. 참 딱한 일이다. 하숙집 아주머니도 양해를 구하니 하룻밤 신세를 지고 쫓겨나게 되었다. 뒷집에 가니 집도 형편없고 음식도 정갈하지 못했다. 세상에 들어온 놈이 동네 팔아먹는다는 속담을 실감하게 되다니 무언가 일이 꼬인다는 느낌이 들었다.

수험번호가 빨라서 1지망인 음악반이 되었다. 남자 17명에 여자 23명으로 여자가 많은 반이다. 전체적으로 남자의 숫자가 3분의 2로 많다. 교과서를 구입하고 선배들에게 헌책을 사기도 했는데, 운 좋게 예비고사에 합격한 승무는 선배가 되어 교과서를 그냥 주고 과목별 학점 취득방법과 준비물도 일일이 가르쳐 주었다. 특히 체육 실기와 미술의 그림 숙제, 음악의 오르간 연습은 거의 지옥이라고 했다. 같은 방에 하숙을 하는 학생은 봉화에서 왔는데 최고급인 청자를 피웠다. 신탄진도 60원이라 비싸서 아껴 피우는데 100원짜리 청자를 피우니 무척 부잣집 아들이라 생각되었다. 하숙집은 처음 집과 달리 하숙을 전문으로 하여 여러 개 방에 하숙생도 많았다. 하숙생 중에는 교육대학 부설 양성소 과정을 하는 여학생도 있었는데, 그들은 고등학교를 졸업하고 1년 과정을 수료하면 준교사가 된다. 국민학교 교사가 부족하여 6개월 과정도 있었다.

이틀 정도 교실을 옮겨 다니며 수업을 받다가 반장도 뽑고 서기도 뽑았는데 어쩌다가 내가 서기가 되었다. 수업이 많고 과제가 어려워 학점 취득 걱정에 정신이 없는데 서기를 하라니, 그래도 좋다고 표를 준 학생들이 고마워 어쩔 수가 없었다. 반별 단합대회, 지도 교수와 식사 등으로 하루도 쉬는 날이 없으니 서기는 서기대로 힘이 들었다. 거기다가 신입생 환영회를 한다고 게시판에 버젓이 붙어 있다. 환영회는 반별로 선배와 후배가 한자리에 모이는 행사다.

입학식을 하던 강당에 주눅 든 얼굴로 들어가니 2학년 선배들이 줄을 서서 기다리다가 일제히 박수를 쳤다. 은행에 근무하다가 1년이 늦었으니 재수생을 제외하면 고등학교는 같은 해에 나온 사람들이다. 그래도 교복의 탈

색으로 보더라도 선배는 선배다. 사회자의 지시에 따라 선후배 인사를 시작으로 다과회, 독창, 춤 등 개인기가 끝나고 단체 행사로 이어졌다. 2학년 선배들과 포크댄스를 추는 순서다. 사회자는 모두 일어서라고 하더니 방법을 설명해 주었다. 선배가 원의 바깥에 서고 후배가 안에 서서 두 줄의 원을 그렸다. 안팎이 마주 보며 짝을 맞추어 인사를 했다. '고향의 봄' 노래에 맞추어 투스텝을 하고 바깥 줄은 뒤로 돌아 투스텝을 하여 엇갈려 나가다가 되돌아오곤 했다. 그러다가 팔짱을 끼고 맴을 돌았다. 활달한 2학년 여학생 대표와 같은 조가 되면 동작이 커지고 큰 원을 그리며 맴을 돌도록 그녀는 유도했다. 포크댄스를 여러 바퀴 돌다 보니 신명이 나서 땀이 흐르는 줄도 모르고 몰두했다. 다음은 줄줄이 댄스를 한다며 설명 없이 바로 진행을 했다. 2학년 키 큰 남학생이 앞에 서서 동작을 하면 뒤에 가던 사람들은 모두 따라 해야 한다. 그가 어려운 동작을 하면 따라 하다가 돌아보며 웃느라 시간 가는 줄 몰랐다.

미술과제로 그림 그리는 도구를 만들려고 교문 앞 동일문방구에서 이젤과 베니어판(veneer板), 천, 풀을 구입하고 나오려는데 누가 어깨를 툭 쳤다. 돌아보니 도영이 오빠 병영이다. 입학했다는 소식은 들어서 알고 있지만 막상 만나고 나니 도영이를 만나러 갔다가 혼이 날 뻔했던 일이 떠올라 별로 반기지 않았다.

"반갑다 친구야! 나도 미술용품 사려고 왔다."

도영이 오빠가 미술용품을 구매하는 동안 밖에서 기다렸다. 두 살이나 많지만 동급생이니 친구 대하듯 해야 할지! 그래도 도영이 오빠인데! 친하게 지내는 것은 좋으나 그가 어떻게 받아들일지! 그의 행동에 따라 대처하기로 했다. 병영이는 친구처럼 스스럼없이 대했다. 존칭을 하니 편하게 지내자며 옛날에 도영이를 찾아갔을 때 공격적인 태도와는 딴판이다. 새로 이사를 한 집이 안막동이라며 집 위치까지 상세히 가르쳐 주었다.

학군단(RNTC)에 들어가려면 신체검사에 통과하는 것이 1차 관문이다. 대구에 있는 육군통합병원에 여러 대의 버스에 나누어 타고 신입생 남학생들이 갔다. 교육대학이 남학생에게 좋은 점은 학군단이 있기 때문이다. 신체검사와 사상검증 등의 까다로운 절차를 통과하여 2년 동안 훈련을 받으면 하사계급장을 달고 예비군복을 입을 수 있다. 훈련은 학교에서 일주일에 2일 정도 오전에 수업을 하고 오후에 받고, 여름방학 때는 훈련소에 입소하여 3주간 받는다. 훈련을 받으면서 이론 시험과 실기 시험이 있는데 탈락하면 바로 육군에 입대를 해야 한다. 하루 종일 신체검사를 받았다. 합격을 한 학생들은 머리를 군인처럼 짧게 깎고 교복에 명찰과 학군단 마크를 달아야 한다. 머리를 기르고 다니면 불합격자인데 불합격의 사유도 여러 가지다. 학군단이 생긴 것은 3년 전 예비고사가 생기고부터다. 학과공부에 군사훈련이 겹쳐지니 무척 힘들고 고달픈 과정이다.

마음에 드는 하숙집에서 이상하게 밀려 다른 집으로 억지로 옮긴 것이 좋지 않아 다시 옮기기로 했다. 마침 지난해 자형과 자취하던 고종사촌 형님 집에서 같이 있자는 연락이 왔다. 자형이 없으니 자취보다는 하숙을 하기로 하고 짐을 옮겼다. 명륜동 하숙집보다는 등하교 시간이 더 걸렸으나 전문 하숙집의 시끄러운 분위기가 아니라 좋았다. 학교에서 학군단 훈련을 마치고 하교하는 길에 병영이를 만났다. 새로 이사한 집이 안막동에 있다는 것은 알고 있었으나 고종사촌 형님 집과 가깝다는 것은 처음 알았다. 병영이는 학군단에서 같이 훈련을 받으면서 몇 번 만나고 보니 붙임성이 있어 곧 친하게 되었다. 부모님이 농장에 가고 도영이와 있다면서 집에 놀러 오라고 했다. 도영이 아버지는 태화동 집을 팔고 안막동에 허름한 집을 사면서 와룡면 유화사 근처에 농장을 마련했다. 농사철이 되면 농장에서 대부분 숙식을 해결하기 때문에 집에는 도영이와 병영이 뿐이라는 것이다.

토요일 오후, 조금은 한가하게 학교 음악실에서 오르간 연습을 하고 그림 과제가 걱정이 되어 집에 왔다. 집에 놀러 오라는 병영이 말도 생각나고 도영이도 보고 싶어 집을 찾아가기로 했다. 형님 집에서 골목을 빠져나와 큰길까지 가지 않고 시옷자 골목길로 접어들었다. 번듯한 한옥 한 채 없는 동네라 기와보다는 슬레이트지붕이 대부분이다. 넓지 않은 집터에 작은 한옥들이 블록 벽돌담을 사이에 두고 옹기종기 모여 있다. 연탄을 실은 리어카가 겨우 다니는 좁은 골목길이 고불고불하게 이어졌다. 골목길은 오르막으로 경사를 이루는가 싶은데 대문도 없는 허름한 집이 나타났다. 바로 병영이가 말하던 도영이가 사는 집이다. 전에 살던 태화동의 번듯한 대문이 달린 기와집에 비하면 정말 볼품이 없었다. 계단도 없는 비탈을 두어 발 올라가서 쳐다보니 바로 마루가 눈앞에 있다. 남쪽을 향한 집은 서쪽으로 부엌, 큰방, 마루, 방이 있을 뿐이다. 동쪽을 보니 또 허름한 집이 있는데, 방이 두어 개로 부엌은 처마를 이어 겨우 비를 피할 정도로 학생들이 자취를 하는 방인 듯했다. 사람 기척에 놀랐는지 도영이가 치마를 입고 마루에 서 있었다. 작고 갸름한 얼굴에 오뚝한 코와 큰 눈을 하고 보조개가 보이도록 웃고 있었다.

"어쩐 일로! 오빠 보로 왔지! 마루에 올라 온나!"

"너 보러 왔다."

"용케 집을 찾았네!"

집이 허름하여 조금은 창피하다는 투로 마루에 올라오라고 했지만 갑작스럽게 나타나서 당황하는 눈치다.

"병영이는?"

"오빠, 점심 먹고 나갔는데, 오르간 연습하러 갔겠지 뭐!"

마루 끝에 앉아 있는데 골목으로 지나가는 사람들이 다 보였다. 자세히 보니 대문의 형태를 띤 나무판자가 있기는 있는데 사용은 하지 않는 듯했다. 열려있는 큰방을 보니 책상은 없고 동쪽 방에 책상이 있다. 큰방은 도영이가 쓰고 작은 방은 병영이가 쓰는 듯했다. 도영이는 방에 들어가자는 말도, 무엇을 내줄 생각도 못하고 우왕좌왕 어쩔 줄 몰라 큰방과 작은 방을 들락거렸다.

"갈란다."

일어서려니 뒤에서 양팔로 끌어안았다. 잠시 후 도영이 손을 잡았다가 놓으며 슬며시 마루에서 디딤돌로 내려섰다.

정신없이 학교생활에 적응하다 보니 4월도 중순이 지난 어느 날 미팅을 하자는 제의가 들어왔다. 대학교 생활의 꽃이라고 하는 미팅을 드디어 하게 된 것이다. 크고 작은 반 행사 때마다 앞서서 총무를 도와주는 김화석이가 주선을 했는데, 강의실을 옮길 때마다 자리를 맡아 주는 권종호와 3명이다. 상대는 지상전문대학 여학생 3명으로 3대 3 미팅이다. 미팅 장소는 백운정 아래 보트장으로 일요일 10시에 만나기로 했다. 백운정 가는 시내버스를 세 명이 나란히 타고 가면서 여학생에 대한 상상을 했다. 어떻게 짝을 맞출 것인가? 보트는 어떻게 탈 것인가? 만약에 마음에 들지 않는 여학생과 짝이 된다면 어떻게 할 것인가? 10킬로미터 정도 되는 거리도 생각에 빠져드니 금방이다. 버스는 종점에 서서 손님을 기다리고, 우리들은 소나무 숲으로 가는 오솔길을 마냥 즐겁게 걸었다. 소나무 숲을 지나 강물을 건너야 백운정인데 얕은 곳은 종아리에 겨우 물이 찼다. 백운정 아래 깊은 소沼는 짙은 청색이 완연하다. 강 건너 솔숲을 자주 바라보던 화석이가 작게 소리를 지르며 언덕을 내려가 강을 건너기 시작했다. 강가에는 여학생으로 보이는 3명이 백운정을 바라보며 서 있었다. 화석이와 같이 강을 건너온 여학생들과 백운정 마루에 앉아 인사를 나누게 되었다. 모두 상과에 다니는 1학년으로 예비고사에 불합격하여 전문대학에 다닌다며 쑥스럽게 웃었다. 비슷한 키에 해맑은 둥근 얼굴들이다. 웃는 모습이 예쁘고 얌전한 미숙이, 보조개가 들어가는 긴 머리의 성애, 수수한 얼굴에 말을 잘하는 순자 중에 미숙이가 마음에 들었다. 화석이나 종호도 눈치를 보니 미숙이에게 관심이 많은 듯했다. 2학년이 된 수경이가 생각나고 도영이의 화난 얼굴이 떠올랐으나 미팅에 충실하기로 했다. 다른 사람들이 말하는 미팅의 재미를 느껴 볼 작정이다. 먼저 짝을 정하기로 했다. 방법은 여학생들이 숨겼다가 함께 던져주는 배지, 머리핀, 가락지를 주워서 주인을 찾아가면 되는 것이다. 화석이가 가락지를 줍고, 종호가 배지를 주웠는데 나는 마지막 남은 머리핀을 주웠다. 화석이는 순자가 활짝 웃으며 손을 잡고, 종호는 두리번거리다가 미숙이 쪽으로 가는데 성애가 손을 내밀었다. 마음속에 점을 찍었던 미숙이가 내 짝이 되었다. 화석이와 종호는 부러운 듯 바라보았다. 대기하고 있던 3대의 보트에 각자 짝을 태우고 노를 저었다. 화석이는 익숙하게 노를 젓더니 산 밑 벚나무 그늘로 들어갔다. 종호는 노 젓는 것이 처음인지 보트가 강 가운데로 떠내려갔다. 노를 젓느라 얼굴도 제대로 볼 여유가 없었는데 어느 정도 익숙해져서 산기슭에 다다라 말을 붙여 보았다. 지상전문대학은 영가 시내에 하나뿐인 전문학교로 개교한 지 2년째다. 설치된 학과도 상과를 비롯하여 두세 개로 학생 수도 많지 않다. 아는 학생은 수경이 뿐이다.

"혹시 2학년에 배수경이라고 알아요."

"어머! 어떻게 알아요. 우리 동네 사는데."

"그럼! 고등학교도 선후배 사이겠네요."

"저는 동서여상 인데요."

"동서여상이면 권동숙이를 아시겠네요."

잠시 생각에 잠기던 미숙이는 미소를 지었다.

"1학년 때 한반이었어요. 부반장을 했는데 성격이 활달해서 좋아요. 이번에 솔표 상회에 경리로 들어갔다던데요."

원종이가 은행에도 못 들어가고 예비고사도 떨어져 실망하고 있는 동안, 동숙이는 소문 없이 회사 경리로 들어간 모양이다. 다음에 만나면 축하라도 해 주어야겠다.

"수경이 언니하고 동숙이는 어떻게 알아요."

둘러댈 말이 없어 머뭇거렸다. 그러다가 괜히 말을 하여 도영이 귀에 들어가는 것은 시간문제가 될 것 같아 후회까지 했다. 그래서 관심이 없다는 듯 지나가려고 시도를 했다.

"그냥! 뭐 조금 알아요."

"영가시내는 좁아서 누구누구 하면 다 안데요. 특히 성씨와 동네를 알면

사돈의 팔촌까지 다 나온데요."

동감이라는 뜻으로 크게 웃어 주었다.

다른 사람들은 어디 갔는지 산기슭에 빈 보트만 매여 있다. 급하게 노를 젓는데 백운정 마루에서 화석이가 큰 소리로 부르며 손짓을 했다. 시계를 보니 12시가 넘었다. 남자들이 준비한 빵, 과자, 소주를 꺼내 놓았다. 여학생들은 포도주, 유리잔, 쟁반, 사과를 꺼내더니 칼로 깎아 쟁반에 놓았다. 종호가 미숙이에게 말을 걸며 관심을 보이자 성애도 나에게 다가오더니 친한 척했다. 눈치가 빠른 화석이는 순자에게 술을 권하더니 하모니카를 꺼내 '해변의 여인'을 멋지게 부르기 시작했다. 다시 '고향의 봄'을 합창을 하다가 지명곡으로 이어졌다. 지명을 받으면 노래를 하고 남자는 여자에게 여자는 남자에게 지명을 했다. 성애는 뭐가 잘 안되는지 지명을 받아도 노래를 부르지 않고 새침하게 앉아서 손뼉만 쳤다. 금세 분위기가 이상하여 산책을 하자며 일어서는데 화석이와 순자는 산책을 한다며 자갈밭으로 가고 종호와 성애는 정자 기둥에 기대에 유심히 흐르는 강물만 바라보았다. 미숙이가 성애 곁으로 가서 무언가 속삭이더니 나에게 와서 그만 집으로 가자고 했다.

어디 가도 별난 사람은 있는가 보다. 신입생 환영회 때부터 붙어 다니던 준호와 신자는 전교생이 알도록 꼴값을 떨었다. 준호는 큰 얼굴에 까진 이마로 시골에서 고등학교를 졸업하고 음악반에 들어와서 팝송만 부르며 잘난 체하고 남을 깔보는 습관이 있다. 신자는 작은 얼굴에 작은 눈을 하고 서울에서 고등학교를 나왔다며 서울말을 어색하게 했다. 알고 보니 영가시내에서 중학교까지 졸업하고 가정 사정으로 서울에서 고등학교를 졸업하고 음악반에 들어왔다. 두 사람은 첫눈에 반했는지 어땠는지는 알 필요도 없지만 아주 오래된 연인처럼 모든 학생들이 보는 앞이라도 상관없이 붙어 다니며 애정행각을 벌였다. 그들은 다른 사람과 어울리지 못하여 음악반에서 골칫덩이가 되었다. 이제는 전교생이 손가락질을 하는 꼴불견 캠퍼스 커플이다.

미술과제는 매주 그림 한 장을 그려서 제출해야 하는데, 그것도 합격을 하지 못하면 다시 그려야 한다. 한 번이라도 제출하지 못하면 학점을 이수하지 못한다. 음악은 오르간 교본 몇 쪽까지 연습하여 언제까지 검사를 맡으라 하면 합격을 해야 학점이 나온다. 체육은 곤봉, 체조, 뜀틀, 줄넘기, 배구 등 한 달에 한가지씩 정해진 연습을 하여 통과를 해야 한다. 무용은 '아가야 나오너라 달맞이 가자 / 앵두 따다 실에 꿰어 목에다 걸고 / 검둥개야 너도 가자 냇가로 가자' 달맞이 등 동요에 맞추어 안무와 연습을 하여 검사를 받아야 한다. 또 '교재 연구와 수업의 실제'라는 과목 등은 연구를 하여 제출하는 과제가 나온다. 과목별 과제와 학군단 훈련을 받느라 정말 하루가 어떻게 지나가는지 모르게 바쁘다.

고종사촌 형님이 고추장사를 하다가 일이 생겨서 이웃 도시로 이사를 갔다. 하숙을 옮긴지 두 달이 조금 지났는데, 또 옮겨야 할 처지에 놓였다. 하숙비도 감당하기 어렵고 하여 이번에는 자취를 하기로 하고 방을 물색했다. 다행히 고종사촌 형님 집에서 멀지 않은 곳에 부엌이 있는 사글세방을 구했다. 학교와는 오히려 가까운 곳이나 도영이 집과는 조금 멀어졌다. 당분간 어머니가 와서 밥을 해 주기로 했으나 농사철이 되면 고등학교 때처럼 혼자 있어야 한다.

미팅이 있고 도영이를 만날 때마다 미숙이가, 수경이가, 동숙이가, 그리고 아직은 모르는구나! 죄짓고는 못산다고 하더니, 가슴을 졸였다. 모처럼 저녁을 먹고 도영이 집에 갔더니 마침 도영이 부모님과 병영이가 함께 늦은 저녁을 먹고 있었다. 처음 대면하는 부모님이라 병영이 친구라며 깊이 고개를 숙여 인사하고 마루에 앉으려는데 도영이가 지나가는 혼잣말을 했다.

"학생들 세준 방에 전구 스위치가 고장이 나서 불을 못 켜!"

병영이가 도영이의 말을 받아서 '고쳐도 안 된다'며 걱정을 했다. 병영이에게 '가보자'며 앞서서 학생방으로 갔다. 병영이가 전구를 가리키는데 스위치는 출입문 가까이에 있었다. 정말 간단한 일이다. 스위치는 전선 한 가닥을 붙였다가 때었다가 하는 것이 기본이라 스위치를 열어보니 한쪽이 끊어져 있었다. 감전이 걱정되어 계량기 전원을 차단하고 선을 연결했다. 고쳐진 스위치를 구경하겠다며 도영이 아버지와 도영이가 달려왔다.

"병영이 친구라고, 전기를 잘 아네, 자주 놀러 오게."

도영이 아버지는 무슨 큰일이나 한 것처럼 매우 대견하게 여겼다. 병영이는 잡비가 넉넉하지 않은 건지! 아니면 버릇이 그런지! 술을 먹거나 버스를 타면 으레 계산은 나에게 미루었다. 그러면서 항상 나에게 저 자세로 아부를 한다. 도영이와 내가 만나면 알아서 자리를 비켜주는, 동생과 내가 잘 되기를 바라는 인상을 풍긴다. 스위치 수리한 곳을 한 번 더 보고 있는데, 도영이 혼자 내 옆에서 웃고 있다.

"요즘 잘 나간다며?"

예감에, 올 것이 온 듯했으나 엉뚱한 대답을 했다.

"어디서, 무슨 소리를 듣고."

"나, 다 안다. 미팅했다며?"

놀라지 않고 침착하려고 했으나 뛰는 가슴은 어쩔 수 없다. 그리고 무슨 말로 변명을 해야 할지 잠시 고심을 했다.

"괜찮아! 여러 명이 그냥 놀다가 헤어졌다며, 대학생인데 그 정도는 해야지, 인기도 있었다며?"

내가 할 변명을 도영이는 알아서 해 주었다.

"미안하다. 어쩌다 그렇게 되었다. 수경이가 그러더나?"

"어제 농협에 왔더라! 오랜만이라며, 차 한 잔 같이했다."

미안한 마음 때문에, 방안에 부모님이 계셔서, 산책이라도 하고 싶었으나 그냥 나오고 말았다.

음악반이라 가을에 있을 음악제에 합창과 합주를 해야 한다. 합창은 테스트 결과 테너파트에서 연습을 하고, 합주는 바이올린을 한다고 하여 단체 주문으로 구입을 했다. 합창은 석교수가 담당을 하고, 바이올린은 안교수가 담당을 하는데 매우 열정적으로 지도를 했다. 지도 시간은 음악 수업시간이나 학군단 훈련이 없는 월요일과 화요일 오후에 했다. 체육 수업은 체조, 구기로 나누어서 수업을 하는데 구기 수업 중에 배구는 과제의 강도가 높아질수록 힘은 들어도 실력이 부쩍부쩍 늘었다. 시간이 나면 남학생 17명이 편을 나누어 시합도 하는데, 여학생들은 구경을 하며 박수를 치기도 하고 관심 있는 남학생 응원도 했다. 나를 응원하는 영순이는 영주에서 고등학교를 졸업했는데, 입이 조금 못생겼으나 응원은 매우 열렬히 했다. '임진구 하이팅!' '임진구! 임진구!' 같이 온 여학생과 입을 모아 응원을 하니 다른 사람들에게 미안한 생각마저 들었다. 배구 경기를 마치고 막걸릿집에서 술을 마실

때도 따라왔다. 술은 별로 좋아하지 않는지 오징어 두루치기와 두부찌개를 조금 먹을 뿐인데 끝까지 이야기를 듣느라 집에 가지 않는다. 자리가 끝나고 일어서면 옆에 와서 영화구경을 가자고 조른다. 몇 번을 졸라서 약속장소에 종호와 같이 나가니 친구를 데리고 나왔다. 극장에서 표를 사는데 옆에 오더니 교복 주머니에 돈을 살짝 넣어 주는 눈치도 있다. 어떤 날은 시내를 같이 걷다가 도영이 친구와 마주치기도 했으나 영순이는 좋아하는 스타일이 아니다.

오르간 연습실은 방이 다섯 칸인데, 무대 위에는 피아노도 한 대 있다. 방 한 칸에 오르간이 4대가 있어 같은 시간에 스무 명 정도가 동시에 연습을 할 수 있다. 연습실 주변은 벌집에 벌이 분봉을 하는 소리와 흡사하게 아주 크게 들린다. 오르간 교본을 넘기며 연습을 하여 검사가 끝나고 다음 단계에 올라가면 주산 급수시험 같아서 재미가 있다.

교문이 남쪽에 있었는데 어느 순간 동쪽으로 바뀌었다. 남쪽 교문은 오수가 흐르는 큰 도랑이 있었으나 동쪽 교문은 큰 도로와 연결되어 있어 자취방도 조금 가깝게 되었다. 남쪽 교문이 있던 자리는 담장을 높이 쌓아 막았는데 '무명의 교사상'은 어디로 갔는지 흔적조차 찾을 수 없어 아쉬웠다. 동쪽 교문을 나와 큰길로 나가면 미술 도구 등을 파는 문방구가 있고 구멍가게도 있다. 60원 하는 신탄진을 사려고 주머니를 뒤지니 50원뿐이다. 필터가 없는 백조를 20원에 사서 뜯으려는데 전주와 마주쳤다. 전주는 어개골에서 학교 다닐 때 덕철이 친구 동생이다. 그때는 말도 하지 않았으나 먼저 아는 체를 하는데, 배지를 보니 2학년 선배이다.

"오랜만이네요."

수줍게 고개를 숙이고 다니는 새침데기라는 것이 믿어지지 않았다. 고등학교 1학년 때, 동생 금주와 우리 학교 앞 가게에서 오뎅(어묵)을 사먹다가 민호와 마주쳐서 크게 놀림을 당한 적이 있다. 전주는 울면서 오빠에게 일러바치고, 오빠는 친구인 덕철이 집에서 하숙을 하는 민호를 꾸짖은 적이 있다. 그 일로 전주 오빠와 덕철이가 다투기까지 했으니 조금은 큰 사건이었다. 전주는 오랜만에 보는 내가 같은 학교에 다니니 더욱 반가웠던 모양이다.

"그래요. 반가워요. 오빠도 잘 계시지요."

"오빠는 졸업하고 고등학교에서 영어를 가르쳐요."

"참! 어개골 생각이 납니다. 수줍어서 말도 붙이지 못했는데."

"너무 어렸으니까요."

전주는 그 뒤에 어떻게 졸업을 했는지! 어디로 발령이 났는지! 한 번도 본 적이 없다. 인연이란 오래도록 만나기도 하고 잠시 스쳐 가기도 하는 것 같다.

오랜만에 어머니가 와서 라면을 끓였다.

"라면이라고 소문만 듣다가 20원 주고 샀다. 간장도 안 넣었는데 간이 되는지 모르겠다. 싱거우면 간장이나 소금을 넣어 먹어라!"

어머니도 나도 라면은 처음 먹는다. 자장면은 학교행사 후에 60원인가 주고 회식을 한 적이 몇 번 있다. 어머니는 하복을 맞추라며 돈을 주었다. 보통 바지와 잠바를 사려고 하니 신사복도 있어야 된다며 맞추라고 했다. 양복점에 가서 하늘색 신사복을 맞추었다. 신사복을 입는 학생들이 간혹 있기는 하지만, 어쩐지 창피하여 학교에는 입고 가지 않았다. 그런데 월요일 아침 용기를 내었다. 마침 무용, 체육, 미술, 학군단 훈련 등 활동적인 수업이 없는 날이라 멋을 한 번 부려볼 심산이다. 자신이 있는 영어 수업시간이다. 신사복을 입고 교실에 들어가자 모두 나만 쳐다보는 듯했다. 특히 남학생들이 부러워했다. 하기야 석진이가 신사복을 입고 온 적은 있어도 나처럼 흰 티를 속에 입고, 번쩍거리는 큰 허리띠를 매지는 않았다. 마침 문장을 읽고 해석하라는 교수님의 지적에 아는 대로 읽고 해석을 하니 모두 감탄을 했다. 영어 수업을 마치고 국어 강의실로 가는데 영순이가 빠른 걸음으로 따라왔다.

"진구씨, 어울려요."

"쑥스럽게 왜 이래요."

"팔짱 한 번 껴요."

팔을 벌리는 영순이를 슬쩍 비켜서면서 얼굴이 다 붉어졌다. 팔짱을 끼는 것은 사귄다는 뜻이니 소문이라도 나만 큰일이다. 그것도 좋아하는 스타일이면, 잘 생겼으면 모를까? 도영이가 알면 또 어쩌고!

학군단 훈련은 대학교 생활의 낭만도 멋도 빼앗아갔다. 왼쪽 어깨의 마크와 앞가슴에 명찰은 교복 이상으로 행동에 많은 제약을 요구했다. 훈련복은 교련복과 예비군복을 합해 놓은 것 같은 무늬이다. 고등학교 때도 교련은 1년 후배부터 받았기 때문에 우리는 받지 않았다. 훈련의 강도는 하사관에 준하여 육체적 어려움은 물론 단계별 테스트를 받아 통과를 해야 하는 고달픔이 있다. 거기다가 교육대학 수업은 모든 과목을 배우고 익혀 어린이들을 가르치는 것이 목표이다.

학군단 훈련 중 구보驅步의 일환으로 마라톤 대회를 하는 날이다. 코스는 운동장을 출발하여 목성교, 평화동, 태화동, 송현동을 지나 송야교(솥밤다리)까지 왕복이다. 체육복을 입고 출발을 했는데 태화동에 이르니 더는 달릴 수 없어 걷다가 뛰다가 했다. 옆에서 뛰던 종호는 입을 벌리지 말고 호흡을 하라고 했다. 숨이 턱까지 차오르는 경험을 반복하면서 송야교에 도착했을 때는 뒤에 오는 학생들보다 앞에 가는 학생들이 많았다. 걸레가 된 몸을 이끌고 운동장에 도착했을 때는 조회대에서 시상식을 하고 있었다. 1등부터 3등까지는 트로피를 주고 4등부터 10등까지는 상품을 주었다. 1등한 학생은 고등학교 때도 마라톤 선수였다니 마라톤을 하면서 어떻게 공부까지 잘했는지 부러울 뿐이다.

1학기 말 고사가 끝나자 교생실습 학교를 희망에 의하여 배정했다. 거의 모교를 희망하는 분위기라 하임국민학교를 희망했다. 모교인 하임국민학교는 4학년 때 무단 전학을 갔는데 6학년 2학기 때 학교 자리를 옮겨서 새로 지었다. 학교를 짓는 동안 의성김씨 종택 대청마루에서 수업을 했다. 다행히 실습을 가니 현재 교장의 조카라는 학생이 있어 외롭지 않았다. 학생 중에는 고향 추천동의 조카, 질녀뿐만 아니라 친척들의 아이들이 많았다. 고향에서 자전거를 타고 출근을 하고 퇴근을 하는데 퇴근하기 전에 교생일지를 검사받아야 한다. 교생일지는 하루 종일 가르치고 보고 느끼고 공부한 내용이다. 고향에서는 출퇴근하는 모습을 보고 선생님이 되었다며 부러워하는 사람도 있다. 시골에 살고 있는 국민학교 동창들을 만나면 괜히 어깨가 으쓱해졌다.

입학하고 처음으로 학교도서관에 갔다. 교실 반 칸 크기의 열람실에 열람카드가 있고 서고 앞에는 시립도서관처럼 아가씨가 책을 빌려주고 반납을 받았다. 열람카드를 뒤지고 뒤져도 '중등학교준교사 자격시험 준비서'는 찾지 못했다. 시간이 날 때마다 도서관에서 열람카드를 뒤지다가 아가씨에게 용기를 내어 물어보니 그런 책은 없다고 했다. 대학생이 되기 위해 공부를 하면서 국어가 재미있어 더 깊이 공부하고 싶었다. 중등학교준교사 자격시험이 있다는 말을 듣고 준비를 해 볼 작정이다. 고등학교 졸업자면 자격이 된다고 하니 한번 해 볼만한 공부다. 국어과 교수 중에 믿음이 가는 성교수 연구실을 찾아갔다. 성교수는 우리말본, 국문학개론, 국문학사 등을 추천해 주었다. 영가시내 서점에는 없는 책이다. 방학 때 대구에 가서 구해 볼 계획을 하고 학교도서관부터 가보니 국문학개론은 찾을 수 있었다. 정말 신기했다. 한자가 많고 어려워서 몇 번을 빌려도 다 읽지 못했다. 도영이가 대구에 출장을 간다기에 성교수님이 추천하는 책을 적어주었더니 큰 서점에서 쉽게 구해왔다.

병영이가 일요일 별다른 일 없으면 아버지 농장에 가서 놀자고 했다. 별다른 일이 있어도 도영이가 간다니 간다고 했다. 마침 부모님이 친척 결혼식에 가고 없으니 마음 놓고 놀 수 있다고 했다. 일요일이라 늦게 일어나고 싶었으나 병영이와 약속 때문에 조금 일찍 일어났다. 평소에 신세만 지던 병영이라 신세를 갚을 요량인지? 아니면 도영이와 나를 가깝게 하려는 속셈인지? 알 수는 없지만 즐거운 일임에는 분명하다. 몇 년 전에 옮긴 버스역으로 가서 와룡 가는 버스표를 샀다. 평소 같으면 내가 돈을 내는데 오늘은 도영이가 모두 계산을 했다. 버스가 와룡면소재지에서 동쪽으로 꺾어 가더니 유화사라는 팻말이 보였다. 병영이가 내리자고 했다. 우리가 타고 온 버스는 꽁무니를 보이며 인계를 향해 달렸다. 걸어서 가다가 유화사에 들렀는데 여승이 혼자 있다고 하여 호기심에 찾아봐도 스님은 보이지 않았다. 담배를 한 개비 꺼내 물었다. 병영이는 평소에 담배를 피우지 않았으나 손을 벌려 한 개를 빌리자고 했다.

"언제 줄 건데!"

도영이가 웃으며 대답을 했다.

"아마, 받기 힘들걸?"

법당에는 들어가지 않고 마당에 서서 담배를 피우며 떠드는 것을 방안에서 보고 있던, 사미승인지 불목하니인지 알 수 없는 아저씨가 문을 열며 외쳤다.

"경내에서 담배 피우면 안 돼! 나가서 피워!"

무안을 당하고 돌아서는데 법당 안 문설주에 여승이 서 있었다.

병영이 아버지 농장은 생각보다 크지 않았다. 농장의 집은 동네와 떨어진 산 밑에 남향으로 오래되지 않는 슬레이트 지붕으로 부엌, 마루, 큰방, 사랑방, 뒷방이 있었다. 집 앞에 천 평 남짓 되어 보이는 밭에 사과나무, 콩, 깨, 채소 등 작물이 자라고 있었다. 도영이는 가방을 들고 부엌에 들어가고 병영이와 나는 사과밭을 둘러보았다. 도영이가 점심을 먹으라며 사과밭으로 나온 것은 점심시간이 훨씬 지나서다. 세 사람이 둘러앉아 밥을 먹는 것은 도영이 집에서도 여러 번 있어서 이제는 익숙하게 먹는다. 식사를 하고 사과로 후식을 하는데 병영이가 창고에서 무엇을 찾는다며 나가자 누가 먼저랄 것도 없이 자연스럽게 포옹을 했다.

2학기 등록금이 교련비와 준비물을 합하여 2만 원에 5백 원이 모자라게 나왔다. 학기별로 전교생에게 주는 장학금 4천 원도 쓰다가 조금 남아 있다. 방학을 하면 입영 훈련도 있고 캠핑도 가야 하니 돈 쓸 일이 많아 아버지께 등록금 전액을 타낼 작정이다.

학기말 고사를 치고 나니 성적이 좋지 않아 재시험 대상자가 반별로 게시판에 붙었다. 처음에는 창피했으나 다른 반 학생들도 붙어 있으니 그런가 보다 하고 재시험을 쳤다. 재시험에서도 낙방을 하면 2학기나 2학년 때 다시 강의를 신청하여 들어야 한다. 고사 기간이 되어도 학군단 훈련은 쉬지 않고 받아야 하고, 음악, 미술, 체육, 무용 등은 실기시험을 쳐야 하니 남학생들은 밤을 새워 공부를 해도 시간이 모자란다.

기말고사가 끝나면 바로 방학이다. 고등학교 때 보다 심하게 과목별 방학 과제를 내어주는데, 생물은 식물채집을 하라는 다소 국민학교 과제 같은 것을 주었다. 학군단 입소 훈련은 영가 시내에 있는 36사단이다. 강릉교대 학생과 함께 3주 동안 받는다는데 무척 걱정이 된다. 입소하는 날이다. 학군단에서 지급하는 큰 가방에 소지품을 넣고 운동장에 모였다. 학년별 반별로 모여서 주의사항을 듣는데 군용 트럭이 줄을 지어 도착했다. 훈련소에 가는 기분으로 고개를 숙이고 힘없이 트럭에 올라가는데 여학생들은 손을 흔들어 작별 인사를 했다.

연병장에 도착하자 제식 훈련을 받은 대로 오와 열을 맞추어 반듯하게 줄을 섰다. 무엇이 모자라는지 현역 대위가 소령의 지시에 따라 구령을 붙였다. 빛나는 계급장과 분위기에 압도된 학생들은 '앞으로 가!'라는 구령에 팔과 다리가 같이 나갔다. 웅장한 군악대에 맞추어 애국가가 울려 퍼지는 국민의례에 이어 학장과 별 한 개를 단 사단장이 훈화를 했다. 한숨을 쉴 여유도 없이 배정된 막사(幕舍, 생활관)로 들어가서 침상의 관물대官物臺에 가방을 놓고 물품을 지급 받았다. 훈련복을 지급 받는데 크고 작은 구분이 없다. 주는 대로 받아서 몸을 옷에 맞추라고 했다. 옆 사람과 바꾸기도 하고 팔다리의 길이는 접어서 맞추었다. 가지고 간 바늘과 실로 떨어진 단추를 다는데, 훈련복에 이어 모자, 군화, 총, 담배, 건빵, 소금 등의 보급품이 계속 들어와서 정리하느라 정신이 없다. 아침 6시에 일어나서 연병장에 모여 체조와 군가, 고향과 부모님을 향한 제배, 구령 등을 하고 줄을 지어 아침을 먹는다. 식사 시간은 3분, 민첩하지 못하면 먹다가 일어서야 한다. 재식훈련, 독도법, 사격, PT체조, 유격훈련 등 강의와 실기가 시간표에 따라 진행되었다. 50분 강의 후 10분간 휴식은 꿀맛이다. 점심식사는 야외에서 먹을 때는 식판을 들고 줄을 서서 배식을 하고 줄을 지어 풀밭이나 공터에 앉아서 먹는다. 식당이 없어서 막사 옆 빈공간에서 식판에 배식을 받아 빠른 시간에 먹고 식판을 씻어 주어야 한다. 씻을 물이 없을 때는 모자로 간단히 닦아도 모른다. 하루 종일 훈련을 하고 저녁 점호는 10시경에 하는데 점호 준비가 잘못되면 막사 앞 작은 연병장에 완전군장을 하거나 군화를 신지 않는 등의 지시에 따라 단체 벌을 받는다. 취침에 들면 불침번不寢番을 서야 하는데, 정해진 시간이 지나면 옆 사람을 깨워 놓고 자야 한다. 눈코 뜰 새 없이 바쁜 일과가 3주간 계속되었다. 일요일은 교회에 가는 사람을 제외하고는 연병장에 풀을 뽑거나 군가 연습, 중대별 배구대회, 축구대회 등의 연습을 해야 한다. 그래도 일요일은 10분간 휴식이 조금 길어질 때도 있어 PX를 이용하기도 한다.

2주 정도 훈련이 끝나자 여학생들이 위문을 왔다. 위문 공연도 있는데 출연자는 별로 알려지지 않은 가수나 무희들이다. 간혹 훈련병이나 여학생들이 출연하는 경우도 있다. 토론 시간에는 영관급장교 이상이 나와서 토론을 하는데, 훈련병들은 주로 이데올로기 문제로 열띤 토론을 벌인다. 위문을 오는 여학생들은 공연이 끝나면 반별로 모여 위문품을 나누어 주고 간단한 오락을 한다. 위문품은 주로 담배와 빵을 주는데 필터 없는 화랑만 피우다가 신탄진을 피우니 꿀맛이다. 화랑은 하루 한 갑씩 지급이 되지만 담배를 피우지 못하면 건빵이나 사탕을 준다.

훈련을 받을 때는 위관급장교가 교관이고 상병, 병장들이 보조를 하는 조교이다. 간혹 학군단 후보생 중에 하사후보생이 있는데 병들이 하대를 한다며 실랑이가 벌어지기도 한다. 독하게 훈련을 시키는 조교는 명찰을 보고 이름을 기억해 두었다가 영가 시내에 나오면 죽일 거라고 엄포를 놓지만 실행에 옮기는 경우는 거의 없다.

정해진 3주가 끝나면 군용 트럭을 타고 36사단 정문을 나오면서 예비군이 된 기분으로 군가를 소리 높여 부른다. 학교 운동장에 도착하여 얼굴을 보면 햇볕에 그을리고 체중이 줄어서 다른 사람으로 변해 있다. 해산을 하고 가방을 들고 정문으로 향하는데 시골에서 형이 웬일로 마중을 나와서 반가웠다. 혹시 도영이가 나오지 않았을까? 하고 두리번거리는데 병영이가 달려왔다. 형을 소개하고 같이 식사를 하기 위해 큰길로 나갔다.

여름방학을 하면 캠핑을 가기로 계획을 세운 지 한 달이 지났다. 방학은 했지만 밀린 과제를 제출하고, 입영훈련을 하느라 출발이 늦었다. 원종이 형이 운영하는 소리사는 동숙이 자취집과 가까운 거리에 있다. 소리사에 모였다가 손님이 오면 길 건너 맞은편에 있는 코스모스 다방에 가서 계획을 세웠다. 보통 때는 원종이와 둘이서, 동숙이가 올 때도 있고, 도영이가 오면 네 명이 모여 자장면을 먹기도 했다. 원종이 형이 전세로 사는 주인집이 국민학교 교사인데 텐트가 있어 어렵게 구했다. 텐트 한 개에 네 명이 잘 수 없으므로 한 개를 더 구해야 했다. 마침 도영이 둘째 오빠인 을영이가 월남에서 보내온 것이 있다고 했다. 카바이트가 있으면 좋겠지만 아쉬운 대로 야외용 석유곤로를 빌렸다. 그릇은 작은 냄비 몇 개와 컵, 등산 가방까지 수소문하여 빌리는데 성공했다. 쌀, 된장, 고추장, 소금, 감자, 파, 고추, 마늘 등은 도영이와 동숙이가 책임을 졌다. 경비는 각자 조금씩 분담하여 동숙이가 맡아서 쓰도록 했다. 목적지는 고등학교 때 소풍을 간 적이 있는 달기약수탕과 주왕산으로 각각 1박씩 2박 3일을 하기로 했다. 담배는 백조와 신탄진을 각각 2갑씩 원종이와 공동으로 사서 내가 보관했다. 사람들 앞에서는 신탄진을 피우고 우리끼리 있을 때는 백조를 피운다는 규칙까지 세웠다.

드디어 출발하는 날이다. 원종이와 내가 등산 가방을 메고, 석유곤로와 석유통을 들었다. 도영이는 반찬이 든 가방을 메고, 동숙이는 쌀이 든 가방과 돈주머니를 들었다. 버스정류소에 8시에 도착했는데 8시 반에 있다는 버스가 9시 반이 되어도 출발을 하지 않았다. 여름 휴가철이라 사람들이 줄을 서서 기다리며 표를 파는 창구에 가서 항의를 하기도 했다. 운전기사가 결근을 하여 다른 기사로 바꾸느라 늦었다는 해명을 듣고 버스는 출발을 했다. 찜통 같은 날씨에 등산 가방을 복도에 놓고 덜컹거리며 흔들릴 때마다 사람과 부딪히는 버스 안은 지옥이 어떤지 알만했다. 가다가 세우고, 세웠다가 가는 버스는 길안 버스정류소에 도착하자 다행히 내리는 사람이 많아 띄엄띄엄 빈자리에 앉을 수 있었다. 동숙이와 도영이가 바로 옆에 앉고 나와 원창이는 앞뒤로 떨어져 앉게 되었다. 출발하면서, 기사를 기다리면서,

길안 버스정류소에서, 신탄진을 3개씩 피웠다. 동숙이는 버스에서 내려 아이스께끼(아이스케이크) 4개를 사서 들고 왔다. 더위에 지친 가슴에 얼음이 들어가자 다시 생기를 찾았는지 책장을 넘겨 높은 페이지가 이기는 게임을 했다. 자리가 떨어져 있으니 책장을 넘기고 사람들 사이로 책을 넘겨주었다. 지는 사람은 달기약수탕에서 밥을 하기로 했기 때문에 누가 이기고 졌는지 동숙이는 꼼꼼하게 적었다.

청송 버스정류소에 도착했다. 달기약수탕과 주왕산이 있어 관광객으로 보이는 사람들이 많았다. 우리처럼 등산 가방을 메고 있거나 간편한 등산복을 한 사람들이 대부분이다. 달기약수탕에 가는 버스가 없어 걸어가기로 했다. 두꺼운 군용텐트와 이불 등이 들어 있어 부피도 크거니와 무게도 많이 나갔다. 뙤약볕이 내리쬐는 먼지 나는 도로에 무거운 등산 가방을 메고, 석유통을 들고, 더위에 지쳐 걷는 것을 누가 본다면 미친 짓이라고 할 수도 있겠지만, 도영이와 함께 걸으니 덥지도 지루하지도 않았다.

달기약수탕이다. 원탕은 사람들이 줄을 서서 기다리는데 줄의 끝이 보이지 않았다. 중탕은 어떨까? 걸어 가보니 원탕보다는 사람들이 많지 않지만 쉽게 약수를 뜰 수는 없었다. 상탕까지 올라갔다가 다시 원탕으로 내려왔다. 물탕 주변의 공간은 텐트와 사람들로 빈 곳이 없다. 텐트를 치는 장소를 물색하던 중 산 밑 묘 앞에 텐트를 걷는 사람이 있어 원종이가 뛰어갔다. 짐을 풀고 쉬는 동안 원탕으로 내려가 조금 한산해진 사람들을 비집고 작은 물통에 물을 받아왔다. 가방을 풀어 놓고 텐트를 치려는데 지주를 할 나무가 없다. 작은 칼을 들고 산으로 올라갔다. 산 밑 고추밭에는 고추가 주렁주렁 달려 있었다. 급한 것은 지주나무이므로 키보다 큰 손목 반 정도의 잡목

한 그루를 베니 2개의 지주가 나왔다. 고추밭에 와서 고추를 몇 개 따서 주머니에 넣으려는데 원종이가 걱정이 되었는지 올라오다가 고추를 보고 또 한 줌을 따서 주머니에 넣었다. 이러다가 캠핑하는 사람들에게 고추밭을 내주지 않을까 걱정이 되었다.

버스 안에서, 책장 넘기는 게임에 내가 제일 많이 졌으므로 밥을 하려고 쌀을 꺼내 냄비에 담았다. 도영이가 냄비를 빼앗더니 개울가로 갔다. 도영이는 쌀을 씻고 동숙이는 된장찌개에 넣을 감자를 깎고 고추를 썰었다.

네 사람이 둘러앉아 늦은 점심을 먹는데 원종이가 물에 씻은 풋고추를 들고 왔다.

"아까 훔친 거지!"

"빌렸는데."

"밥 잘했다. 시집가도 되겠다."

"언니, 반찬도 잘 만들던데."

동숙이는 잠자리가 걱정이 되었던 모양이다.

"진짜 여기 묘 앞에서 자나?"

"오래된 묘라 괜찮다."

"그래도."

"같이 자는데 뭐!"

"오빠하고."

"아니, 원종이하고 자라!"

"미쳤다."

"여자는 여자끼리, 남자는 남자끼리."

"피!"

이웃한 텐트를 보니 점심을 먹는 사람은 거의 없다. 냇가에 가서 물놀이를 하는지! 약수를 받는지! 빈 텐트가 많다. 묘 앞이라 큰 소나무 밑에 공간이 생겨 배드민턴을 쳐서 아이스께끼를 사오기로 했다. 원종이와 동숙이가 한편이고 도영이와 내가 한편이다. 내기를 한다니 더위에 지쳐 힘이 없었는데, 승부욕이 발동을 하니 거추장스러운 옷도 벗어 던졌다. 3판 양승으로 첫판은 원종이네가 이기고 두 번째 판이 끝나갈 무렵 한 개뿐인 콕(공)이 소나무 가지 위로 올라가서 내려오지 않았다. 나무가 높아서 올라갈 수도 없다. 조금 떨어진 텐트에서 웃는 소리가 났다. 아마 지켜보다가 콕이 나무 위로 올라가자 잘 되었다며 웃는 것 같았다.

원탕에서 중탕, 상탕으로 가는 길을 따라 산책을 했다. 도영이는 달맞이꽃, 엉겅퀴, 개나리, 갈대, 심지어 수수와 참깨까지 이름을 물었다. 묻는 대로 대답을 하자 '아는 것도 많다'며 반문을 했다. 우리는 시골에서 자라 아무것도 아닌 식물 이름이 도영이에게는 무척 신기했던 모양이다. 상탕 옆 개울가에 앉아서 손을 씻고 세수를 하다가 물장난이 벌어지기도 했다. 지나가는 사람들이 '참 좋은 때'라며 중얼거렸다.

밤이 깊은 줄도 모르고 여자 텐트에 앉아서 소주와 과자를 나누어 먹으며 게임과 노래, 무서운 이야기를 했다. 캠프파이어를 하며 떠들던 사람들도 목청껏 노래하던 옆의 텐트도 불이 꺼졌다. 무슨 일이 있으면 남자 텐트로 즉시 연락하라는 부탁을 하고 남자 텐트로 왔다.

날이 밝자 주왕산에 가야 하는데 버스 시간을 알지 못하니 무조건 일찍 서두를 수밖에 없다. 청송 버스정류소까지는 걸어가야 하니 조금이라도 시원할 때 가야 한다. 다른 텐트들도 하나둘 철수를 했다. 청송버스정류소에서 시간을 너무 지체해서 주왕산에 도착하니 점심때가 지났다. 가게에 들러서 빵과 사이다를 사서 들고 산으로 올라갔다. 관광객들이 많아 길은 먼지투성이지만 기암절벽의 위용에 감탄이 절로 나왔다. 주왕굴로 올라가면서 남쪽 산기슭에 텐트 칠 자리를 물색했다. 학소대, 시루봉, 용추폭포, 절구폭포에서 쉬면서 날씨가 더워 용연폭포와 내원마을은 올라가지 않기로 했다. 다시 오던 길을 되짚어 내려와서 올라갈 때 점찍어 둔 무장굴 쪽에 텐트를 치기로 했다.

처음에는 한두 개의 텐트가 숲속에 숨어 있었는데, 시간이 지나면서 하나둘 늘어나기 시작하더니 저녁밥을 지을 때는 텐트촌이 되었다. 아마도 텐트가 있으니 모여든 것이 분명하다. 깨끗한 물이 바위 사이 텐트 앞으로 흐르고 산그늘이 더위를 식혀주니 천당이 따로 없다. 세수를 하고 밥을 하느라 왁자지껄한 소리가 산골을 메웠다. 어둠이 짙어갈 무렵 식사를 하고 캠프파이어 준비를 했다. 몇 발자국만 옮겨도 썩은 나뭇가지가 지천이다. 원종이와 한 아름씩 나무를 안고 텐트 주변으로 와서 불을 피울 땅을 정비했다. 바위와 바위 사이, 마른 땅에 불을 피우고 네 명이 둘러앉아도 다른 사람들은 바위에 가려서 보이지 않았다. 도영이와 동숙이가 나무를 하러 간 사이 텐트에 오니 어디로 갔는지 없다. 한참을 기다려도 나타나지 않아 걱정을 하는데 큰 바위가 가려진 곳에서 도영이가 젖은 머리로 나왔다.

"어디 갔다 왔어? 우리는 목욕했는데."

"캠프파이어 준비했지."

"저 바위 밑에 동숙이가 올라오거든 목욕해라! 참 시원하고 개운하다."

동숙이가 젖은 머리카락을 수건으로 털며 나왔다. 시루바위 쪽에서 캠프파이어를 하는지 불빛이 바위가 보이도록 타올랐다. 원종이와 목욕을 하고 나오자 동숙이는 포도주, 과자, 과일 등을 신문지에 싸서 캠프파이어 장소로 갔다. 불을 피울 때는 앞뒤 사람도 분간하기 힘들 정도로 어두웠다. 여기저기서 불을 피우느라 온 산이 환하게 비추었다가 어두워졌다가, 도깨비장난 같았다.

"우리 여기서 살까?"

"넷이서 살아!"

"오빠는 좋겠지만 우리는?"

"같이 살면 되지."

"어떻게?"

갑자기 동숙이의 목소리가 떨렸다. 어릴 때는 앞뒤 집에서 없으면 찾는 사이로 참 좋아했는데, 중학생이 되면서 동숙이를 향하던 마음은 도영이에게로 옮겨졌다. 동숙이도 옛날이 떠오르면 나와 다르지 않는지! 가끔 이성으로 바라보는 말이 튀어나왔다. 포도주를 돌려가면서 마시다 보니 한 병이 금방 끝이 났다. 원종이가 감추어 두었던 소주를 가지고 왔다. 소주는 남자들이 마시고 과일은 여자들이 먹었다. 타오르던 불이 모닥불로 변했다. 어디서 싸한 골바람이 지나가자 옷깃을 여미었다. 이럴 때는 노래를 부르는 것이 좋다. 고향의 봄 합창을 시작으로 나훈아와 남진, 이미자의 노래를 신나게 불렀다. 다음으로 도영이가 꺼낸 노래는 '동숙의 노래'다. 그 중에 2절이 너무 슬펐다.

님을 따라 가고픈 마음이건만 / 그대 따라 못가는 서러운 이 몸 / 저주
받은 운명에 끝나는 순간 / 님의 품에 안기운 짧은 행복에 / 참을 수 없이
흐르는 뜨거운 눈물 / 음----음 / 뜨거운 눈물

나지막한 목소리로 혼자 부르는 도영이의 노래는 노래자랑 때와 같이 무
척 슬프게 들렸다. 그러다가 혹시 우리들의 앞날을 예언하는 것은 아닐까?
이상한 생각이 들자 고개를 흔들었다.

하나둘 캠프파이어를 하던 불길이 꺼지고 텐트에 들어가자 우리도 물을
뿌려 모닥불을 껐다. 텐트로 들어가려는데 도영이가 옆에 오더니 옆구리를
쿡 찔렀다. 돌아보니 조금 떨어진 곳에 있는 바위를 가리켰다. 앞서 텐트로
가던 원종이와 동숙이는 무슨 눈치를 챘는지 텐트 속으로 각자 들어갔다.
바위 위는 생각보다 넓었다. 깊은 밤 산속은 새소리도 벌레 소리도 잠들어
사위가 무서울 정도로 조용하다. 간혹 바람에 일렁이는 나뭇잎이 손짓을 하
듯 하늘거렸다.

"졸업하면 어디로 갈 건데?"

"성적과 희망에 의해 임지를 배정하는데 발령은 교사수급에 따라 다른
가봐!"

"그게 아니고 영가시에 있을 거냐고."

"성적이 좋아야 시내에 발령이 난다니까?"

조금은 신경질적으로 대답을 한 것이 미안해서 손을 잡아주었더니 가까
이 와서 어깨에 머리를 기대었다.

"성적이 좋으면 대구도 서울도 갈 수 있겠네."

"간혹, 몇 명은 가능하다고 하는데 그것도 수급문제다."

대구로, 서울로 가서 4년제 대학교에 편입을 하고 싶다고 하려다가 도영이의 마음을 알지 못해 입속에서 삭혔다.

"조용한 바닷가에 가자. 거기서 직장생활도 하고 또."

"또 뭐, 애기도 낳고!"

그렇게 하자며 도영이의 어깨를 껴안고 흔들어 주었다. 그러나 속마음은 아니라는 것을 도영이도 아는 듯했다.

바위 위에 등을 대고 누워 하늘을 보았다. 실로 오랜만에 보는 밤하늘이다. 이름 모를 별자리의 큰 별과 작은 별이 조화를 이루며 총총하게 빛나고, 유성이 흐르다가 자취를 감추었다. 오른팔을 배고 누운 도영이의 숨소리가 크게 들리더니 허리를 파고들다가 머리를 묻었다.

"동숙이 무서워한다. 가자!"

늦은 아침을 먹고 텐트를 정리하는데 하늘이 잔뜩 화가 났는지 금방이라도 비가 쏟아질 것 같다. 소나기라도 온다면 계곡의 물은 걷잡을 수 없이 불어날 것이라는 생각이 들자 빨리 떠나고 싶었다.

대전사 앞에서 버스정류소까지 이어진 가게 중에 하나를 골라 필요 없게 된 석유통, 감자, 된장, 고추장 등을 버리니 가방이 가벼워졌다. 걸어서 송생동에 다다르자 기다렸다는 듯 장대 같은 소나기가 쏟아졌다. 가까운 집에 들어가 처마 끝에 서서 한 시간 남짓 소나기가 멈추기를 기다렸다. 청운까지 가야 버스가 있다고 하니 젖은 옷을 말리며 걷고 또 걸었다. 청운에 도착하니 마침 대구에서 오는 버스가 기다리고 있었다.

청송에서 길안 가는 버스가 사람을 가득 싣고 다리를 건너는데 황톳물이 개가 차도록 흘러내렸다.

참매미 소리가 애매미 소리로 바뀔 즈음, 논의 벼는 시꺼멓게 약이 올라 바닥이 보이지 않을 정도로 자랐다. 여름의 마지막에 2학기가 개강되었다. 학교는 개강을 하자마자 체육 실기로 몸살을 앓아야 했다. 그것은 곤봉 연습에 이어 줄넘기 연습 때문이다. 곤봉을 양손에 쥐고 앞뒤 좌우로 순서에 의하여 규칙적으로 리듬을 타며 움직여야 검사에 통과될 수 있다. 줄넘기는 바로 넘기, 꼬아서 넘기, 한번 뛰어 두 번 넘기 등을 순서대로 해야 통과가 된다. 어떤 학생은 실기 검사 때문에 자다가도 일어나서 연습을 한다고 했다. 생물의 식물채집 과제는 뿌리, 줄기, 잎, 꽃이 있는 식물을 신문지로 잘 말려서 10점을 가지고 오라고 했다. 말하는 교수의 어감이 진지하지 않아 별로 대수롭지 않게 한 반에 10명 정도 외에는 제출하지 않았다. 화가 난 교수는 15일 단위로 배로 불어나는 숫자로 가지고 오라고 했다. 9월은 20점이 40점이 되고, 10월은 80점이 되었다. 검사도 교수가 직접 하는데 뿌리, 줄기, 잎, 꽃이 완벽하게 없거나, 잘 마르지 않았으면 빼 버려서 80점을 가지고 가도 반 정도 통과되기가 어려웠다. 10월이 지나자 100점이 되어 학교 여기저기서 식물채집 보자기를 들고 다니는 학생들을 쉽게 볼 수 있게 되었다. 검사를 하기 위해 교수 연구실에 가지고 갔다가 교수가 없어서 잠시 두었는데, 누가 가지고 가서 다시 해야 되는 불상사도 비일비재하여 교내는 식물채집 아수라장이 되었다. 일요일 시골집에 있는데 체육과 남학생이 여학생 셋을 데리고 식물채집을 하려고 우리 동네에 왔다. 마침 내가 아는 남학생이라 여학생까지 우리 집에 데리고 왔다. 부모님은 여자 대학생들이 집에 오자 새 며느리가 온 것처럼 기쁘게 점심까지 대접을 했다.

야유회는 소풍으로 봄과 가을에 실시한다. 봄에는 주왕산을 다녀왔으며 가을은 풍기 희방사에 가기로 했다. 희방사는 풍기역에서 내려 걸어서 올라가는데 택시길이 있어 몸이 무거운 박교수님은 택시를 타고 먼저 올라갔다. 학생들은 삼삼오오 산길을 헉헉거리며 올라갔다. 가파른 길에서 쉬기도 하며 폭포에 도착했다. 폭포 옆 계단을 따라 줄을 잡고 올라가며 내려다 보니 폭포 물이 떨어지는 곳은 깊이를 알 수가 없다. 중학교 1학년 때도 올라와서 사진을 찍었지만 깊이는 여전히 궁금하다. 희방사로 올라가는 길 옆에 맑은 계곡물이 넘쳐흐른다. 손발을 씻고 물장난을 하며 희방사에 도착했다. 여학생 숫자가 많은 음악반은 남학생들이 주눅이 들어 여학생들이 하자는 대로 따라서 한다. 놀이를 하거나 노래를 부르거나 점심을 먹거나 모두가 그렇다. 키가 큰 석진이가 무엇이 불만인지 계곡 옆 식당에 빈 술병 박스를 꺼내 병을 공중으로 던져 놓고 병으로 맞추기를 했다. 유리 조각은 물속으로 들어가고, 길 위에 흩어지며 사방으로 날아가도 말리는 사람이 없다. 오히려 멋있다며 박수를 치는 여학생도 있다. 폭포 위 계곡에서 점심을 먹고 내려왔다. 선물을 파는 가게 앞에서 기념품을 구경하고 있는데 언제 왔는지 영순이가 옆에 서 있다.

"진구씨 저거 사줘!"

영순이가 가리키는 것은 목각인형이다. 가격을 물어보니 천오백 원이다. 마침 등록금을 받은 줄 모르고 또 받은 돈이 있어서 선뜻 사 주었다. 그동안 영화 구경도, 빵도, 식사도 영순이가 계산을 했기 때문이다. 아버지에게는 무척 미안한 일이다. 방학 전에 급하게 돈을 얻어 등록을 했다. 2학기가 개강되고 게시판을 보니 또 등록을 하라는 공고가 붙었다. 등록금을 또 타내고 보니 추가 등록 공고였다.

가을 축제인 명륜제를 한다며 이곳저곳에 포스터가 붙었다. 써클별 행사도 있지만 반별 프로그램도 있다. 특히 음악반은 그동안 합창과 합주, 독창, 독주 연습을 많이 했다. 합창은 '밀양아리랑'이고 합주는 동요이다. 40명이 바이올린 합주를 하고 종호는 반장으로 바이올린 독주를 한다. 축제날은 대안극장에서 표를 팔아서 선택된 학생과 시민들만 들어왔다. 배당된 표는 두 장이지만 두 장을 더 얻었다. 자취집 주인아주머니와 어머니, 도영이, 동숙이에게 주었다. 바이올린 합주를 보는 관중들은 활의 길이가 같이 올라가고 내려가면 잘한다고 보고 조금이라도 길이가 다르면 틀렸다고 본다. 지도하는 안교수님도 그렇게 보는 듯하여 소리는 나중이고 앞 사람 활의 높이에 맞추어 올렸다 내렸다 했다. 지도교수는 앞줄에 앉는 사람을 정하면서 활 높이를 봤다. 당연히 내가 앞줄에 앉게 되었다.

합주회가 끝나고 도영이와 사진관에 가서 사진을 찍었다. 바이올린을 들고 연주하는 모습과 연미복을 입고 두 사람이 마주 보는 사진도 찍었다.

낙엽 지는 가로수 길에 교복을 입은 남녀 대학생이 다정하게 걸어가는 풍경, 그 풍경에 취해 인생이 바뀌었다. 3년간 노심초사勞心焦思하며 닦은 은행원을 팽개치고 오로지 대학생이 되겠다고, 교복을 입어 보겠다고, 낭만을 즐겨 보겠다고 제삿집에서, 도서관에서, 그리고 다다른 곳이 교육대학이다. 국어, 영어, 수학, 사회, 과학, 역사, 등 전 과목과 교육학 전반, 예체능 실기, 그리고 학군단 훈련은 몸이 열 개라도 모자란다는 말을 실감 나게 했다. 조물주는 바쁘면 바쁘게 살도록, 더 바쁘게 살도록 운명을 결정지어 놓았는지 모른다. 이왕 학생들을 가르치는 길에 발을 들여놓았으니 국민학교 학생으로 만족할 수는 없다. 중등학교나 대학교 강단에 서겠다는 것이 새로운 꿈이 되었다. 우선 중등학교준교사 자격시험을 차분하게 준비하기로 한지 수개월이 지났다. 시간이 10분 나면 10분간 책을 읽고, 1시간이 나면 1시간 동안 책을 읽었다. 낭만을 즐기겠다는 애초의 꿈은 접은 지 오래다. 1주일에 1장씩 내는 미술 과제를 방안에서 다 그려놓고(자주 그리는 풍경으로 복사를 하는 것과 같다) 국문학사를 폈다. 책을 사고 몇 개월이 지났으나 아직 반밖에 읽지 못했다.

자취방은 대문이 북쪽에 있는 높은 산 밑 서향집으로 아침 해는 거의 볼 수 없다. 대문을 들어서면 왼쪽이 자취방 작은 부엌으로 문이 달려 있다. 이어서 자취방 여닫이 출입문이 동마루 너머에 있다. 남쪽으로 할아버지 방, 마루, 큰방, 부엌인데 자취방에서 마루까지 동마루가 깔려 있다. 좁은 마당은 길과 작은 화단이다. 아홉 시가 너머 시작한 국문학사는 어려운 한자 때문에 책장이 잘 넘어가지 않는다. 그래도 처음보다는 넘기는 시간이 많이 줄었다. 바람이 불어 함석지붕 소리와 대문 소리가 섞이는 스산한 밤이다. 어깨가 선뜻하여 벽에 걸린 옷을 내려 덮었더니 졸음이 왔다. 떠지지 않는 눈을 비비며 한자 해독에 비몽사몽非夢似夢, 정신이 오락가락한다. 잠시 정신을 놓았는지 꼬박 졸다가 책을 들여다보는데 등 뒤가 허전한 것이, 느낌이 이상하다. 의자를 돌려보니 도영이가 어둠 속에 앉아서 바라보고 있다. 소스라치게 놀라서 일어서려는데 등 뒤에 와서 껴안았다.

"사람이 와도 모르더라. 자는 것 같아서 그냥 앉아 있었다."

"어디로 들어 왔노?"

"부엌문이 열리던데."

저녁을 먹고 설거지물을 쏟으면서 잠그지 않았던 것이 분명하다.

"무슨 공부를 정신없이 하노?"

"니가 공부하라고 책을 사줬잖아!"

"잘 되나?"

"책을 봐도 모르겠고, 시간도 없고, 괜한 짓을 또 한다."

"머리가 좋으니 열심히 하면 되겠지 뭐! 괜히 와서 공부에 방해만 준다."

책상 의자에서 방바닥으로 내려와 도영이 곁에 앉으며 시계를 들여다봤다.

"벌써 시간이 이렇게 되었네."

"왜 갈까?"

도영이는 일어서려는 몸짓만 하다가 피곤한지 누워버렸다. 같이 누우면서 팔베게를 해 주었다.

"을영이 오빠 복학 안하고 월남 가더니 텔레비전 사왔다."

"전파사 앞을 지나치면서 번쩍거리는 화면은 몇 번 본 적이 있다."

"결혼하면 텔레비전 살 거지."

"물론."

대답을 하면서 언제 약혼을 하고, 언제 결혼을 한다는 말을 구체적으로 할 수 없는 현실이 원망스러웠다. 도영이도 그것을 아는지 더 이상 결혼에 대해서 말을 하지 않았다. 전번에 어머니가 왔을 때 도영이가 찾아온 적이 있다. 어머니는 도영이가 있는 자리에서 '얼굴도 예쁘고 예의도 바르다'며 칭찬을 아끼지 않았다.

열두 시가 가까워오자 도영이를 집까지 바래다주고 자취방에 들어오니 의자에 처음 보는 봉투가 있었다. 열어보니 쪽지와 돈이 들어 있었다.

등록금 통지서 얼마 전에 봤는데 2만8천 원이 조금 넘더라. 내가 내고 싶어, 그동안 모은 돈이니 받아 주기 바란다. 대신, 결혼하면 갚기다.

철새는 날아가고

　시골에 사는 고종사촌 누님이 찾아 왔다. 맏아들이 고등학교 2학년인데, 공부는 뒷전이고 담배를 피우는 등 나쁜 친구들과 어울리니 사람 좀 만들어 달라고 했다. 지난해 모교에 교생실습을 나갔을 때 누님의 셋째 아들이 5학년이었다. 그때 누님의 집에 인사차 한두 번 간 적이 있어 찾아온 듯했다. 누님은 자취를 같이 하면서 나쁜 친구들과 어울리지 못하게 하고 공부도 가르쳐 달라는 뜻이다. 거절할 마땅한 이유가 없으니 그러겠다고 했다. 누님의 아들 해수는 나를 테스트하려고 교과서에 나오는 어려운 영어 단어를 물었다. 대답을 쉽게 하니 이번에는 수학문제를 풀어보라고 했다. 풀어 주었더니 정답이 뭔지 모르니 학교에 가서 알아보겠다고 했다. 며칠이 지나자 영어도, 수학도, 다른 과목도, 모두 항복을 했는지 고개를 숙이며 '이런 사람은 처음 보았다'고 했다. 그러더니 일찍 일어나서 밥도 하고 된장찌개도 끓이고 청소도 곧잘 했다. 고분고분하게 말을 잘 들으니 어머니가 자주 오시지 않아도 밥걱정은 많이 덜었다. 도영이 집에도 몇 번 데리고 가서 밥도 얻어 먹이고 텔레비전도 보여 주었더니 편지 심부름도 곧잘 했다. 도영이 오빠 을영이가 휴가를 나오면서 군화를 가지고 왔는데 병영이가 나에게 주었다. 발에 맞아서 받아 두었더니 해수가 몰래 신고 소풍을 갔다가 선배의 헌 운동화와 바꾸어 신고 왔다. 바꾸었는지! 빼앗기었는지! 팔았는지! 알 수는 없지만 따지지 않고 알았다고만 했다. 그런데 도영이 집 텔레비전에 '여로'라는 연속극이 재미있어 온 동네 사람들이 밤마다 모인다고 한다. 해수가 평소보다 하교가 늦어 저녁을 차려 놓고 도영이 집에 갔다. 병영이 방에 텔레비전을 켜고 방문을 열어 놓았는데, 동네 사람들이 열 명은 넘게 마당에 쪼그리고 앉거나 서서 연속극을 봤다. 처음 보는 텔레비전 연속극이지만 잠시 보아도 재미가 있었다. 연속극이 끝나고 도영이에게 내용을 들어보았다.

여자 주인공 분이 역은 태현실로 술집을 돌아다니다가 남의 집에 씨받이로 들어갔다. 시어머니 역은 박주아로 씨받이로 들어온 분이에게 갖은 구박을 하여 쫓아낸다. 남자 주인공 영구 역은 장욱재로 조금은 모자라지만 분이를 사랑한다. 주제가를 부른 가수는 이미자로 연속극을 보지 않는 사람들도 따라 부를 정도라고 했다.

해수가 언제 왔는지 도영이 집 대문 앞에 서 있었다.
"아제! 잘못했어요. 군화, 사실은 팔아먹어서, 찾아오느라 늦었어요."
"밥은 먹었나?"
"아니요. 아제가 꾸중이라도 했으면 찾지 않았을 거예요."

"집에 가자! 배고프겠다."

아침마다 등교하면 본관 옥상에 설치된 스피커에서 거의 같은 음악이 흘러나왔다. 이 음악은 학군단 훈련을 마치고 국기 하강식을 하고 지친 몸으로 집에 갈 때도 흘러나온다. 방송반에 알아보니 '철새는 날아가고(El Condor Pasa)'라는 곡이다. 팝송으로 남미 페루의 민요에 폴 사이먼이 가사를 붙여 사이먼과 가펑클이 부른 곡이다. 프랑스의 라틴 포크 그룹 '로스 잉카'가 반주를 맡았다는 이 곡은 플루트와 비슷한 소리를 내는 잉카 고유의 피리(팬플룻) 연주와 이들의 환상적인 보컬 하모니가 어우러져 이국적인 매력을 더해 주는 아름다운 곡이라고 한다. 거의 매일 듣다보니 귀에 익어서 걸어가면서도 리듬을 떠올리게 된다.

따스한 가을볕이 빨간 고추잠자리를 불러 모으는 날이다. 한가한 오후, 병영이가 빌려온 자전거 2대로 안기동 재를 너머 제비원까지 하이킹을 하고 왔다. 목이 타서 경서고등학교 길 건너 막걸릿집에서 잔술을 비우다가 병영이가 한숨을 쉬었다.

"이 가을! 이렇게, 허무하게 보낼 것인가?"

"어디 가고 싶은데."

"다음 주말에 속리산 가자. 1박 어때?"

병영이는 아버지에게 용돈을 타는 것보다 동생인 도영이에게 더 많이 타 쓴다. 그러니 항상 주머니가 텅텅 빈다. 주말에 어디 가자고 하지만 그는 빈 주머니일 것이 뻔하다. 그래도 도영이 오빠이고 함께해 주니 고마울 뿐이다.

"토요일 오후에 출발하자."

속리산에 바로 가는 버스가 없어 예천을 거처 점촌까지 가는 버스를 타기로 했다. 표를 사려고 병영이를 찾으니 어디 갔는지 없다. 할 수 없이 2장을 사서 홈으로 나가려는데 병영이가 왔다. 표를 샀는지 어떤지 묻지도 않고 줄을 서 있는 내 뒤에 붙어 섰다. 점촌에서 상주 가는 버스표도, 상주에서 속리산 가는 버스표도 내가 샀다. 상주에서 속리산 가는 버스는 두 시간마다 있어서 쉽게 표를 사서 기다리는데 병영이가 가게에 들어갔다. 옳지 미안하니 과자라도 사서 주려는가 보다 하고 기다리는데, 병영이는 굵은 사탕을 한 개 달랑 사서 입에 넣고 볼이 나오도록 우물거렸다.

"혼자 먹나?"

병영이는 손을 탈탈 털면서 인상을 쓰더니 씩 웃었다.

"배가 고프다."

'배는 고픈데 주머니를 뒤지니 사탕 한 개 살 돈뿐이다'라는 말을 암시하는 듯했다. 점심을 먹은 지 몇 시간 밖에 안 지났지만 버스에 시달리고, 사람에 시달리다 보니 배가 빨리 꺼진 것이다. 버스가 구불구불한 말티고개를 힘겹게 오르고 조금 지나니 정 2품 소나무가 보였다. 시계를 보니 오후 4시가 조금 넘었다. 주차장에서 법주사까지 소나무 숲길을 서로 쳐다보며 말없이 걸었다. 법주사 마당 서쪽 하늘에 닿을 듯이 높이 서 있는 부처님, 아마 70미터는 되어 보였다. 인자한 얼굴이라도 볼 요량으로 고개를 뒤로 젖히고, 그것도 모자라 허리를 또 젖혔다. 고개를 뒤로 젖히느라 정신이 몽롱해지려는 순간, 누가 뒤에서 사진을 찍는 소리가 찰칵하고 났다. 급히 뒤를 돌아다보니 대학생인 듯 젊은 여자가 서 있었다.

"넘어지는 모습을 찍으려고요."

"아니라 예! 부처님 찍었는데 예!"

이런 어처구니없는 일이 있나? 괜한 사람을 오해했으니 뒷통수를 긁적이며 면구스런 행동과 표정을 지었다.

"죄송합니다. 그것도 모르고."

병영이가 저만치 법당을 향해 걸어가고 있다. 빠른 걸음으로 따라가니 '문장대에 올라가려면 빨리 가야 어둡기 전에 내려온다'며 서두르자고 했다. '법주사 경내나 둘러보고 문장대는 다음에 가자'고 하니 의견이 엇갈려 이러지도 저러지도 못하고 서 있었다. 마침 대구말을 쓰며 사진을 찍던 아가씨가 웃으며 다가왔다.

"여기서 문장대가 먼가 예?"

"문장대 가시려고요."

"예, 앞서간 직장 동료들을 따라가려고요."

예쁜 아가씨가 생글생글 웃으며 문장대로 올라간다는데, 따라가지 않을 수가 있나? 나도 모르게 '우리도 문장대로 올라간다'고 해버렸다. 병영이는 영문도 모르고 아가씨 한번 보고 나 한번 보더니 순순히 따라왔다.

"교복을 보니, 대학생이지 예! 경북대학교라 예!"

"아닙니다. 영가교육대학입니다."

아가씨는 대학생이 부러운 듯 연인처럼 가까이 붙어 걸으면서 말을 곧잘 했다. 병영이는 두어 발자국 뒤에서 아무 말 없이 따라오기만 했다.

아가씨와 말을 주고받다 보니 허기진 배도, 숨이 차는 것도 잊고 이야기에 열중했다. 40분 정도 걸었을 때다. 앞서가는 남녀 다섯 명이 나타났는데 아가씨는 뒷모습만 보고 '김부장님! 서과장님!' 하고 소리를 높였다. 높은 소리에 일제히 뒤를 돌아보는 사람들을 향해 아가씨는 달려갔다. '닭 쫓던 개 울 쳐다본다'는 말이 떠올랐다. 병영이도 따라오다가 상황을 판단하고 '그것 봐라! 고소하다'는 표정을 짓더니 웃었다. 힘이 빠져 더 이상은 갈 용기가 없다.

"문장대는 무슨, 어두워질라. 그만 돌아가자."

정 2품 소나무에서 서쪽으로 가면 말티고개가 나오고 동쪽으로 가면 갈목리다. 갈목리는 작은 동네로 이종사촌 형님이 이모님(어머니 맏언니)을 모시고 농사를 짓는다. 중학교 때 어머니와 누나 결혼식에 간 일이 있다. 해가 서쪽 말티고개로 넘어가려는 저녁 무렵이다. 갈목리까지 걸어가기로 했다. 말티고개와 비슷한 고개를 넘어야 하기 때문에 부지런히 내리막길을 걸어서 내려갔다. 해가 완전히 지고 어둠이 찾아 올 무렵 형님 집에 도착했다. 형님은 친척집 큰일에 가고 이모와 형수, 그리고 고등학교를 졸업하고 재수를 하는 조카가 있었다. 이모님께 절을 올리고 빈손으로 온 것이 못내 미안했지만 속리산에서 내려오는 길이라고 변명 아닌 변명을 했다. 형수는 반찬이 없다며 저녁상을 봐 왔는데 진수성찬珍羞盛饌이다. 이모님은 동생인 어머니가 궁금했는지 밥상 앞에 앉아서 이것저것 물었다.

"동상도 농사일 해여?"

"제가 학교에 다니느라 자취하는 집에 자주 옵니다."

"농사는 누가 지어여?"

"아버지와 형, 형수님이요. 어매는 부엌일을 하느라 들에는 간혹 나가요."

이종사촌 형님이 있었으면 술이라도 한잔했을 텐데, 이모는 저녁상을 물리자 사랑방으로 내려가자며 일어섰다. 이모네 집은 안채에 방이 3개이고 마루와 고방이 있다. 사랑채는 소외양간과 작은 부엌, 방, 디딜방아 칸이 붙어 있었다. 변소는 대문과 붙어 있어 마당을 가운데 두고 집이 원을 그렸다.

날이 밝자 병영이가 언제 일어났는지 마당을 쓸고 있었다. 미안한 마음을 때우려는 의도가 분명했다. 이모는 병영이를 보고 부지런하다며 칭찬을 하더니 손자 걱정을 했다. 지난해 대학 시험에 떨어져 공부를 하고 있는데 내년에는 붙을 거라고 했다. 형수는 아침을 먹고 가겠다고 일어서니 점심 때 정도 형님이 올 텐데 보고 가라며 부러운 듯 교복을 만져 보고 또 만져 봤다.

"대런님! 우리 시영이 대학교에 들어가게 해 줘여."

"열심히 하면 되겠지요. 형님 오시면 영가 이모 보러 한번 들르라고 하세요."

속리산에 다녀오고 며칠이 지나자 도영이가 직원들 야유회에 간다며 옷 걱정을 했다. 무슨 옷이 입고 싶으냐고 했더니 보라색 투피스란다. 도영이 돈으로 등록금을 내고 아버지께 받은 돈은 그대로 있다. 도영이 옷을 처음으로 사주고 싶었다. '무흥 양장점'에 가서 알아보니 본인을 데리고 오라고 했다. 가격은 등록금이면 충분했다. 해수가 일찍 하교를 하여 저녁을 먹고 심부름을 시켰다. 도영이 집에 가서 '급한 일이 생겼으니 북문동 교육대학 정문 앞에 7시 반까지 나오라'고 했다. 도영이 집에 다녀온 해수는 '저녁이 늦어 그런데 조금 늦더라도 기다리라'고 했다. 교육대학 정문 앞으로 천천히 걸어갔다. 자취방에서 나올 때는 동네 앞에 가로등이 한 개뿐인데 학교가 가까워지자 여러 개 가로등이 일제히 불을 켜니 지나가는 사람들이 잘 보였다. 얼마의 시간이 흘렀을까, 저 멀리 어둠 속으로 누군가 급하게 뛰어오는데 가까워지고 보니 도영이다. 늦어서 뛰어오는 모습이 내게 들키면 창피 할까봐 전봇대 뒤에 숨었다가 천천히 걸어 나왔다.

"바빴나?"

"뭔 일인데, 바쁘게 나오라고 카노?"

"사진 한판 찍어서 아부지 보일라꼬!"

"전번, 합주하던 날 찍었잖아!"

"그 사진 니가 안 예뻐서 안 된다."

천천히 걸어서 분수대를 지나 옛날 버스 정류소가 있던 자리에 새로 생긴 무홍양장점으로 갔다. 도영이는 양장점 간판을 보자 한발 물러섰다.

"뭐 할라꼬 그라노?"

"내 성의다. 처음이니 들어가자."

양장점에 안 들어가려고 몇 번인가 버티는 것을 억지로 달래서 끌다시피 데리고 들어갔다.

"투피스 맞출라꼬 왔는데요."

주인은 원단 견본책을 내놓고 마음대로 골라보라고 했다. 내가 책을 들여다보며 이것저것 마음에 드는지 물었더니 도영이는 자기도 모르게 책장을 넘겼다. 결국 분홍색 투피스를 맞추고 선금까지 주었다. 사진은 옷을 찾아 입고 찍기로 하고 코스모스 다방으로 갔다.

어머니가 오랜만에 반찬을 가지고 왔다. 해수는 밥을 안 하니 좋아서 싱글벙글거리며 내가 없는 사이에 술을 먹고 왔던 일, 도영이 집에 갔던 일, 도영이가 자취방에 왔던 일 등을 낱낱이 고해 바쳤다. 어머니는 도영이와 중학교 때부터 친하게 지내는 것은 알고 있었으나 며느리로까지 생각이 미치지는 못한 듯하다.

"너, 도영이하고 결혼 할라카나?"

무슨 말을 먼저 해야 할지 대답의 순서를 찾느라 잠시 머뭇거렸다.

"우찬이가 중매를 선단다. 처자는 너 학교에 다니고, 처자 아바이는 면서기란다. 처자 아바이가 우찬이 처남이니 남선면 사람이다. 지금은 옥정동 한옥에 산다카드라! 선 한 번 봐라!"

결혼은 아주 먼 이야기로 알고 있었는데, 갑작스런 중매 말에 어안이 벙벙했다. 하기야 전에도 송천댁이 점마 용녀와 중매를 하겠다고 한 일이 있다.

"어매, 도영이하고 학교 마치면 결혼 할라칸다. 중매 그런 거 하지 마라케라!"

"야야! 그래도 우찬이가 말을 어렵게 꺼냈는데, 선이라도 봐라! 그기 사람의 도리다."

어머니가 가방을 뒤지더니 봉투도 없는 쪽지를 꺼내 주었다.

김연순, 영가교육대학 2학년 미술반, 옥정동 101번지, 선보는 날 10월 초닷새, 오후 4시, 장소는 학다방

쪽지를 보자 장난기가 발동하여 선을 보고 싶었으나 그럴 수는 없는 일이다.

"어매, 선 안 볼란다."

"야가 뭐라 카노! 내일 우찬이하고 만나기로 철석같이 언약했다."

음력을 양력으로 따져보니 내일이 10월 초닷샛날이다. 학군단 훈련이 없는 날을 어떻게 알았을까? 우연의 일치겠지! 그러나 미술반 연순이가 궁금한 것은 어쩔 수 없는 일이다. 1년에 한 번 나오는 교지를 뒤져 미술반 학생 명단을 살펴보았다. 김연순이가 있었다. 어떻게 생겼는지 궁금했다.

선을 보는 날 아침이다. 어머니는 신사복 바지를 우물가에 가지고 가서 씻더니 주인집 다리미를 빌려 다렸다. 구두도 반짝반짝 윤이 나게 닦았다.

"학교 마치고 바로 온나! 점심 먹고 선보러 가그러!"

1교시 수업을 마치자마자 미술반이 수업하는 음악실로 뛰어갔다. 수업을 마치고 복도로 나오는 학생 중에 1학년 때 하숙을 같이하던 학생이 있어 붙잡고 김연순이 누구냐고 물었다. 그가 가리키는 여학생은 큰 키에 긴 머리를 뒤로 빗어 어깨 위로 늘어뜨리고 도도하게 걸었다. 얼굴은 둥근 형에 눈이 조금 작고, 인중이 짧아서 윗입술이 조금 떠들썩했으나 눈가에 웃음을 머금고 있어 싫은 얼굴은 아니다. 도영이 얼굴이 떠올랐다. 동숙이 얼굴이 떠오르다가 수경이, 옥화까지 떠올랐으나 모두 김연순이 보다는 예뻤다. 모든 것을 외모로 판단할 수는 없지만 만족한 첫인상은 아니다. 고개를 흔들며 2교시가 시작되는 교실로 뛰어갔다. 점심식사를 하면서 선을 피하는 방법이 없을까 고심했으나 문제는 우찬이 형과 김연순이 그의 부모님이 학다방에 나온다는 것이다. 중매를 해 주는 고마움과 어른들에 대한 예의로 다방에 나가기로 했다. 이상한 일이다 학다방에는 아무도 없었다. 한 시간을 기다려도 두 시간을 기다려도 기다리는 사람들은 오지 않았다. 어머니는 화가 나서 시골로 가버렸다. 나중에 안 일이지만 우찬이 형이 선보는 날짜를 잘못 잡아서 착오가 생겼다고 했다. 그 후에 또 선을 보자고 했으나 어머니가 반대를 해서 일이 마무리되었다. 학교에 가면 김연순이의 일거수일투족을 살피는 습관이 오래도록 계속되었다.

2학기 교생실습이 동부국민학교로 배정이 되었다. 교생실습은 1, 2학년 학기마다 한 번씩 1주일 또는 몇 주일씩 국민학교 현장에 나가 선생님들과 같이 출근과 퇴근을 한다. 상업고등학교에 다닐 때 은행에 실습 나가는 것과 비슷하다. 교생실습을 할 때도 대학 연구실 등에 가야 하는 경우가 많다. 그것은 오르간, 텀블링(tumbling), 체조, 뜀틀, 연습과 만들기, 그리기 등 과제를 제출하기 위해서다.

학기말 고사를 남겨 놓고 교련 검열이 시작되었다. 각종 사격, 비상경기, 수류탄 투척, 구보(마라톤), 독도법 등의 실기와 이론을 통과하지 못하면 군대에 가야 하니 무척 중요하다.

교련 검열 마지막 날 운동장 열한 바퀴를 도는 마라톤이 시작되었다. 교련복에 모자를 쓰고, 훈련화를 신고 뛰어서 정해진 시간 안에 들어가야 한다. 학군단 군번이 반별로 되어서 음악반 남학생끼리 뛰어야 한다. 사열대 앞 출발선에서 호각소리와 함께 출발을 했다. 음악반 남학생 열일곱 명이 함께 출발을 했다. 처음 한 바퀴는 줄을 맞추어 뛰는 듯했으나 바퀴를 거듭할수록 앞서는 사람, 쳐지는 사람이 생기기 시작했다. 3등으로 가는 준호와 앞서거니 뒤서거니 하면서 곁눈으로 사열대 옆 시멘트 계단을 보니 우리 반 여학생들이 줄지어 앉아서 응원을 했다. 그중에는 준호의 애인 신자와 영순이 그리고 미술반 김연순이가 여학생들과 함께 손뼉을 쳤다. 한 바퀴를 더 돌면서 보니 도영이가, 동숙이가 박수를 치며 '임진구'를 외쳤다. 일곱 바퀴, 여덟 바퀴를 돌면서 2등으로 가는 종호와 앞서거니 뒤서거니 다투었다. 뛰면서 생각하니 1등도 할 수 있을 거라는 자신감이 생겼다. 그러나 아직 서너 바퀴가 남았으니 힘을 비축하고 싶었다. 1등을 하는 화석이를 바짝 따라가다가 2등으로 처지고, 따라가다가 처지니 따라갈 때마다 박수소리가 요란했다. 1등은 1등 대로 뒤에서 줄기차게 따라오니 힘이 빠지는 듯했다. 두 바퀴를 남겨 놓고 1등의 뒤를 바짝 따라가다가 온 힘을 다하여 따라잡았다. 여학생들의 박수 소리가 요란했다. 결승선에 도착하여 운동장에 주저앉아 계단을 보니 신자와 영순이가 몇몇 여학생들과 잡담을 하며 운동장을 바라보고 있었다. 아무래도 헛것을 본 듯했다.

한동안 뜸했는데 오랜만에 도영이와 동숙이 원종이가 송죽루에 모였다. 수경이도 보고 싶었으나 철도공무원으로 태백역에 근무를 하고 있어 올 수가 없고, 옥화는 회사 일로 대구에 출장을 가서 오지 못했다. 비싼 코스요리를 먹자며 동숙이가 호기豪氣를 부리다가 탕수육과 자장면을 먹고 강둑길을 따라 강변을 거닐기로 했다. 탕수육을 먹으면서 그동안의 이야기를 하느라 정신이 없다. 도영이는 컵에 물을 따라 주면서 오늘 같은 날 영우와 두태가 있었으면 좋았을 텐데 하고 잠시 옛날을 회상하는 듯했다. 그들 두 사람은 서울특별시 5급 공무원시험에 합격하여 동사무소와 구청에 근무하면서 야간대학에 들어갈 준비를 하고 있다.

해가 지는 강둑길을 따라 걸어가면서 밀어내기 장난을 치느라 정신이 없는 원종이와 동숙이, 흰 모래사장과 강물을 보며 감탄사를 연발하면서 강변에서 놀던 어린 시절을 이야기하는 도영이, 얼마를 걸었을까 눈에 익은 수문이 저 멀리 보였다. 깨끗한 잔디를 골라 앉으려는데, 동숙이가 옆에 오더니 팔짱을 꼈다. 개울 건너 강둑을 가리키며 내 얼굴을 살핀다.

"저 강둑에 무슨 사연이 있기에, 눈물은 또 무슨 일로 흘리노?"

눈물어린 물속에는 의리의 덕철이가, 다정했던 진수가, 노래하던 동재가, 미소가 예쁜 춘옥이가, 항상 내편이 되어준 옥화가, 해맑은 금숙이가 보였다. 그들은 간 곳 없고 깨어진 달빛만 강물에 흘렀다. 동숙이의 손을 힘주어 잡았다.

"너의 따뜻한 마음이 지나간 시간들이란다."

동숙이는 알 듯 모를 듯 고개를 갸우뚱거렸다.

도영이와 첫 포옹을 하던 백사장은 물을 안고 머물러 있고, 옥화와 밤을 보내던 푸른 잔디는 강둑을 지키고 있다.

도영이와 함께 강둑을 내려가서 하숙집을 찾았다. 아주머니는 애영이네 집에 가고 시골에 살던 손자 덕봉이 내외가 불청객을 맞이했다. 춘옥이 소식을 물었더니 강원도로 시집을 갔다고 했다. 죽은 아저씨의 얼굴이 잠시 떠올랐다. 대문을 나서는데 도영이가 일원정에 가보자고 했다. 일원정 옥화네 집 쪽으로 가면서 공동우물도 살피고 용바위재를 쳐다보며 하이마에서 놀던 일도 떠올랐다. 어개골에 숨어 있는 우리들의 이야기를 알 리 없는 동숙이와 원종이는 입을 다물고 따라 걸으며 사연을 상상할 뿐이다.

강둑에 왔던 길을 되돌아가는데, 저 멀리 창기네 집과 도영이네 옛집이 보였다. 높은 산으로 시선을 옮기니 서악사가 보이고 6년 동안 몸담았던 학교 건물이 보였다. 억지로 경동상고에 보내던 권 선생님, 곗돈이 모자란다던 최선생님, 상장과 합격증을 받던 운동장 조회대, 미래를 바꾸게 했던 영어선생님, 시도 때도 없이 교무실로 불러서 일을 시키시던 신선생님, 빈 교실에 혼자 공부하던 2층 교실, 주산 급수시험을 치던 교실, 도영이와 클럽활동시간에 주산을 배우던 기와집 교사校舍, 싸인지를 주며 수줍어하던 여학생, 여자반 교실, 특수반 교실, 붉은 지붕의 강당, 송충이를 잡던 뒷산까지 또 눈물이 글썽거렸다.

"오빠는 무슨 사연이 그리 많아 또 눈물이로! 도영이 언니 고생 많겠다."

동숙이는 또 종알거리며 푸념을 늘어놓았으나 도영이는 웃기만 했다.

낙엽이 지고 앙상한 가지에 서리가 내릴 즈음 해인사로 졸업여행을 떠났다. 주임교수와 43명이 대절 버스에 올랐다. 3명이 늘어 난 것은 학교 다니다가 미이수 학점이 많거나 다른 좋지 못한 사정 등으로 군에 입대했다가 제대를 한 복학생들 때문이다. 복학생 3명 중에 봉석이는 키도 크고 얼굴도 잘생겼으며 유머 감각도 있다. 그는 영순이와 어떻게 사귀었는지 차에 오르자마자 붙어 앉아 소곤소곤 이야기를 주고받았다. 영순이는 가끔 봉석이 어깨에 머리를 기대기도 하고 고개를 들고 봉석이와 눈을 맞추며 애교도 부렸다. 참 무던히도 나를 따라 다녔는데, 2학기부터 봉석이와 가까워지더니 영화구경도, 빵집에 가자는 말도 쑥 들어갔다. 가끔 마주쳐도 웃지 않고 시선을 피했다. 봉석이와 영순이가 그렇고 그런 사이라고 비웃는 학생들도 있었다. 졸업여행을 다녀올 때까지 그들의 행동이 눈에 거슬렸다. 처음부터 영순이는 내 마음 속에 들어오지 못했으므로 잊어버리기로 했다. 그러나 남의 사람이 되고 보니 은근히 질투도 났다.

2학기 마지막 고사가 끝나자 종강을 했다. 2년간 성적통계로 전교 순위가 나오면 강당에 모여서 임지를 정한다고 한다. 졸업식을 한 달 정도 남겨 놓은 어느 날 강당에서 졸업예정자 350여 명이 임지 결정을 위해 모였다. 전체 등위가 적힌 종이를 나누어 주며 성적 순서대로 임지를 정한다고 했다. 칠판에는 서울특별시부터 울릉도까지 필요한 인원을 적어 놓았다. 1등부터 희망하는 시市 또는 군郡을 적은 종이를 제출하면 해당 시군에 숫자를 기록했다. 해당 시군에 필요 인원이 다 차면 다음 성적 순위자는 정원이 차지 않는 시군을 골라 써넣어야 한다.

성적 순위에 따라 서울, 경기, 대구, 대구 주변 시군 등 순서로 정하다가 마지막으로 청송, 영양, 봉화, 영덕, 울진 등 벽지에 가기 싫어도 가야 한다. 졸업을 하면 도영이와 서울에 가서 살자고 언약을 했었다. 다행히 성적이 되어 아홉 명이 가는 서울시에 이름을 넣고 배정서를 받았다. 배정서에는 성명, 성별, 생년월일, 주민등록번호 등이 기록되어 있었다. 병영이도 우리를 따라가겠다며 서울은 성적이 되지 않으니 경기도로 희망하여 배정서를 받았다.

졸업식 전날, 원종이와 사장둑 개천을 복개한 술집에서 해가 중천에 있을 때부터 소주를 마셨다. 2년 동안 교육대학 과정에서 학점을 따느라 이론과 실기 시험을 통과하느라 힘들었던 과정이 한꺼번에 쏟아져 나왔다. 또 학군단 훈련에서 아찔했던 순간들과 교생실습 때 있었던 어려운 고비들의 스트레스가 차곡차곡 쌓였던 것이 폭발한 것이다. 원종이가 술에 취해 지껄이는 헛소리를 응대하며 축 늘어진 나를 여인숙에 데리고 갔다. 아침에 일어나니 원종이는 술에 취해 몸을 가누지 못하면서 '어떻게 졸업식에 갈지 모르겠다'는 말을 수없이 반복했다.

원종이는 아침 일찍 일어나 형이 운영하는 소리사로 가서 세탁한 양복을 입고 졸업식장에 가겠다며 여인숙을 나갔다. 늦게 일어나 열시拾時 졸업식에 맞추어 비틀거리며 학교에 갔다. 교문 앞에는 꽃다발과 선물을 파는 상인들이 줄을 서 있고, 운동장에는 졸업생과 축하객들로 발 디딜 틈이 없다. 강당에서 간단한 식을 마치고 중앙 현관으로 나오니 원종이가 신사복을 입고 꽃다발을 들고 서 있었다. 운동장 온실 근처에서 사진을 찍는데 도영이와 동숙이 수경이가 꽃다발을 들고 기다렸다. 다섯 명이 함께 사진을 찍고, 도영이와 둘이서 사진을 찍다가 보니 많은 사람들이 몰려서 사진을 찍는 팀 속에 옥화의 얼굴이 보였다. 정말 의외이다. 그 사람들 속에는 병영이도 있었다. 그랬구나! 병영이와 옥화가 사귀었구나! 병영이 졸업식에 꽃다발을 들고 와서 사진을 찍을 때까지 아무것도 모르고 있었다니, 배신감 같은 것이 느껴졌다. 도영이는 병영이에게 꽃다발을 주면서 옥화와 셋이서 사진을 찍었다. 음악과 교수연구실에 가서 마지막 인사를 하고 싶었다. 원종이와 도영이, 동숙이, 수경이를 온실 옆에서 기다리라 하고 교수연구실로 걸어갔다. 중앙현관을 지나 계단을 오르는데 누가 뒤에서 따라오는지 발자국소리가 들렸다. 탄지를 지나 음악실 계단을 오르다가 생각하니 옥화가 분명했다. 교수연구실에 들어갔다가 나올 때까지 옥화는 가지 않고 기다리고 서 있었다.

"병영이 휴게실 쪽으로 가더라! 거기 가봐라!"

큰 소리로 한마디하고는 급하게 계단을 내려왔다. 중앙현관까지 따라오던 발자국 소리는 더 이상 따라오지 않았다.

용담사 가는 길

얼음이 녹아 시냇물은 다시 흐르기 시작했다. 졸업식을 마치고 시골집에 온 지 며칠이 지나도록 가족 외에는 아무도 만나지 않고 방 안에서 하는 일 없이 시간을 보냈다. 오랜만에 바람이라도 쐬려고 뒷산에 올라갔다. 높은 산도 아닌데 숨이 차서 더 이상 올라가지 못하고 얇은 교련복을 탓하며 추위에 떨다가 내려왔다.

발령은 일찍 나면 3월 1일자라고 했는데 5일이 되어도 소식이 없다. 언제 발령이 날지 아무도 모른다. 이렇게 허송세월虛送歲月을 할 수 없는 노릇이다. 공부를 시작해야 한다. 발령이 나면 당장 필요한 것은 각종 괘도掛圖 만들기와 환경정리를 해야 하므로 붓글씨 연습과 한자 공부다. 그리고 중등학교준교사 자격시험 공부를 계속해야 한다. 하루의 일과를 시간대별로 붓글씨, 한자공부, 시험공부 등 계획을 세웠다. 그러나 언제나 그러하듯 주변환경은 계획대로 하지 못하게 했다. 공부를 끝내고 발령을 기다리는 사람이 또 무슨 공부를 하느냐? 방 안에 있지 말고 집안일도 좀 거들어라. 친척 대소사도 참여해라. 주변의 요구는 끝이 없었다. 거기다가 중매하는 사람은 하루건너 한 사람씩 왔다. 발령이 나기 전에 결혼을 시켜서 보내야겠다는 부모님의 걱정이 담겨 있기도 했다.

어디로든 떠나야 한다. 이대로 집에 있었다가는 계획하는 공부는 물론 선보러 다니고, 집안일 하느라 아까운 시간만 의미 없이 보낼 것 같았다. 마침내 원종이가 공부를 한다며 잠시 머물렀던 용담사 주지스님과 연락이 되어 가기로 했다. 아무도 없는 곳에서 힘들었던 마음도 가라앉히며 조용한 시간을 보내고 싶었다.

학군단 훈련복인 얼룩무늬를 입고 등산 가방에 책, 노트, 필기구, 세면도구, 옷, 라디오 등으로 짐을 꾸렸다. 다른 사람이 보기에는 등산을 가는 사람으로 보일 것이다. 추적추적 봄비가 내렸다. 절간으로 가는 버스는 오늘따라 복잡하여 발 디딜 틈이 없는데, 시골 아낙네들의 머리 냄새가 심하게 났다. 덜컹거리는 시골버스의 차창 밖은 봄을 손짓하는 푸른빛이 감돌았다.

미내약수탕이 있는 가게 앞에 버스가 멈추었다. 약수는 강 가운데 우뚝 솟은 바위에서 신기하게 나오는데, 여름에는 많은 사람들이 속병을 고치려고 모인다. 용담사는 높지 않은 산 너머에 있으므로 산을 오르자면 목을 축여야 한다. 물을 뜨는 그릇이 없으니 바위 위에 꿇어앉았다가 그대로 엎드려 약수탕에 머리를 처박았다. 물을 몇 모금 마시자 올려진 윗옷 사이로 허릿살이 나왔는지 선뜻선뜻하여 일어섰다.

마을을 지나 산꼭대기에 오르니 숨이 찼다. 숨을 고르느라 진달래나무 옆에 앉으니 가지 끝이 볼록하여 봄이 올 것을 예고했다.

주지 스님과 잠시 환담을 하고 있는데 점심상이 들어왔다. 절간의 음식은 담백하고 맛이 있었다. 버스를 타고 내리느라 시달리고 산길을 오르느라 허기가 져서 허겁지겁 배를 채웠다. 고기라고는 멸치 한 마리보이지 않았으나 갖가지 산나물과 산중채소가 입맛을 돋우었다.

용담사에는 용이 승천한 못이 있는 절로 주지 스님과 부인, 국민학교 4학년과 1학년에 다니는 아들이 살고 있다. 건물은 남향으로 대웅전인 무량수전과 가정 살림을 하는 동향인 요사채와 북향인 디딜방아, 해우소, 작은 방이 있는 요사채가 있다. 북서쪽 3백 미터 암자에는 보살님 혼자 살고, 남쪽 2킬로미터 금정암에는 스님 부부가 산다.

스님의 아들 희원이를 데리고 절간 주위 구경에 나섰다. 동쪽 개울이 보이는 길로 조금 가니 목탁바위가 있고 바위 아래에는 폭포가 숨어 있어 멀리서도 물 떨어지는 소리가 들렸다. 용이 나왔다는 폭포는 숲과 절벽에 쌓여 신비스러웠다. 물의 흐름이 90도에 가까운 급경사를 이루고, 편편한 바위가 위에 있어 오랜 세월 깎이고 깎여 폭포는 점점 깊어진 것이다. 물이 떨어지는 주변 바위에는 파란 이끼가 물기를 머금고 흐물거렸다. 폭포 밑은 바닥이 보이지 않는 시퍼런 물에 바위가 둘러쳐져 있어 근접할 수 없는 무서움이 느껴진다. 폭포를 내려다보니 간장이 서늘하여 도저히 더 이상 볼 수가 없다. 저 어두운 곳에는 분명 덩치 큰 괴물이 웅크리고 앉아서 굵은 눈을 끔벅끔벅거리며 밖을 내다보고 있을 것이다. 희원이의 말에 의하면 폭포의 깊이는 명주실을 한 꾸러미 풀어도 모자란다고 했다.

목탁바위는 그 폭포 위 길 옆에 있는 바위인데 돌로 조금만 쳐도 목탁 소리가 났다. 노을이 지는 절간에 은은하게 들려오는 종소리는 절의 분위기를 말해 주는 듯했다. 맑은 냇물을 두 손으로 움켜쥐니 머리를 떠나지 않는 발령 문제보다 도영이 생각이 났다. 절간까지 왔으니 하려던 공부를 열심히 하겠다고 몇 번을 다짐하며 내 방으로 들어왔다. 신도들이 가져다준 양초가 수북이 쌓여 있어 하나를 꺼내어 불을 붙이자 귀양살이하던 옛 선비들이 생각났다.

어렴풋이 잠이 들었는가 싶은데 깨어보니 무량전에서 목탁 소리와 함께 염불 소리가 들렸다. 요사채 주변으로 발자국 소리가 들리자 곧 날이 밝았다. 산새 우는 소리가 작게 들리다가 크게 들렸다.

일찍 일어나 스님의 염불 소리를 듣고 개울가 찬물에 세수를 하고 목탁 바위에 앉았다가 아침을 먹는다. 틈틈이 글을 쓰고 공부를 하다가 스님이 간혹 부탁하는 고운사에서 온 공문을 읽고 보내기도 한다. 한가한 오후 시간에는 희원이와 가까운 암자에 가서 스님을 뵙기도 하고, 시간이 많이 나는 날은 멀리 떨어진 금학산 기슭에 있는 금정암에 가서 스님 부부를 뵙기도 한다. 저녁에는 촛불을 밝히고 밤이 깊도록 책과 씨름을 하는 날도 있다.

보름 정도 지날 무렵 미내 동네에서 아주머니 두 분이 절에 행사를 도와주려고 왔다. 아주머니들이 디딜방아를 찧으며 이야기하는 모습을 문틈으로 내다봤다. 사람이 그립다는 말, 정말 사람이 보고 싶어서 문틈으로 훔쳐봤다.

외부와 소식을 끊고 절에서 생활한 지 3주 정도 되었을 때, 시골 형의 편지를 스님이 마을에 갔다가 가지고 왔다. 그 편지 속에는 도영이 편지도 들어 있었다.

진구씨, 지난주 편지를 받고 봉투를 잘 간수 한다고 했는데 찾지 못해서 시골집으로 붙인다. 혹시 어른들이 보시고 화를 내시지나 않을지! 몹시 걱정이 된다. 절간생활은 계획대로 열심히 공부하리라 믿는다. 발령이 나면 임지로 가야 하는데 연락이 안 되면 어떻게 하나 걱정이 되기도 하고, 내 주변에서 선을 보라며 몇 사람이 난리를 치지만 아직은 한 번도 나가지 않았다. 앞으로는 진구씨 하는 것 봐가면서 선보러 나갈지 모르니 단단히 각오를 해야 할 듯, 그리고 필요한 책이 있으면 연락하고, 사 두었다가 시내 나오면 전하고, 맛있는 것도 사 줄게. 요즘 수경이는 가끔 연락이 되지만 동숙이는 연락이 없는지 오래되었다. 답장 꼭! 공부 열심히 해! 도영이가

도영이 편지를 받고 답장을 써서 희원이가 학교에 갈 때 부치라고 돈과 함께 주었다. 희원이는 비가 오면 비가 온다고, 더우면 덥다고, 추우면 춥다고, 심지어 구름이 끼었다는 핑계로 학교에 가지 않는 날이 많다. 아마 일주일에 반은 결석을 하는 듯했으나 스님은 불경만 열심히 외우라고 한다.

절에 들어온 지 한 달이 되어도 발령 소식이 없다. 이러다가 영원히 발령이 나지 않는 것은 아닌지 걱정이 되어 시골집으로 갔다. 아버지께 여비를 얻어 서울특별시교육위원회에 가보기로 했다. 기차역에서 서울행 시간표를 보니 4시간이나 기다려야 했다. 그렇지 않아도 도영이가 보고 싶었는데, 잘 되었다며 농협 쪽으로 발걸음을 옮겼다. 신하사가 수류탄을 던진 문화극장은 깨끗하게 청소가 된지 오래다. 그때 '복수'라는 영화 제목이 붙었던 간판 자리에는 '벤허'가 붙어 있다. 아찔했던 그날 저녁이 생각나자 도영이에게 빨리 가고 싶었다.

농협 출입문을 열고 들어서니 정면에 도영이가 앉아 있었다. 출납을 볼 때는 구석자리에 앉아 있었는데 이제는 예금업무를 보고 있었다. 옆으로 보험과 대출업무 창구도 있었는데 일이 한참 바쁜 시간이라 손님들이 도영이 앞에 줄을 서 있었다. 손님들이 줄어들기를 기다리며 시계를 보니 금방 들어 왔는데 기차 출발 시간이 3시간 남았다. 조금 더 기다리자 다른 창구 앞에 손님과 도영이 앞에 손님의 숫자가 비슷했다. 예금청구서 전표용지 뒷면에 간단히 써서 창구에 들이밀었다. 도영이는 보지도 않고 '통장도 주세요.' 하다가 쪽지를 보고 깜짝 놀라 눈을 동그랗게 뜨고 바라보았다.

　"바쁜데, 어쩌지! 잠깐이면 된다."

　"알았어. 조금만 기다려!"

　식당으로 가자는 것을 근무 시간이라 사무실 앞 다방에서 용담사 주소도 주고 대구 가면 사 달라고 책 이름도 써 주었다.

　"오늘 밤차로 서울 간다."

　"교육위원회 간다고 전번 편지에 그랬잖아!"

　"왜! 발령이 나지 않는지! 성적순으로 낸다고 했는데, 앞에 몇 사람이 있는지! 발령 나기 쉬운 區로, 용산구는 중심이니 변두리인 은평구는 어떤지 알아보고."

　도영이 얼굴을 살펴보니 어두운 다방 안이라 그런지! 일과 손님들에게 시달려서 스트레스를 받았는지! 통통하던 얼굴이 야위었다. 화장은 했지만 화색이 돌던 얼굴이 하얗게 핏기가 없는 듯하다. 기차 출발 시간은 아직 넉넉하게 남았지만 근무하는 사람을 오래 붙잡을 수 없어 사무실로 들어가라고 했다. 다방을 나와 사무실로 걸어가는 도영이의 뒷모습이 어쩐지 쓸쓸해서 출입문을 열기 전에 뒤를 돌아볼 때까지 그 자리에 서 있었다.

　해가 질 무렵 부산에서 오는 통일호는 영가역을 출발하자 간이역마다 서다가다를 반복하느라 새벽이 되어서야 청량리역에 도착했다. 기차 바퀴에서 나오는 더운 바람으로 텁텁한 아침 공기를 쐬며 역사驛舍를 빠져나왔다. 서울특별시교육위원회의 위치를 알기 위해 미리 지도를 보고 주소는 대강 알지만 휘황찬란한 거리를 보자 정신이 없다. 지나가는 사람을 붙잡고 길을 물어 걷기도 하고 버스도 타면서 찾아 갔다. 새벽에 기차에서 내려 아무것도 먹지 않았다. 출근하는 사람들이 쏟아져 나오는 아홉시가 가까워졌다. 고급스런 식당은 비쌀 것 같아 열려 있는 허름한 식당에 들어가서 구석자리에 앉았다. 서울음식은 인심이 참 야박하다. 물에 시래기 몇 조각이 동동 뜨는 해장국과 깍두기 몇 개뿐이다.

　간신히 찾아간 교육위원회는 사무실들이 다닥다닥 붙어 있어 어디가 어딘지 건물 안에서도 분간이 어렵다. 높은 분을 그냥 만날 수 없어 담배 가게에서 파고다 한 갑을 사서 안주머니에 넣었다. 초등교육과를 찾아 출입문을 들어서며 멀리 있는 큰 책상을 살폈다. 높은 분들은 출입문과 멀리 떨어져 있기 때문이다. 초등과장이라는 팻말을 보고 절을 꾸벅했다. 느긋하게 의자를 젖히고 앉아 있던 배가 나온 나이 지긋한 분이 의자를 당겨 앉았다. 주머니에 넣어둔 파고다 한 갑을 그의 앞에 내려놓았다.

　"저는 경북 영가교육대학을 졸업하고 서울특별시로 임지를 배정받은 임진구입니다."

　"발령을 기다리는 학생이구만."

　졸업을 했으니 학생은 아니라고 항변을 하고 싶지만 참았다. 그는 출입문 쪽을 향하여 크게 외쳤다.

"김 장학사 발령대기자 명부 좀 봅시다."

과장이 가리키는 발령 대기자 명부에는 임진구가 확실히 있었다. 서울교육대학을 비롯한 전국의 교육대학 졸업자들이 발령을 기다리고 있었다. 다른 교육대학은 취득 점수 평균이 아라비아 숫자로 표시되어 있었는데 영가교육대학만 알파벳으로 쓰여 있었다. 다른 발령 대기자와 비교하기가 난감한 상황임을 쉽게 알 수 있었다.

"이상하지요. 영가교육대학만 알파벳으로 A라고 쓰여 있으니 90점인지 99점인지 알 수가 없어요. 그런데 서울시 어느 구에 희망을 했어요."

난감했다. 어느 구를 희망한 기억이 없다. 그냥 서울시일 뿐이다. 그러나 떠오르는 생각은 발령이 쉽게 나려면 서울시 중심이 아닌 변두리가 좋을 듯했다.

"저는 은평구가 좋습니다."

"왜! 거기 누가 있어요."

연고가 없다고 하면 발령이 나지 않을 것 같아 둘러 된 것이 은평구이니 또 거짓말을 하지 않을 수 없다. 묻지도 않는 말을 덧붙였다.

"삼촌이 구멍가게를 합니다. 그리고 저는 경북 영가시에서 멀리 떨어진 시골에 사는 가난한 농부의 둘째 아들로, 무척 힘들게 살아 발령이 늦어 생활이 곤란합니다."

배가 나온 과장은 내 말을 알아들었는지 고개를 끄덕였다.

"발령은 성적순으로 나는 것이니 기다려 보세요."

언재 발령이 날지 분명히 알아보리라 작정을 하고 당돌하게 물었다.

"공사장에서 일을 하기 때문에 언제 발령이 날지 대강이라도 알아야 일에 차질이 없을 듯합니다."

과장은 귀찮다는 듯 손을 내 저으며 가라는 시늉을 했다. 고개를 깊숙이 숙여 절을 하였다.

"다음에 또 뵙겠습니다."

"학생! 아무래도 10월은 지나야 돼요."

10월이면 다섯 달은 더 남았다. 그동안 공부나 하자. 중등학교준교사 자격시험, 그렇지 4년제 대학 편입시험 공부도 해야겠다.

영가역에 도착하여 적어 둔 버스 시간표를 보니 길안 가서 송사 가는 막차를 타려면 서둘러야 했다. 미내는 길안에서 송사 가는 버스를 타야 하는데 하루에 3번만 다닌다. 도영이를 만나지 못해 안타깝지만 편지를 쓰기로 했다. 다행히 송사 가는 버스를 놓치지 않아서 용담사에 도착하니 저녁 먹을 시간이다.

스님은 5남 1녀를 두었는데 맏아들은 영가시내에서 식당을 한다. 맏며느리가 아이를 낳아서 부인인 보살님이 뒷바라지를 하려고 갔다. 저녁때가 되었는데 누가 밥을 하나 하고 걱정을 하지 않을 수 없다. 어두운 방에 엎드려 책을 뒤지고 있는데 밖에서 사람 기척이 났다. 뚫어진 문구멍으로 보니 열일곱 살 정도의 소녀가 누구를 부르며 큰방 쪽으로 향하여 가는 것이 보였다. 나는 직감적으로 그가 스님의 딸이라는 것을 알았다. 보살이 읍내로 가면서 '우리 딸이 나와 바꾸게 될 것'이라고 하던 말이 떠올랐기 때문이다.

얼굴에 화장기라고 없는 가냘픈 소녀는 이내 큰방에 들어가는가 싶더니 기척이 없다. 잠시 후 희원이가 나무를 한 짐 해서 지고 왔다. 큰방 문을 열면서 누나 왔다고 큰소리를 치며 좋아했다. 희원이 누나 이름은 선희인데 방에서 무엇을 하는지 보이지 않았다. 내가 거처하는 방과는 너무 떨어져 있다. 내 방과 선희의 방 사이에는 방이 네 개나 있다. 내 옆방 바로 옆에는 곡식을 넣어 두는 작은방이 있다. 방이 여섯 개나 쭉 달려 있어 불은 부엌의 큰 아궁이 하나에 땔나무를 지폈다. 평소에는 작은 솥에 밥을 하지만 신도가 많이 오면 큰 아궁이에 걸려 있는 큰솥으로 밥을 했다. 선희는 좀처럼 얼굴을 보이려고 하지 않았다. 밥을 해서 희원이에게 들려 보내기만 한다. 아침을 먹고 책을 보고 있는데 밖이 와자지껄하다. 습관처럼 문구멍으로 밖을 내다보니 어디서 왔는지 스무 살 안팎의 처녀 총각들이 절간 작은 마당이 가득하게 들어섰다. 그들은 복장으로 보아 신도 같지는 않았다. 그렇다고 관광객 같지도 않았다. 손에는 무엇인가 들고 있었는데 나는 겁이 났다. 스님도 마을에 가고 없는데 저들이 무슨 나쁜 짓이라도 하면 어떻게 하나 하고 동정을 살폈다. 그들은 법당을 들여다보기도 하고 요사채(객사)의 방문을 열어보기도 했다. 다행히 내 방문은 열지 않았다. 그들은 폭포가 있는 개울가로 가는 것 같았다. 한참 후 희원이가 할딱거리며 왔다.

"아저씨 저 밑 동네 사람들이 화전하려 왔데요."

"절간에서 놀려고 하다가 우리 누나가 못 놀게 했어요."

그리고는 쏜살같이 큰방으로 가버렸다. 절간에 오래 사는 사람들이라 나와는 달랐다.

점심때가 되었다. 방 안에 있던 나는 큰방 쪽으로 가보았다. 선희는 부엌에서 청년들과 함께 온 처녀들과 이야기를 하며 점심을 지었다. 희원이는 큰방에서 무엇을 하다가 내가 보이자 방에 들어오라고 했다. 큰방은 처음이다. 이 절에 남자도 있다는 것을 보여 주기라도 하려는 듯 불교 신문을 들고 큰방 문턱에 기대앉았다. 처녀들은 내 정체가 궁금했는지 연신 선희에게 물었다. 나에 대해 아무것도 모른다고 생각했는데 선희는 비교적 정확하게 알고 있었다. 내가 선희에 대해 알고 있는 것처럼, 우리는 서로를 알면서 말만 아직 한 적이 없는 타인이었다. 선희는 내가 대학생이라는데 힘을 주었다. 그 말속에는 너희들과 놀 사람이 아니라는 것을 분명히 하는 것 같았다.

선희는 언제 밥을 했는지 햇나물을 여러 가지 무쳐서 밥상을 직접 들고 들어 왔다. 나는 일어서며 밥상을 받았다. 선희를 이렇게 가까이 보는 것도 처음이다.

"차린 것이 없어요."

작은 보조개 위로 얼굴이 빨개지며 부엌으로 달아났다. 선희가 말은 한 것도 처음이다. 생각하지 못하던 사태에 당황하여 밥상을 받아들고 엉거주춤 앉았으나 아무런 말도 하지 못했다.

비오는 어느 날 아침, 칫솔을 물고 어쩔 수 없이 부엌으로 갔다. 보통 때 같으면 폭포 근처 바위 계곡에서 세수를 하는데, 오늘은 비를 핑계 삼아 선희에게 말이라도 붙여 볼 요량이다. 선희는 방에도 부엌에도 없었다. 치약 거품을 한 입 물고 물을 찾던 나는 그 자리에 서버렸다. 선희는 머리에 수건을 쓰고 비를 맞으며 물통이를 이고 왔다. 비를 흠뻑 맞은 선희는 옷이 몸에 착 달라붙어 흰 살이 그대로 비쳤다. 선희는 도망치듯 큰방으로 들어가 버렸다. 나는 큰 물통으로 물을 길러 부엌의 물통을 채웠다. 물통이 반 정도 찼을 때 선희는 문밖으로 나와 물통을 빼앗았다. 나는 또 말 한마디 못하고 한참을 섰다가 내 방으로 들어왔다.

선희에게 말을 건네고 친하게 된 것은 고사리를 꺾던 날이었다. 라디오를 들으며 목탁바위 위에 앉아 있는데, 선희가 바구니를 들고 내 등 뒤에 서서 웃고 있었다. 나는 엉겁결에 처음으로 말을 건넸다.

"이리와 앉아요."

그는 손으로 산을 가리켰다.

고사리는 너무도 많았다. 선희의 긴치마가 끌고 간 사이로 고사리는 흰 머리를 드러내었다. 선희의 바구니에 내가 꺾은 고사리와 선희가 꺾은 고사리가 가득찼다. 선희의 웃음과 내 이야기는 시간을 잊게 했다. 선희가 오고 하루하루가 지루하지 않고 즐거웠다.

서울 다녀와서 도영이에게 편지를 보냈는데, 무슨 일인지 답이 없다. 궁금증은 금방 사라져 차일피일하며 선희와 노느라 시간 가는 줄 몰랐다. 소일마을로 가는 개울에 큰 소나무 그늘이 있는 바위에 누워 하늘을 볼 때면, 선희도 붉은 치마를 입고 부엌 옆 작은 마루로 나와 한참 바라보다가 들어갔다.

어두운 방 안에 촛불을 밝히고 책을 보려는데 갑자기 문이 열렸다. 희원이가 급하게 달려오느라 숨을 헐떡거렸다.

"아저씨 누가 왔어요."

희원이 뒤, 어둠 속에 서 있는 사람은 뜻밖에도 도영이었다. 도둑질하다가 들킨 사람처럼 가슴이 철렁했다. 앉아서 일어서지도 못하고 그냥 도영이를 쳐다보고 있었다. 선희에게 죄지은 것도 없으면서 '선희가 봤으면 어떻게 하지'라는 생각이 스쳐 갔다. 방에 들어와서도 앉지 않고 서 있는 도영이는 촛불 그늘에 가려 얼굴은 볼 수 없지만 분명 화가 나 있었다.

"어떻게 찾았어!"

"숨어 있으면 못 찾을 줄 알고!"

"숨다니?"

"그럼, 답장은 왜 안 하고, 연락도 없고."

문 앞에 앉아 있는 도영이를 보며 잠시 말을 잊었다. 그러다가 서울 다녀오던 날 막차 시간부터 편지하고 답장이 없었던 일까지 차근차근 이야기했다. 도영이는 편안하게 앉더니 한숨을 쉬었다.

"서울 다녀와서 마음이 변한 줄 알았지! 소식이 궁금하여 편지를 두 번이나 했는데 답장도 없고, 시골집에 편지를 하려다가 어른들이 먼저 보시고 걱정하실까 봐 못했다. 오늘도 연가를 내고 시골집부터 가려다가 혹시 하고 여기로 왔다."

"내가 보낸 편지가 무슨 일이 있었는지! 또 너가 보낸 편지는 왜 잘못 되었는지! 나중에 알아보면 알 일이다. 어찌 되었든지 내가 잘못했다. 모두가 내 잘못이다."

도영이는 말없이 털썩 안기었다. 마침 희원이가 문을 열었다.

"누나가 그러는데요. 손님 저녁은 어쩌냐고 하던데요."

도영이는 빵과 과자를 가지고 오다가 먹었다며 가방에서 꺼내 놓았다. 희원이에게 몇 개를 주며 누나와 나누어 먹으라고 했다. 쓰다가 남은 초가 다 타들어 가서 새것으로 바꾸니 도영이의 야윈 얼굴이 애처롭게 비치었다. 문틈으로 들어오는 바람에 촛불이 깜박거릴 때마다 풀벌레 소리도 함께 들어왔다.

"진구야! 우리 약혼이라도 하자. 너 그냥 두면 안 될 것 같다. 이러다가 덜렁 발령이 나서 서울 가면 아가씨들이 총각선생님을 가만두겠나. 그렇지 않아도 요즘 선보라며 난리인데 나도 자신이 없다."

잠시 생각을 가다듬는데 부모님 생각이 났다. 발령이 나면 결혼을 시켜서 내보내야 된다며 부적 중매쟁이에게 매달리는 눈치다. 어떤 날은 도영이나 동숙이 심지어 수경이까지 아는 아가씨는 모두 이야기한 적이 있다.

"약혼식, 올리자. 부모님도 좋아하시겠지!"

도영이는 잠시 머뭇거리다가 어렵게 입을 뗐었다.

"너, 부모님이 나를 좋아할까?"

"그건 나도 마찬가지다. 병영이는 좋아하는 것 같기도 하고."

"병영이 오빠는 싫어하는 사람이 없어."

"그러면 며칠 후, 이곳 생활 정리하고, 너 집부터 가서 부모님 허락받자. 그리고 우리 부모님 만나면 되겠지!"

"순서가 바뀌었다. 너 부모님부터 만나야지."

"어찌 되었든지! 너와 내 마음이 중요한 것이니 잘 될 것이다."

그날 저녁 도영이는 선희와 함께 자고 아침을 다투어 떠났다. 선희는 도영이와 무슨 말이 오고 갔는지! 평소처럼 웃으며 이야기를 했으나 웃음 뒤에는 어쩐지 쓸쓸함이 묻어 있었다.

도영이가 왔다 간 후, 준교사 자격시험 공부와 발령 걱정보다 약혼식이 더 크게 자리를 잡았다. 내 편지는 희원이가 결석이 많아서 부치지 못하고 가방에 넣고 다녔다. 도영이 편지는 미내 동네 이장 집에 달아놓은 용담사 편지함을 스님이 오랫동안 확인하지 않았음이 드러났다.

절간의 생활을 그만두려고 짐을 꾸리던 날 저녁, 선희는 무서움을 잊은 채 폭포 위 목탁바위에 희원이를 데리고 앉아 있었다. 저녁이면 무서워서 밖에 얼씬도 못 하던 그녀다. 허전한 마음에 개울로 가다가 선희를 보았으나 아무런 말도 떠오르지 않았다. 희원이는 달빛 아래 흐르는 폭포에 열심히 돌을 집어 던졌다. 힘들 정도로 정이 든 것은 아니지만 사람이 보고 싶을 때 나타난 소녀다. 선희가 있는 절간에 더 머물고 싶지만, 순수한 마음을 간직하고 떠나는 것도 좋지만, 아쉬움이 남는 것은 어쩔 수 없다. 짧은 인연도 있다는 것을 그동안 수없이 보아 왔기에 돌아설 수 있었다. 다음날 희원이와 선희는 미내약수터까지 짐을 들어 주었다.

어머니는 도영이가 고등학교 때 자취방에 온 것을 보았기 때문에 좋다고 하면서도 부모들은 어떻게 해 놓고 사는지 보고 싶다고 했다. 일요일을 택해서 도영이와 미리 약속을 하고 농장으로 갔다. 예안 가는 버스를 타고 가다가 와룡면소재지에서 내렸다. 걸어서 30분 거리에 농장이 있지만 가게에 들어가서 쉬었다가 가기로 했다. 마침 가겟집 주인이 도영이네 농장을 안다고 하여 인심을 떠보기로 했다.

"그 집 남자는 사진관을 하고 여자가 주로 농사를 짓는데, 무엇이든지 나누어 주기를 좋아하고 인심이 있어요."

물어보고 싶은 말을 주인은 알아서 해 주니 고마워서 엿을 두 가락 사서 걸어가면서 어머니와 나누어 먹었다. 큰 도로를 벗어나자 산 밑으로 작은 고개 너머 유화사가 나왔다. 숨을 몰아쉬며 고개에 오르자 왼쪽 양지바른 곳에 슬레이트 지붕이 보여 손짓으로 가리켰다.

"저 집이 바로 도영이네 농장이다."

어머니는 풍수가 산세를 보듯이 주변 산을 훑어보았다.

"양지바르고 좋다."

집 앞 밭에 심어놓은 사과나무와 콩과 옥수수, 깨 등을 보며 도영이네 밭이라고 자랑을 했다. 도영이는 오랫동안 기다렸는지 앞치마를 두르고 부엌에서 뛰어 나와 어머니 손을 잡았다.

"오시느라 힘드셨지요."

"농장이 좋다. 다른데 가정집도 있다면서."

아마도 이 집이 가정집으로 보이지 않으니, 집이 다른 곳에 있다는 것을 알고 물어본 듯했다. 도영이 어머니가 나오고 아버지도 방에 앉았다가 천천히 문에 서더니 잘 오라고 했다. 병영이는 어디 갔는지 보이지 않는 것이 다행이다. 병영이가 있다 해도 나쁠 것은 없지만 어머니 앞이라 말실수를 할까 걱정이 되어서다.

도영이 아버지는 사람 좋은 얼굴을 하고 쉽게 입을 열었다.

"우리 집에는 모두 진구 군이 내 딸 짝으로 좋다고 했어요."

어머니는 잠시 당황하시더니 쉽게 대답을 했다.

"우리 집에서도 모두 좋다고 했어요. 약혼식은 언제가 좋을까요."

도영이 아버지는 '책력을 잘 보는 사람이 있어 알아보니 3일 후인 초엿새가 좋다'고 했다. 어머니도 '우리 집 바깥양반이 날을 짚어보니 초엿새가 좋다고 하더라'고 했다. 이상한 일이다. 모두 같은 날을 잡은 것이다. 도영이와 나는 당황하지 않을 수 없었다. 일이 이렇게 일사천리로 진행될 줄이야, 약혼식 날까지 잡다니 그것도 3일 후에, 꿈만 같았다. 점심식사가 들어왔다. 약혼식을 할 식당은 '남문식당'으로 하고 시간은 11시에 만나기로 했다.

도영이네 집을 나와 버스를 기다리는데 어머니는 만족한 듯 웃으며 칭찬을 했다.

"집은 오래되지는 않았더라만 방이며 부엌, 마당까지 아주 깨끗해서 마음에 들더라. 처녀도 오늘 보니 전보다 조금 마르기는 해도 여전히 얌전하더라."

약혼식을 하는 날이다. 11시에 만나기로 했기 때문에 시간은 여유가 있었으나 마음이 급하여 아침부터 하는 일 없이 바빴다. 부모님과 큰누님을 모시고 솔뫼에서 합승을 타고 남문식당에 도착하니 10시가 조금 넘었다. 약속시간이 되지 않아 도영이네 가족은 오지 않았다. 부모님을 식당에서 기다리게 하고 도영이네 가족이 타고 오는 시내버스 승강장에 나갔다. 버스가 몇 번째 도착을 하고 11시가 가까워도 도영이네 가족은 보이지 않았다. 힘없이 남문식당에 가니 도영이네 가족과 부모님이 환하게 웃으며 어서 오라고 손짓을 했다. 도영이네 가족은 부모님과 6촌 오빠 부부가 나왔다. 도영이는 미용실에 다녀오느라 아침 일찍 집에서 나왔다고 했다. 잠시 후 맞절로 인사를 하자 식사가 들어왔다. 주전자에 막걸리를 잔에 부어 장인, 장모, 아버지, 어머니 순으로 드렸다. 도영이는 분홍색 한복을 곱게 입고 올림머리를 했는데 다른 사람처럼 보였다. 멀리 있는 반찬을 나누어 담아서 가까이 가져다주느라 음식은 먹지도 못하는 듯했다. 장모님이 될 도영이 어머님께 막걸리를 잔에 부어 무릎을 꿇고 공손하게 드렸다.

"장모님! 고맙습니다. 발령이 나면 좋은 술을 드리겠습니다."

"우리 딸 잘 부탁하네!"

도영이 어머니의 큰 눈에는 눈물이 그렁그렁 맺혔다.

패물을 하기 위해 남방시계점으로 갔다. 도영이에게 금반지와 시계, 목걸이를 골라보라고 했다. 도영이 어머니는 너무 비싼 것을 고르지 말라고 귓속말을 했다. 퉁퉁한 주인은 이것저것 꺼내 놓으며 묻지도 않는 가격을 중얼거렸다. 도영이는 쌍반지와 보석이 달린 목걸이, 스위스제 시계를 골랐으니 비싼 것은 아니었다. 아버지께 받은 황소 반 마리 정도의 돈이 조금은 남았다. 기회는 한 번뿐인데 비싼 패물을 하지 않아 오히려 화가 났다. 도영이 어머니는 남자 시계와 반지를 보며 골라보라고 했다. 여자가 남자에게 주는 패물은 시계 정도이지 반지는 받은 사람이 거의 없다. 그런데 반지까지 골라보라니 못 이기는 척 비싸지 않은 시계와 작은 금반지를 골랐다.

도영이네 사진관으로 갔다. 새로 들어온 나이 많은 직원은 익숙하게 서는 자세를 교정하더니, 분홍색 한복과 파란 양복이 어울린다며 아부를 했다. 하나, 둘, 구령과 함께 퍽하고 불을 터뜨렸다. 이어서 앉아 찍으라며 의자를 끌고 왔다. 도영이는 의자에 앉고 나는 의자 손잡이에 앉아서 허리를 약간 구부린 자세로 찍었다.

남문식당에 다시 가니 아버지는 시장에서 약혼 음식을 준비했다. 소고기, 돼지고기, 문어, 가오리, 상어, 명태, 떡, 과일, 과자 등을 보자기 서너 개에 나누어 싸놓고 기다렸다. 아버지가 부른 택시가 오자 얼른 타라고 손짓을 했다. 도영이네 친척과 부모님이 한 차에 타고 먼저 출발을 했다. 나와 도영이가 탈 택시가 오자 음식을 실어 주며 가라고 손짓을 했다. 택시를 타려고 문을 열다가 다시 아버지 곁으로 돌아가서 고개 숙여 인사를 하자 도영이도 따라서 인사를 했다.

택시가 와룡면소재지에 도착하여 도영이네 농장으로 가는데 산모퉁이에 택시 한 대가 서 있었다. 아마도 도영이 부모님이 탄 택시 같았다. 우리가 탄 택시가 가까이 가자 그 택시도 출발을 했다.

도영이네 집에 가니 친척과 이웃 사람들이 병영이 을영이와 함께 큰방과 사랑방 마루에 앉아서 우리를 기다리고 있었다. 도영이 어머니는 가지고 간 음식을 꺼내 놓으며 구경을 시키고, 일부는 부엌에 가지고 가서 그릇에 나누어 담았다. 사람들이 음식을 먹는 동안 인사를 하고 술대접을 하느라 이 방 저 방 돌아다녔다. 6촌 오빠는 '나이는 어리지만 겸손하고 예의가 바르다며, 사위는 잘 봤다'고 했다. 다른 사람들도 칭찬을 아끼지 않았는데, 을영이만 무슨 불만이 있는지 말도 붙이지 않았다. 사람들은 저녁 식사까지 하고 모두 돌아갔다. 을영이는 병영이와 시내 집으로 가면서 따로 불렀다. '아무것도 모르는 우리 도영이 잘 부탁하네!' 하고는 어울리지 않게 고개를 숙였다.

도영이 부모님은 큰방에 자고 우리는 사랑방에 자기로 했다. 한 방에 잠을 자라고 하니 아버지가 아시면 무슨 반응을 보일지 궁금했다. 내가 고등학교 1학년 때 작은누나가 약혼을 하고 자형(신랑)이 집에 왔다. 사람들이 모두 떠나고 작은누나와 자형이 한방에서 자려고 하자 아버지의 불호령이 떨어졌다. 결혼식도 올리지 않는 남녀가 한방에 자는 법은 없다는 것이다. 결국 자형은 아랫동네에 사는 중매를 한 사람 집에서 잤다.

불은 꺼졌으나 잠이 오지 않았다. 가슴이 두근거려 내 심장 소리를 내가 들을 정도이다. 한참 후 손을 뻗어 도영이 손을 살짝 잡으니 가슴이 더 떨려 주체할 수가 없다. 뜬눈으로 밤을 새우다가 창문이 훤하게 밝았다. 도영이는 일어나서 부엌으로 나가 어머니와 아침 준비를 했다. 아침을 먹고 장인과 장모는 과수원으로 나가고 도영이와 작은 방에 누웠다. 아무리 생각해도 이대로 집에 간다면 병신이라고 생각할까 걱정이 되었다. 오전, 점심, 오후, 저녁 그리고 또 잠을 자는 시간이 오기까지 장모가 사다 준 담배만 피웠다.

결국 이틀 밤을 도영이 집에서 보내게 되었다. 화장을 지운 도영이의 얼굴은 전에 보다 더 야위어 어제부터 피로한 기색이 역력했다.

"용담사에 왔을 때부터 얼굴이 하얀 것이 무척 피로해 보였다. 무슨 일 있는지 병원에 가봐라!"

"전번에 배도 아프고 속이 쓰려서 병원에 가서 검사했다. 별다른 이상이야 있을라꼬! 왜 걱정되나?"

"걱정되지! 내 마누라가 아플까 봐!"

"검사 결과가 곧 나온다. 걱정하지 마라."

한참 걸어가는 면소재지까지 도영이의 배웅을 받으며 잠을 못 자서 캥한 눈으로 버스에 올랐다.

원종이가 면단위 농업협동조합에 임시직으로 취직이 되었다. 임시직이지만 근무만 열심히 하면 정식직원이 될 수도 있다. 원종이는 취직이 되자 소리사를 하는 형님 집에서 나와 직장 가까운 시내에서 자취를 했다. 용담사에서 나와 시골집에 조금 있어 보니 공부가 되지 않아 원종이와 함께 있기로 했다.

시립도서관은 옛날과 같이 변함이 없다. 평일이라 아래층에 학생들이 없어 잠시 앉아 보았다. 도영이와 처음 만나던 자리가 생각나서 저기 어디쯤 하고 짐작을 해 보았다. 그때와 책상도 배열도 바뀌었다. 그렇다. 영우와 두태는 서울 가면 만날 수 있을 것이다. 그리고 옛날같이 친하게 지낼 것이다.

무더운 여름이다. 어머니를 모시고 자형이 큰누나와 함께 의성 빙계계곡에 가는데 따라가자고 했다. 한여름 아침은 더위가 차올라 가슴이 막힌다. 더구나 복잡한 시외버스 안에서 덜컹거리는 시골길은 지옥과 같다. 그러나 시원한 얼음 계곡에 간다는 희망이 있어 더위도 불편함도 참을 수 있다. 버스에서 내려 계곡 입구까지 가는데 30분이 걸렸다. 개울을 건너자 울퉁불퉁한 바위가 오솔길을 위협하고 우뚝 솟은 산은 짙은 녹색으로 나그네를 반겼다. 돌 틈은 흰색 서리가 끼어서 손을 넣어 보니 얼음과 같다. 큰 구멍이 있는 바위는 엉덩이를 들이밀 수 있어 한참 앉았다가 일어섰다. 길지 않는 골짜기의 마지막에 다다르니 작은 탑이 있고 계곡의 유래가 작게 적혀 있다. 읽다가 다 읽지 못하고 내려오니 닭백숙을 먹는다고 했다. 더위에 지쳤는데 뜨거운 그릇을 보니 겁이 났으나 숟가락을 드니 먹을 만했다. 개울에 내려가 윗옷을 벗고 목물을 하니 팔과 다리에 닭살이 돋아 오돌도돌하다. 그늘에 앉아 쉬고 있는 어머니와 큰누나를 자형이 카메라로 사진을 찍었다. 식당 주인에게 카메라를 주며 네 사람이 서서 찍어 달라고 했다. 큰 자형은 돈이 없는 것이 탈이지 돈만 생기면 자랑을 하지 못해 안달이다. 이번에도 돈이 조금 생겨서 자랑을 하고 싶었던 것이 분명하다. 돌아오면서 택시를 잡아타고 의성에서 영가시내까지 비싼 요금을 주고 왔다. 시원한 계곡에 다녀오면서 다음에는 도영이와 장모를 모시고 가겠다는 생각도 해 보았다. 나는 시내에서 내리고 자형은 어머니를 모시고 시골로 갔다.

약혼을 하고 도영이는 여러 번 만났으나 장인과 장모는 뵙지 못했다. 토요일, 오전은 도서관에서 보내고 도영이와 점심을 같이 먹었다. 시골 농장에 가려니 빈손으로 갈 수 없어 제비원소주 한 병과 초콜릿(chocolate) 빵을 샀다. 장인은 과수원에 풀을 베다가 우리들이 가자 일손을 놓고 마루에 앉았다. 장모는 부엌에 가서 술안주를 내어 오고 가지고 간 빵을 접시에 담았다. 약혼은 했지만 아직은 장인과 장모의 허락이 필요 하였다.

"며칠 후 부산에서 중등학교준교사 자격시험을 치러 가는데 도영이와 가고 싶습니다."

장모는 무척 반기는 눈치였으나 장인어른은 처음 듣는 말이라 그저 덤덤했다.

"연가를 내던지 무슨 방법을 써서라도 부산까지 가는데 같이 가야지! 암!"

그제서야 장인어른은 궁금증이 풀린 듯 물었다.

"그럼! 국민학교 아이들이 아니라 중학생을 가르치는 게야."

대답은 하지 않고 고개를 끄덕이자 도영이가 시험을 치러 간다고 설명을 했다.

더위가 기승을 부리는 날 부산으로 가는 기차를 기다렸다. 도영이는 둥근 가방에 무엇인가 넣어서 들고 내 옆에 꼭 붙었다. 기차가 역사驛舍로 들어오고 사람들은 개찰을 하느라 표를 들고 줄을 섰다. 개찰원이 정복을 입고 표에 구멍을 내며 지하도로 내려가라고 안내를 했다.

기차는 서울에서 영가까지 얼마나 많은 사람을 태우고 내렸는지 복도에는 쓰레기가 가득 쌓였다. 의자 옆 재떨이는 비우지 않고 넘쳐서 바닥에 꽁초가 떨어져 쌓였다. 좌석 번호를 찾아서 이 칸 저 칸을 헤매다가 다행히 찾았다. 마주 보는 의자에는 할아버지와 할머니 그리고 아저씨가 앉았다. 도영이를 창가에 앉히고 옆에 앉으니 복도 쪽에 아주머니가 앉으려고 이고 온 짐을 선반에 올려놓았다.

의성역을 지날 때까지 차창 너머 풍경에 눈을 떼지 못하던 도영이는 이제야 생각이 난 듯 가방을 열어 달걀과 소금을 꺼내 놓았다. 다행히 달걀은 일곱 개다. 할아버지와 할머니, 아주머니, 아저씨까지 주고도 한 개가 남았다. 할머니는 받지 않으려고 했다.

"아이고 이 귀한 것을, 우리까지 다 주고."

간이역까지 섰다가 가다가를 반복하던 기차는 군위역에서 많은 사람들을 태우더니 영천역에서 더 많은 사람들을 태웠다. 복도에 사람들로 넘쳐 앉아 있는 것이 미안하고 불편할 정도이다. 앞에 앉았던 할아버지와 할머니, 옆에 앉았던 아주머니까지 내리자 청년들이 우르르 오더니 앞 의자에 앉고 일부는 옆에 섰다. 단체로 어디 가는 듯했으나 불량기가 장발과 나팔바지에 덕지덕지 묻어 있었다. 잘못 말을 걸다가는 어디서 주먹이 날아올지 모르는 상황이다. 도영이 손을 꼭 쥐고 눈을 감았다. 가슴털이 다 보이도록 남방의 단추를 풀어헤치고 서 있던 청년이 험상궂은 표정으로 말을 던졌다.

"어디 도망가는 기요."

눈을 살며시 뜨고 창밖을 보며 올 것이 왔다고 판단을 하고 겁은 났으나 쳐다보지 않을 수 없어 슬쩍 보았다.

"보기는 뭘 그리 째려 보는 기요 기분 나쁘게."

영천사람들은 '기요'를 붙인다더니 이놈은 분명 영천놈이다.

"도망가는 것이 아니요. 이 사람이 아파서 병원에 가는 길이요."

아프다는 말에 흠칫 놀라는 듯하더니 눈을 감고 있는 도영이를 슬쩍 보았다.

"예쁜 사람이 어디가 아픈 기요."

할 말이 없어 대답은 하지 않고 창밖을 보았다. 옆에 섰던 청년이 그를 밖으로 데리고 나갔다. 속으로 한숨을 쉬었으나 또 시비를 건다면 계속 약한 모습만 보일 수 없다며 주먹을 불끈 쥐어 보았다. 다행히 그들은 건천역에서 내렸다.

경주역을 지나면서 신혼여행은 경주로 가자는데 의견을 모았다. 중학교 수학여행 때 있었던 이야기를 하면서 웃다가 손을 쥐었다가 놓으면서 결정을 하게 된 것이다. 힘만 믿고 찝쩍거리던 대식이 이야기가 나오자 도영이는 더 이상 하지 말라며 옆구리를 꼬집었다.

해가 지는 저녁 바다를 보며 해운대역에서 내렸다. 고사장이 어디에 있는지 지도를 보지 않아서 위치도 모른 채 저녁바다 일몰에 이끌리어 무작정 해운대역에서 내린 것이다. 날이 어두워지기 전에 잠을 자는 여관부터 구해야 했다. 간판이 밀집되어 있는 골목을 살펴보니 다행히 여관이라는 간판이 보였다. 주인의 안내에 따라 들어가니 큰 방에 옷을 거는 못이 몇 개 있고, 물건을 얹을 수 있도록 나무막대 2개를 걸쳐 놓은 실경(선반)이 있었다. 세수를 하는 곳은 샤워기 1개와 세숫대야가 있었다. 더위에 지쳐 끈적거리는 몸을 식히려고 윗옷을 벗고 대야에 엎드렸다. 도영이가 샤워기를 트니 물이 나오지 않았다. 다행히 세숫대야 옆 수도꼭지에 물이 나왔다. 바가지로 물을 퍼서 등에 끼얹어 주었다. 가지고 온 수건으로 몸을 닦고 도영이에게 목물을 시켜 주려는데 혼자 하겠다며 방으로 나가라고 했다.

식당에 나가 간단히 저녁을 해결하고 방에 들어오니 더워서 또 목물을 했다. 공부를 하려고 해도 숨이 막혀서 책을 펼 수가 없다. 그래도 책에 있는 문제를 도영이가 읽고 내가 답하는 공부를 잠시 했다.

날이 밝자 고사장이 있는 부산진까지 택시를 타고 갔다. 고사장을 확인하고 주변에 여관부터 구하는 것이 좋은 듯했다. 예비고사를 칠 때 여관을 구하지 못해서 낭패를 당하는 친구들의 이야기를 들은 탓이다. 고사장 후문에서 얼마 떨어지지 않는 곳에 여관이 있어 방을 얻었다. 이번에 방은 해운대 여관방 크기의 반도 되지 않으며 세면실도 없다. 도영이를 방에 두고 예비소집에 나갔다. 고사장 번호를 확인하는데 옆에서 누가 건드렸다. 교육대학 2학년 때 복학을 한 봉석이었다. 그를 보자 영순이가 떠올랐다. 봉석이는 묻지도 않는 말을 혼자 지껄였다.

"집사람이 시험을 친다기에 따라왔어요."

영순이가 중등학교준교사 자격시험을 준비했다니, 그래서 나를 따라 다녔나? 불현듯 생각이 스쳐 갔으나 영순이에 대해서 묻지 않았다. 들려오는 소문에 봉석이와 영순이가 울진의 어느 시골 국민학교에 부부 교사로 근무한다고 했기 때문이다.

해운대 여관방은 넓어서 지낼만했는데, 여기는 좁고 더운데다 햇볕까지 들어와서 미칠 지경이다. 그러나 도영이가 있어 마냥 즐거웠다. 누웠다가 앉았다가 시험문제를 주고받다가 화장실에 가고 싶다면 아래층의 긴 계단 끝까지 바래다주었다.

시험을 치는 날이다. 1교시 국어과목 시험지를 받아보니 주관식이 다섯 문제이다. 국문학사, 국어사, 고전문학, 현대문학, 국어교육으로 다행히 책에서 여러 번 본 문제들이라 무난하게 논리를 앞세워 아는 대로 썼으나 국어사는 구체적인 사례를 들지 못한 것이 아쉬웠다. 2교시는 교육학으로 교육대학에서 공부를 하였으나 객관식으로 쉬운 문제만은 아니다. 2차 시험은 면접인데 1차 합격자에 한하여 개별통지를 한다고 했다.

점심으로 여관 뒷골목에 있는 중국집에 들어갔다. 메뉴를 보니 냉면이 있어서 시원할 것 같아 호기심이 발동했다.

"냉면 두 그릇 주세요."

"함흥식으로 드릴까요. 평양식으로 드릴까요."

냉면 메뉴도 처음 보는데, 함흥식은 뭐고 평양식을 또 뭔가? 모른다고 하려다가 자존심을 앞세워 함흥식이라고 자신 있게 말을 했다. 평양은 그래도 듣던 이름이고 함흥은 귀에 익숙한 도시가 아니기 때문이다. 잠시 후 냉면이 두 그릇 나오는데 고추장에 국수를 비벼놓은 것이다. 한 젓가락 입에 넣어 보니 무척 매웠다. 그렇다고 매워 못 먹겠다고 하면 촌놈 소리 듣기 알맞아서 억지로 참고 먹었다. 먹다가 도영이를 보니 연신 물을 마셨다. 반 그릇 정도 비우고 도영이 그릇을 보니 그대로 남아 있었다. 못 먹겠다는 눈짓을 하며 돈을 주고 식당을 나오며 중얼거렸다. '이상한 음식도 있다.' 도영이도 맞장구를 쳤다.

부산까지 왔는데 그냥 갈 수는 없다. 아는 이름은 '용두산 엘레지'로 알려진 용두산 공원과 꺼떡거린다는 영도다리다. 길을 모르면 택시를 타라고 하였으니 지나가는 택시를 잡았다. 용두산 공원에 내리니 어디서 날아왔는지 비둘기가 떼로 몰려서 다녔다. 전망대를 쳐다보고 있는데 사진사가 나타났다. 들고 있던 사진첩을 보여 주며 전망대 앞에 비둘기 사진을 찍으면 어울릴 것이라고 했다. 사진사가 주는 먹이를 도영이와 같이 서서 손바닥에 올려놓았더니 비둘기들이 날아와서 앉았다. 이때다 싶어 사진사가 찰칵하고 셔터를 눌렀다. 전망대에 올라가려다가 주변을 둘러보고, 부산 시내를 내려다보다가 영도다리로 갔다. 하루에 두 번 꺼떡거린다고 했는데 사람도 차도 그냥 지나갔다. 심지어 통통배도 다리 밑으로 지나갔다. 아마 큰 배가 지나갈 때 다리 상판을 들어 올리는 것이 분명했다. 신혼여행을 온 기분으로 다음 장소를 물색하는데 도영이는 집에 가자고 했다. 얼굴을 보니 무척 피로해 보였다.

"어제부터 물어보려고 했는데, 전에 병원에 검사는 어떻게 되었노?"

물었더니 놀라는 눈치로 그냥 얼버무렸다.

"아무 일 없데, 피로할 때 쉬면 된단다."

서울행 기차에 영가 가는 표를 들고 탔다. 도영이는 농협에 입사한 지 만 3년이라 여름휴가는 2일뿐이라는데 억지로 3일을 내었다. 내일은 어김없이 출근을 해야 하니 놀고 싶어도 더 이상 놀 수가 없다.

시험도 끝났으니 시골집에 가서 발령을 기다리기로 했다. 아침이면 마당을 쓸고 집 뒤 복숭아나무에 올라가 복숭아를 따서 씻거나 호박잎, 고추, 가지 등 채소를 딴다. 어려운 논매기는 거들지 못하고 조밭이나 콩밭매기는 거들 수 있다. 점심을 먹고 그늘에서 낮잠을 즐기기도 하지만 공사한 지 몇 년 안 되는 절골 못에 붕어를 낚는 재미도 있다. 해가 서산으로 기울면 개울가로 소를 몰고 나가 풀을 뜯긴다. 소가 풀을 뜯는 동안 소먹이 꼴을 한 짐 베어 놓고 도영이와 놀던 오동나무 그늘에 앉아 개울물에 발을 담그고 피라미를 놀린다. 저녁이면 옛 친구들과 옥수수를 삶고 고추전을 부쳐 먹으며 유유자적悠悠自適 여유를 즐기는 것이 하루 일과이다.

중등학교준교사 자격시험 1차에 합격을 하였으니 2차 시험을 치라는 연락이 왔다. 2차 시험 일자가 임박하여 우편물이 늦었다면 큰일을 당할 뻔했다. 2차 시험은 도영이도 가고 싶어 하지 않아서 혼자 가기로 했다. 기차가 영천역에 도착하자 1차 시험 때 도영이와 불량한 청년들을 만나 환자를 데리고 병원에 간다며 위기를 넘긴 생각이 났다. 왜 하필 병원에 간다고 했을까? 해운대에 내리지 않고 고사장이 있는 부산진역까지 갔다. 두 번째 오는 길이라 택시를 타지 않고도 찾을 수 있었다.

2차 시험 고사장에 들어가니 먼저 온 사람들이 복도를 가득 메웠다. 자격시험은 과목별 40점 이하가 있으면 불합격이다. 두 과목 평균이 60점 이상이어야 합격이다. 합격자 중에 2차 시험을 보는 인원이 많았다. 2차는 면접이니 신체 이상과 얼굴만 보고 보낼 줄 알았는데 그것이 아니었다. 수험표를 가슴에 달고 5명씩 고사장에 들어가니 면접관이 여섯 명이나 앉아 있었다. 누구에게 무슨 질문을 받을지 아는 질문이면 다행이나 모르는 질문이면 낙방이다. 바로 앞에 면접관이 옆 수험생에게 국어맞춤법 질문을 하는 듯했다. 내가 가장 어려워하는 분야로 겁을 먹고 있는데 옆에 앉아서 나를 바라보던 면접관이 볼펜을 들어 지명하더니 '삼국유사에 전하는 향가 열네 수 중에 자신 있는 한 수를 외어 보세요' 하고는 허리를 뒤로 젖혔다. 질문을 받자 스쳐 가는 생각이 그냥 외워서는 좋은 점수를 받을 수 없을 것 같아 고어로 외울 수 있는 제망매가를 떠올렸다. 향가 중에 감성을 자극하는 것이니 천천히 10구체를 외우자 시험관은 고개를 끄덕이더니, 다른 것을 질문하려던 옆 시험관을 제지하며 가라고 손짓을 했다. 돌아서면서 찬기파랑가도 외울 걸 하다가 지나치면 흠이 된다는 말을 떠올렸다. 수험표를 주머니에 넣으며 면접을 기다리는 사람들 사이를 빠져나왔다. 1차 시험 때 만난 봉석이를 떠올리며 영순이를 찾아보았으나 찾지 못했다.

　오랜만에 도영이 사무실에 찾아갔더니 도영이 자리에 다른 사람이 앉아 있었다. 업무가 바뀌었나 하고 다른 창구를 살펴봐도 도영이는 찾을 수가 없다. 도영이 자리에 앉아 있는 직원에게 물어보니 병가 중이라고 했다. 병가라고 하니 집히는 일이 떠올랐다. 약혼하기 전 용담사에 왔을 때부터 얼굴에 핏기가 없었다. 그 후 검사를 한다고 했는데, 결과를 물으니 얼버무리며 괜찮다고 했었다. 나쁜 생각은 꼬리에 꼬리를 물었다. 그 직원은 어느 병원에 있는지? 집에 있는지? 모른다고 했다. 단지 임시로 도영이 사무를 보고 있을 뿐이라고 했다. 안막동 집부터 갔다. 몇 번 기척을 해도 아무도 없는지 대답이 없다. 병영이 방문을 열어보니 재떨이 꽁초에 묻은 침이 마르지 않았다. 얼마 전까지 사람이 있었던 것이 분명하다. 큰방을 들여다보니 조금 전까지 누가 있었는지 온기가 남아 있었다. 마루에서 내려오려는데 도영이가 변소에 갔다가 오는지 힘없이 웃었다.

　"많이 아프나?"

　"아프기는, 누가 아프다고 하더나?"

　"사무실에 갔더니 병가라 던데."

　"아! 몸이 이상해서 하루 병가 얻어 병원이 갔다가 왔다."

　"어디가 어떻게 아파서."

　"그냥, 속이 조금 이상해서."

　속이라고 하니 혹시 애기가 아닐까 했으나 배를 만져 봐도 모르겠다.

　"시험은?"

　"그냥! 쳤어."

"조금 기다려라, 저녁에 국수 해 줄게."

"병영이는 요즘 뭐한다더노?"

"오빠! 농장에 안 가면 당구 치거나 기원에 가는데, 조금 전에 또 나갔다."

"병영이는 언제 발령난다 하더노?"

"경기도교육위원회 가봤는데, 언제 날지 모른다며 괜히 청송이나 울진에 갈 것을 하고 후회한다."

하기야 청송, 영양, 울진은 물론 봉화, 문경을 희망한 사람들은 3월부터 지금까지 반 이상 발령이 났다. 졸업성적이 좋다고 대도시로 낸 사람들은 거의 발령이 나지 않았다.

무더운 여름이 가고 밤이면 풀벌레 소리가 요란할 즈음, 2차 합격 통지서를 받고 아버지는 온 동네에 자랑을 했다. '우리 아들이 웃학교 큰아이들을 가르치게 되었다'고 하자 어른들은 어릴 때부터 다른 집 아이들하고는 달랐다며, 될 나무는 싹부터 다르다며 맞장구를 쳤다. 중등학교준교사 자격증이 있다고 해도 중등학교에 갈 수 있는 것은 아니다. 우선 교육대학에서 학군단(RNTC)을 했기 때문에 의무적으로 국민학교에 8년을 근무해야 한다. 또 중등학교 국어과 임용고사에 합격을 해야 하는 까다로운 관문이 있다. 그러니 빨라도 8년 후에 중등학교 국어교사로 갈 수 있는 것이다. 하기야 국민학교 교사도 발령을 받지 못해 안절부절못하는데 무슨 중등학교냐고 스스로 웃어보기도 한다.

결혼 날짜는 다가오고, 발령은 나지 않고, 머리를 쥐어뜯고 싶을 정도로 지루한 나날이 계속되었다. 일어나서 잘 때까지 달력에 날짜를 지우며 오로

지 발령만 생각할 뿐이다. 아침저녁으로 서리가 내리는 초겨울이 되어도 발령은 나지 않았다. 아무리 생각해도 내년에 발령이 날 것 같다는 생각이 들어 초조함을 금할 수 없다.

닷새 만에 서는 영가장날이다. 결혼식이 한 달도 남지 않아 부모님은 준비를 한다며 장날마다 곡식을 팔아서 간고등어, 명태, 멸치, 오징어 등 건어물과 과일, 담배 등을 사 모았다. 해가 지는 동네에 장에 갔던 사람들이 하나둘 큰길로 지나갔다. 어쩐 일인지 아버지와 어머니는 평소보다 일찍 장에 갔다가 왔다. 사랑방에서 장보따리를 풀어 놓고 형과 형수를 불러 자랑하는 소리가 벽 사이로 들렸다. 책상에 앉아 한자책을 뒤적이는데 큰질녀가 학교에 갔다가 오면서 누런 봉투를 획 던지고 사랑방으로 뛰어갔다. 겉봉투에 주소를 보니 서울특별시교육위원회다. 떨리는 손으로 봉투의 풀을 바른 반대쪽을 뜯었다.

구국의 유신이다 새 역사를 창조하자. 관인생략. 서울특별시교육위원회. 초등214−23−00xx. 197x. 11. ox 수신 임진구. 제목 교육공무원(국민학교 교사) 임용통지. 1. 귀하를 본시 관내 국민학교 교사로 임용코자 하오니 다음에 의하여 시간엄수 등청하시기 바랍니다. 다음. 일시, 장소, 준비물, 복장. 하등의 서면연락 없이 당일 임용장의 교부를 받지 않을 시는 임용을 포기하는 것으로 간주 기히 교부된 교원자격증을 교육법 시행령 제152조에 의거 박탈처분 하겠기 첨신 합니다. 끝. 서울특별시교육위원회 교육감. 정부공문서 규정 제27조 제3항 또는 4항의 규정에 의하여. 초등 인사계장 김OO 대결. 잘 살려고 하는 일에 너도나도 앞장서자.

지난 3월부터 11월이 다 가도록 기다리던 임용통지다. 편지를 들고 벌벌 떨며 사랑방으로 갔다. 장보따리를 들여다보던 가족들은 외마디 소리를 지르는 나를 보자 얼음이 되었다. 한참 만에 입을 열어도 말이 잘되지 않았다.

"바알려엉 났다."

형은 내 손에 든 봉투를 빼앗아 읽더니 아버지에게 주었다.

정해진 날짜에 임용장을 교부 받지 않으면 발령이 문제가 아니라 자격증을 박탈한다하니 한시가 급했다. 내 방에 와서 당장 필요한 책 몇 권과 옷을 챙겨 학군단 가방에 넣었다.

어둠살은 끼어오는데 집을 나서는 아들이 걱정되어 어머니는 큰길까지 허겁지겁 따라 나왔다.

"이제 가면 내하고는 영영 같이 못살깬데, 부디 몸조심 하그라."

눈물이 그렁그렁하던 어머니는 어둠이 짙어 보이지 않을 때까지 손을 흔들었다.

걸어서 솔뫼까지 50분이 걸렸다. 지나가는 택시라도 보면 타려고 했으나 바쁜 사람이 없는지 택시도 없었다. 어두운 밤길을 더듬더듬 걷다 보니 시간이 더 지체되었다. 아홉 시가 넘어 도영이네 집에 가니 도영이는 아직 퇴근을 하지 않고 병영이가 혼자 밥을 먹고 있었다. 서울로 발령이 났다고 하니 금세 얼굴이 어두워지더니 탄식을 했다.

"나는 언제 날지 모른단다."

"걱정하지 마라 곧 나겠지."

도영이가 오르막 골목길을 급하게 오느라 숨을 헐떡거리며 마루에 올라오다가 나를 보자 환하게 웃었다.

"무슨 일로, 밤에 다오노?"

병영이가 말을 앞지른다.

"너 신랑 좋겠다. 발령 났단다. 서울로."

도영이는 병영이가 있는데도 '아이 좋아라' 하면서 안기었다. 도영이가 부엌에 나가 밥을 찾았으나 없다며 다시 하려고 했다. 병영이는 도영이가 늦으니 저녁을 먹고 오는 줄 알고 조금 남은 식은 밥을 다 먹었다고 했다. 병영이는 미안한지 잠시만 기다리라고 하더니 큰길 옆 가게까지 가서 라면 3봉지와 소주 2병을 안고 왔다.

다음날 아침을 먹으면서 '엄마가 있었으면 반찬이 많았을 텐데' 하고 도영이가 미안한 듯 푸념을 했다. 서울행 기차를 타려고 도영이와 영가역으로 가면서 사람들이 안 보면 손을 잡고, 보면 손을 놓고 태연하게 걸었다. 골목 안에서는 내 뒤에서 허리를 감싸 안고 한참 동안 서 있기도 했다. 밤새 잠을 못 자고 뒤척이던 도영이가 걱정이 되었으나 사무실에 무슨 일이 있을 거라는 짐작만 할 뿐 물어보지 않았다. 차표를 사서 건네주면서 귓속말로 '결혼식 날 만나.' 그리고 개찰을 하고 뒤돌아보니 편지 자주 하라며 손을 흔들었다.

서울특별시교육위원회는 한 번 가본 건물이라 쉽게 찾을 수 있었다. 발령이 늦다며 담배를 주었던 책상 앞에 인사라도 하려고 가니 다른 사람이 앉아 있었다. 임용장을 받는 사람이 많을 줄 알았는데 다섯 명뿐이다. 학무국장실에서 훈시를 듣고 임용장을 받았는데 다섯 명이 각각 다른 구청이다. 은평구를 원한 것이 발령을 일찍 나게 했는지 모르지만 혼자 은평구이고 다른 사람들은 영등포구, 서대문구, 노원구, 도봉구이다. 은평구교육청에 가서 학교를 지정받아야 하므로 해가 지기 전에 도착하려면 택시를 타고 가야 했다. 다행히 퇴근 시간을 1시간이나 남겨 놓고 학무과장실에서 임지를 지정받았다. 학교는 30분이 더 걸리는 곳에 있다고 했으나 초행길이라 택시를 탄다 해도 퇴근 시간을 맞추기는 힘들 것 같았다.

교문 앞에 택시가 멈추었다. 큰 교문 기둥에 '○○국민학교'라고 주물로 새긴 노란 글씨가 반짝반짝 빛이 났다. 큰 교문은 아이들이 하교를 했는지 잠기고, 작은 교문이 조금 열려있었다. 작은 교문을 들어서자 놀라지 않을 수 없었다. 크지 않는 운동장을 둘러싸고 있는 5층 건물이 아파트인 줄 알았는데 자세히 보니 모두가 교실이었다. 사방을 둘러보다가 정면으로 보이는 것이 본관인 듯싶어 운동장을 가로질러 학군단 가방을 들고 걸어갔다. 현관에 들어서니 젊은 사람이 뛰어나왔다.

"부임하시는 선생님이세요."

간드러진 서울말이다. '맞다'고 대답을 하자 그는 가방을 받아 들었다. 그를 따라 복도를 걷다가 쳐다보니 교장실이라는 글씨가 보였다. 자리에 앉았던 교장선생님은 돋보기를 코에 걸고 일어섰다.

"잘 오세요. 교육청 인사계 전화 받았어요. 임진구 선생님이라고요."

교육청에서 받은 발령장을 내밀자 소파에 앉으라고 했다. 현관에서 맞아준 사람은 김재량 선생님으로 서로 인사를 했다. 김선생님은 교무실과 숙직실, 특별실 등을 앞서서 가면서 설명을 해 주었다. 학교는 건물이 상상을 초월할 만큼 큰 것은 물론 학생 수와 선생님 수가 작은 도시의 전체 학교를 합쳐 놓은 것보다 많았다.

김선생님은 총각으로 숙직실에서 잠을 자고 식당에서 밥을 먹는다고 했다. 김선생님이 식사를 한다는 식당은 인심이 좋아 보이는 할머니와 할아버지가 주인이다. 밥은 이천미에 미역국과 된장, 시래기 무침, 맛스러운 김치, 명태 등으로 진수성찬이다. 처음 먹는 음식이지만 입에 맞는 옛날 음식이다. 당분간 하숙집을 정하기까지 김선생님과 숙식을 함께 하기로 했다.

교무주임을 따라 들어간 교실은 6학년 8반이다. 담임선생님이 급하게 병휴직을 하여 20일 정도 여러 반으로 흩어져서 공부를 했던 아이들이다. 여러 반에서 수업을 하느라 반마다 진도가 달라서 가장 늦은 반에 맞추느라 거의 흩어지기 전의 진도에서 수업을 시작했다. 경상도 사람이 표준말을 쓰려고 노력을 해도 갑자기 튀어나오는 사투리는 어쩔 수가 없다. 박정희 대통령의 사진이 교실마다 붙어 있어 경상도 사람이나 말투를 좋아하는 서울 사람들이 있어서 다행이다. 아이들도 가끔 튀어나오는 경상도 사투리가 신기하여 따라 하지만 누구도 나무라지 않고 웃어넘겼다. 교과 진도를 맞추느라 정규수업시간이 끝나고 다른 반은 하교를 해도 우리 반은 한두 시간을 더 가르쳤다.

초임지라 모든 것이 서툴러서 배우고 익히느라 정신이 없다. 수업은 둘째 치고 공문서 작성부터 담당 업무, 담임 사무를 파악하느라 하루하루가 힘겨워서 밤이면 코피를 쏟고 곯아떨어진다. 특히 서울 사람들이 사는 방법, 서울의 문화는 알다가도 이해가 안 되는 일도 있다. 한 주일이 지나고 하숙집도 구하여 숙직실 신세를 면하게 되었다. 그동안 부모님과 도영이에게 편지도 쓰지 못했는데, 일요일 오후에 편지를 써서 월요일에 부쳤다.

12월의 매서운 바람은 시골보다 서울이 더 추웠다. 2교시 수업을 하고 있는데 한쪽 눈에 눈알이 없는 상이용사 소사 아저씨가 전보용지를 가지고 왔다. 펴보니 '도영, 위독 급 성소병원 래원' 스쳐 가는 생각이 불길했다. 결혼식을 얼마 두지 않았는데, 급한 일이 아니면 전보를 치겠는가? 용담사에 올 때부터 얼굴에 핏기가 없고 몸이 야위어 이상하다 했었다. 약혼식 때는 더 심하여 병원에 가라고 했더니 검사를 했다면서 이상이 없다는 말만 했었다. 적극적으로 병원에 데리고 가지 않아 미심쩍었는데 기어이 일이 터지고 말았다. 마음이 급하여 출근카드에 연가 신청을 하려니 글씨가 되지 않았다.

교문을 나와 급하게 택시를 타고 청량리역으로 가는데, 지하철 1호선 공사로 길이 막혀 돌아가고 지체되어 짜증이 났다. 내년 8월에 준공이 된다니 우리나라도 지하철 시대가 오는 것은 반가운 일이다.

정해진 시간에 달리고 멈추는 기차인데 평소보다 역마다 더 오래 서 있는 것 같다. 청량리역에서 영가역까지 여섯 시간이 걸리지만 10분이라도 더 빨리 가기를 빌며 자리에 앉아 있지 못하고 변소와 차량 연결 부위 공간을 오고 가며 시간을 보냈다. 다행히 연착을 하지 않고 재 시간에 영가역에 도착했다.

성소병원 문 앞에 서서 정면으로 보이는 응급실로 가려다가 입원실이 많은 모자병원 센터로 갔다. 간호원에게 병실을 물어 3층으로 올라갔다. 병실 문을 열자 여러 침대 중에 한눈에 도영이 어머니를 발견했다. 환자복을 입은 도영이는 앙상하게 뼈만 남았다. 숨을 겨우 헐떡거리다가 나를 보자 반색을 하며 일어나려고 했다. 도영이 어머니가 일어나지 못하게 제지를 했다. 누워있는 도영이의 머리를 짚어보는데, 어머니는 그동안 일어난 일에 대해서 설명을 해 주었다.

"방금 변소에 다녀왔다. 3일 전 농장에서 고등어를 구웠는데, 식은 밥하고 얼마나 잘 먹던지! 평소에 비린내 난다고 먹지 않던 새우젓갈도 얼마나 잘 먹던지! 살이 붙어 결혼식을 하는 줄 알았네! 그러다가 피로하다며 조퇴를 하고 왔기에 링거나 맞자며 병원에 데리고 왔다네! 어제부터 아무것도 먹지 않는데, 변소만 가고 정신이 들었다가 나갔다가 헛소리도 하더니만 숨이 차서 조금 전까지 호흡기도 달았었네, 의사 말로는 급한 고비는 넘겼다는데 오늘 저녁이 고비라고 하네!"

도영이 어머니는 한숨을 쉬면서 더 할 말이 남은 듯 말을 하려다 병실 밖으로 나갔다. 도영이는 내 손을 슬며시 잡더니 입가에 웃음까지 띠며 차분하게 말을 이어갔다.

"우리 결혼식, 구혼식으로 한다면서."

"아버지가 신혼식은 안 하신단다. 구혼식이 재미는 더 있어, 사모관대 족두리 쓰고 축사와 답사도 읽고."

"우리 농장에서 하겠네!"

"너는 족두리에 연지 곤지 찍고, 나는 사모관대 쓰고."

"잊지 말고 와야 돼."

도영이 표정이 어두워지더니 갑자기 눈물을 글썽거렸다.

"진구야! 미안하다. 아픈 거 말하지 않고 약혼해서, 너를 만난 것은 행운이었다. 3년 전 농협에 들어가려고 건강검진을 하라기에 했더니 의사가 위에 작은 혹이 있다면서 별문제 없다고 했어, 물론 서류에는 없지! 나도 아프지 않으니까 웃었지! 그 후 음식도 잘 먹고 아무렇지도 않아서 의사가 오진을 한 줄 알았지! 지난해 너 졸업식하고 친구들하고 어개골 강변에 갔잖아, 그때는 무척 아팠어! 의사는 약을 한 줌이나 주었는데 하루 세 번이 모자라 아플 때마다 먹었다.”

"어개골 강변에 갔을 때, 옛날 하숙집에 가려고 강둑을 내려갈 때, 비틀거린 것이 기억난다. 발이 저려서 그런 줄 알았는데 아파서 그런 것도 모르고! 내가 관심이 부족했다. 그때 알았더라면.”

"그때도 밤새워 아파서 잠을 못 자고 병원에 갔다가 출근한 적이 있었다. 의사는 출근하지 말고 입원을 하라고 했었다.”

"용담사 왔을 때 무척 힘들어 보였는데 그때도 많이 아팠구나!”

"아프다고 말하려다 공부하는 데 흔들릴까? 걱정이 되었지!”

"약혼식 할 때는 좋아 보이던데.”

"그때는 진통제 힘이었는지! 기분이 좋아서 그런지! 다 나은 것 같았다.”

"중등학교준교사 자격시험 치러 갈 때도 괜찮아 보였어!”

"부산 가서 영도다리 갔을 때 하도 아파서 진통제를 더 먹고 억지로 버텼다.”

"아픈 몸으로 용두산도 올라가고 영도다리도 갔더란 말이구나! 참! 대단하다. 그때는 아프다고 말할 수 있었잖아!”

"괜찮을 거라 믿었지! 누가 이럴 줄 알았나?

"걱정하지 마라. 괜찮을 거다. 내일 당장 일어나서 너 농장에 가서 쉬자.”

도영이는 졸음이 오는지 손을 놓더니 눈을 감았다. 마침 도영이 어머니가 들어와서 간호원실로 갔다. 도영이 담당 의사를 물었더니 당직이라며 진료 카드를 빼내어 주면서 응급실로 가보라고 했다.

"선생님, 이 카드 환자 상태를 알고 싶습니다.”

의사는 카드를 잠시 훑어보더니 당황한 빛을 감추지 못했다.

"환자와 어떤 관계지요."

"예, 남편입니다."

"왜 이제 왔지요. 도영 환자는 위암 말기입니다. 몇 년 전부터 치료를 한 것은 알지요. 환자가 의사 말을 듣지 않아 병을 키웠어요."

"수술을 하면 되잖아요."

"수술 시기도 놓쳤어요. 아무런 방법이 없어요. 퇴원시켜서 먹고 싶은 음식이나 주세요."

의사는 할 말을 다 했다는 듯 카드를 주고 돌아섰다. 앞이 캄캄했다. 누구에게라도 하소연하고 싶지만 상대가 없다. 간호원실에 카드를 넣어 주고 밖에서 잠시 쉬다가 힘없이 3층으로 올라가는데, 간호원과 의사가 급하게 달려가는 것이 보였다. 위급한 환자가 생겼을 것이라 짐작을 하며 긴 복도를 걸어 도영이 병실 문을 열었다. 뜻밖에도 도영이 주위로 의사와 간호원이 둘러서있었다. 간호원이 도영이 링거줄에 주사기 바늘을 꽂아 무엇인가 주입을 시키고 일어섰다. 도영이 어머니는 나를 보자 놀란 가슴을 쓸어내렸다.

"아프다고 하도 소리를 질러서 비상벨을 눌렀네!"

진통제를 맞은 도영이는 눈을 감고 숨만 몰아쉬었다. 눈을 뜨는가 싶더니 감았다. 손을 들고 조금 흔들기에 잡아주었더니 들릴락 말락 가느다란 목소리가 들려 귀를 입 가까이 대었다.

"인연이 야속하다. 어릴 때 만나 너무 좋았다. 너만 보면 기운이 솟아 아픈 것도 참을 수 있었다. 추한 모습 보여 미안하다. 둑방길이 있는 어개골, 내가 태어난 마을과 집, 우리가 다니던 중학교, 원종이와 동숙이, 수경이가 보고 싶다. 그 강변, 처음 안겨서 자동차 불빛을 보던, 미루나무가 있는 모래사장에 가보고 싶다."

도영이 어머니가 옆에 있었지만 쓸어안고 중얼거렸다.

"아름다운 니가 언제나 내 곁에 있어야, 내 삶은 행복하다. 도영아! 나를 버리지 마라! 빨리 털고 일어나라."

잠시 후 중환자실로 옮긴 도영이는 맥박이 100을 오르내리더니 50으로 떨어지다가 숫자는 어디 가고 줄이 생겨 파장을 일으켰다. 간호원이 의사를 불러오자 의사는 도영이 가슴에 두 손을 포개어 인공호흡을 시작했다. 한참 하다가 조금 쉬었다가 하는데 도영이 입에서 붉은 액체가 흘러나왔다. 의사는 힘없이 침대에서 돌아서더니 나를 불렀다.

"최선을 다했으나 운명하셨습니다."

의사와 간호원이 나가자 옆 침대 중환자들이 있거나 말거나 소리 내어 통곡을 했다. 도영이 어머니와 내가 울다가 지치자 새벽 2시를 알리는 벽시계 소리가 들렸다. 도영이 아버지가 달려오고, 을영이와 병영이가 눈을 크게 뜨고 두리번거리며 중환자실로 들어왔다.

도영이 아버지가 을영이와 병영이를 보고 명령을 했다.

"도영이를 옮겨라."

냉동실에 들어가기 전에 염을 했다. 병영이가 가지고 온 수의를 입히고 손톱과 발톱을 깎아서 주머니에 넣었다. 마지막으로 무홍양장점에서 맞추어 준 분홍색 투피스 정장을 덮어 주었다.

산길을 돌아 영구차가 올라가다가 멈춘 곳은 영가화장터다. 가지고 온 음식으로 상을 차리고, 나와 을영이가 간단히 제사를 지냈다. 도영이의 관이 화로 속으로 들어가자 '불 들어간다' 하고 병영이가 외쳤다. 병영이와 제사상이 차려진 곳에서 말없이 서서 하늘만 쳐다보고 있었다. 얼마의 시간이 지났을까? '상주 들어오세요'란 말에 들어가니 철판 위에 부서진 뼈가 흩어져서 나왔다. 도영이 어머니는 뼈를 보자 멀뚱멀뚱 들여다보더니 밖으로 나갔다. 가루로 만들어 유골 상자에 넣겠다며 다시 철판을 빈 공간으로 밀어 넣었다. 잠시 후 유골 상자가 나오자 보자기에 싸서 안고 밖으로 나오니 도영이 어머니가 붙잡고 대성통곡을 하며 푸념을 했다.

"죽고 못 산다는 진구하고 살아보지도 못하고, 가루가 되다니, 진구 시험 붙어라고 아프다는 말도 못 하는 등신 지지바야, 등신아! 어매 간장을 녹여도 분수가 있지! 이 불효막심한 년아!"

도영이 어머니는 코를 풀더니 내 무릎을 치며 다시 통곡을 했다.

"이 사람아! 미련한 이 사람아! 핏기 없는 얼굴을 보면 모르나. 그렇게 아파도 병원에 한 번 데리고 갔더나! 이 미련한 사람아!"

입이 열 개라도 할 말이 없었다. 택시를 타고 도영이가 마지막 유언으로 가고 싶다던 어개골 강가에 유골 상자를 안고 병영이와 같이 갔다. 12월의 한 가운데, 하늘도 무심하지 않는지 눈발이 날렸다. 도영이를 업고 건너던 개울은 물이 얼어서 유골 상자를 안고 걸어서 건넜다. 둘이 누웠던 모래사장에 한참 서 있다가 흐르는 물가에서 유골 상자를 열고 한 줌씩 뿌리며 혼잣말을 했다.

'내가 힘들 때 늘 곁에 있었는데, 이제는 누구와 함께한다는 말인가? 도영아! 결혼해서 좋은 옷 입고, 좋은 구경하며 살자 해 놓고, 발령이 나서 첫 월급도 써보지도 못하고, 중등학교 교사가 된들 니가 없는데 무슨 소용

이 있다는 말인가?'

눈물이 범벅이 되어 유골 상자가 보이지 않았다. 지켜보던 병영이가 유골 상자를 빼앗아 강물에 쏟아부었다.

개울을 건너서 뒤돌아보니 그날 밤처럼 강 건너 비포장도로에는 자동차들이 먼지를 일으키며 줄을 지어 달렸다. 철교 위를 지나가는 기차도 기적을 울리며 영가역으로 들어갔다.

강변에 일던 바람

초판1쇄 인쇄 2022년 10월 17일
초판1쇄 발행 2022년 10월 20일

저 자 이인우
발행인 박지연
발행처 도서출판 도화
등 록 2013년 11월 19일 제2013-000124호
주 소 서울시 송파구 중대로34길 9-3
전 화 02) 3012-1030
팩 스 02) 3012-1031

전자우편 dohwa1030@daum.net
인 쇄 유진보라

ISBN | 979-11-90526-94-4 *03810
정가 15,000원

도화道化, fool는
고정적인 질서에 대한 익살맞은 비판자,
고정화된 사고의 틀을 해체한다는 뜻입니다.